L'Autre Moitié de soi

DU MÊME AUTEUR

Le Cœur battant de nos mères, 2017.

Brit Bennett

L'Autre Moitié de soi

Traduit de l'anglais (États-Unis)
par Karine Lalechère

Éditions Autrement **Littérature**

Publié en juin 2020 par Riverhead Books.
Titre original : *The Vanishing Half*

ISBN : 978-2-7467-5129-3

À ma famille

Première partie

LES JUMELLES DISPARUES

(1968)

Un

Le matin où l'une des jumelles disparues revint à Mallard, Lou LeBon se précipita au *diner* pour annoncer la nouvelle et, aujourd'hui encore, des années plus tard, tout le monde se souvient du tollé qu'il provoqua lorsqu'il franchit les portes vitrées, en nage, la poitrine palpitante et le cou assombri par l'effort. Les clients mal réveillés braillaient autour de lui – une dizaine, même si, par la suite, ils seraient plus nombreux à prétendre avoir été présents, ne serait-ce que pour pouvoir dire qu'ils avaient été, au moins une fois dans leur vie, témoins d'un événement vraiment excitant. Dans cette petite localité rurale, il ne se passait jamais rien qui sortait de l'ordinaire. Le dernier fait notable était justement la disparition des jumelles Vignes, et ça remontait à plus de quinze ans. Ce matin d'avril 1968, donc, comme il se rendait au travail, Lou avait aperçu Desiree Vignes qui marchait le long de Partridge Road, une petite valise de cuir à la main. Elle était la même que lorsqu'elle était partie à seize ans : le teint clair, couleur sable légèrement humide. Avec son corps sans hanches, elle lui faisait penser à une branche battue par un vent violent. Elle se hâtait, la tête courbée, et – ménageant son effet, Lou marqua une pause à cet endroit – elle tenait la menotte d'une fillette de sept ou huit ans, noire comme le goudron.

« Noir-bleu, précisa-t-il. On aurait dit qu'elle débarquait d'Afrique. »

L'Egg House, le *diner* de Lou, se fractionna alors en une multitude de conversations. Le cuisinier insinua que ce n'était peut-être pas Desiree car Lou, qui aurait soixante ans en mai, était trop fier pour porter ses lunettes. La serveuse rétorqua que c'était forcément elle, que même un aveugle reconnaîtrait une des sœurs Vignes – et ça ne pouvait pas être l'autre. Les clients qui avaient abandonné leur gruau de maïs et leurs œufs sur le comptoir se moquaient bien de ces considérations futiles. Qui était l'enfant noire ? Voilà ce qu'on voulait savoir. Est-ce que c'était vraiment la fille de Desiree ?

« Qui vous voulez que ça soit ? dit Lou, raflant plusieurs serviettes en papier dans le distributeur pour tamponner son front humide.

— Je sais pas, une orpheline qu'elle a recueillie.

— Quand même, quelque chose d'aussi noir, ça peut pas être sorti du ventre à Desiree.

— Ah bon ? Parce que vous avez l'impression que Desiree, c'est le genre à recueillir une orpheline ? »

Bien sûr que ce n'était pas son genre. Cette petite était une égoïste. S'il y avait une chose dont on se souvenait, c'était bien cela. D'ailleurs, la plupart des gens ne se rappelaient rien d'autre. Ils n'avaient pas vu les jumelles depuis quatorze ans, presque aussi longtemps qu'ils les avaient connues. Volatilisées après le bal de la Fête du fondateur, alors que leur mère était endormie au bout du couloir. La veille encore, elles se bousculaient devant le miroir de la salle de bains, quatre adolescentes identiques qui n'en finissaient pas de se coiffer. Et le lendemain, le lit vide, fait comme d'habitude – les draps bien tirés quand c'était Stella, rabattus à la va-vite quand c'était Desiree. La ville avait passé la matinée à les chercher, criant leur nom dans les bois, se demandant naïvement si elles avaient été enlevées. C'était comme si elles avaient été rappelées auprès du bon Dieu au Jour du jugement dernier, abandonnant sur Terre tous les pécheurs de Mallard.

La vérité n'était évidemment ni aussi sinistre ni aussi mystique, et les jumelles ne tardèrent pas à refaire surface à La Nouvelle-Orléans – des filles égoïstes qui avaient fui leurs responsabilités, voilà tout. Elles reviendraient. La grande ville aurait tôt fait de les user. Une fois leurs réserves d'argent et d'audace épuisées, elles rentreraient chez leur mère en pleurnichant.

Mais on ne les avait jamais revues. Pire encore, après un an, elles s'étaient séparées et leurs vies s'étaient scindées en deux, aussi nettement que l'œuf dont elles étaient issues. Stella était devenue blanche et Desiree avait épousé l'homme le plus noir qu'elle avait pu trouver.

Et voilà qu'elle était de retour, allez savoir pourquoi. Le mal du pays, peut-être ? Sa mère qui lui manquait ? Ou alors, elle voulait se débarrasser de sa petite moricaude. À Mallard, on ne se mariait pas avec plus noir que soi ; on ne partait pas non plus, cela dit. Mais Desiree se croyait tout permis : non contente de quitter la ville, elle avait épousé un homme noir et maintenant, elle revenait leur coller sous le nez sa gosse noir-bleu. C'était la goutte d'eau.

À l'Egg House, la foule se dispersa. Le cuisinier remit son filet à cheveux, la serveuse compta la monnaie sur la table et les hommes en combinaison de travail sifflèrent leur café avant d'embaucher à la raffinerie. Le front plaqué contre la vitre graisseuse, Lou fixait la route. Il fallait prévenir Adele Vignes. Il ne manquerait plus qu'elle se fasse prendre au dépourvu par sa propre fille. Si c'était pas malheureux, après tout ce qu'elle avait souffert. Et maintenant Desiree avec cette gosse toute noire. Bon Dieu. Il s'empara du téléphone.

« Tu crois qu'elles comptent rester ? fit le cuisinier.

— Qu'est-ce que j'en sais ! En tout cas, elle était pressée. À se demander où ça courait si vite.

— Elle se mouche pas du coude, celle-là. Et quelle raison elle a de se croire mieux que les autres ?

— Bon Dieu. J'ai jamais vu une petite aussi noire », soupira Lou.

C'était une drôle de ville.

Mallard[1] tirait son nom des canards au cou cerclé de blanc qui habitaient les rizières et les marais. Une de ces villes qui sont une idée avant d'être un lieu. L'idée, elle était venue à Alphonse Decuir en 1848, alors qu'il se tenait dans les champs de canne à sucre légués par un père dont il avait lui aussi été la propriété. À présent que le père était décédé, le fils affranchi voulait construire sur ses terres quelque chose qui défierait les siècles. Une ville pour les hommes tels que lui, qui ne seraient jamais acceptés en tant que Blancs mais qui refusaient d'être assimilés aux Nègres. Un troisième lieu. Sa mère, Dieu ait son âme, avait sa peau claire en horreur ; quand il était petit, elle le poussait au soleil, le suppliant de noircir. C'était peut-être de là que venait son rêve. Comme tout ce dont on hérite au prix d'un grand sacrifice, la peau claire était un cadeau qui condamnait à la solitude. Il avait épousé une mulâtresse encore plus pâle que lui, et lorsqu'elle était enceinte de leur premier enfant, il imaginait les enfants des enfants de ses enfants, toujours plus clairs, comme une tasse de café qu'on diluerait peu à peu avec du lait. Un Nègre se rapprochant de la perfection, chaque génération plus claire que la précédente.

1. Mallard : colvert en français. (Toutes les notes sont de la traductrice.)

Bientôt, d'autres les rejoignirent. Bientôt, l'idée et le lieu devinrent indissociables. On parlait de Mallard dans tout le comté de Saint-Landry. Les Noirs chuchotaient et s'interrogeaient. Les Blancs ne croyaient pas à son existence. Lorsqu'on bâtit Sainte-Catherine, en 1938, le diocèse envoya un jeune prêtre de Dublin qui, à son arrivée, pensa s'être trompé d'endroit. L'évêque ne lui avait-il pas dit que Mallard était une ville de couleur ? Dans ce cas, qui étaient ces hommes et ces femmes, clairs, blonds et roux, le plus noir pas plus basané qu'un Grec ? C'était donc là les gens de couleur que les Blancs d'Amérique voulaient à tout prix tenir à l'écart ? Comment faisaient-ils seulement la différence ?

À la naissance des jumelles Vignes, Alphonse Decuir était mort et enterré depuis longtemps. Mais, qu'elles le veuillent ou non, ses arrière-arrière-arrière-petites-filles étaient les dépositaires de son héritage – au grand dam de Desiree, qui s'en plaignait avant chaque pique-nique de la Fête du fondateur, levait les yeux au ciel dès qu'il était question de lui en cours et faisait mine de n'être pas concernée. On s'en souviendrait après leur disparition : Desiree avait toujours refusé d'être assimilée à Mallard, une ville qu'elle avait pourtant reçue en partage. Elle pensait pouvoir s'affranchir de l'Histoire comme on se débarrasse d'une main posée sur son épaule, d'une simple chiquenaude. On peut fuir un lieu, mais pas son sang. Les jumelles Vignes avaient cru pouvoir échapper aux deux.

Pourtant, si Alphonse Decuir s'était retrouvé à déambuler dans les rues de la ville qu'il avait imaginée, la vue de ses arrière-arrière-arrière-petites-filles l'aurait comblé. Des jumelles au teint crémeux, aux yeux noisette et aux cheveux ondulés. Il se serait extasié devant elles. Un enfant un peu plus parfait que ses parents. Quoi de plus merveilleux ?

Les sœurs Vignes disparurent le 14 août 1954, juste après le bal de la Fête du fondateur, ce qui n'était pas un hasard, réaliserait-on plus tard. Stella, la plus futée des deux, avait sans doute estimé que la ville serait trop occupée, ivre de soleil après le long barbecue sur la place principale, où le boucher Willie Lee fumait des carrés de côtes, de la poitrine de bœuf et des saucisses piquantes. Puis le discours du maire, M. Fontenot, et la bénédiction du père Cavanaugh, les enfants déjà surexcités chapardant des lambeaux de peau de poulet grillée dans les assiettes des parents recueillis. Un interminable après-midi de fête, rythmé par le groupe de musique et, pour finir, le bal dans la salle de sport de l'école. Après quoi, le retour titubant des adultes qui avaient abusé du punch de Trinity Thierry, tendre souvenir de leur jeunesse ravivé par ces quelques heures passées dans le vieux gymnase.

Un autre soir, Sal Delafosse aurait peut-être aperçu par la fenêtre les deux filles qui marchaient au clair de lune. Adele Vignes aurait entendu craquer le plancher, Lou LeBon aurait vu les jumelles à travers les vitrines embuées, en rangeant le restaurant. Mais, le jour de la Fête du fondateur, l'Egg House ferma plus tôt ; Sal, soudain fringant, s'endormit en tanguant avec sa femme et, après plusieurs punchs, Adele s'écroula en ronflant, rêvant qu'elle tournoyait dans les bras de son mari au bal des anciens élèves. Personne ne vit les jumelles s'éclipser, ce qui était précisément leur but.

Elles avaient détalé sur la route de campagne déserte avec leurs petits sacs, hors d'haleine, jetant des regards inquiets derrière elles, imaginant le rayon des phares. En réalité, ça n'était pas du tout une idée de Stella ; c'était Desiree qui avait décidé de s'enfuir après le pique-nique, et cela n'aurait dû surprendre personne. Ne répétait-elle pas depuis des années à qui voulait l'entendre qu'elle avait hâte de quitter Mallard ? En réalité, elle en avait surtout parlé à Stella, qui l'écoutait avec la patience d'une fille habituée aux chimères de sa sœur. Partir lui semblait aussi irréaliste que de prendre l'avion pour la Chine. Une aventure possible en théorie, ce qui ne signifiait pas qu'elle s'imaginait le faire. Mais il y avait longtemps que Desiree caressait le rêve de vivre hors de ce trou. Lorsque les jumelles avaient vu *Vacances romaines* au cinéma d'Opelousas, elle était à peine parvenue à entendre les dialogues pardessus le chahut des gamins de couleur au balcon, qui jetaient du pop-corn sur les spectateurs blancs en dessous pour tromper leur ennui – mais le film l'avait fascinée. Collée à la balustrade, elle s'était imaginée survolant les nuages vers une destination lointaine, Paris ou Rome, elle qui n'avait jamais mis les pieds à La Nouvelle-Orléans, à seulement deux heures de Mallard.

« Tout ce qui t'attend là-bas, c'est un monde sauvage et sans pitié », disait sa mère, ce qui bien sûr ne faisait qu'attiser son désir. Les jumelles connaissaient une fille, Farrah Thibodeaux, qui était partie l'année précédente. Franchement, ça n'avait pas l'air bien compliqué. Si Farrah, qui avait seulement un an de plus qu'elles, l'avait fait, pourquoi pas elles ? Desiree se voyait déjà actrice. Elle n'avait joué qu'une fois un grand rôle – dans *Roméo et Juliette*, en troisième –, mais, lorsqu'elle s'était retrouvée sur le devant de la scène, elle avait eu le sentiment éphémère que Mallard n'était peut-être pas le patelin le plus mort de ce pays, tout compte fait. Sous les applaudissements de ses camarades, alors que Stella s'effaçait, avalée par l'obscurité du gymnase, elle s'était enfin sentie une personne à part entière, pas une jumelle, pas la moitié incomplète d'une paire. Malheureusement, l'année suivante, le rôle de Viola dans *La Nuit des rois* lui échappa au profit de la fille du maire, lequel avait fait un don de dernière minute à l'école. Après avoir boudé toute la soirée dans les coulisses, cependant qu'une Mary Lou rayonnante saluait le public, elle avait annoncé à sa sœur que, cette fois, elle en avait assez de Mallard.

« Tu dis toujours ça.

— Parce que c'est toujours vrai. »

Pourtant, ça ne l'était pas, pas réellement. Ce n'était pas qu'elle détestait Mallard, c'était surtout qu'elle se sentait prise au piège de sa petitesse. Toute sa vie, elle avait foulé les mêmes chemins de terre, gravé ses initiales à l'intérieur de bureaux où sa mère s'était assise avant elle et, un jour, ses enfants passeraient à leur tour les doigts sur ces sillons irréguliers. Toutes les classes étaient regroupées dans une seule école, qui occupait le même bâtiment depuis toujours, si bien qu'elle n'avait pas eu l'impression de franchir une étape lorsqu'elle était entrée au lycée : elle n'avait eu qu'à traverser le couloir. Peut-être aurait-elle supporté plus facilement la vie à Mallard si, autour d'elle, tout le monde n'avait pas été obsédé par la couleur : Syl Guillory et Jack Richard se disputant chez le coiffeur pour savoir qui avait l'épouse la plus claire ; sa mère qui, si elle avait le malheur de sortir tête nue, lui criait de mettre un chapeau ; les gens et leurs superstitions ridicules, persuadés qu'une femme enceinte risquait d'avoir un bébé plus foncé si elle buvait du café ou mangeait du chocolat. Son père était si clair de peau que, par certains matins glacials, elle pouvait voir le bleu de ses veines quand elle retournait son bras. Mais rien de tout cela n'avait fait de différence, le jour où les Blancs étaient venus le chercher, alors qu'est-ce que ça pouvait bien faire d'avoir le teint clair ?

Elle se souvenait à peine de lui ; c'en était presque effrayant. Comme si la vie avant sa mort était une histoire qu'on lui aurait racontée. Une époque où sa mère ne se levait pas à l'aube pour prendre le bus et aller faire le ménage chez les Blancs, où elle ne rapportait pas les lessives qui séchaient sur des fils tendus en travers du salon le week-end. Les jumelles adoraient se cacher derrière les draps et les courtepointes, jusqu'au jour où Desiree réalisa qu'il était humiliant d'avoir sa maison envahie par le linge sale de gens qu'on ne connaissait pas.

« Si t'en avais vraiment assez, tu ferais quelque chose », lui dit Stella.

Elle avait toujours eu l'esprit pratique. Le dimanche soir, elle repassait ses vêtements pour la semaine, quand Desiree s'affolait chaque matin pour trouver une robe propre et terminer les devoirs froissés qu'elle avait oubliés au fond de son cartable. Stella aimait l'école. En mathématiques, elle avait les meilleures notes de la classe depuis la maternelle, à tel point qu'en seconde, Mme Belton l'avait autorisée à faire cours aux plus jeunes. Elle lui avait aussi donné un manuel de calcul infinitésimal défraîchi, datant de l'époque où elle-même étudiait à Spelman et, pendant des semaines, tous les soirs, Stella s'était trituré la cervelle sur le calcul des aires irrégulières et les longues séries de chiffres entre parenthèses. Desiree avait feuilleté le livre une fois, mais les équations qui se succédaient lui semblaient les phrases d'une langue ancienne et Stella le lui avait arraché des mains, comme si elle l'avait souillé rien qu'en le regardant.

Stella rêvait d'enseigner à Mallard un jour. Mais Desiree sentait quelque chose lui comprimer la gorge chaque fois qu'elle imaginait son avenir ici, la vie continuant, immuable. Lorsqu'elle parlait de partir, Stella refusait d'en discuter.

« On ne peut pas abandonner maman », disait-elle. Desiree se taisait alors, honteuse. Adele Vignes avait déjà trop perdu : c'était le sous-entendu jamais formulé.

Le dernier jour de leur année de seconde, leur mère leur annonça après le travail qu'elles ne retourneraient pas au lycée à la rentrée. Elles avaient assez d'instruction, leur avait-elle dit en s'asseyant précautionneusement sur le canapé pour soulager ses pieds fatigués. Maintenant, il fallait gagner de l'argent. Les jumelles avaient seize ans et la nouvelle fut un coup de tonnerre. Stella aurait pu remarquer que les factures arrivaient plus nombreuses, Desiree aurait pu se demander pourquoi, rien que le mois passé, leur mère l'avait envoyée deux fois chez Fontenot quémander une rallonge de crédit. Les filles se regardèrent en silence pendant que leur mère délaçait ses chaussures. Stella était sonnée.

« Je peux travailler et continuer d'aller au lycée. Je me débrouillerai pour…

— Non. C'est la journée qu'on a besoin de toi. Tu sais bien que je ferais pas ça si j'avais une autre solution.

— Oui, mais…

— En plus, Nancy Belton, elle t'a laissée faire la classe. Qu'est-ce qui te reste à apprendre ? »

Elle leur avait déjà trouvé une place dans une maison d'Opelousas. Elles commenceraient le lendemain matin. Desiree détestait aider sa mère à faire le ménage, plonger les mains dans l'eau de vaisselle graisseuse, se courber sur la serpillière, consciente qu'un jour, à force de laver le linge sale des Blancs, ses doigts deviendraient aussi enflés et noueux que ceux de sa mère. Mais, au moins, elle serait débarrassée des interrogations, des exercices, des révisions ; elle n'aurait plus à subir les cours ennuyeux et interminables. Elle était adulte. Enfin la vie allait commencer. Les jumelles préparèrent le dîner. Maussade et silencieuse, Stella rinçait les carottes dans l'évier.

« Je croyais… Je croyais juste que… »

Elle comptait poursuivre ses études et il ne faisait aucun doute qu'elle aurait été admise sans mal à Spelman, Howard, ou n'importe quelle université noire de son choix. L'idée que Stella parte pour Atlanta ou Washington sans elle terrifiait Desiree. Une part d'elle était donc soulagée ; sa jumelle ne pourrait plus l'abandonner. Malgré tout, elle n'aimait pas la voir malheureuse.

« Tu pourras toujours aller à la fac, dit Desiree. Plus tard.

— Et comment ? Il faut terminer le lycée pour ça.

— Eh ben, t'auras qu'à prendre des cours du soir ou un truc comme ça. Tu auras vite fait de rattraper le niveau, tu le sais. »

Stella se renferma dans sa coquille et entreprit de couper les carottes pour le ragoût. Elle comprenait que sa mère n'avait pas le choix, et n'envisageait pas de discuter sa décision. Mais elle était tellement perturbée que la lame dérapa et lui entailla le doigt.

« Bon Dieu ! » murmura-t-elle bruyamment, surprenant sa sœur. Stella ne jurait jamais, ou presque, et surtout pas si leur mère se trouvait dans les parages. Elle lâcha le couteau. Un mince filet rouge suintait de son index et, sans réfléchir, Desiree le prit et le mit dans sa bouche, comme elle avait l'habitude de le faire enfant, quand rien ne calmait les larmes de Stella. Elle avait beau savoir qu'elles étaient trop grandes pour ça, elle resta ainsi, le goût métallique du sang sur sa langue. Stella la regardait sans un mot. Ses yeux étaient humides, mais elle ne pleurait pas.

« C'est dégoûtant », dit-elle enfin, mais elle ne retira pas son doigt.

Tout l'été, les jumelles prirent le bus tôt le matin pour se rendre dans une vaste demeure cachée derrière un portail de fer forgé, flanqué de deux lions de marbre blanc. Cet étalage pompeux était si absurde que Desiree éclata de rire lorsqu'elle le découvrit. Stella, elle, se contenta d'examiner les fauves avec prudence, comme s'ils menaçaient de se réveiller et de la tailler en pièces. Desiree se doutait que la famille que leur avait trouvée Adele serait riche et blanche, mais elle ne s'attendait pas à une telle splendeur : un lustre ruisselant de diamants accroché à un plafond si haut qu'elle devait monter sur une échelle pour l'épousseter ; un long escalier en spirale qui lui donnait le tournis lorsqu'elle promenait le chiffon sur la rampe ; une cuisine immense, où elle passait la serpillière autour d'appareils électroménagers si neufs et futuristes qu'elle n'avait pas la moindre idée de la manière dont ils fonctionnaient.

Parfois, elle perdait Stella et devait partir à sa recherche. Elle voulait l'appeler, mais n'osait pas faire résonner sa voix sous les hauts plafonds. Un jour, elle la trouva en train de cirer la coiffeuse dans la chambre de leurs patrons, regardant d'un air mélancolique le miroir entouré de minuscules flacons de crèmes et de lotions, comme si elle rêvait de s'asseoir sur le petit banc revêtu de peluche et de s'enduire les mains de crème parfumée. Comme si elle était Audrey Hepburn. Comme si elle vivait dans un monde où on pouvait s'admirer pour le plaisir. Lorsque le reflet de sa sœur apparut derrière elle, Stella détourna les yeux, honteuse d'être surprise à désirer quoi que ce soit.

La famille s'appelait Dupont : une femme aux cheveux blonds soyeux qui passait ses après-midi dans un fauteuil, les paupières lourdes, assommée d'ennui, un mari qui travaillait dans la plus grande banque d'Opelousas, deux fils qui se bousculaient devant le téléviseur couleur – elle n'en avait jamais vu et fixait avec fascination l'herbe verte sur l'écran –, et un bébé chauve qui souffrait de coliques. Mme Dupont, qu'on ne voyait jamais rien faire, semblait perpétuellement harassée. Le premier jour, elle avait examiné les jumelles pendant une minute, puis avait dit d'un air distrait à son mari : « Jolies filles. Incroyablement claires, n'est-ce pas ? »

M. Dupont s'était contenté de hocher la tête. C'était un homme gauche et fébrile avec des lunettes en cul-de-bouteille qui lui faisaient des yeux comme des perles. Chaque fois qu'il passait à côté de Desiree, il inclinait la tête d'un air interrogateur.

« Tu es laquelle, déjà ?

— Stella », répondait-elle de temps en temps pour s'amuser. Mentir, elle savait faire. La seule différence entre le mensonge et le théâtre, c'était le public : dans un cas, il n'était pas au courant, dans l'autre, si ; mais au bout du compte il s'agissait toujours de jouer un rôle. Stella refusait de se prêter au jeu, elle était persuadée qu'elles seraient démasquées. Le mensonge – comme le théâtre – exigeait un engagement total. Desiree avait étudié sa sœur pendant des années. Sa façon de tripoter l'ourlet de sa chemise, de glisser ses cheveux derrière son oreille, de lever les yeux d'un air hésitant avant de dire bonjour : elle pouvait mimer ses gestes, imiter sa voix, accueillir le corps de Stella dans le sien. Pouvoir se faire passer pour sa sœur, alors que celle-ci en était incapable, lui donnait l'impression d'être spéciale.

À Mallard, les jumelles restèrent invisibles tout l'été. On ne les vit pas marcher le long de Partridge Road, on ne les vit pas se glisser dans un box au fond de la salle chez Lou, on ne les vit pas se rendre sur le terrain de football américain avec les autres filles qui regardaient les garçons s'entraîner. Chaque matin, elles disparaissaient dans la demeure des Dupont pour en émerger en fin de journée, épuisées, les pieds enflés. Affalée contre la vitre du bus qui les ramenait chez elles, Desiree refusait de penser à l'automne qui serait bientôt là. Elle ne pouvait s'imaginer continuer à récurer des salles de bains pendant que ses camarades échangeraient des ragots à la cantine et prépareraient le prochain bal du lycée. Était-ce là ce que serait sa vie pour le restant de ses jours ? Confinée dans une maison qui l'avalait dès qu'elle en franchissait le seuil ?

Il y avait une solution. Elle le savait – elle l'avait toujours su – et, en août, elle ne pensait plus qu'à La Nouvelle-Orléans. Le matin de la Fête du fondateur, redoutant déjà le retour chez les Dupont, elle donna un petit coup à sa sœur et décréta : « On part. »

Stella grogna, le drap entortillé autour de ses chevilles. Elle avait souvent le sommeil agité, à cause de cauchemars dont elle ne voulait jamais parler.

« Où ?

— Tu sais très bien où. J'en ai marre d'en parler, cette fois, on y va. »

Elle avait le sentiment qu'une issue était apparue devant elle et qu'elle risquait de se refermer à jamais si elle attendait plus longtemps. Mais elle ne pouvait pas partir sans Stella. Elle n'avait jamais vécu sans sa sœur et une part d'elle se demandait si elle pourrait même survivre à une telle séparation.

« Allez. Tu veux continuer à nettoyer derrière les Dupont jusqu'à la fin des temps ? »

Elle ne saurait jamais vraiment ce qui avait convaincu Stella. Peut-être qu'elle s'ennuyait autant qu'elle. Ou que son sens pratique lui soufflait que, si elles gagnaient plus d'argent à La Nouvelle-Orléans, elles pourraient en envoyer à leur mère et lui être plus utiles. Ou peut-être encore avait-elle vu cette issue, elle aussi, et pris conscience que la vie dont elle rêvait existait hors de Mallard. Au fond, qu'est-ce que ça pouvait faire ? Ce qui comptait, c'était que Stella avait enfin répondu : « D'accord. »

Tout l'après-midi, les jumelles participèrent au pique-nique. Desiree avait l'impression qu'elle allait exploser, de garder pour elles un tel secret. Stella, en revanche, avait l'air parfaitement sereine. Desiree s'était toujours confiée à elle. Elle était au courant des devoirs ratés au dos desquels elle avait imité la signature de leur mère pour ne pas les lui montrer. Elle savait qu'elle avait volé des babioles chez Fontenot's – un tube de rouge à lèvres, un paquet de boutons, un bouton de manchette en argent –, juste parce qu'elle le pouvait, parce que c'était agréable de regarder la fille du maire passer devant elle en sachant qu'elle lui avait pris quelque chose. Stella écoutait, jugeait parfois, mais ne rapportait pas, ce qui était le plus important. Rien ne franchissait ses lèvres. Mais Desiree n'avait jamais imaginé qu'elle aussi puisse avoir des secrets.

Juste après le départ des jumelles Vignes, la rivière en crue transforma toutes les routes en bourbier. Si elles avaient attendu un jour de plus, l'orage les aurait refoulées. Et si ça n'avait pas été la pluie, la boue s'en serait chargée. Elles auraient pataugé pendant quelques kilomètres sur Partridge Road, avant de laisser tomber. Elles n'étaient pas très coriaces, peut-être auraient-elles fait sept ou huit kilomètres sur une route de campagne boueuse – puis elles auraient rebroussé chemin, trempées, pour s'écrouler dans leur lit, Desiree admettant qu'elle avait été trop impulsive et Stella qu'elle l'avait suivie par pure loyauté. Mais il ne plut pas ce soir-là. Le ciel était dégagé lorsque les jumelles partirent sans se retourner.

Le matin où elle réapparut, Desiree se perdit à moitié en essayant de retrouver la maison maternelle. Être à moitié perdue était pire que de l'être totalement, car il n'y avait pas de moyen de savoir quelle part d'elle connaissait la route. Partridge Road s'enfonçait dans le bois, et après ? Il fallait tourner à la rivière, mais dans quelle direction ? Une ville paraît toujours différente quand on y revient, comme une maison dont tous les meubles auraient été déplacés de quelques centimètres. On ne la confondrait pas avec celle d'un autre, mais on se cogne contre les coins de la table. Elle s'arrêta à l'orée du bois, étourdie par tous ces pins qui s'étendaient à perte de vue. Elle chercha un repère, tripotant son foulard. À travers la vaporeuse étoffe bleue, on distinguait à peine l'hématome.

« Maman ? C'est encore loin ? »

Quand Jude levait vers elle ses grands yeux ronds, elle lui rappelait tellement Sam que Desiree avait du mal à la regarder.

« Non. On y est presque.

— Combien de temps ?

— Pas longtemps, ma chérie. C'est de l'autre côté du bois. Maman cherche ses repères, c'est tout. »

Dès le premier coup, Desiree avait pensé à rentrer à la maison. C'était il y a six ans. Sam et elle étaient mariés depuis trois ans, mais ils étaient amoureux comme au premier jour. Il la faisait toujours frissonner, lorsqu'il léchait le glaçage au bout de ses doigts ou qu'il les embrassait pendant qu'elle mettait du rouge à lèvres. Elle commençait à se sentir chez elle à Washington et s'était presque faite à l'idée d'y passer le reste de sa vie, sans Stella. Puis, un soir de printemps, elle avait oublié de recoudre un bouton sur sa chemise. Quand il le lui avait fait remarquer, elle avait répondu qu'elle était en train de préparer le dîner et qu'il devrait s'en charger lui-même ; elle avait travaillé toute la journée et elle était fatiguée. Il devait être plus de vingt heures, car elle entendait *The Ed Sullivan Show* dans le salon où Diahann Carroll reprenait « It Had to Be You ». Elle enfourna le poulet et, lorsqu'elle se retourna, la main de Sam s'abattit brutalement sur sa bouche. Elle avait vingt-quatre ans et elle n'avait jamais reçu de gifle.

« Quitte-le, lui avait dit son amie Roberta au téléphone. Si tu restes, il va croire que tout est permis.

— Facile à dire, répondit-elle en jetant un coup d'œil vers la chambre du bébé, les doigts posés sur sa lèvre enflée. Elle imagina soudain le visage de Stella – identique au sien, les hématomes en moins.

— Pourquoi ? Parce que tu l'aimes ? Parce que lui t'aime tellement qu'il t'a démoli le portrait ?

— C'était pas si grave.

— Tu comptes attendre que ça le soit ? »

Quand elle trouva enfin le courage de partir, Desiree n'avait pas eu de nouvelles de sa sœur depuis que celle-ci était devenue blanche. Pourtant, lorsqu'elle se faufila à travers la foule à Union Station, sa fille désorientée s'accrochant à elle, c'était à Stella qu'elle avait besoin de parler. Quelques heures plus tôt, au cours d'une énième dispute, Sam l'avait attrapée à la gorge et avait braqué son revolver sur son visage, les yeux aussi clairs que la première fois qu'il l'avait embrassée. Un jour il la tuerait.

Lorsqu'il l'avait lâchée, elle avait roulé sur le flanc, hoquetant, mais elle savait. Cette nuit-là, elle avait fait semblant de s'endormir à côté de lui ; puis, pour la seconde fois de sa vie, elle avait fait son sac dans l'obscurité. À la gare, elle s'était précipitée au guichet avec l'argent qu'elle avait dérobé dans le portefeuille de son mari, la main de sa fille dans la sienne, haletant si fort qu'elle en avait mal au ventre.

« Et maintenant ? demanda-t-elle à Stella dans sa tête. Où je vais ? » Bien sûr, la question resta sans réponse.

De toute manière, elle n'avait qu'un endroit où aller.

« On arrive bientôt ? répéta Jude.

— Oui, ma chérie. On y est presque. »

Presque à la maison. Mais est-ce que ça signifiait encore quelque chose ? Sa mère ne la laisserait peut-être même pas gravir les marches. Elle poserait les yeux sur Jude puis leur indiquerait la route derrière elles. *Alors comme ça, ton gars noir, il te frappait ? Tu m'en diras tant. C'est ce qui arrive quand on se marie pour enquiquiner le monde, ça peut pas durer.* Desiree se baissa pour soulever sa fille et la caler sur sa hanche. À présent, elle marchait sans même y penser, juste pour ne pas s'arrêter. C'était peut-être une erreur de rentrer à Mallard. Peut-être auraient-elles dû aller ailleurs, repartir de zéro. Mais il était trop tard pour les regrets. Elle entendait déjà la rivière. Elle bifurqua dans sa direction, Jude comme un poids pendu à son cou. La rivière lui remettrait les idées en place. Sur la berge, elle se souviendrait de la route.

À Washington, Desiree Vignes avait appris à lire les empreintes digitales.

Elle ne savait même pas que c'était possible, jusqu'au jour où, au printemps 1956, elle remarqua une affichette collée sur la vitrine d'une boulangerie de Canal Street. L'administration fédérale embauchait. Elle tomba en arrêt devant l'annonce. Stella avait disparu depuis six mois. Le temps filait en gouttes lentes et régulières. Aussi étrange que cela puisse paraître, il lui arrivait d'oublier. Elle entendait une blague qui l'amusait dans le tramway, croisait quelqu'un qu'elles avaient connu, et elle se tournait vers Stella, « Hé, est-ce que tu... » avant de se rappeler qu'elle était partie. Qu'elle avait laissé Desiree seule pour la première fois de sa vie.

Pourtant, six mois après, elle espérait encore. Sa sœur allait téléphoner. Écrire. Mais chaque soir, elle tâtait la boîte aux lettres vide et attendait à côté d'un appareil qui refusait de sonner. Stella ne reviendrait pas. Elle s'était construit une nouvelle vie sans elle, et Desiree était malheureuse dans cette ville où sa jumelle l'avait abandonnée. Alors elle recopia le numéro sur l'affiche jaune et fit un détour par le bureau de recrutement en sortant du travail.

La préposée, qui doutait de pouvoir trouver une seule personne dotée de sens moral dans cette ville, fut surprise à la vue de la jeune femme convenable assise en face d'elle. Elle jeta un regard au formulaire qu'elle avait rempli et écarquilla les yeux en découvrant qu'elle avait indiqué *personne de couleur*. Puis elle tapota avec son stylo sur la case *ville natale*.

« Mallard ? Jamais entendu parler.

— C'est une toute petite ville. Juste au nord.

— M. Hoover aime bien les petites villes. On y trouve les gens les plus honnêtes, c'est ce qu'il dit toujours.

— Ça, c'est une petite ville, c'est sûr. »

À Washington, elle s'efforça d'oublier son chagrin. Elle loua une chambre à l'autre femme de couleur du service des empreintes digitales, Roberta Thomas. Un sous-sol davantage qu'une chambre, en réalité : sombre, sans fenêtre, mais propre – et surtout abordable. « C'est pas grand-chose, lui avait dit Roberta, sans enthousiasme, lors de son premier jour de travail. C'est vraiment pour dépanner. » Elle lui avait proposé la chambre d'un ton hésitant, comme si elle espérait un refus. Elle était déjà épuisée, trois enfants et le reste, et franchement, elle avait peur que Desiree soit un poids supplémentaire. Mais elle avait eu pitié de cette petite, dix-huit ans à peine, seule dans une ville inconnue. Desiree s'installa donc au sous-sol : un lit une place, une commode et le radiateur dont les vrombissements la berçaient tous les soirs. Elle essayait de se persuader qu'une nouvelle vie s'ouvrait devant elle, même si elle pensait plus que jamais à Stella, se demandant ce qu'elle dirait de cette ville. Elle avait quitté La Nouvelle-Orléans pour échapper au souvenir de sa sœur, mais elle ne pouvait toujours pas s'endormir sans la chercher sur le matelas à côté d'elle.

Au FBI, Desiree apprit à analyser les arches, les boucles et les tourbillons. À distinguer une boucle radiale qui s'incurve vers le pouce d'une boucle cubitale qui va vers le petit doigt. Une boucle terminée par un tourbillon d'un tourbillon à deux centres. Un doigt jeune d'un doigt âgé aux dessins papillaires usés. Elle était capable d'identifier une personne parmi un million en étudiant une crête : largeur, forme, pores, contours, terminaisons, plis. Sur son bureau tous les matins, des empreintes digitales relevées sur des voitures volées et des douilles, sur des vitres brisées, des poignées de porte et des manches de couteau. Elle classait les empreintes des manifestants pacifistes et identifiait les dépouilles de soldats rapatriés dans de la neige carbonique. La première fois que Sam Winston passa devant elle, elle examinait les empreintes retrouvées sur une arme volée. Il portait une cravate mauve et une pochette de soie assortie. Elle fut frappée par la couleur vive de la cravate et l'audace du frère à la peau d'ébène qui l'arborait. Un peu plus tard, lorsqu'elle le vit déjeuner en compagnie d'autres avocats, elle se tourna vers Roberta.

« Je ne savais pas qu'il y avait des avocats de couleur.

— Bien sûr que si. C'est pas ton bled de ploucs, ici. »

Roberta n'avait jamais entendu parler de Mallard. Comme tout le monde dès qu'on quittait le comté de Saint-Landry. Sam aussi la regarda d'un air dubitatif lorsqu'elle lui décrivit l'endroit.

« C'est de la blague. Une ville entière de gens aussi clairs que toi ? »

Un jour, il s'était penché par-dessus la paroi de son box pour l'inviter à déjeuner, après lui avoir posé des questions au sujet d'une série d'empreintes. Par la suite, il lui avoua que ces empreintes ne l'intéressaient pas tant que ça et qu'il cherchait juste un prétexte pour se présenter. Lorsqu'ils parlèrent de Mallard, ils regardaient les canards glisser sur le bassin, assis sur un banc de l'Arboretum national.

« Plus clairs, même, répondit-elle, songeant à Mme Fontenot qui se vantait toujours du teint de lait caillé de ses enfants.

— Eh bien, il faudra m'emmener là-bas un jour. Je veux la voir de mes propres yeux, cette ville où les Noirs sont presque blancs. »

Mais il disait ça pour flirter. Il était né dans l'Ohio et ne s'était jamais aventuré au sud de la Virginie. Sa mère l'avait poussé à aller étudier à Morehouse, à Atlanta, mais non, il avait préféré l'université d'État de l'Ohio. C'était avant la déségrégation des campus. Il avait assisté à des cours où des professeurs blancs ignoraient ses questions. Chaque hiver, il raclait son pare-brise couvert de neige jaune pisse. Il sortait avec des filles à la peau claire qui refusaient de lui tenir la main en public. Le racisme du Nord, il connaissait ; celui du Sud, non merci. Si sa famille était partie, c'était pour une bonne raison et il n'allait pas remettre en cause leur jugement. Ces ploucs ne le laisseraient sans doute même pas rentrer chez lui, plaisantait-il. Il arriverait là-bas pour faire du tourisme et se retrouverait à ramasser du coton.

« De toute façon, tu n'aimerais pas Mallard.

— Pourquoi ?

— Parce que. Les gens sont bizarres, chez moi. Obsédés par la couleur. C'est pour ça que je suis partie. »

Pas tout à fait, en réalité, mais elle voulait qu'il croie qu'elle n'avait rien à voir avec cet endroit. Elle voulait qu'il croie tout, sauf la vérité : qu'elle était jeune, qu'elle s'ennuyait et qu'elle avait traîné sa sœur dans une ville où elle s'était perdue. Il se tut un instant, songeur, puis lui tendit le sachet de miettes. Il avait effrité la croûte de son sandwich pour qu'elle puisse nourrir les canards – le genre de petit geste galant qu'elle apprendrait à aimer chez lui. Elle sourit et plongea la main dans le sac.

Elle lui avoua qu'elle n'avait jamais été avec un homme comme lui avant. En réalité, elle n'avait jamais réellement été avec un homme tout court. La moindre attention était donc une source d'étonnement et de ravissement : Sam qui l'emmenait dans des restaurants avec des nappes blanches et des couverts d'argents ciselés, Sam qui l'invitait à un concert surprise d'Ella Fitzgerald. La première fois qu'ils allèrent chez lui, elle fit le tour de son appartement de célibataire, émerveillée par le linge propre, la garde-robe organisée par couleur, le lit immense. Elle en pleura presque lorsqu'elle dut réintégrer le sous-sol de Roberta.

Jamais plus Sam ne proposerait d'aller à Mallard. Et jamais elle ne l'y inviterait. Elle lui avait annoncé d'entrée de jeu qu'elle détestait cet endroit.

« Je ne te crois pas, avait-il répondu, alors qu'ils écoutaient la pluie, allongés sur son lit.

— Qu'est-ce que tu racontes ? Il ne s'agit pas de croire. Je te dis juste ce que je ressens.

— Tous les Noirs aiment leur ville natale. Même quand elle est horrible. Il n'y a que les Blancs pour s'offrir le luxe de détester l'endroit d'où ils viennent. »

Lui avait grandi dans une cité de Cleveland, et il l'adorait avec la passion farouche de quelqu'un à qui on n'avait jamais donné grand-chose à aimer. Elle n'avait qu'une ville dont elle avait toujours voulu s'échapper, et une mère qui lui avait bien fait comprendre qu'elle n'avait plus sa place là-bas. Elle n'avait pas parlé de Stella à Sam : elle avait l'impression que ce serait encore une particularité de Mallard qu'il aurait du mal à concevoir. Dehors, la pluie crépitait sur l'escalier de secours en métal. Elle prit une inspiration et lui confia qu'elle avait une jumelle qui avait décidé de devenir quelqu'un d'autre.

« Elle se lassera de jouer un rôle. Je te parie qu'elle reviendra la queue entre les jambes. Tu es bien trop mignonne pour qu'on reste loin de toi longtemps. »

Il lui embrassa le front et elle le serra plus fort, le cœur de Sam battant contre son oreille. C'était au tout début. Avant que ses mains ne se transforment en poings, avant qu'il ne la traite de *mal blanchie*, avant qu'il ne l'accuse d'être *aussi folle que sa sœur*, et de *se prendre encore pour une Blanche*. Au tout début, alors qu'elle commençait à se sentir en confiance.

Bien plus tard, lorsque sa vue commencerait à baisser, elle pesterait contre les années passées à s'abîmer les yeux sur des empreintes digitales et à marquer leurs crêtes. Roberta lui assura un jour que bientôt tout le service serait géré par des machines, les Japonais testaient déjà la technique. Mais comment une machine pourrait-elle être plus efficace que l'œil humain ? Desiree distinguait des figures invisibles pour la plupart des gens. Elle était capable de lire la vie d'une personne au bout de ses doigts. Pendant sa formation, elle s'était entraînée sur ses propres empreintes et les motifs complexes qui faisaient d'elle un être unique. Stella avait une cicatrice sur l'index gauche depuis qu'elle s'était coupée avec un couteau. Une différence parmi beaucoup d'autres entre leurs dessins papillaires.

La singularité d'un être humain tient parfois à peu de choses.

Adele Vignes habitait une maison blanche tout en longueur à la lisière du bois. Construite par le fondateur de la ville, elle avait abrité plusieurs générations de Decuir. Lorsque Adele s'était mariée, son nouvel époux, Leon Vignes, avait fait quelques pas dans l'entrée et inspecté le mobilier ancien. C'était un réparateur qui voulait devenir menuisier. Il avait passé le doigt sur les minces pieds de la table, admirant le travail du bois. Jamais il n'avait espéré vivre un jour dans une maison aussi imprégnée d'histoire. Il faut dire qu'il n'imaginait pas non plus épouser une fille Decuir, une fille avec un héritage. Lui-même descendait d'une longue lignée de viticulteurs français qui avaient envisagé de créer un vignoble dans le Nouveau Monde, avant de se rabattre sur la canne à sucre lorsqu'ils avaient découvert que le climat chaud et humide de la Louisiane ne convenait pas au raisin. L'ambition brisée par la réalité : voilà ce dont il avait hérité. Ses parents, qui s'étaient fixé des objectifs plus raisonnables que leurs ancêtres, avaient ouvert un bar clandestin à la limite de la ville, le Surly Goat. Par la suite, les plus pieux imputeraient les tragédies à ce commerce immoral : quatre frères Vignes, tous morts avant trente ans. Leon, le benjamin, parti le premier.

La maison était délavée par les ans, et cependant pareille au souvenir de Desiree. Elle avança dans la clairière, serrant sa fille plus fort. La douleur lui cisaillait les épaules à chaque pas. Les poteaux en cuivre, le toit bleu canard, l'étroite galerie le long de la façade, où sa mère était assise dans un rocking-chair, équeutant des haricots verts dans un saladier d'eau. Sa mère, toujours aussi menue, les cheveux lui battant le dos, les tempes mêlées de gris désormais. Desiree s'arrêta, Jude lourde à son cou. Les années la repoussaient comme une main sur sa poitrine.

« Je commençais à me demander quand c'est que vous autres alliez arriver. Tu penses bien que Lou a appelé pour dire qu'il t'avait vue. »

Tout en lui parlant, elle ne quittait pas des yeux l'enfant dans ses bras.

« Ça m'a l'air sacrément lourd. »

Desiree se résolut à poser son fardeau. Elle avait mal au dos, mais la douleur au moins était familière. Un corps souffrant maintient en alerte, éveillé. C'était toujours mieux que l'engourdissement qui l'avait gagnée dans le train, à la fois en mouvement et immobile, coincée à sa place. Elle poussa la fillette vers la maison.

« Va faire un bisou à ta grand-mère. Allez, va. »

Trop timide pour bouger, l'enfant s'accrochait à ses jambes ; elle insista et Jude finit par grimper docilement les marches, hésitant avant d'enlacer Adele. Celle-ci se dégagea pour mieux l'examiner et toucha ses tresses à moitié défaites.

« Allez donc vous laver, ça sent le dehors. »

Dans la salle de bains, Desiree s'agenouilla sur le carrelage fendu pour ouvrir le robinet de la baignoire à pieds. Elle testa la température de l'eau avec la sensation étrange de rêver. Le miroir noirci dans le coin supérieur, le lavabo ébréché en forme de coquillage, le plancher qui craquait à des endroits qu'elle avait appris à éviter quand elle voulait sortir en cachette le soir... Sa mère qui équeutait les haricots devant la maison, comme si c'était un matin normal. Alors qu'elles ne s'étaient pas parlé depuis la disparition de Stella. Desiree avait téléphoné, ravalant ses larmes, et sa mère lui avait dit : « C'est ta faute. » Que pouvait-elle répondre ? C'était elle qui avait poussé Stella à s'enfuir. Et tout ça pour quoi ? Une sœur qui avait décidé qu'elle préférait être blanche et une mère qui lui faisait des reproches parce qu'elle ne pouvait pas s'en prendre à l'absente.

Dans la cuisine, elle se laissa tomber sur une chaise, réalisant presque aussitôt qu'elle s'était assise à sa place habituelle, celle de Stella vide à côté d'elle. Sa mère s'affairait au fourneau et, pendant un long moment, Desiree regarda son dos rigide.

« Alors, c'est tout ce que t'as trouvé à faire ?

— Comment ça ?

— Tu sais bien, répondit sa mère en se retournant, les yeux brillants de larmes. Faut vraiment que tu nous détestes ! »

Desiree recula sa chaise pour se lever.

« Je savais que j'aurais pas dû venir ici...

— Assois-toi...

— Si c'est tout ce que t'as à me dire...

— Qu'est-ce que tu crois ? T'arrives de Dieu sait où avec une gamine qui te ressemble autant que le jour à la nuit...

— C'est bon, on y va. Tu peux me disputer tant que tu veux, mais pas question que tu passes ta colère sur ma fille.

— Je t'ai dit de t'asseoir », répéta sa mère, plus calmement. Elle posa une tranche de pain de maïs jaune sur la table. « C'est juste que je suis surprise. J'ai pas le droit d'être surprise ? »

Desiree avait souvent failli donner des nouvelles. À son arrivée à Washington, lorsqu'elle s'était installée dans le sous-sol de Roberta, consciente que sa mère n'avait aucun moyen de la joindre ; ou quand Sam l'avait demandée en mariage et qu'ils avaient pris leurs photos de fiançailles sous les cerisiers en fleur. Elle en avait glissé une dans une enveloppe, avait même écrit l'adresse dessus, puis n'avait pas pu se résoudre à la poster. Pas parce qu'elle avait honte de lui – comme Sam le croyait –, mais à quoi bon partager une bonne nouvelle avec quelqu'un qui ne pouvait pas se réjouir pour elle ? Elle savait déjà ce que lui répondrait sa mère. *Tu n'aimes pas cet homme noir. Tu te maries par esprit de contradiction. Et la pire chose qu'on peut offrir à un enfant rebelle, c'est de l'attention. Tu comprendras un jour, quand tu en auras.* Une fois le mariage terminé, le gâteau découpé, leurs amis éméchés repartis en riant, elle s'était écroulée au fond de la salle de réception dans sa robe blanche à falbalas, et elle avait pleuré. Elle n'avait jamais imaginé qu'elle se marierait sans sa mère et sa sœur à ses côtés.

Elle avait même envisagé d'appeler, après l'accouchement à l'hôpital Freedmen. À la vue de Jude, l'infirmière, une femme de couleur, avait marqué un temps d'arrêt avant d'envelopper le bébé dans une couverture rose. « Une fille qui ressemble à son papa, ça porte chance », lui avait-elle enfin dit. Puis elle lui avait offert un sourire rassurant, pensant aider une femme qui avait besoin de réconfort. Mais Desiree contemplait sa fille avec ravissement. Une autre à sa place aurait peut-être été déçue d'avoir donné le jour à un enfant aussi différent ; elle n'éprouvait que de la gratitude. Aimer quelqu'un qui lui ressemblait trait pour trait, elle avait déjà donné.

« J'aurais prévu plus, si tu m'avais dit que tu venais, dit sa mère.

— Ça s'est décidé à la dernière minute. »

Elle n'avait presque rien avalé dans le train, à part des crackers et des litres de café noir qui l'avaient rendue fébrile. Elle avait besoin d'un plan. Mallard, et après ? Où iraient-elles ensuite ? Elles ne pouvaient pas rester ici, mais elle n'avait pas d'autre idée. Lorsqu'elle regardait la cuisine autour d'elle, Desiree regrettait son appartement à Washington, son travail, ses amis, sa vie. Peut-être avait-elle paniqué trop vite : les émeutes avaient mis tout le monde à cran. La semaine précédente, quand Walter Cronkite avait annoncé la terrible nouvelle aux informations, Sam s'était effondré dans ses bras, le corps secoué de sanglots. Le tireur était un fou, un commando, peut-être un agent du FBI à la solde du gouvernement. Et eux-mêmes n'étaient-ils pas coupables, des Noirs complices au service du mauvais côté ? Il divaguait et elle l'avait étreint jusqu'à la fin du journal. Cette nuit-là, ils avaient fait l'amour avec la passion du désespoir, une étrange manière de rendre hommage au révérend King, mais elle ne se sentait plus elle-même, accablée de chagrin pour un homme qu'elle n'avait pas connu.

Le matin, elle était passée devant des magasins saccagés, avec les mots SOUL BROTHER griffonnés sur les vitrines condamnées, des appels à la fraternité écrits au feutre et placardés à la hâte, dans l'espoir d'être épargnés par la violence aveugle. Au travail, les bureaux avaient fermé plus tôt. Sur le trajet entre l'arrêt de bus et l'appartement, un jeune Noir apeuré – aussi efflanqué que la batte de base-ball à laquelle il s'agrippait – lui avait réclamé son sac.

« Aboule, sale Blanche ! » hurlait-il, donnant des coups de batte sur le trottoir, comme s'il pouvait le percer jusqu'au centre de la Terre. Elle avait posé une main tremblante sur la bandoulière de cuir, trop effrayée pour rectifier la méprise, se reconnaissant dans sa terreur et sa rage, lorsque Sam avait surgi devant elle et avait dit : « C'est ma femme, mon frère. » L'adolescent s'était enfui à travers la foule et Sam l'avait ramenée à l'appartement, la serrant contre sa poitrine pour la protéger.

La ville avait brûlé pendant quatre nuits. Le dernier soir, Sam avait étreint son corps nu, murmurant : « Faisons-en un autre. » Il avait fallu quelques instants à Desiree pour réaliser qu'il parlait d'un bébé. Elle avait hésité. Elle ne l'avait pas fait exprès, mais l'idée d'un autre enfant qui la riverait un peu plus à lui, d'un autre enfant pour qui elle tremblerait à chacune de ses crises de rage : non, il n'en était pas question. Elle n'avait rien dit, bien sûr, mais son hésitation l'avait trahie et, plus tard, quand les mains de son mari s'étaient refermées autour de sa gorge, elle avait très bien compris pourquoi. Elle l'avait blessé alors qu'il était encore en deuil. Pas étonnant qu'il soit furieux. D'accord, il aimait rouler des mécaniques. Mais comment lui en vouloir sachant qu'il vivait dans un monde qui ne le respectait même pas en tant qu'homme ? Elle n'aurait pas dû être insolente. Elle aurait dû faire plus d'efforts pour lui offrir un foyer paisible. Après tout, n'était-ce pas lui qui s'était interposé entre elle et la batte de l'adolescent en colère ? Lui qui l'avait aimée quand sa sœur l'avait abandonnée et quand sa mère refusait ses appels ?

Il était peut-être encore temps. Elles n'étaient parties que depuis deux jours, elle pouvait téléphoner à Sam, lui dire qu'elle avait commis une erreur. Elle avait juste eu besoin de prendre un peu de recul. Bien sûr qu'elle n'avait jamais envisagé sérieusement de le quitter. Sa mère posa une assiette devant elle.

« Alors, c'est quoi qui va pas avec ton homme ? »

Desiree se força à rire.

« Tout va bien, maman.

— Me prends pas pour une andouille. Tu crois que je sais pas que tu t'es enfuie à cause de lui ? »

Les yeux fixés sur la table, Desiree sentit monter les larmes. Sa mère versa du lait sur le pain de maïs et l'écrasa à la fourchette, comme Desiree l'aimait autrefois.

« C'est fini, maintenant. Mange. »

Ce même soir, à plus de cent cinquante kilomètres au sud-est de Mallard, Early Jones reçut une proposition qui allait changer le cours de sa vie. Bien sûr, il l'ignorait à ce moment-là. Pour lui, un boulot, c'était un boulot, point. Quand il entra chez Ernesto, cherchant Big Ceel des yeux, il s'inquiétait seulement de savoir s'il aurait de quoi s'offrir un verre. Il fit tinter la monnaie dans sa poche. L'argent lui brûlait les doigts. Sa dernière mission remontait à une semaine seulement, mais, entre le jeu, l'alcool et les femmes, il y avait tout ce qu'il fallait pour ratiboiser un jeune gars sans attache, à La Nouvelle-Orléans. Et maintenant, il était prêt à accepter n'importe quel job. Pour l'argent, bien sûr, mais aussi parce qu'il détestait rester trop longtemps au même endroit. Et quinze jours, c'était déjà beaucoup trop pour lui.

Il n'était pas du genre à se ranger : il ne savait que se perdre. Un talent particulier qu'il devait à son histoire. Il n'avait jamais eu de racines. Toute son enfance – si l'on peut parler d'enfance –, il avait travaillé sur des exploitations agricoles ici et là : Janesville, Jena, et plus au sud à New Roads et Palmetto. On l'avait donné à sa tante et à son oncle lorsqu'il avait huit ans, parce qu'ils n'avaient pas d'enfant et que ses parents en avaient trop. Il ne savait pas où ils vivaient aujourd'hui ni même s'ils vivaient tout court, et il affirmait ne jamais penser à eux.

« Ils sont plus là, répondait-il si on l'interrogeait. Quand les gens sont plus là, ils sont plus là. »

En réalité, quand il avait commencé à traquer des fugitifs, il en avait profité pour enquêter sur ses parents. L'échec avait été brutal et humiliant. Il ignorait tout d'eux : il ne savait même pas par quel bout s'y prendre. C'était sans doute aussi bien. Ils ne voulaient pas de lui lorsqu'il était enfant : qu'est-ce qu'ils feraient de lui, adulte ? Malgré tout, cette défaite le taraudait. Depuis qu'il était chasseur de primes, ses parents étaient les seuls qu'il avait été incapable de retrouver.

Si on voulait disparaître, la clé, c'était de ne pas aimer. Les raisons qui poussaient un homme recherché à revenir l'étonnaient toujours. Une histoire de jupons, la plupart du temps. À Jackson, il avait capturé un type recherché pour tentative de meurtre, parce qu'il n'avait pas pu rester loin de sa bonne femme. Les femmes, c'était pourtant pas ce qui manquait, mais voilà, les hommes les plus violents étaient aussi les plus sentimentaux. De l'émotion brute dans un cas comme dans l'autre. Cependant, ceux qui le sidéraient vraiment, c'étaient ceux qui revenaient pour des biens matériels. Des voitures en veux-tu en voilà, toujours un tas de ferraille que le type conduisait depuis des années et dont il n'arrivait pas à se séparer. À Toledo, il avait chopé un gars qui était repassé chez ses parents pour une vieille batte de base-ball.

« Je sais pas, mec. J'adorais cette batte », avait-il dit, menotté à l'arrière de la Chevrolet El Camino d'Early.

Ce n'était certainement pas l'amour qui risquait de ramener Early quelque part. Quand il quittait un lieu, il l'oubliait aussitôt. Les noms s'effaçaient, les visages se brouillaient, les bâtiments se désagrégeaient pour devenir des tas de brique que rien ne distinguait les uns des autres. Il avait oblitéré les noms de tous les enseignants des écoles où il était passé, gommé les rues où il avait vécu, et il ne savait même plus à quoi ressemblaient ses parents. Il avait la chance d'avoir la mémoire courte. Une bonne mémoire, c'était un truc à vous rendre fou.

Il bossait pour Ceel par intermittence depuis sept ans. Il n'avait rien à voir avec la police et ne voulait surtout pas qu'on imagine le contraire. Il traquait les malfaiteurs pour une seule et unique raison, l'argent, et il se tamponnait de la justice de l'homme blanc. Après avoir livré un fugitif, il ne se demandait pas si le jury l'avait déclaré coupable ou s'il avait survécu à la prison. Il le rayait aussitôt. Une fois, un type armé d'un couteau l'avait reconnu dans un bar et Early en avait gardé la cicatrice sur son ventre, mais, pour lui, oublier était l'unique manière de continuer à faire son travail. Il aimait la chasse aux hors-la-loi. Chaque fois que Ceel lui proposait de retrouver un enfant disparu ou un père qui avait négligé de payer sa pension alimentaire, il secouait la tête.

« Je sais pas qui sont ces gens », dit-il en levant son verre de whisky.

Ceel haussa les épaules. Ils se retrouvaient chez Ernesto. Ceel avait un vrai bureau dans le Seventh Ward, en face d'une église, mais Early détestait y aller : tous ces culs-bénits qui le dévisageaient en descendant les marches, très peu pour lui. Ce bar lui correspondait mieux, un peu sombre, sécurisant. Ceel était un homme corpulent, la peau couleur carton, les cheveux noirs et soyeux. Il avait toujours un briquet en argent qu'il faisait tourner entre ses doigts quand il parlait. Il jouait avec ce même briquet la première fois qu'il avait abordé Early dans un bar similaire. Early l'avait écouté d'une oreille distraite, regardant la lumière se réfléchir sur le métal et danser sur le zinc.

« Ça te dirait de gagner un peu de blé, mon gars ? » lui avait demandé Ceel.

Il ne ressemblait ni à un gangster ni à un maquereau, mais il avait l'aspect louche d'un type qui trempait dans des affaires à la limite de la légalité. Il était garant de caution judiciaire et cherchait un nouveau chasseur de primes, lorsqu'il avait repéré Early.

« T'as pas l'air bavard. Ça me plaît. J'ai besoin de quelqu'un capable de regarder et d'écouter. »

Early avait alors vingt-quatre ans, il sortait de prison et il était seul à La Nouvelle-Orléans, parce qu'il s'était dit que cette ville en valait bien une autre pour repartir d'un bon pied. Il avait besoin de travail et il avait accepté. Il ne s'attendait pas à être doué, si doué que Ceel s'entêtait à lui proposer aussi des missions qui ne concernaient pas des repris de justice.

« Tu sais d'eux ce que je t'en dis. Et je t'ai encore rien dit.

— Ouais, sauf que j'aime pas me mêler des affaires des gens. T'as rien d'autre pour moi ?

— Tu es le seul à me sortir des trucs pareils. Tous les autres demandent que ça, courir après quelqu'un qu'est pas une brute épaisse, pour changer. »

Au moins, Early comprenait ce qui se passait dans la tête d'un homme traqué. L'épuisement, le désespoir, l'égoïsme cru de l'instinct de survie. En revanche, ce qui poussait quelqu'un de normal à disparaître, ça le dépassait. Il ne comprenait pas les gens mariés et ne tenait pas à se retrouver entre eux. Pourtant, il était le premier à dire qu'un boulot, c'est un boulot. Alors, pourquoi refuser une mission plus simple ? Il venait de passer deux semaines à pister un fugitif jusqu'au Mexique ; sa voiture était tombée en panne en plein désert et il s'était demandé s'il allait crever là, à cause d'un type qu'il ne souhaitait même pas voir condamné. Si le but, c'était l'argent, pourquoi ne pas accepter un job facile, pour une fois ?

« OK, mais je la ramène pas.

— C'est pas ce qu'on te demande. T'appelles quand tu l'as trouvée. Son bonhomme la cherche. Elle s'est enfuie avec sa gamine.

— Pourquoi elle s'est enfuie ?

— C'est pas mes oignons. Le gars veut la retrouver. Elle vient d'un patelin au nord d'ici, Mallard, ça te dit quelque chose ?

— J'y suis passé quand j'étais gosse. Drôle d'endroit. Prétentiard. »

Il ne se rappelait pas bien la ville, seulement que tout le monde avait la peau claire et se la racontait. Une fois, à l'église, un homme grand et pâle l'avait giflé parce qu'il avait trempé le doigt dans le bénitier avant son épouse. Il avait seize ans. La douleur cuisante sur son cou l'avait pris au dépourvu, il s'était excusé en regardant le carrelage craquelé. Il passait l'été là-bas. Il travaillait sur une exploitation à la lisière de la ville et faisait des livraisons pour gagner quelques sous en plus. Il ne s'était pas fait un seul ami, mais s'était amouraché d'une fille qu'il avait rencontrée en livrant des courses chez elle. Il ne savait même pas pourquoi il s'en souvenait. Il était tout jeune à l'époque et ils avaient à peine eu le temps de faire connaissance. À l'automne, il était déjà ailleurs. Pourtant, il la voyait encore, pieds nus dans son salon, en train de laver les vitres. Lorsque Ceel lui tendit la photo, Early sentit son estomac se nouer. Il avait presque l'impression de l'avoir fait apparaître en pensant à elle. Pour la première fois depuis dix ans, il contemplait le visage de Desiree Vignes.

Deux

Les jumelles Vignes étaient parties sans dire au revoir, et, comme pour toute disparition soudaine, leur départ fut tout de suite chargé de signification. Avant qu'elles ne réapparaissent à La Nouvelle-Orléans sous les traits banals de deux adolescentes ingrates en mal de distraction, la tragédie semblait l'explication la plus plausible. Les jumelles étaient nées à la fois bénies et maudites. Par leur mère, elles avaient hérité d'une ville entière ; par leur père, d'un nom voué au malheur. Quatre fils Vignes, tous fauchés avant trente ans. L'aîné mort d'un coup de chaleur dans une chaîne de forçats, le cadet gazé dans une tranchée belge, le troisième poignardé dans une rixe de bar et le benjamin, Leon Vignes, lynché à deux reprises, la première fois chez lui, sous le regard de ses filles qui observaient la scène par une fente de la porte du placard, chacune la main sur la bouche de l'autre, leurs paumes humides de salive.

Ce soir-là, il taillait un pied de table, lorsque cinq hommes blancs avaient enfoncé la porte et l'avaient traîné dehors. Il était tombé brutalement face contre terre, de la poussière et du sang plein la bouche. Le chef de la meute – un grand gaillard aux cheveux roux doré, couleur pomme d'automne – avait agité un bout de papier froissé, l'accusant d'avoir écrit des saletés à une femme blanche. Leon n'avait jamais appris à lire ni à écrire – tous ses clients savaient qu'il signait son travail d'une croix –, mais cela n'avait pas d'importance pour ces hommes qui lui avaient piétiné les mains, brisé les doigts et les articulations, avant de lui tirer quatre fois dessus. Il avait survécu. Mais trois jours tard, les mêmes hommes débarquaient à l'hôpital et faisaient le tour de toutes les chambres du service des personnes de couleur jusqu'à le trouver. Cette fois, ils avaient visé la tête, deux balles. Une fleur rouge s'était épanouie sur la taie de coton blanc.

Desiree avait assisté au premier lynchage. Le second, elle était condamnée à l'imaginer : son père endormi, la tête molle, comme quand il somnolait sur sa chaise après le souper. Le fracas des bottes qui l'avait réveillé. Son hurlement, s'il en avait eu le temps, ses mains enflées et bandées, inutiles. Cachée dans le placard, lorsqu'elle avait vu les Blancs traîner son père dehors, ses longues jambes tressautant sur le sol, elle avait soudain eu la certitude que sa sœur allait crier. Elle avait plaqué sa paume sur la bouche de Stella et, une seconde plus tard, elle sentait celle de sa jumelle sur sa bouche à elle. Il s'était produit un changement subtil à cet instant. Jusque-là, Stella lui semblait aussi prévisible qu'un reflet. Mais dans le placard, pour la première fois, Desiree s'était demandé ce qu'elle allait faire.

À la veillée, les filles portaient des robes noires assorties, et en dessous des combinaisons qui leur grattaient les cuisses. Quelques jours plus tôt, quand Bernice LeGros, la couturière, était venue rendre un dernier hommage au mort, elle avait trouvé Adele Vignes essayant de raccommoder un des pantalons du dimanche de Leon pour l'enterrer dedans. Ses mains tremblaient si fort que Bernice lui avait pris l'aiguille pour s'en charger. Elle se demandait comment Adele allait s'en sortir. Les Decuir ne connaissaient que la douceur, une vie longue et facile. Les filles n'avaient même pas de robe pour l'enterrement. Le lendemain matin, Bernice s'était présentée avec un rouleau de tissu noir et s'était agenouillée dans le salon, mètre à la main. Incapable de distinguer les jumelles et n'osant pas demander, elle se contenta de leur donner des instructions sommaires : « Toi, passe-moi les ciseaux », ou « Tiens-toi droite, ma belle ». Lorsqu'elle dit à la plus remuante des deux : « Arrête donc de bouger, ou tu vas te piquer », sa sœur lui prit la main jusqu'à ce qu'elle se calme. Troublant, pensa Bernice, fixant un point entre les filles. L'impression de coudre une robe pour une seule personne, divisée en deux corps.

Après l'enterrement, la couturière put admirer son travail sur les jumelles dans le salon bondé d'Adele. Celle qui ne tenait pas en place – Desiree, ainsi qu'elle l'apprendrait plus tard – tirait sa sœur par la main, se faufilant entre les petits groupes d'adultes qui discutaient à voix basse. Leon ne pouvait pas avoir écrit ce message ; la colère des Blancs devait venir d'autre chose, mais pourquoi une telle rage ? Willie Lee, le boucher, avait entendu qu'ils reprochaient à Leon de casser les prix et de leur voler leur travail. Mais comment pouvait-on abattre un homme juste parce qu'il acceptait moins que ce qu'on demandait ?

« Les Blancs te tuent si t'en veux trop, ils te tuent si t'en veux pas assez, soupira Willie Lee en bourrant sa pipe. T'es censé suivre leurs règles, sauf qu'ils les changent quand ça leur chante. C'est vicelard. »

Dans la chambre, assises au bord du matelas, les jambes ballantes, les jumelles grignotaient une part de quatre-quarts.

« Qu'est-ce que papa leur a fait ? » répétait Stella.

Desiree soupira, réalisant pour la première fois que devoir fournir des réponses pouvait être un fardeau. Mais il lui fallait tenir son rôle d'aînée, même si ce n'était que de sept minutes.

« Willie Lee a raison. Il travaillait trop bien.

— Ça tient pas debout.

— Pas besoin. C'est les Blancs. »

Au fil des ans, de brèves images de son père lui reviendraient de temps en temps. Parfois, elle touchait une chemise en jean et se sentait de nouveau enfant, la joue contre l'étoffe rêche qui couvrait la poitrine de son père. On était censé être en sécurité à Mallard : à part, à l'abri parmi les siens. Mais, même dans cette drôle de ville où on n'épousait pas plus noir que soi, on restait des gens de couleur, ce qui signifiait qu'on pouvait être tué juste parce qu'on essayait de s'en sortir. Les sœurs Vignes, petites filles en robe de deuil qui grandiraient sans père parce que des hommes blancs en avaient décidé ainsi, l'avaient appris à leurs dépens.

Les années passèrent et elles devinrent des jeunes filles, semblables et pourtant se démarquant de tant de manières qu'il était difficile de croire qu'on les confondait à une époque. Desiree, impatiente, comme si son pied était cloué au sol et qu'elle ne pouvait pas s'empêcher de tirer dessus ; Stella, si calme que même le cheval bilieux de Sal Delafosse ne ruait jamais en sa présence. Desiree qui avait tenu le rôle principal dans le spectacle de l'école, et qui aurait encore été sélectionnée l'année suivante si Fontenot n'avait pas graissé la patte du directeur ; Stella, la plus intelligente, qui ferait certainement des études supérieures si sa mère en avait les moyens. Desiree et Stella, des filles de Mallard. À l'adolescence, elles ne semblaient pas tant un corps unique divisé en deux que deux corps distincts réunis en un, chacun tirant dans son sens.

Le lendemain du retour de l'une de ses filles, Adele se leva tôt pour préparer le café. Elle avait mal dormi. Après quatorze années de vie solitaire, tout ce qui troublait le silence lui paraissait anormal.

Elle se réveillait en sursaut au moindre craquement, au moindre froissement, à la moindre respiration. Elle traversa la cuisine, attachant la ceinture de sa robe de chambre. Un courant d'air s'engouffra par la porte ouverte : Desiree était dehors, accoudée à la balustrade, un filet de fumée au-dessus d'elle. Elle se tenait toujours ainsi, un pied derrière l'autre, comme une aigrette. Ou était-ce Stella ? Les deux filles se confondaient dans sa tête et elle avait tendance à intervertir leurs particularités, si bien qu'elles ne formaient plus qu'un manque unique dans son esprit. Une paire. Elle était censée en avoir une paire. Et la réapparition de l'une n'avait fait que raviver l'absence de l'autre.

Elle posa la casserole sur la cuisinière et se retourna, se retrouvant face à l'enfant noire qui se tenait dans l'encadrement de la porte.

« Dieu tout-puissant ! T'as failli me causer une attaque.

— Pardon », murmura la fillette.

Elle était silencieuse. Pourquoi était-elle aussi silencieuse ?

« Je peux avoir de l'eau ?

— S'il te plaît », dit Adele, remplissant malgré tout la tasse.

Elle s'appuya contre le bord de l'évier et la regarda boire, cherchant en vain un détail qui lui rappellerait l'une de ses filles. Elle ne voyait que le père de l'enfant, cet individu malfaisant. N'avait-elle pas dit et redit à Desiree qu'un homme à la peau foncée ne lui vaudrait que des soucis ? Est-ce qu'elle ne l'avait pas mise en garde toute sa vie ? Un homme noir insulterait sa beauté. Il l'aimerait au début, mais tôt ou tard il prendrait en grippe ce qui l'avait d'abord séduit, comme tout ce qu'il désirait et ne pouvait obtenir. Et il la punirait pour ça.

L'enfant reposa la tasse vide. Elle semblait abasourdie, comme si elle s'était réveillée en pays étranger. Sa petite-fille. Bon Dieu, elle avait une petite-fille. Le mot sonnait faux, même dans sa tête.

« Et si t'allais jouer ? Je vais préparer le petit déjeuner.

— J'ai rien pour jouer », dit-elle, pensant sans doute aux jouets qu'elle avait laissés. Des jouets de la ville, des petits trains électriques et des poupées de plastique avec des cheveux humains. Malgré tout, Adele alla voir ce qu'elle pouvait trouver dans la chambre des jumelles, s'interrompant un instant à la vue du lit défait – Desiree avait dormi de son côté habituel –, avant d'ouvrir le placard qui sentait le renfermé. Dans un carton au fond d'une étagère, elle dénicha une poupée en épi de maïs que Stella avait faite pour sa sœur. La fillette hésita – la poupée devait lui paraître minable à côté de celles qu'on achetait en magasin –, puis elle la prit avec précaution et l'emporta au salon.

Une paire. Adele était censée en avoir une paire. Des jumelles en pleine santé, sa première grossesse. Elle avait accouché dans sa chambre. Il s'était mis à neiger si soudainement qu'elle avait cru que la sage-femme arriverait trop tard. Pendant le travail, Mme Theroux lui avait dit que c'était une bénédiction. Il n'y avait pas eu de jumeaux dans leurs familles respectives depuis trois générations. Si on avait la chance d'en avoir, on devait rendre hommage aux Marassa, les jumeaux sacrés unissant le ciel et la terre. C'étaient des enfants-dieux puissants et jaloux, il fallait veiller à les vénérer équitablement : déposer deux bonbons sur l'autel, deux sodas, deux poupées. Adele, qui avait fait son catéchisme à Sainte-Catherine, savait qu'elle aurait dû s'offusquer et refuser d'écouter Mme Theroux parler de ses rites païens, mais ses histoires la distrayaient de la douleur. Desiree était sortie la première, suivie de Stella, sept minutes plus tard, et elle avait pris une fille dans chaque bras, deux petites choses roses et fripées qui avaient besoin d'elle et de rien d'autre.

Après l'accouchement, Adele s'était empressée d'oublier l'autel, et, lorsque les jumelles avaient disparu, elle s'était demandé si elle n'avait pas été présomptueuse. Elle aurait dû le faire, cet autel, même si ça lui semblait ridicule. Ses filles seraient peut-être restées. Ou c'était qu'elle n'avait pas su les aimer également. Elle s'était toujours montrée plus sévère avec Desiree, celle qui ressemblait davantage à Leon. Comme son père, elle se figurait que rien de mauvais ne pouvait lui arriver tant qu'elle en avait décidé ainsi. Il fallait tenir la bride à un enfant têtu. Si elle ne l'avait pas aimée, elle l'aurait abandonnée à sa propre obstination. Mais, au bout du compte, Desiree s'était sentie détestée et Stella ignorée. C'était le problème : on ne pouvait pas aimer deux personnes exactement de la même manière. Avoir des jumelles était une bénédiction empoisonnée ; elle ne pouvait pas plus les satisfaire que des dieux jaloux.

Il était facile d'aimer Leon. Elle aurait dû se douter qu'elle ne le garderait pas longtemps. Elle l'avait laissé à l'hôpital le temps d'aller voir leurs filles. À son retour, on le lui avait pris. Pas d'adieu. Les bénédictions avaient plu sur le début de sa vie et ensuite, elle avait tout perdu. Mais elle ne perdrait pas Desiree une seconde fois.

Elle sortit sur la galerie de bois grinçante, deux tasses de café à la main. Desiree écrasa précipitamment sa cigarette sur la balustrade. Elle faillit éclater de rire : tout adulte qu'elle était, sa fille se comportait comme une gamine qui avait volé des bonbons.

« Je vais préparer le petit déjeuner. » Adele lui offrit une tasse et aperçut de nouveau la marbrure que Desiree tentait sans grand succès de dissimuler sous son foulard ridicule.

« Je n'ai pas très faim.

— Tu vas te trouver mal si t'avales pas quelque chose. »

Desiree haussa les épaules et but une gorgée. Adele la sentait déjà se débattre pour reprendre son envol, comme un oiseau dont les ailes frémissaient contre ses paumes.

« Je peux amener ta fille à l'école tout à l'heure. L'inscrire.

— Pour quoi faire ? demanda Desiree, moqueuse.

— C'est mieux de pas interrompre sa scolarité…

— Maman, on ne va pas rester.

— Tu comptes aller où ? Et tu vas faire comment ? Je parie que t'as même pas dix dollars en poche…

— J'en sais rien ! N'importe où. »

Adele pinça les lèvres.

« N'importe où plutôt qu'avec moi.

— C'est pas ça, maman, soupira Desiree. C'est juste que je ne sais pas ce qu'on doit faire, maintenant…

— Ta place est avec ta famille. Reste. Tu es en sécurité ici. »

Desiree contemplait les bois, silencieuse. Au-dessus d'elles, le ciel se réveillait, le mauve et le rose pâlissant. Adele passa un bras autour de la taille de sa fille.

« Tu penses que Stella fait quoi, en ce moment ? demanda Desiree.

— J'y pense pas.

— Maman ?

— Je pense pas à Stella. »

À Mallard, Desiree voyait sa sœur partout.

Elle se reposait à côté de la pompe à eau dans sa robe lilas, glissant un doigt sous sa chaussette pour se gratter la cheville. S'enfonçait dans les bois pour jouer à cache-cache derrière les arbres. Sortait de chez le boucher avec des foies de volaille enveloppés dans du papier blanc, les mains crispées sur le paquet comme s'il contenait un secret. Stella, ses boucles attachées en queue-de-cheval par un ruban, ses robes toujours amidonnées, ses souliers cirés. Une toute jeune fille, puisque Desiree ne l'avait pas connue autrement. Cette Stella traversait constamment son champ de vision. Stella adossée à une barrière, poussant un chariot à la supérette ou soufflant sur un pissenlit, assise sur les marches de pierre de Sainte-Catherine. Lorsque Desiree emmena sa fille à l'école le premier jour, Stella apparut derrière elles, râlant à cause de la poussière qu'elles soulevaient et qui retombait sur ses chaussettes. Desiree s'efforça de l'ignorer et serra plus fort la main de Jude.

« Il faut que tu parles avec les autres enfants aujourd'hui.

— Je parle à ceux qui me plaisent.

— Mais tu ne peux pas savoir qui te plaira. Donc il faut être aimable avec tout le monde pour voir. »

Elle lissa les plis du col de sa fille. Elle avait passé la soirée à genoux dans le jardin, à frotter ses vêtements dans le baquet à linge. Elle n'avait pas pris assez d'affaires, pour elle comme pour Jude, et, alors qu'elle plongeait les mains dans l'eau laiteuse, elle l'imaginait alternant entre les quatre mêmes robes jusqu'à ce qu'elle ne rentre plus dedans. Pourquoi ne s'était-elle pas mieux organisée ? Stella aurait su quoi faire. Elle aurait planifié son départ des mois à l'avance, mis des vêtements de côté, chaussette après chaussette. Économisé, acheté les billets de train, prévu un point de chute. Desiree pensait cela en connaissance de cause : c'était exactement ce que sa sœur avait fait à La Nouvelle-Orléans. Changer de vie aussi facilement qu'on passe de la cuisine au salon.

En arrivant devant la cour de l'école, elles virent des enfants à la peau beige, le visage contre la grille, bouche bée. Desiree serra de nouveau la main de Jude. Elle lui avait mis sa plus belle robe, blanche avec un tablier rose, des socquettes bordées de dentelle et des chaussures à bride. « T'as rien de marron ? » lui avait demandé sa mère, s'attardant sur le seuil. Desiree l'avait ignorée, enroulant des rubans roses autour de ses tresses. Même si on disait que les couleurs vives étaient vulgaires sur une peau foncée, elle refusait de cacher sa fille derrière des verts olive et des gris ternes. Mais elle s'en voulait, à présent qu'elles défilaient devant les autres enfants. Peut-être que le rose était trop voyant, tout bien réfléchi. Peut-être qu'elle avait gâché les chances de sa fille de s'intégrer en l'habillant comme une poupée de grand magasin.

« Pourquoi est-ce qu'ils me regardent ?

— Tu es nouvelle. Ils sont curieux. »

Elle se força à sourire, mais Jude lança un coup d'œil méfiant vers la cour.

« Combien de temps on va rester ici ?

— Je sais que ça doit te sembler bizarre, ici, dit Desiree, s'agenouillant devant elle. Un petit moment. Le temps que maman trouve une solution, d'accord ?

— Ça fait combien de temps, un petit moment ?

— Je n'en sais rien, chérie. Je n'en sais rien. »

Le Surly Goat se hissait paresseusement sur ses pilotis. Tout autour, les arbres étaient envahis de mousse espagnole qui dégoulinait sur le toit rouge. Desiree longea prudemment le chemin boueux jusqu'à la première marche délabrée. Une petite ville à côté d'une raffinerie de pétrole, sans cinéma, sans boîte de nuit ni stade de base-ball signifiait une chose : une surabondance d'hommes frustes et désœuvrés.

Marie Vignes avait été la seule personne à Mallard à ne pas voir où était le problème. Elle avait donc converti la ferme familiale en bar et mis ses quatre fils à contribution pour laver les verres, transporter les fûts de bière et intervenir quand une bagarre menaçait de dégénérer. Elle avait pensé léguer le bar un jour à l'un d'eux mais, à sa mort, il n'en était resté aucun. Les jumelles ne l'avaient plus guère vue après l'enterrement de leur père. Sa mère n'avait rien voulu avoir à faire avec ce lieu de perdition et sa tenancière vulgaire. Elles se montraient tout juste polies l'une avec l'autre du temps où Leon était encore là pour arrondir les angles. Après, il n'y avait plus eu assez de place pour elles deux et leur chagrin.

Les jumelles ne connaissaient donc le bar que par ouï-dire. On racontait que Marie servait du whisky aux gars les plus brutaux de Mallard et qu'elle cachait sous le comptoir un fusil nommé Nat King Cole. S'il y avait du rififi à cause d'une partie de poker ou une dispute à propos d'une femme, elle sortait son bon vieux Nat. Devant elle, des brutes qui n'étaient pas du genre à obéir à une ménagère en blouse se montraient aussi dociles que des enfants de chœur. Desiree fut donc un peu déçue le jour où elle franchit le seuil du Surly Goat pour la première fois. Sans trop savoir pourquoi, elle imaginait un lieu magique qui lui rappellerait son père. En fait, ce n'était qu'un rade de bouseux.

Elle s'était réfugiée là en plein après-midi parce qu'elle n'avait rien de mieux à faire. Dans la matinée, elle s'était rendue à Opelousas dans le camion bringuebalant de Willie Lee. Elle voulait postuler pour un emploi, lui avait-elle dit quand elle l'avait vu en train de charger le camion devant la boucherie. Est-ce qu'il voulait bien l'emmener ? Alors qu'ils s'éloignaient de Mallard, elle avait songé à sa fille, qui s'était retournée une dernière fois avant de s'engouffrer dans l'école. Les épaules fragiles, les bras plaqués contre le corps, les poings serrés.

« Où ce que je te dépose ?

— Au bureau du shérif.

— Tu lui veux quoi, au shérif ?

— Je t'ai dit. Je cherche du travail.

— Tu peux pas trouver des ménages plus près de Mallard ? grogna-t-il.

— C'est pas pour faire le ménage.

— Dans ce cas, qu'est-ce que t'as besoin d'aller au bureau du shérif ?

— Je vais postuler pour être analyste d'empreintes digitales.

— Tu vas te pointer là-bas et tu vas dire quoi ? fit le boucher en riant.

— Je vais demander un formulaire de candidature. Je vois pas ce qu'il y a de drôle, Willie Lee. Ça fait dix ans que j'analyse des empreintes digitales. Si j'ai pu le faire au FBI, pourquoi pas ici ?

— J'ai bien ma petite idée. »

Le pays n'avait-il pas changé depuis son départ ? Elle était entrée dans le bureau du shérif du comté de Saint-Landry avec toute l'assurance du monde. Dans le bâtiment ocre sale entouré de barbelés, elle avait déclaré au shérif adjoint, un homme corpulent aux cheveux blond-roux, qu'elle voulait postuler pour un emploi. « Au FBI, vous dites ? » avait-il demandé, et, pour la première fois, elle s'était autorisée à espérer. Elle s'était assise dans un coin de la salle d'attente et avait parcouru le test sur les empreintes latentes, heureuse d'oublier les questions qui avaient accaparé son esprit ces derniers jours – uniquement tournées vers la logistique, toujours à calculer combien de temps son argent durerait –, pour se livrer à une véritable réflexion analytique. Elle était rapide, avait admis l'adjoint avec un petit rire étonné lorsqu'elle lui avait rendu la feuille. C'était sans doute un record, ici. Il sortit les réponses d'une pochette kraft pour corriger son test. Mais, d'abord, il jeta un coup d'œil au formulaire qu'elle avait rempli. Lorsqu'il vit son adresse à Mallard, son regard se durcit. Il rangea les réponses dans leur pochette et retourna s'asseoir.

« Laisse ça là. Pas la peine de me faire perdre mon temps. »

Voilà pourquoi elle se trouvait maintenant au Surly Goat. D'un pas vif, elle passa sous la pancarte de bienvenue – FEMMES FROIDES ! BIÈRES CHAUDES –, puis devant une rangée d'hommes en combinaisons maculées de cambouis, pour s'asseoir à une table inoccupée.

« Ben ça alors, une revenante ! lança Lorna Herbert, la vieille barmaid, lui servant un whisky que Desiree n'avait pas demandé.

— T'as pas l'air si surprise de me voir. »

Elle était là depuis deux jours et, bien sûr, tout le monde était au courant.

« On finit toujours par rentrer au bercail, dit Lorna. Laisse-moi donc te regarder un peu. »

Desiree portait son foulard bleu. Si Lorna distingua quoi que ce soit dans la pénombre, elle ne fit pas de commentaire. Elle retourna derrière le comptoir et Desiree vida son verre, réconfortée par la chaleur de l'alcool. Elle trouvait ça pitoyable de boire seule en pleine journée, mais qu'est-ce qu'il lui restait ? Elle avait besoin d'un travail. D'argent. D'un plan. Et qu'est-ce qu'elle avait ? Des enfants qui regardaient sa fille comme une bête curieuse. Le refus du shérif adjoint. Les mains de Sam autour sa gorge. Elle fit signe à Lorna. Elle voulait oublier tout ça.

Elle but un verre puis un autre, si bien qu'elle était déjà pompette lorsqu'elle le vit. Installé au bout du comptoir, vêtu d'un blouson de cuir brun usé, une botte sale sur le barreau du tabouret. Son voisin lui souffla quelque chose qui le fit sourire dans son whisky. Ces hautes pommettes. Malgré les ans, elle aurait reconnu Early Jones n'importe où.

Au cours de son dernier été à Mallard, Desiree Vignes avait rencontré un garçon pas comme il faut.

Tous ceux qu'elle avait connus jusque-là étaient très comme il faut : des garçons de Mallard à la peau claire, ambitieux, qui tiraient sur ses couettes, des garçons assis à côté d'elle au catéchisme qui marmonnaient le Credo, des garçons qui mendiaient un baiser à la fin du bal du lycée. C'était le genre de garçon qu'elle était censée épouser et, lorsque Johnny Heroux laissait des messages en forme de cœur dans son livre d'histoire ou quand Gil Dalcourt l'invitait au bal des anciens élèves, elle sentait presque Adele la pousser vers eux. Choisis-en un, choisis-en un. Mais ça lui donnait juste envie de ruer dans les brancards. Il n'y a pas pire tue-l'amour qu'un garçon approuvé par sa mère.

Les garçons de Mallard lui paraissaient aussi familiers et inoffensifs que des cousins, mais il n'y en avait pas d'autres, sauf quand le neveu d'un voisin venait en vacances ou quand des familles de métayers s'installaient à la lisière de la ville. Mais elle ne parlait pas à ces derniers : elle les voyait seulement passer, grands, musclés, crottés. Des garçons qui ressemblaient à des hommes. De quoi aurait-elle bien pu leur parler ? En plus, ils avaient la peau foncée. Un jour où l'un d'eux avait porté la main à son chapeau pour la saluer, sa mère avait émis un petit claquement de langue désapprobateur et avait serré son bras plus fort.

« Le regarde pas, lui avait-elle soufflé. Ces bougres, ils te feront que des ennuis. »

Ces garçons ne venaient à Mallard que pour courir les filles, disait toujours Adele. Ils auraient bien voulu le faire avec une Blanche, mais, faute de mieux, ils se rabattaient sur une fille claire. Desiree n'avait jamais rencontré personne d'aussi noir avant cet après-midi de juin. Elle lavait les vitres du salon, quand, à travers le verre trouble, elle avait vu un garçon de son âge devant la porte. Grand, le torse nu sous sa salopette, la peau caramel foncé. Il tenait un sac en papier contre sa poitrine. Il mordit dans un fruit violacé avant de s'essuyer la bouche du revers de la main.

« Tu m'ouvres ? »

Son regard était si direct qu'elle rougit.

« Non. T'es qui, d'abord ?

— À ton avis ? »

Il tourna le sac vers elle pour lui montrer le logo de Fontenot's.

« Ouvre.

— Je te connais pas. Si ça se trouve, t'es un enragé qui massacre les gens à la hache.

— T'as l'impression que j'ai une hache sur moi ?

— Peut-être que je la vois pas de là où je suis. »

Il aurait pu laisser le sac devant la porte. Parce qu'il restait, elle comprit qu'ils flirtaient.

Elle posa son chiffon sur le rebord de la fenêtre et le regarda mastiquer.

« C'est quoi que tu manges ?

— Viens voir. »

Elle se résolut à ouvrir la porte-moustiquaire et sortit pieds nus sur la galerie. Early fit un pas vers elle. Il sentait le santal et la sueur, et pendant une seconde terrifiante elle crut qu'il allait l'embrasser. Mais non. Il approcha la figue de ses lèvres. Elle mordit là où sa bouche était un instant plus tôt.

Elle apprit son nom un peu plus tard, et ce n'était même pas un nom. Ça l'amusait de faire rouler les lettres dans sa bouche. *Early*[1] , *Early*, comme si elle lui rappelait l'heure. Tout le mois, il lui laissa des fruits en guise de fleurs. Chaque soir, lorsque les Jumelles rentraient de chez les Dupont, elle trouvait une prune sur la balustrade, une pêche ou des mûres

1. Littéralement : tôt, en avance.

enveloppées dans une serviette. Des nectarines, des poires, de la rhubarbe, plus de fruits qu'elle ne pouvait en manger, des fruits qu'elle dissimulait dans son tablier pour les savourer plus tard ou pour en faire des tartes. En fin d'après-midi, quand il avait des livraisons dans le coin, il s'arrêtait parfois et ils bavardaient sur les marches devant la maison. Les livraisons, c'était uniquement le soir. Le reste de la journée, il aidait sa tante et son oncle qui travaillaient sur une exploitation agricole à côté de Mallard. Mais, après les moissons, il avait prévu de s'enfuir. Il voulait aller dans une vraie ville, à La Nouvelle-Orléans, peut-être.

« Tu crois pas que tu vas leur manquer ? demanda-t-elle.

— L'argent, c'est sûr que ça va leur manquer, ricana-t-il. Ils pensent qu'à ça.

— Faut bien. Tous les adultes, ils y pensent. »

À quoi ressemblerait sa mère, si elle n'avait pas à s'inquiéter constamment pour l'argent ? À Mme Dupont, peut-être, errant rêveusement à travers les pièces. Early secoua la tête.

« C'est pas pareil. Ta mère, elle a une maison. Vous autres, vous avez tout ce fichu patelin. Nous, que dalle. C'est pour ça que ces fruits, je les donne. J'ai vraiment rien à moi. »

Elle prit une myrtille dans la serviette. Elle en avait déjà mangé tant qu'elle avait les doigts violets.

« Tu veux dire que s'ils étaient à toi, tu me donnerais rien ?

— S'ils étaient à moi, je te les donnerais tous. » Il embrassa l'intérieur de son poignet et sa paume, puis il prit son petit doigt dans sa bouche pour lécher le jus violet.

Un garçon à la peau noire qui traversait la clairière pour lui apporter des fruits. Elle ne savait jamais quand il viendrait ni s'il viendrait tout court, alors, elle commença à l'attendre, assise sur la balustrade au soleil couchant. Stella lui conseilla d'être prudente. Stella était toujours prudente. « T'as peut-être pas envie d'entendre ça, mais tu le connais à peine et il a l'air effronté. » Desiree s'en moquait. C'était la première fois qu'elle rencontrait un garçon intéressant, le seul qui imaginait une vie loin de Mallard. Et la méfiance de Stella ne lui déplaisait pas, dans le fond. Elle ne tenait pas à ce qu'ils fassent connaissance. Early sourirait de toutes ses dents, son regard passant de l'une à l'autre, cherchant les différences. Elle détestait ce jugement silencieux, se sentir comparée à une autre version d'elle-même. Une version meilleure, peut-être. Et s'il trouvait quelque chose qu'il préférait chez Stella ? Ça n'aurait rien à voir avec l'aspect physique et c'était encore pire.

Elle ne pourrait jamais fréquenter ouvertement Early Jones. Il le savait aussi, même s'ils n'en parlaient jamais. Il venait toujours quand sa mère était au travail et repartait dès que le ciel s'obscurcissait. Malgré ses précautions, un soir, Adele les surprit en pleine conversation. Il bondit de la balustrade où il était assis, renversant les mûres qui se trouvaient dans une serviette sur ses genoux. Elles roulèrent sur la galerie comme de la mitraille.

« Faut y aller, maintenant, avait dit Adele. Y a pas de filles à courtiser, ici. »

Il leva les mains en signe de capitulation, comme si lui aussi pensait qu'il faisait quelque chose de mal.

« S'cusez-moi, m'dame. »

Il se dirigea d'un pas traînant vers le bois, sans se retourner vers Desiree. Dépitée, elle le regarda disparaître entre les arbres.

« Pourquoi tu fais ça, maman ? »

Sa mère la poussa à l'intérieur.

« Un jour, tu me remercieras. Tu crois tout savoir ? Ma fille, t'as pas idée de ce que ce monde peut te faire. »

Elle avait peut-être raison en ce qui concernait la cruauté du monde. Elle en avait subi plus que sa part et pressentait que Desiree ne serait pas épargnée. Ce n'était pas la peine d'en rajouter. Ou alors sa mère était comme tous ceux qui détestaient la peau noire et faisaient tout pour s'en démarquer. Quoi qu'il en soit, Early Jones ne revint pas. Desiree pensait à lui quand elle faisait le ménage chez les Dupont. Elle traînait chez Fontenot's le samedi après-midi, alors qu'elle n'avait rien à acheter, espérant le voir apparaître, chargé de courses. Quand elle se décida enfin à interroger M. Fontenot, il lui répondit que la famille du garçon était partie travailler ailleurs.

De toute façon, que lui aurait-elle dit si elle avait su comment le contacter ? Qu'elle s'excusait pour sa mère ? Qu'elle s'excusait de ne pas avoir pris sa défense ? Qu'elle n'était pas comme les gens d'ici ? Était-ce seulement encore vrai ? On ne pouvait pas séparer la honte d'avoir été surpris en train de faire quelque chose de la honte de la chose elle-même. Si elle n'avait pas pensé un tant soit peu que c'était mal de discuter avec Early, alors pourquoi ne lui avait-elle jamais proposé d'aller boire un lait malté chez Lou's ? Ou de se promener, de s'asseoir au bord de la rivière ? Elle n'était sans doute pas différente des autres aux yeux d'Early. C'était pour ça qu'il ne lui avait pas dit au revoir.

Et voilà qu'il était de retour à Mallard, non plus un adolescent longiligne qui portait des fruits dans son tee-shirt loqueteux, mais un homme fait. Sans prendre le temps de réfléchir, elle se leva et se dirigea vers lui d'un pas mal assuré. Il se retourna, sa peau brune luisant sous la lumière blafarde. Il ne parut pas surpris de la voir ; il esquissa même un sourire. Pendant un instant, elle se sentit de nouveau une gamine qui ne savait pas quoi dire.

« Il me semblait bien que c'était toi, lâcha-t-elle enfin.

— Sûr que c'est moi. Qui ça pourrait être d'autre ? »

D'une certaine manière, il était exactement comme dans son souvenir, grand, les muscles déliés, des airs de chat sauvage. Mais, en dépit de l'atmosphère enfumée, elle voyait dans ses yeux que la vie n'avait pas été tendre avec lui, et sa lassitude la surprit. Il gratta son menton mal rasé et fit un signe à Lorna, indiquant le verre de Desiree.

« Qu'est-ce que tu fais ici ? » C'était le dernier endroit où elle imaginait le recroiser.

« Je suis de passage. Une affaire à régler.

— Quel genre d'affaire ?

— Oh, tu sais. Des trucs. »

Il sourit encore, mais son expression la mit mal à l'aise. Il jeta un œil à sa main gauche.

« Alors, c'est lequel, ton mari ? » demanda-t-il en indiquant la salle remplie d'hommes.

Elle avait oublié qu'elle portait son alliance et elle replia les doigts.

« Il est pas là en ce moment.

— Et ça le gêne pas de te savoir toute seule dans un endroit pareil ?

— J'ai besoin de personne.

— Tu m'étonnes.

— Je voulais rendre visite à ma mère, c'est tout. Il pouvait pas venir.

— Eh ben, ça, c'est un homme courageux. Te laisser partir loin de lui. »

Elle savait qu'il flirtait en souvenir du bon vieux temps, mais elle se sentit rougir malgré elle. Elle tripota distraitement son foulard bleu.

« Et toi ? Je vois pas de bague à ton doigt.
— Ça risque pas. C'est pas mon truc.
— Et ça dérange pas ta bonne amie ?
— Qui te dit que j'en ai une ?
— Peut-être plusieurs, alors. Je sais pas ce que t'as fait pendant tout ce temps. »

Il éclata de rire et vida son verre. Elle n'avait pas flirté avec un inconnu depuis des années, en dépit des soupçons de Sam qui imaginait toujours le pire. Elle faisait de l'œil au garçon d'ascenseur, elle souriait trop amicalement au portier, elle riait trop fort aux plaisanteries du chauffeur de taxi. En public, il semblait flatté de l'attention qu'elle suscitait. En privé, il la punissait pour ça. Et que dirait Sam s'il la voyait maintenant dans un bar, avec Early si proche qu'elle aurait pu toucher les boutons de sa chemise ? Elle avait l'impression d'avoir de nouveau seize ans et qu'ils bavardaient devant chez elle.

« Alors, quand est-ce que tu rentres ?
— Je sais pas encore.
— T'as pas de billet de retour ni rien ?
— T'es bien curieux. Et tu m'as toujours pas dit ce que tu faisais ici.
— Je chasse.
— Tu chasses quoi ? »

Il laissa le silence s'installer, la dévisageant. Puis elle sentit sa main sur sa nuque. Tendre, presque comme on consolerait un enfant en pleurs. C'était tellement déstabilisant, tellement différent de sa brusquerie habituelle, qu'elle resta sans voix.

Soudain, il tira sur son foulard. Les traces commençaient à s'estomper mais, même dans la pénombre, l'hématome qui s'étalait sur son cou était encore bien visible.

Tous ces gens qui s'extasiaient sur la clarté de son teint quand elle était enfant, aucun ne l'avait prévenue.

Personne ne lui avait dit que la colère d'un homme marquerait plus facilement sa peau.

Early fronça les sourcils et elle se sentit aussi nue que s'il avait soulevé sa jupe. Elle le poussa et il trébucha, surpris. Elle enroula d'une main fébrile le foulard autour de son cou avant de se diriger vers la porte, bousculant les clients au passage.

Mallard se déformait.

Les lieux n'étaient pas stables, Early le savait déjà. Une ville est une gelée mouvante qui épouse la forme de nos souvenirs. Le lendemain de l'épisode du bar, Early étudia la photo que lui avait donnée Ceel, allongé dans son lit à la pension. Il était resté au Surly Goat plus longtemps que prévu, mais, à sa décharge, il ne s'attendait pas à tomber sur Desiree. Il voulait juste tuer le temps, peut-être se renseigner un peu. Pendant deux jours, il avait fouiné à La Nouvelle-Orléans, bien que sans conviction.

« Elle est là-bas, j'en suis sûr, lui avait dit le mari au téléphone. C'est là qu'elle a tous ses amis. Où est-ce qu'elle irait ? Sa sœur a disparu. Sa mère et elle ne se parlent plus. »

Early faisait jouer son orteil nu sur le plancher, le combiné contre son oreille.

« Elle est partie où, la sœur ?

— Aucune idée. Écoutez, je vous ai envoyé le premier versement. Vous allez la trouver ou quoi ? »

C'était pour ça qu'il s'en tenait aux hors-la-loi ; entre le garant de caution judiciaire et le fugitif, il n'y avait rien de personnel, uniquement un désaccord portant sur une somme d'argent. Un homme qui cherchait sa femme, c'était autre chose. Il était prêt à tout. Early sentait presque Sam Winston faire les cent pas derrière lui. Desiree rentrerait peut-être toute seule. Si Early avait gagné dix cents chaque fois qu'une femme l'avait laissé tomber... Mais Sam avait l'air convaincu qu'elle l'avait quitté pour de bon.

« Elle s'est volatilisée. Elle a juste pris quelques affaires. Et elle est partie avec ma fille. Volatilisée en pleine nuit. Qu'est-ce que je suis censé faire ?

— Pourquoi elle s'est enfuie comme ça, à votre avis ?

— Je ne comprends pas. On s'était un peu disputé, mais vous savez comment c'est, quand on est marié. »

Justement, non, il ne savait pas, mais il s'était tu. Il voulait en dire le moins possible à Sam. Il n'avait pas mentionné non plus qu'il comptait se rendre à Mallard. Un oiseau blessé retourne toujours au nid. Une femme qui souffre n'est pas différente. Il ignorait tout de sa vie, mais il était certain qu'elle rentrerait tôt ou tard. Tout en roulant sur l'Interstate 10, il revenait sans cesse aux photos que Ceel lui avait confiées. Pour chercher des indices, se répétait-il afin de se donner bonne conscience. La jolie fille qui se laissait conter fleurette était devenue une belle jeune femme souriante, agenouillée devant un sapin de Noël illuminé. Elle avait l'air heureuse. Pas du genre à s'enfuir. Alors, pourquoi ? Ma foi, ça ne servait à rien de se poser des questions. Ce n'était pas son problème, de toute façon. Il la trouverait, prendrait quelques photos et posterait les preuves. Après ça, il toucherait son argent et n'entendrait plus jamais parler de Desiree Vignes.

Il ne s'attendait pas à tomber sur elle aussi vite, et certainement pas dans ce bar rempli d'ouvriers de la raffinerie. Il s'attendait encore moins à son cou meurtri. Lorsqu'il avait tiré sur son foulard, il ne voulait pas l'offenser : il était surpris, c'est tout. Mais elle avait réagi comme si c'était lui qui l'avait frappée, le bousculant avec une telle vigueur qu'il s'était affalé sur le type derrière lui et avait renversé son verre. Il était tellement abasourdi, et aussi un peu gêné par les rires et les huées autour de lui, qu'il n'avait pas essayé de la rattraper.

« Pourquoi elle a fait ça ? avait demandé la barmaid.

— J'en sais rien, répondit Early, prenant une serviette en papier pour essuyer son blouson. Je l'avais pas vue depuis des lustres.

— Vous autres étiez ensemble, dans le temps ? demanda un type maigre coiffé d'un Stetson.

— Dans le temps, c'est le mot ! s'esclaffa un vieillard, tapant Early dans le dos.

— Elle était pas fâchée après moi, avant.

— Ouais, ben si j'étais toi, je m'en mêlerais pas, dit l'homme au Stetson. C'est une famille à problèmes.

— Quel genre de problèmes ?

— Oh, sa sœur est partie et maintenant, elle se prend pour une Blanche, tu vois le genre.

— Ah ouais, ajouta le vieillard. Elle a la belle vie, une vraie dame.

— Et puis, Desiree a eu cette gosse...

— Et elle a quoi cette gosse ?

— Elle a rien, dit lentement l'homme au Stetson. C'est juste qu'elle est noire comme c'est pas permis. Desiree, elle a épousé le gars le plus noir de la création et elle imagine que personne sait qu'il avait la main leste.

— Il l'a joliment arrangée, ricana le vieux. Sûr qu'il lui apprenait à boxer. Et maintenant, elle se prend pour Joe Frazier. C'est pour ça qu'elle t'a cogné ! »

Early ne comprenait pas qu'on puisse frapper une femme : un homme devait se battre à la loyale, et, en attendant d'en rencontrer une qui serait capable de lui rendre coup pour coup, il réglait ses différends avec les femmes autrement. Mais un boulot, c'était un boulot. Il n'était pas son pasteur, ni vraiment un ami. Il ne pouvait même pas dire qu'il la connaissait. Juste une fille avec qui il avait flirté. Ce qui se passait entre elle et son mari, ça ne le concernait pas.

Le lendemain matin, il donna une pièce de cinq cents à un garçon qui lui expliqua comment se rendre chez Adele Vignes. Il suivit le chemin, trébuchant sur de grosses racines d'arbre, se rappelant peu à peu la route. Le sac de son appareil photo lui battait le flanc. Il avait l'impression d'avoir de nouveau dix-sept ans et se revoyait errant dans ces bois, malheureux comme une pierre. Le dégoût dans les yeux d'Adele Vignes lorsqu'elle l'avait chassé. Desiree, silencieuse à ses côtés, incapable de le regarder. Il était rentré chez lui humilié. Quand il avait tout raconté à son oncle, celui-ci s'était contenté de rire.

« Qu'est-ce que t'imaginais, mon garçon ? Tu sais donc pas ce que t'es pour eux ? T'es le Négro du Négro. »

Il n'avait pas reparlé à Desiree après cet épisode. Qu'est-ce qu'il aurait pu lui dire ? Stables ou pas, tous les endroits avaient leurs règles. Il se sentait idiot d'avoir pu croire qu'elle les ignorerait pour lui.

Arrivé à destination, il se cacha derrière les arbres, son objectif braqué sur la maison blanche. Dix minutes s'écoulèrent, peut-être plus, car il avait perdu la notion du temps. Enfin, Desiree sortit pour fumer. La veille, elle l'avait surpris dans la pénombre du bar. Mais elle était restée abstraite pour lui.

À la lumière du jour, elle lui rappelait la fille d'autrefois. Élancée, ses cheveux bruns emmêlés lui tombant dans le dos. Elle faisait les cent pas, pieds nus, débordant d'une énergie nerveuse qui semblait irradier de son corps et se transmettre à la braise incandescente de sa cigarette. Il se décida à appuyer sur le déclencheur de l'appareil photo. Desiree arriva au bout de la galerie, *clic*, pivota sur ses talons, *clic*. Maintenant qu'il avait commencé, il ne pouvait plus s'arrêter. Il l'observait à travers le petit rectangle du viseur, suivait les mouvements de sa robe bleue qui attiraient le regard vers ses chevilles graciles. La porte-moustiquaire s'ouvrit et une fillette couleur charbon sortit. Desiree se retourna et lui sourit. Elle se baissa pour la soulever. Early abaissa l'appareil photo, et les regarda disparaître à l'intérieur.

« Alors ? demanda Sam au téléphone ce soir-là. Vous l'avez retrouvée ? »

Early s'adossa à la porte du placard, revoyant Desiree, avec sa fille dans les bras. Lorsqu'il avait tiré sur le foulard, elle avait porté la main à l'hématome et laissé glisser ses doigts sur sa peau, comme si elle remettait un collier en place.

« Va me falloir encore un peu de temps. »

Trois

Si quitter Mallard était l'idée de Desiree, c'était Stella qui avait insisté pour rester à La Nouvelle-Orléans et, pendant des années, Desiree se demanderait pourquoi. À leur arrivée, les jumelles avaient trouvé du travail à Dixie Laundry, une blanchisserie, où elles pliaient des draps et des taies d'oreillers pour deux dollars par jour. Au début, l'odeur du linge propre lui rappelait tellement la maison qu'elle en aurait pleuré. Le reste de la ville était sale : pavés éclaboussés d'urine, poubelles qui débordaient. Même l'eau potable avait un goût métallique. C'était à cause du Mississippi, affirmait Mae, la responsable de l'équipe. Qui savait ce qu'on jetait dedans ? Elle avait grandi à Kenner, tout près de La Nouvelle-Orléans, et leur dépaysement l'amusait. Lorsqu'elles s'étaient présentées à la blanchisserie un matin – hors d'haleine et en retard, après que le conducteur du tramway excédé les avait laissées sur le trottoir, cherchant de la monnaie –, Mae avait pris en pitié ces filles de la campagne. Elle les avait embauchées sur-le-champ, fermant les yeux sur leur âge.

« Je veux rien savoir, c'est vos oignons », disait-elle. Quand les inspecteurs passaient, toujours par surprise, elle faisait sonner quatre fois la cloche du déjeuner et les autres employées hilares voyaient les jumelles foncer aux W-C, où elles restaient enfermées jusqu'à la fin de l'inspection. C'était le souvenir que Desiree garderait de Dixie Laundry : en équilibre sur l'abattant des toilettes, plaquée contre le dos de Stella. Elle détestait travailler dans ces conditions, devoir être constamment sur ses gardes, mais est-ce qu'elles avaient le choix ?

« Tant pis si je dois passer ma vie perchée sur les cabinets, disait-elle. Je retourne pas à Mallard. »

Elle était assez butée pour faire ce genre de déclarations, pourtant, elle était loin d'être aussi sûre d'elle. Elle se sentait coupable d'avoir abandonné leur mère. Stella lui répétait qu'elle ne leur en voudrait pas éternellement : dès qu'elles gagneraient mieux leur vie, elles pourraient envoyer de l'argent à la maison et alors elle comprendrait que partir était le meilleur service qu'elles pouvaient lui rendre. Pendant un temps, cette pensée la réconforta. Son soulagement était tel qu'elle ne s'étonna pas que Stella, qui l'avait suivie à contrecœur, se montre aussi déterminée à rester. Avait-elle déjà commencé à changer ? Non, c'était venu plus tard. Au début, elle était fidèle à elle-même. Au travail, elle empilait les taies amidonnées en silence, minutieuse, pendant que Desiree tournait autour des filles qui cancanaient et parlaient de leurs prochaines sorties. À la maison, elle comptait chaque penny gagné et il lui arrivait toujours de faire des cauchemars, auxquels sa sœur l'arrachait en la secouant doucement.

Les semaines se transformèrent bientôt en mois et leur escapade citadine prit un tour plus permanent. C'était à la fois excitant et terrifiant. Elles avaient fait cette folie. Et maintenant ? De quoi n'étaient-elles pas capables ?

« La première année, c'est la plus dure, leur dit Farrah Thibodeaux. Si vous tenez un an, ça ira. »

Le premier mois, les jumelles dormirent par terre sur des couvertures, dans la chambre de Farrah. Elles l'avaient cherchée dans l'annuaire et avaient débarqué chez elle harassées et affamées, les vêtements en désordre. Appuyée au chambranle de la porte, Farrah les avait accueillies avec un sourire goguenard. Elle se moquait souvent d'elles, quand elles s'ébahissaient devant les danseuses burlesques posant dans les vitrines des boîtes de nuit ou s'écartaient vivement à la vue des clochards ivrognes qui titubaient sur le trottoir. En bref, dès qu'elles se conduisaient comme deux filles de la campagne qui n'étaient jamais sorties de leur trou.

« Mes jumelles », disait-elle lorsqu'elle les présentait à ses amis, au plus grand embarras de Desiree, qui avait l'impression que sa propre maladresse était démultipliée par celle de sa sœur. Farrah était serveuse au Grace Note, un petit club de jazz. Les soirs où elle faisait la fermeture, elle les faisait entrer par-derrière et leur donnait les restes de la cuisine. Elle avait un petit ami dominicain qui jouait du saxophone et portait une chemise lamée d'argent ouverte jusqu'au nombril ; entre deux chansons, il s'approchait du bord de la scène pour demander aux jumelles ce qu'elles avaient envie d'entendre. Alors, elles passaient la soirée sur la piste à tournoyer dans les bras de jeunes hommes aux oreilles décollées. Elles se lièrent à quelques habitués ; un cireur de chaussures qui dansait avec Desiree jusqu'à ce qu'elle ne sente plus ses pieds ; un soldat qui voulait toujours offrir des verres à Stella ; un groom de l'hôtel Monteleone qui autorisait Desiree à utiliser son sifflet pour appeler un taxi.

« Je parie que vous ne pensez plus à Mallard, leur dit un soir Farrah, tandis que les jumelles se glissaient sur la banquette arrière, rieuses et épuisées.

— Jamais ! » s'écria Desiree.

Elle était douée pour donner le change. Elle aurait préféré mourir plutôt que d'avouer qu'elle avait le mal du pays et s'inquiétait constamment pour l'argent. Farrah finirait par se lasser de les voir dormir sur le sol de sa chambre, occuper sa salle de bains quand elle en avait besoin, vider son garde-manger. Pas une mais deux invitées indésirables. Que feraient-elles quand elle en aurait assez de les avoir dans les pattes ? Où iraient-elles ? Deux filles de la campagne inconscientes. Peut-être Desiree était-elle idiote d'espérer autre chose. Peut-être feraient-elles mieux de rentrer à Mallard.

« Ça fait des années que tu me tannes pour partir ! Et maintenant tu veux rentrer ? Pour quoi faire ? Pour que tout le monde se moque de nous ? »

Elle ne le réaliserait que plus tard, mais, chaque fois qu'elle doutait, Stella trouvait les mots pour la convaincre de continuer. Si elle voulait rester, pourquoi ne pas l'avoir dit clairement ? et pourquoi Desiree ne lui avait-elle même pas posé la question ? Elle avait seize ans, elle se regardait le nombril et craignait par-dessus tout que son caractère impulsif ne les ait entraînées dans une aventure qui se terminerait à la rue.

« J'aurais pas dû t'embarquer là-dedans. J'aurais dû partir toute seule », lui dit-elle un jour.

Stella n'aurait pas eu l'air plus choquée si elle l'avait frappée.

« Tu ne ferais jamais ça, dit-elle, comme si c'était encore une possibilité.

— Non. Mais j'aurais dû. »

C'était ainsi que Desiree se voyait alors : l'unique force dynamique dans la vie de sa sœur, une puissante rafale qui l'avait arrachée à ses racines. C'était l'histoire que Desiree avait besoin de se raconter et Stella l'avait laissée faire, sans doute parce qu'elles trouvaient cette répartition des rôles rassurante.

Desiree n'était rentrée à Mallard que depuis une semaine, mais tout le monde était déjà au courant de la bousculade, qui entre-temps était devenue une gifle, un coup de poing et parfois même une vraie bagarre. La fille Vignes avait été traînée hors du bar, hurlant et se débattant. Ceux qui n'avaient pas honte d'avouer qu'ils étaient au Surly Goat cet après-midi-là affirmèrent qu'ils l'avaient vu partir de son plein gré, juste après avoir agressé un homme sombre de peau. Qui était-il et qu'avait-il dit pour la fâcher ? Certains pensaient que c'était son mari venu la chercher. D'autres qu'il s'agissait d'un inconnu qui s'était montré grossier : il avait bien fallu qu'elle se défende. Desiree avait toujours été la plus orgueilleuse des deux ; elle n'était pas du genre à se laisser faire, contrairement à Stella, qui aurait préféré mourir plutôt que de provoquer une scène. Chez le barbier, Percy Wilkins faisait passer lentement son rasoir contre la lanière de cuir, écoutant les hommes débattre pour savoir laquelle était la plus jolie des deux. Rétrospectivement, Stella était devenue plus exotique et d'autant plus belle qu'elle avait disparu. Mais les actions de Desiree avaient remonté depuis son retour. Elle n'avait rien perdu de son tempérament, tout le monde pouvait s'en rendre compte. Au moins trois hommes dirent en blaguant qu'elle pouvait les bousculer tant qu'elle le voulait.

« Y a un truc qui tourne pas rond chez elles, dit le barbier. Normal, vu ce qu'est arrivé à leur père. »

Aucun enfant n'était censé assister à ça. À l'enterrement, il leur avait jeté des regards en coin, cherchant le signe que quelque chose avait été altéré. Mais c'était toujours elles, les mêmes jumelles que celles qui gambadaient en ville, pendues aux bras de Leon. Il n'empêche, une histoire pareille, ça ne vous laissait pas indemne. Pour lui, elles étaient toutes les deux un peu dérangées, Desiree peut-être plus que l'autre. Après tout, jouer les Blanches pour s'en sortir, c'était plutôt une preuve de bon sens. Mais épouser un homme aussi noir ? Pire, porter son enfant ? Cette petite était allée chercher les ennuis et ils ne la lâcheraient plus.

À l'Egg House de Lou, Desiree apprit à jongler avec les assiettes. Œufs brouillés, toasts et bacon. Gruau de maïs luisant de beurre et épais pancakes ruisselants de sirop. Elle apprit à circuler entre les tables minuscules, à prendre un virage brutal sans perdre une goutte de café et à mémoriser les commandes. Et elle apprit vite, car, lorsqu'elle était allée trouver Lou, elle lui avait assuré qu'elle avait déjà été serveuse pendant trois ans.

« Trois ans, tu dis ? lui demanda-t-il le premier matin, la voyant batailler avec une commande.

— C'était il y a un petit moment, répondit-elle en souriant. Quand j'étais à La Nouvelle-Orléans. »

Tantôt c'était La Nouvelle-Orléans, tantôt Washington. Lou, qui voyait bien qu'elle s'embrouillait dans ses histoires, ne la mit jamais face à ses contradictions. On n'accusait pas une femme de mentir. En plus, il savait qu'elle avait besoin de ce travail, même si elle était trop fière pour l'admettre. Imaginez un peu : l'arrière-arrière-arrière-petite-fille du fondateur, serveuse, et non pas chez les Blancs mais ici, à Mallard. Qui aurait cru voir une chose pareille un jour ? Les Decuir vivaient en citoyens libres depuis des générations, puis Adele avait épousé Leon Vignes et maintenant, sa fille servait le café à des ouvriers de la raffinerie et de la tarte aux noix de pécan à des métayers. Une fois qu'on s'était mêlé aux gens du commun, on restait commun à jamais.

« C'est sûr qu'elle a pas ça dans le sang, dit Lou au cuisinier. Mais elle nous fait pas de tort non plus. »

S'il avait été totalement honnête, il aurait reconnu que sa présence stimulait les affaires. Poussés par la curiosité, d'anciens camarades d'école s'asseyaient au comptoir pour boire un café dont ils se seraient peut-être passés autrement. Même les adolescents trop jeunes pour l'avoir connue à l'époque se rassemblaient dans les box du fond et murmuraient derrière son dos, avec la ferveur de ceux qui auraient aperçu une célébrité mineure faisant son marché. Elle s'en rendait compte, bien entendu. Mais chaque matin, elle prenait une grande inspiration, attachait son tablier et plaquait un sourire sur son visage. Elle pensait à sa fille et ravalait sa fierté. Elle fut pourtant mise à l'épreuve dès la première semaine, lorsque, sortant de la cuisine, elle trouva Early Jones assis au bar. Elle hésita, tirant sur son tablier. Mais non, elle n'allait pas attirer l'attention sur elle en refusant de le servir. Mieux valait baisser la tête et vaquer à ses affaires.

Il portait le même blouson en cuir que la dernière fois et se grattait la barbe lorsqu'elle posa une tasse devant lui. Il avait un sac élimé sur le tabouret à côté de lui. Elle s'apprêtait à lui verser du café, mais il couvrit la tasse de sa main.

« Le type qui t'a fait ça, il sait où habite ta mère ? »

Elle toucha d'une main prudente l'hématome qui avait viré au jaune maladif.

« Non.

— Elle t'a jamais envoyé de lettre ni rien ?

— On se parlait pas.

— Tant mieux, dit-il, glissant le doigt dans l'anse lisse de sa tasse. Et ta sœur ?

— Quoi, ma sœur ?

— T'as eu de ses nouvelles dernièrement ?

— La dernière fois, c'était il y a treize ans.

— Qu'est-ce qu'il lui est arrivé ?

— Elle a trouvé du travail. »

Ça paraissait simple, dit comme ça. Et c'était la vérité, au début en tout cas. Stella cherchait un nouvel emploi, alors, elle avait répondu à une annonce pour un poste de secrétaire dans un bureau situé dans les bâtiments de Maison Blanche, le grand magasin de la ville. Ce n'était pas le genre d'endroit qui risquait d'embaucher une femme de couleur, mais la vie était chère et elles avaient vraiment besoin d'argent. Alors quoi, les jumelles auraient dû mourir de faim parce que Stella, qui tapait parfaitement à la machine, n'était plus une candidate adéquate dès qu'on apprenait qu'elle n'était pas blanche ? Le premier matin, elle était terrifiée. Elle se regardait nerveusement dans le miroir, pendant que Desiree attachait sa queue-de-cheval. Ce n'était pas mentir, lui avait-elle rappelé. Qu'est-ce qu'elle y pouvait si on l'avait crue blanche quand on l'avait embauchée ? À quoi bon les détromper maintenant ?

Un bon emploi pour Stella, puis un bon emploi pour elle, c'était le programme. Stella devait faire semblant, mais c'était ça ou la rue. Puis, un soir, un an plus tard, en rentrant de Dixie Laundry, Desiree avait trouvé leur appartement vide. Tous les vêtements de Stella, toutes ses affaires : envolés. Comme si elle n'avait jamais habité là.

Il y avait un message de son écriture soignée. *Pardonne-moi ma chérie. Je dois vivre ma vie.* Pendant des semaines, Desiree l'avait trimballé partout avec elle jusqu'au jour où, dans un accès de rage, elle l'avait déchiré en mille morceaux qu'elle avait jetés par la fenêtre. Elle le regrettait à présent ; elle aurait aimé posséder encore quelque chose de Stella, ne serait-ce qu'un bout de papier avec son écriture dessus.

Early ne parla pas tout de suite. Enfin, il poussa sa tasse vide vers elle.

« Et si je t'aidais à la retrouver ? »

Elle fronça les sourcils, versant le café lentement.

« Comment ça ?

— J'ai une affaire à régler au Texas. On pourrait faire un détour par La Nouvelle-Orléans. Poser des questions à droite et à gauche.

— Pourquoi tu ferais ça ?

— Parce que je suis bon dans ma partie.

— Et c'est quoi, ta partie ? »

Il glissa sur le comptoir une enveloppe brune froissée. Elle était adressée à un certain Ceel Lewis, mais elle reconnut l'écriture de Sam.

« La chasse. »

Dans une petite ville à côté d'Abilene, au Texas, Early rêvait à Desiree Vignes.

Sous le soleil couchant, étendu à l'arrière de l'El Camino, il contemplait une photo. Il les avait toutes rendues à Ceel, hormis celle-ci, qu'il avait glissée dans la poche intérieure de son blouson en cuir, contre sa poitrine. Il ne savait pas trop pourquoi il l'avait gardée. Un souvenir, peut-être, si elle décidait qu'elle ne voulait plus rien avoir à faire avec lui. Elle avait été secouée lorsqu'elle avait appris la véritable raison de sa venue à Mallard, et il pouvait le comprendre. Il n'avait pas attendu de voir si elle était prête à lui pardonner. Direction le Texas, où il cherchait un mécanicien accusé d'agression et de tentative de meurtre : sa femme, son amant, une clé dynamométrique. Le garage éclaboussé de sang avait fait la une du *Times-Picayune*. En roulant vers l'ouest, Early imaginait le mécanicien faisant tournoyer sa clé, tel Samson massacrant les Philistins avec une mâchoire d'âne, aveuglé par le sentiment d'avoir été trahi, certain d'être dans son bon droit. Autrefois, l'idée de pourchasser un homme accusé d'un crime aussi sensationnel lui aurait peut-être procuré une forme d'excitation. Mais il avait la tête ailleurs ; quand il fermait les yeux, il ne voyait que Desiree.

Au relais routier, il acheta un Coca et appela Sam Winston d'une cabine pour lui annoncer que sa femme n'était pas à La Nouvelle-Orléans.

« Elle a dû aller vers l'est. New York, le New Jersey.

— Qu'est-ce qu'elle serait allée ficher là-bas ? Non, je vous dis qu'elle est à La Nouvelle-Orléans. Vous n'avez pas assez cherché.

— Demandez à Ceel si j'ai pas assez cherché. Si elle était là, je l'aurais trouvée.

— Je peux vous envoyer plus d'argent.

— Je vous répondrai la même chose. Elle est pas là. Essayez ailleurs. »

Il raccrocha et s'adossa à la paroi de la cabine. Il devait réfléchir à rebours. Il savait comment trouver un homme qui se cachait, mais comment cachait-on une femme pour qu'elle ne soit pas retrouvée ? On semait des fausses informations, on brouillait les pistes. On faisait en sorte qu'un autre enquêteur ne sache par où commencer. Il chercha une cigarette dans sa poche, les mains tremblantes. C'était la première fois qu'il abandonnait une mission. Il avait exposé la pellicule à la lumière et laissé les photos de Desiree noircir. Il avait renoncé à l'argent. Quand il avait annoncé à Ceel qu'il rentrait bredouille et qu'il avait besoin d'un autre boulot rapidement, celui-ci avait haussé les épaules et lui avait montré le dossier du mécanicien.

« J'en reviens pas que cette petite ait été plus forte que toi », rit-il, avant de s'éloigner du comptoir.

Ceel avait raison, Early commençait à le comprendre. Il ne savait pas ce qu'il y avait chez elle, mais elle s'était insinuée en lui et maintenant elle s'accrochait comme du lierre. Pas moyen de s'en débarrasser. Pas envie. Dans la cabine, il tira un bout de papier froissé de sa poche et appela l'Egg House. Lorsqu'il entendit sa voix, il se sentit si nerveux que, pendant une seconde, il fut tenté de raccrocher. Puis il se racla la gorge et lui demanda comment ça allait.

« On fait aller. T'es où ?

— Au Texas. Eula, tu connais ?

— Non. C'est comment ?

— Sec. Poussiéreux. Isolé. J'ai l'impression d'être le dernier être vivant là-bas. D'être arrivé au bout de la terre. Tu vois ce que je veux dire ? »

Il l'imaginait, le combiné à la main, appuyée contre la porte de la cuisine. C'était bientôt l'heure de la fermeture ; le restaurant devait se vider. Elle était peut-être seule, et tuait le temps. En train de penser à sa sœur. Ou même à lui.

« Je vois très bien », dit-elle.

À l'époque, personne ne croyait que Desiree Vignes resterait à Mallard. On pariait qu'elle ne tiendrait pas plus d'un mois. Elle se lasserait des murmures injurieux au sujet de sa fille, des murmures qu'elle devait sentir, à défaut de les entendre. En les voyant se promener toutes les deux, certains espéraient même qu'elles craqueraient avant. Il n'y avait jamais eu d'enfant si noir parmi eux, et ils étaient surpris de constater à quel point sa présence les horripilait. Cette gamine qui se baladait sans chapeau ni rien les irritait autant que Thomas Richard, qui était revenu de la guerre avec une jambe en moins, et s'exhibait avec le bas de son pantalon épinglé à l'arrière de sa cuisse pour que personne n'ignore ce qu'il avait perdu. Si on ne pouvait rien contre la laideur, la moindre des choses, c'était d'essayer de la cacher.

Pourtant, au bout d'un mois, elle était toujours là. On se dit alors que, si Desiree ne partait pas à cause de sa fille, l'ennui aurait raison d'elle. Après l'effervescence de la ville, comment pourrait-elle supporter la vie à la campagne ? La succession monotone des kermesses, des foires, des concours de talents locaux, des anniversaires, des mariages et des enterrements. Déjà, plus jeune, elle ne s'y intéressait pas : c'était l'autre, Stella, qui faisait des tartes à la noix de pécan pour la vente de charité de Sainte-Catherine, chantait docilement avec la chorale de l'école, ou restait deux heures aux soixante-dix ans de Trinity Thierry. Non, Desiree, elle était plutôt du genre à se faire traîner à la fête par sa sœur, l'air si maussade qu'on regrettait de l'avoir invitée, et à s'éclipser au moment du gâteau.

Était-ce bien la même Desiree qu'on voyait agenouillée entre sa mère et sa fille le dimanche à la messe ? À vrai dire, elle fut aussi surprise que les autres lorsqu'elle réalisa qu'elle était là depuis un mois entier. Elle avait pris ses habitudes : le matin, après avoir amené Jude à l'école, elle faisait le ménage à la maison puis filait au *diner*, avec ses clients léthargiques. L'après-midi, sa fille la rejoignait et lisait au comptoir. Chaque soir, elle guettait le coup de fil d'Early Jones. Elle ne savait jamais d'où il allait téléphoner, mais quand il appelait juste avant la fermeture, elle ne manquait jamais de décrocher. Souvent, elle était en train de remplir machinalement les sucriers ou d'essuyer les tables, lorsque la sonnerie stridente l'arrachait à ses pensées.

« Je viens aux nouvelles », disait Early. Elle avait passé une bonne journée ? Comment allait sa maman ? Et sa fille ? Bien, bien, bien. Parfois, il l'interrogeait sur son travail et elle lui racontait qu'elle avait dû renvoyer trois commandes, car le cuisinier lui avait donné des œufs brouillés au lieu d'œufs au plat. Ou bien elle lui demandait si le voyage s'était bien passé et il lui répondait qu'il s'était retrouvé au milieu d'une tempête de sable, dans l'Oklahoma ; il ne voyait même plus sa main devant lui et, tout ce qu'il pouvait faire, c'était rouler au pas en espérant qu'il n'aurait pas d'accident.

Ses anecdotes, même les plus banales, la fascinaient. Sa vie lui semblait tellement différente de la sienne. Petit à petit, il se mit à évoquer son enfance, son oncle et sa tante, à qui ses parents l'avaient laissé un soir. Elle avait entendu parler d'enfants donnés ainsi. À la mort de son père, la sœur de sa mère avait proposé d'accueillir une des jumelles.

« C'est trop pour toi, avait dit tante Sophie, prenant les mains d'Adele. On peut alléger ton fardeau. »

Collées contre la porte de leur chambre, les filles tendaient l'oreille, se demandant laquelle devrait partir. Tante Sophie aurait-elle le droit de choisir, comme on montre du doigt un chiot dans une portée ? Ou leur mère allait-elle décider de laquelle des jumelles elle pouvait se passer ? Pour finir, elle avait répondu à Sophie qu'elle ne pouvait pas les séparer, mais, par la suite, Desiree avait découvert que sa tante l'avait demandée elle. Elle vivait à Houston et, adolescente, elle imaginait la vie qu'elle aurait eue là-bas, petite citadine courant dans les rues en robe amidonnée et en souliers vernis, au lieu du calicot délavé que sa mère avait récupéré dans les panières de dons à l'église.

Après Mallard, Early en avait eu assez de travailler la terre des autres et il avait décidé de chercher fortune à Bâton-Rouge. Il n'avait trouvé que la dèche. Il avait passé un an à vivoter, volant des pièces de voiture pour manger, et avait fini par être pris. On l'avait interné à Angola, la prison d'État. Il avait vingt ans. Un adulte aux yeux de la loi. En réalité, il se sentait adulte depuis le soir où ses parents l'avaient abandonné sans même un adieu. Le monde ne ressemblait pas à ce qu'il avait imaginé enfant. Les gens qu'on aimait pouvaient partir du jour au lendemain et on n'avait pas voix au chapitre. Lorsqu'il avait compris ça, le caractère inéluctable de la séparation, il s'était senti vieillir d'un coup.

Il avait passé quatre ans en prison, une période sur laquelle il ne s'attarda pas et dont il ne parlerait jamais beaucoup.

« Ça change quelque chose ? » demanda-t-il.

Elle l'imaginait dans une cabine téléphonique quelque part, une botte contre la vitre.

« Qu'est-ce que tu veux que ça change ?

— Je sais pas », marmonna-t-il au bout d'un moment.

En réalité, elle comprenait très bien ce qu'il voulait dire : le verrait-elle différemment aujourd'hui sans la prison ? De toute façon, elle n'était même pas sûre de savoir ce qu'elle pensait de lui. Elle avait eu le béguin pour lui autrefois, mais elle ne connaissait pas l'homme qu'il était devenu. Elle ignorait ce qu'il attendait d'elle. Quelques semaines plus tôt, il lui avait proposé de retrouver Stella et, lorsqu'elle lui avait dit qu'elle ne pourrait pas le payer tout de suite, il avait répondu : « OK.

— Comment ça, OK ?

— Je n'ai pas besoin de l'argent tout de suite. On trouvera une solution. »

Elle n'avait jamais rencontré d'homme aussi détaché pour ce qui était de l'argent. Cela dit, elle n'avait jamais rencontré non plus d'homme qui gagnait sa vie comme Early. Il traquait des fugitifs libérés sous caution, qui avaient disparu sans laisser de trace. Mais il y avait toujours une piste si on cherchait bien : personne ne s'évanouissait dans la nature. Encore une fois, elle pensa aux photographies qu'il lui avait montrées. Elle avait regardé le paquet, le cœur battant.

« T'inquiète. Je vais envoyer ce salopard à l'autre bout du pays. » Elle avait dû avoir l'air méfiante, car il avait ajouté : « Fais-moi confiance. Je te trahirai pas. »

Mais qu'est-ce qui l'en empêchait, après tout ? Il la connaissait à peine et Sam lui avait offert beaucoup d'argent. Quelle raison avait-il d'être loyal envers elle ? Pendant des semaines, elle s'était demandé si elle ne devrait pas emmener Jude loin d'ici. Sam ne finirait-il pas par les retrouver ? Est-ce qu'il ne risquait pas de venir à Mallard en personne ? Mais c'était peut-être l'endroit le plus sûr, à présent. L'homme qu'il avait embauché lui avait dit qu'elles n'étaient pas en Louisiane. Pourquoi mettrait-il sa parole en doute ? Elle pouvait peut-être faire confiance à Early : s'il avait voulu lui nuire, Sam serait déjà là. Ce qui ne signifiait pas pour autant qu'Early n'attendait rien d'elle.

« Il te dit juste ce que t'as envie d'entendre, déclara sa mère un soir, lui tendant une assiette à essuyer. Ce gars sait pas plus que toi où est ta sœur. »

Desiree soupira, le torchon à la main.

« Mais il sait chercher. Pourquoi ne pas essayer ?

— Elle veut pas qu'on la trouve. Faut arrêter. Tu dois la laisser vivre sa vie.

— C'est pas sa vie ! Et on n'en serait pas là si je l'avais pas poussée à prendre ce travail. Ou si je l'avais pas traînée à La Nouvelle-Orléans. Cette ville était pas bonne pour Stella. T'avais raison depuis le début. »

Sa mère pinça les lèvres.

« C'était pas la première fois.

— Pardon ?

— Qu'elle jouait la Blanche. La ville, ça lui a juste donné l'occasion de le faire pour de vrai. »

Voici l'histoire que sa mère ne lui avait jamais racontée avant.

Une semaine après que Stella avait disparu de l'appartement à La Nouvelle-Orléans, Willie Lee était passé à la maison avec une mine de chien battu. Il fallait qu'il avoue quelque chose à Adele, quelque chose qu'il aurait dû lui dire bien avant. Un après-midi, il avait conduit Stella à Opelousas. De temps en temps, elle lui donnait un coup de main à la boucherie le week-end, car elle savait y faire pour additionner les chiffres de tête. En plus, elle était capable de peser à vue d'œil cinq cents grammes de viande hachée mieux que lui. Chaque fois qu'il vérifiait derrière elle, ça tombait juste. C'était une fille intelligente et appliquée, mais elle avait changé. Elle paraissait triste, renfermée. C'était parce qu'elle avait dû quitter l'école, pensait-il, même s'il ne voyait pas vraiment où était le problème, lui avait bien arrêté après la troisième. Une fille capable de peser au jugé cinq cents grammes de viande hachée s'en sortirait toujours dans la vie, elle n'avait pas besoin de faire de grandes études. Mais il savait que tout le monde n'avait pas l'esprit aussi pratique que lui et, en la voyant bouder derrière la caisse enregistreuse, il se disait qu'elle était juste déçue à cause de Spelman.

C'était pour ça qu'il lui avait proposé de l'emmener à Opelousas un après-midi. Il avait des livraisons à faire et il avait pensé que ça lui changerait les idées. Il lui avait donné cinq cents pour s'acheter un Coca, et, lorsqu'il eut terminé de décharger, il l'avait trouvée à côté du camion, le souffle court, le visage rouge. Elle était entrée dans une boutique de bijoux fantaisie appelée Darlene's Charms où la vendeuse l'avait prise pour une Blanche.

« C'est drôle, non ? C'est vraiment facile ! Les gens ont raison.

— C'est pas un jeu. Se faire passer pour blanc. C'est dangereux.

— Mais puisque personne voit la différence ? Regarde-toi : t'es aussi roux que le père Cavanaugh. Pourquoi est-ce que lui, il serait blanc et pas toi ?

— Parce que lui, il l'est vraiment. Et puis, j'ai pas envie d'être blanc, de toute façon.

— Moi non plus. Je voulais juste rentrer dans ce magasin. Tu diras rien à maman, promis ? »

À Mallard, on racontait beaucoup d'histoires là-dessus. Une fois, Warren Fontenot avait voyagé en train dans la section blanche. Interrogé par un contrôleur suspicieux, il avait pu lui répondre en suffisamment bon français pour le convaincre qu'il était un Européen au teint bistre. Marlena Goudeau était devenue blanche le temps d'obtenir son certificat d'institutrice. À la raffinerie, un contremaître avait pris Luther Thibodeaux pour un Blanc et l'avait augmenté. Être un autre pendant quelques heures, c'était amusant. Héroïque, même. Qui n'avait pas envie de rouler les Blancs pour changer ? Mais le *passe blanc*[1] était un mystère. On ne rencontrait jamais quelqu'un qui avait franchi la ligne de couleur de manière définitive, pas plus qu'on ne rencontrait quelqu'un qui s'était fait passé pour mort avec succès ; pour réussir, il fallait que l'imposture demeure insoupçonnable. Desiree n'avait connu que ceux qui avaient échoué : ceux qui avaient eu le mal du pays, qui avaient été démasqués ou qui en avaient eu assez de mentir. Mais Stella était devenue blanche depuis des années maintenant, presque la moitié de sa vie. Quand on jouait un rôle aussi longtemps, ça cessait peut-être d'être un rôle. À force de prétendre qu'on était blanc, on le devenait.

1. En français dans le texte.

« Je boucle l'affaire, lui dit Early deux soirs plus tard, alors qu'il l'appelait de Shreveport. Dès que j'ai fini, je repasse par Mallard, si tu veux toujours chercher ta sœur. »

Elle n'avait jamais imaginé que Stella puisse lui cacher quelque chose d'important. Pas la Stella qui dormait à côté d'elle, dont elle entendait la voix dans sa tête, dont les pensées se mêlaient aux siennes comme deux courants qui ne formaient plus qu'un. Comment avait-elle pu ignorer que sa sœur avait décidé de devenir une autre ? Elle ne savait plus qui était Stella et elle ne l'avait peut-être jamais réellement su.

Elle regarda la salle vide où il ne restait que Jude en train de lire au comptoir. Toujours un livre à la main, toujours seule.

« Oui, dit-elle enfin. Je suppose que oui. »

Le matin où Early Jones arriva, le ciel était lourd et brûlant. Assise au bord du canapé, Desiree écoutait l'orage printanier en tressant les cheveux de sa fille. Elle songeait aux premières semaines à La Nouvelle-Orléans, quand Stella et elle s'abritaient sous les avant-toits si une averse les prenait par surprise. Elle avait fini par s'habituer aux caprices de la pluie, mais, au début, elle glapissait à chaque ondée soudaine et riait avec Stella, toutes les deux plaquées contre une façade, l'eau éclaboussant leurs chevilles. Jude gigota à ses pieds pour lui indiquer la porte vitrée.

« Maman, y a un monsieur. » Early était là, sur les marches, le col de son blouson remonté, des gouttes de pluie perlant sur sa barbe. Desiree se leva, en proie à une étrange nervosité. En lui ouvrant, elle réalisa qu'ils se tenaient exactement à l'endroit où ils s'étaient rencontrés dans une autre vie.

« Entre.

— T'es sûre ? Je voudrais pas tout crotter. »

Il paraissait aussi agité qu'elle, ce qui lui donna de l'assurance. Elle lui fit signe d'avancer et il tapa ses souliers contre les marches pour se débarrasser de la boue. Puis il s'arrêta sur le seuil, les poings dans ses poches.

« Je te présente Jude. Jude, viens dire bonjour à monsieur Early. Je dois faire un petit voyage avec lui, tu te souviens ?

— Juste Early. Y a pas de monsieur ici. »

Il lui tendit la main en souriant. Jude avança la sienne puis la recula aussitôt, et fila chercher son cartable dans sa chambre. Un peu plus tard, sur la route, Early demanda si la petite était toujours aussi silencieuse.

Desiree regarda par la vitre le soleil qui se réverbérait sur le lac Pontchartrain.

« Toujours. Elle me ressemble pas du tout.

— À son papa, alors ? »

Elle n'aimait pas évoquer Sam devant Early, ne voulait même pas imaginer la coexistence de ces deux hommes dans sa vie. En plus, Jude ne ressemblait pas tant à Sam qu'à Stella. Réservée, comme si se confier, c'était donner quelque chose qu'on ne lui rendrait jamais.

« Non. Elle ne ressemble qu'à elle-même.

— C'est bien. Qu'une fille soit elle-même.

— Pas à Mallard. Pas Jude. »

Early lui toucha la main, ce qui la surprit. Il retira la sienne presque aussitôt.

« Ça sera pas facile, c'est sûr, dit-il. Ça l'a pas été pour moi, à l'époque. Tu sais qu'une fois, un homme m'a fichu une calotte à l'église ? Sur la nuque. Tout ça parce que j'avais trempé les doigts dans le bénitier avant sa femme. Il pensait que j'avais souillé l'eau. Je croyais que mon oncle, il allait prendre ma défense. Ça me semblait évident. En fait, il s'est excusé, comme si j'avais fait quelque chose de mal. »

Il laissa échapper un rire amer. De l'autre côté de la voie rapide, un train de marchandises passa dans un grondement, faisant gicler la pluie des rails. Elle se tourna vers lui, les yeux humides.

« J'aurais dû dire quelque chose. Quand ma mère t'a chassé comme un malpropre.

— C'est de l'histoire ancienne.

— Mais pourquoi tu m'aides ? En vrai ?

— J'en sais trop rien. Je suppose que ça me chagrine, de penser à toi et à ta sœur. » Il fixait la route devant lui, refusant de la regarder. « Et puis, j'aime bien parler avec toi. J'ai jamais autant parlé avec une femme de ma vie.

— Y a pas moyen de t'arracher plus de deux mots à la suite ! s'écria-t-elle en riant.

— Ça suffit. »

Elle rit encore, effleurant sa nuque. Plus tard, il lui avouerait que c'était à ce moment-là qu'il avait su. Quand il avait senti la douceur de cette main à l'arrière de sa tête, alors que la voiture s'engageait sur le pont.

Ils chassaient le passé, cherchaient Stella dans les rues, les escaliers et les ruelles.

Ils gravirent les trois étages de leur ancien appartement, aujourd'hui occupé par un couple âgé. Elle demanda aussi poliment que possible s'ils n'avaient pas reçu de courrier pour une certaine Desiree ou Stella Vignes, mais ils n'habitaient là que depuis deux ans. Quand ils avaient emménagé, les murs avaient depuis longtemps digéré la vie des jumelles. Il ne restait rien des repas cuisinés au son de leur petit transistor, le premier luxe qu'elles s'étaient autorisé, ni des soirées passées à écouter de la musique tard avec le sentiment de vivre enfin comme les adultes qu'elles croyaient être. Le jour où elles avaient signé le bail, alors qu'elle écrivait son nom en dessous du sien, Stella savait-elle qu'elle ne resterait pas ? Cherchait-elle déjà à fuir cette vie ?

Tout l'après-midi, ils écumèrent les endroits qu'elles fréquentaient autrefois. Ils passèrent à Dixie Laundry et au Grace Note. Desiree consulta l'annuaire pour retrouver d'anciens amis, mais personne n'avait eu de nouvelles. Farrah Thibodeaux, qui avait épousé un conseiller municipal, rit quand Desiree l'appela.

« Sacrée Stella. J'en reviens toujours pas du tour qu'elle nous a joué. Si ça avait été toi, encore...

— Merci, dit Desiree, prête à raccrocher.

— Attends un peu. T'es bien pressée. J'allais te dire que j'avais vu ta sœur, une fois. »

Son cœur accéléra.

« Quand ?

— Oh, ça date pas d'hier. Avant que tu partes. Elle marchait dans Royal Street, insouciante comme pas deux. Au bras d'un Blanc. Elle m'a regardée puis elle a tourné la tête. Je te promets qu'elle m'a vue.

— T'es sûre que c'était elle ?

— Aussi sûre que c'était pas toi. Les yeux, ça ment pas. Et son Blanc, il était séduisant. Elle avait des bonnes raisons de sourire. »

Stella serait partie pour un homme ? Elle aurait été amoureuse en secret ? Stella à qui les garçons ne faisaient pas tourner la tête, qui levait les yeux au ciel quand Desiree se pâmait devant Early, et qui n'avait jamais eu de petit ami. La jumelle frigide, l'avait-on surnommée. Elle avait du mal à y croire, mais selon Early, l'explication la plus simple était souvent la bonne.

« T'imagines pas ce que les gens peuvent faire quand ils se laissent guider par leurs émotions.

— Je la connais », dit-elle, mais elle s'interrompit. Elle ne pouvait plus dire ça. Il était peut-être temps de l'admettre.

Elle était exténuée lorsque Early suggéra d'aller faire un tour à Maison Blanche. Elle ne s'était aventurée dans l'immeuble qu'une fois, quelques jours après la disparition de sa sœur. Dans le tramway de Canal Street, elle se disait que Stella ne pouvait pas être partie pour de bon. C'était Stella qui faisait la tête. Stella qui jouait à cache-cache derrière les draps en train de sécher. Elle se répétait des choses rassurantes auxquelles elle ne croyait pas. Elle allait ressurgir. Elle la trouverait devant la porte et elle s'expliquerait. Elle n'avait pas pu lâcher un emploi pareil. Elle n'avait pas pu abandonner sa sœur.

Desiree était entrée dans le grand magasin et avait déambulé lentement au rayon parfumerie. Elle savait que Stella travaillait dans un bureau en haut de l'immeuble, mais ignorait lequel. Dans le hall, elle avait passé trop de temps à étudier la liste des noms. Le gardien lui avait demandé brutalement ce qu'elle faisait là. Elle avait hésité pour ne pas créer d'ennui à sa sœur et il l'avait finalement chassée.

« T'es trop insistante, lui dit Early. Faut être plus subtile. Pas avoir l'air désespérée. Les gens le sentent et ils se ferment. »

Ils buvaient un café en face de Maison Blanche. Elle avait à peine touché au sien. Elle pensait encore à l'homme avec qui Farrah avait vu Stella. Elle paraissait heureuse. Elle ne souhaitait manifestement pas être retrouvée. À quoi bon la ramener de force dans une vie dont elle ne voulait plus ?

« Il faut que tu entres comme quelqu'un à qui on a envie de parler. Quelqu'un qui a l'habitude d'obtenir ce qu'elle veut.

— Comme une Blanche, quoi ?

— Ça sera plus facile. Je peux pas t'accompagner. Ils pigeraient tout de suite. Mais toi, tu entres et tu dis que tu cherches quelqu'un. Une vieille amie. Pas ta sœur, ça risquerait d'éveiller la curiosité. Tu leur dis que vous vous êtes perdues de vue. T'es enjouée, désinvolte. Une Blanche qu'a aucun souci dans la vie. »

Elle imagina qu'elle était Stella. Pas la Stella d'autrefois, mais celle qu'elle devait être aujourd'hui. Elle poussa l'imposante poignée de cuivre marquée MB et pénétra dans le grand magasin. Elle passa devant le rayon parfumerie avec l'assurance d'une femme qui pouvait s'offrir n'importe quel flacon. Elle s'arrêta pour en sentir quelques-uns, comme si elle envisageait d'en acheter un. Elle admira les bijoux dans leur vitrine, jeta un coup d'œil aux sacs à main élégants, refusa poliment l'aide des vendeuses. Dans le hall, elle se dirigea vers l'ascenseur. Le jeune garçon noir baissa la tête lorsqu'elle entra dans la cabine. Elle l'ignora, ainsi que Stella l'aurait sans doute fait. La facilité avec laquelle on l'acceptait lui donnait la nausée. Pour être blanc, il suffisait donc de se conduire comme si on l'était ?

À l'étage des bureaux, un agent de sécurité blanc l'accueillit avec empressement. Elle repensa aux paroles d'Early. Enjouée et désinvolte, soucieuse de rien. Elle lui dit qu'elle cherchait une amie qui avait travaillé ici dans le marketing.

Bien entendu, aucune Stella Vignes ne figurait sur sa liste, mais il lui expliqua où se trouvait le bureau qui pourrait la renseigner. Elle sortit de l'ascenseur au sixième étage, s'attendant presque à être prise pour sa sœur. Une secrétaire rousse l'accueillit d'un sourire cordial.

« Je cherche une vieille amie. Elle a été secrétaire ici.

— Elle s'appelle comment ?

— Stella Vignes. » Elle jeta un coup d'œil autour d'elle, comme si prononcer son nom dans le bureau silencieux pourrait la faire apparaître.

« Stella Vignes », répéta la femme, se dirigeant vers le meuble-classeur dans son dos. Elle fredonnait tout bas en cherchant. On n'entendait rien d'autre, hormis le cliquetis paisible des machines à écrire. Desiree s'efforçait d'imaginer sa sœur dans cet endroit. Rejoignant les rangs des jeunes filles blanches polies à leur bureau.

La secrétaire retourna à son siège avec un dossier.

« Pas d'adresse à jour, malheureusement. Nos dernières cartes de vœux nous ont été renvoyées. »

Elle était sincèrement désolée de ne pouvoir lui fournir mieux et lui montra une fiche où Stella avait noté de son écriture soignée une adresse à Boston, dans le Massachusetts.

« La piste n'est pas très fraîche, admit Early ce soir-là, mais c'est un début. »

Ils étaient assis dans un box sombre au Surly Goat. Early sirotait son whisky. Le lendemain matin, il serait sur la route. Il devait aller à Durham. Après, il se rendrait à Boston pour voir ce qu'il pouvait trouver. Elle ignorait comment sa sœur avait pu atterrir là-bas et s'en moquait. Après toutes ces années, elle avait enfin des informations sur Stella et c'était tout ce qui comptait.

Une fois de plus, elle se dit qu'elle ne pourrait jamais assez remercier Early. Leurs verres terminés, elle le raccompagna à la pension. Il prit Desiree par le bras lorsqu'ils gravirent les marches boueuses et elle ne se dégagea pas, même une fois dans sa chambre. Elle n'était pas ivre, mais elle avait soudain très chaud. Cela faisait des années qu'elle ne s'était pas déshabillée devant un inconnu.

Elle s'approcha lentement. Appuyé contre la commode usée, il attendait. Elle laissa descendre sa main sur son ventre. Il l'arrêta comme elle arrivait à la ceinture.

« C'est que le début. Je suis pas près de la retrouver. »

Il retenait sa main, comme s'il pensait que c'était une condition préalable à quoi que ce soit entre eux.

« Je comprends.

— Et je la retrouverai peut-être jamais. Elle a peut-être disparu pour de bon. »

Elle marqua un temps.

« Je sais.

— Je continuerai à chercher tant que tu voudras. J'arrêterai que si tu me dis d'arrêter. »

Elle dégagea sa main et la glissa sous son tee-shirt noir. Ses doigts caressèrent le bourrelet d'une cicatrice qui barrait son ventre. Il frissonna.

« T'arrête pas », dit-elle.

Deuxième partie

CARTES

(1978)

Quatre

À l'automne 1978, une fille venant d'une ville qui ne figurait sur aucune carte débarqua à Los Angeles.

Elle avait fait le trajet en autocar Greyhound, ses deux valises bringuebalées dans la soute. Les autres passagers l'auraient sans doute à peine remarquée si ce n'était le fait qu'elle était très, comment dire, eh bien très noire. À part cela, discrète. Elle était plongée dans un roman policier corné que le petit ami de sa mère lui avait offert pour ses dix-sept ans. Elle le relisait pour la troisième fois, cherchant les indices qu'elle avait ratés les deux premières. Aux arrêts, elle coinçait le livre sous son bras et marchait lentement en cercles pour se dégourdir les jambes. Nerveuse. Le chauffeur italien songea qu'elle lui faisait penser à un guépard en cage. Il n'aurait pas été surpris d'apprendre qu'elle courait : ce corps efflanqué de garçon manqué, ces longues jambes. Il termina sa cigarette, tandis qu'elle faisait encore une fois le tour du bus. Dommage, de telles jambes avec ce visage.

Cette couleur de peau. Bon sang, il n'avait jamais vu de femme aussi noire.

Elle ne prêta aucune attention au chauffeur. Elle ne faisait plus attention aux gens qui la dévisageaient, ou, si elle s'en rendait compte, elle savait pourquoi on la regardait. Elle ne passait pas inaperçue. Noire, certes, et grande avec ça, toute en longueur, comme son père, dont elle n'avait pas eu de nouvelles depuis dix ans. Elle refit un tour de son pas mesuré, cherchant sa page dans le livre à la reliure fendillée. Elle adorait les romans policiers depuis toute petite ; enfant, elle s'asseyait sur la galerie devant la maison, tandis que l'ami de sa mère nettoyait son arme et lui parlait des fugitifs qu'il traquait.

En grandissant, elle se rendit compte que c'était peu commun pour une fillette et un homme d'avoir ce genre de relation. Il faut dire qu'Early Jones était un homme peu commun. Pas un père, mais ce qui s'en rapprochait le plus. Elle aimait le bombarder de questions alors qu'il démontait lentement son arme. On pouvait retrouver quasiment n'importe qui, à condition de savoir mentir, disait-il. La moitié du travail consistait à se faire passer pour un autre, un vieil ami qui cherchait l'adresse d'un pote, un neveu perdu de vue en quête du numéro de téléphone de son oncle, un père qui s'inquiétait au sujet de son fils. Il y avait toujours quelqu'un à manipuler dans l'entourage de la cible. Toujours une fenêtre si on ne trouvait pas la porte.

« Pas très excitant, hein ? lui disait-il en mâchonnant un cure-dents. La plupart du temps, il s'agit d'amadouer des vieilles dames au téléphone. »

À l'entendre, ça avait l'air tellement simple qu'une fois, elle lui avait demandé s'il ne pourrait pas retrouver son papa. Il inséra le goupillon dans le canon et lui répondit sans la regarder.

« Il vaut mieux pas.

— Pourquoi ?

— Parce qu'il n'est pas gentil. »

Il avait raison, bien entendu, mais elle trouvait sa certitude insupportable. Qu'est-ce qu'il en savait ? Il ne connaissait pas son père. Elle l'imaginait toujours venant la secourir au volant de sa Buick rutilante. Un jour, il serait là qui l'attendrait devant l'école. Son père, immense et beau, lui ouvrant les bras avec un grand sourire. Les autres enfants en seraient bouche bée. Alors, il la ramènerait à Washington et elle irait à l'école, se ferait des amis, sortirait avec des garçons, s'entraînerait à la course, irait à l'université, mènerait une vie si différente qu'elle ne saurait plus si Mallard existait vraiment ou si elle l'avait inventé.

Mais dix ans s'étaient écoulés sans lettre ni appel. Et pour finir, elle s'était sauvée toute seule. Elle avait remporté le 400 mètres au championnat de Louisiane et le miracle était arrivé : des recruteurs universitaires l'avaient repérée. Elle avait couru de toutes ses forces et maintenant, elle fichait le camp. À la gare routière, elle attendait au pied des marches de métal, pendant qu'Early chargeait ses valises. Sa grand-mère lui avait passé son chapelet autour du cou et sa mère l'avait embrassée.

« Je comprends toujours pas pourquoi t'avais besoin d'aller en Californie. Il y a de très bonnes facs ici. »

Elle eut un petit rire, comme si elle plaisantait, comme si elle n'essayait pas vraiment de convaincre Jude de rester. Elles savaient aussi bien l'une que l'autre que c'était impossible. Elle avait déjà accepté la bourse d'athlétisme d'UCLA – jamais elle n'aurait pu refuser de toute manière – et elle n'avait plus qu'à monter dans le car.

« J'appellerai. Et j'écrirai.

— J'espère bien.

— T'inquiète pas, maman. Je reviendrai te voir. »

Elles savaient toutes les deux qu'elle ne reviendrait jamais. Le véhicule roulait, à présent. Jouant avec les perles du chapelet, elle imagina sa mère quittant Mallard dans un car similaire. Sauf qu'elle n'était pas seule. Assise à côté d'elle, Stella regardait par la fenêtre. Jude posa le livre sur ses genoux, le front collé à la vitre embuée. Elle n'avait jamais vu le désert et elle avait l'impression qu'il s'étendait à l'infini. Un autre kilomètre défila, l'emmenant toujours plus loin de sa vie.

Ils la surnommaient Bébé de goudron.

Minuit. Noiraude. Jus de réglisse. On disait : Souris, on ne te voit pas. On disait : T'es si noire qu'on te confond avec le tableau. On disait : Je parie que tu pourrais te pointer toute nue à un enterrement. Je parie que les lucioles te suivent en plein jour. Je parie que, quand tu nages, on dirait du pétrole. Ils n'étaient jamais à court de blagues. Plus tard, alors qu'elle aurait largement passé la quarantaine, elle en réciterait une litanie dans un dîner, à San Francisco. Je parie que les cafards t'appellent cousine. Je parie que t'arrives pas à trouver ton ombre. Elle était la première surprise de s'en souvenir si bien, de voir qu'elle avait conservé une encyclopédie de son humiliation. À cette soirée, elle s'était forcée à rire – la cruauté des enfants, c'est dingue, non ? –, mais à l'époque elle ne riait pas. Parce que c'était vrai. Elle était noire. Noir-bleu. Non, d'un noir qui tirait sur le violet. Aussi noire que le café, l'asphalte, l'espace intersidéral. Aussi noire que le début et la fin du monde.

Les premières années, sa grand-mère s'évertuait à la préserver du soleil. Elle lui avait donné un grand chapeau de jardinage dont elle serrait la lanière sous son menton, au risque de l'étrangler. Elle ne pouvait pas courir avec, elle qui adorait ça. C'était plus fort qu'elle, malgré les supplications d'Adele qui lui demandait d'attendre au moins le crépuscule. Elle avait passé des étés à lire à l'intérieur. Quand elle n'en pouvait plus d'être enfermée, elle pourchassait les ombres dans le jardin, coiffée du grand chapeau étrangleur, transpirant sous ses manches longues. Elle ne risquait pourtant pas de devenir plus noire qu'elle ne l'était déjà, même si c'était parfois l'impression qu'elle avait, à force de vivre à Mallard. Un point noir sur la photo scolaire, une tache noire sur les bancs de l'église le dimanche, une silhouette sombre traînant au bord de la rivière pendant que les autres nageaient. Si noire qu'on ne voyait qu'elle. Une mouche dans le lait qui contaminait tout.

En classe, elle était assise devant Lonnie Goudeau, le lanceur de l'équipe de base-ball, qui la bombardait de boulettes de papier. Il avait les yeux gris, des cheveux roux qui lui tombaient dans le cou, et les joues constellées de taches de rousseur. Un beau garçon. Elle frémissait quand elle imaginait son regard sur elle, ses manches retroussées sur des bras si clairs qu'on voyait les poils sombres, les muscles tendus, la boulette entre ses doigts. Puis elle sentait le petit choc contre sa nuque et elle entendait les ricanements derrière elle. Elle ne se retournait jamais. Une fois, M. Yancy surprit Lonnie et il le colla. En sortant, Jude passa devant le garçon qui effaçait le tableau. Il la regarda d'un air moqueur, sans cesser de frotter le panneau poussiéreux de craie. Elle se rejoua ce moment pendant tout le trajet. Ses lèvres, entre la grimace et le sourire.

Lonnie Goudeau fut le premier à l'appeler Bébé de goudron. Un mois après son arrivée à Mallard, il trouva un exemplaire des *Aventures de frère lapin* dans le bac de l'école et désigna avec une joie mauvaise la tache d'un noir luisant sur la couverture. « Regardez, c'est Jude ! » dit-il. Elle était tellement surprise qu'il connaisse son nom qu'elle ne réalisa pas tout de suite qu'il se moquait d'elle. Toute la classe partit d'un éclat de rire et la maîtresse le gronda pour avoir troublé la séance de lecture silencieuse avant de prendre le livre en rougissant. Ce soir-là, après le repas, Jude demanda à sa mère ce qu'était un bébé de goudron. Celle-ci plongea les assiettes sales dans l'évier.

« Juste un vieux conte, pourquoi ?

— Un garçon m'a appelée comme ça, aujourd'hui. »

Elle s'essuya lentement les mains avec le torchon et s'agenouilla devant elle.

« Il a dit ça pour t'énerver. Ignore-le. Il finira par se lasser. »

Mais il ne s'arrêta pas. Lonnie éclaboussait ses chaussettes de boue et jetait ses livres à la poubelle. Donnait des coups dans sa chaise pendant les examens et tiraient les rubans dans ses cheveux, chantonnait « *Tutti-frutti, dark Judy*[1] » dès qu'elle passait. Le dernier jour de CM2, il lui fit un croche-patte sur les marches et elle s'égratigna le genou. Dans la cuisine, sa grand-mère allongea sa jambe et tamponna le sang doucement avec du coton.

« Peut-être que tu lui plais, dit sa grand-mère. Les petits garçons peuvent être méchants avec les filles qu'ils aiment bien. »

---

1. Référence à une chanson de Little Richard. Littéralement « Tutti-frutti, Judy la noire ».

Elle s'efforça d'imaginer Lonnie lui tenant la main, portant ses livres sur le trajet de l'école, et même l'embrassant, ses longs cils chatouillant sa joue. Ils étaient assis à côté au cinéma ou tout en haut de la grande roue à la fête foraine, le bras de Lonnie autour de sa taille. Mais non, tout ce qu'elle voyait, c'est Lonnie qui la poussait dans une flaque de boue, collait un chewing-gum dans ses cheveux, la traitait de débile mentale, la frappait jusqu'à ce que sa lèvre saigne et que son œil gonfle. Puis elle repensait à son père qui sortait en claquant la porte et à sa mère en larmes par terre, la tête enfouie dans le coussin du canapé. Une fois, il n'était pas parti ; pas tout de suite. À la place, il avait attiré son visage contre son ventre et lui avait caressé les cheveux.

Sa mère avait gémi mais ne s'était pas dégagée, comme si elle trouvait ça réconfortant.

Judy préférait encore imaginer Lonnie en train de la frapper. Le reste, cette douceur, c'était bien plus terrifiant.

Avant les insultes et les blagues, avant les railleries, les chaussettes boueuses, les coups de pied dans la chaise, le banc où elle déjeunait seule, avant tout ça, il y avait eu des questions. Elle s'appelait comment ? Elle venait d'où ? Qu'est-ce qu'elle faisait ici ? Le premier jour, Louisa Rubidoux s'était penchée sur le bureau qu'elles partageaient et lui avait demandé qui était la dame avec elle.

« Ma maman », répondit Jude. N'était-ce pas évident ? Elle l'avait amenée à l'école, lui tenait la main. Qui d'autre aurait-elle pu être ?

« Mais c'est pas ta vraie maman, hein ? Elle est pas du tout comme toi. »

Jude réfléchit un instant.

« Je ressemble à mon papa.

— Il est où ? »

Elle se contenta de hausser les épaules. Pourtant, elle savait très bien où il était : à Washington, où elles l'avaient laissé. Il lui manquait déjà, même si on voyait encore le gros bleu sur le cou de sa mère, même si elle se rappelait tous ceux qu'elle avait vus sur son corps, des taches sombres dessinant une étrange cartographie. Un jour, à la piscine, Desiree avait commencé à se changer dans leur cabine, pour s'interrompre en découvrant les restes d'un hématome sur sa cuisse. Elle s'était rhabillée en silence et lui avait dit qu'elle n'avait pas envie de se baigner, tout compte fait. Elle la regarderait nager du bord. À leur retour, son père avait accueilli sa mère d'un baiser, et Jude s'était rendu compte qu'elle pouvait prétendre que les marques n'avaient aucun rapport avec lui. Maintenir une relation distincte avec chacun de ses parents. Ainsi, quand elle pensait à son père, il feuilletait des bandes dessinées, étendu à côté d'elle sur le tapis. Il ne traînait pas sa mère par les cheveux jusqu'à leur chambre, non : c'était un autre homme. Et une fois le verre brisé balayé, le sang essuyé sur le carrelage, Desiree dans la salle de bains avec un sac de glaçons sur le visage, son vrai papa réapparaissait, souriant, lui caressant la joue.

« Pourquoi je te ressemble pas ? » demanda-t-elle après son premier jour d'école. Elle était assise devant le canapé. Derrière elle, sa mère lui tressait les cheveux. Elle ne voyait donc pas son visage, mais elle sentit ses mains s'immobiliser.

« Je n'en sais rien, répondit-elle enfin.

— Toi, tu ressembles à grand-maman.

— C'est comme ça, c'est tout, ma chérie.

— Quand est-ce qu'on rentre à la maison ?

— Je te l'ai dit cent fois. Il faut qu'on reste un peu ici. Maintenant, arrête de gigoter et laisse-moi terminer. »

Elle commençait à se demander si sa mère avait réellement prévu de retourner à Washington ou d'aller s'installer ailleurs, si elle mentait quand elle prétendait avoir des projets. Un soupçon qui ne tarda pas à se transformer en certitude. Le lendemain, elle était assise seule pendant la pause déjeuner, lorsque Louisa, flanquée de trois autres filles, apparut devant elle.

« On te croit pas. À propos de ta maman. Elle est trop jolie pour ça.

— C'est pas ma mère. Ma vraie maman est ailleurs.

— Où ça ?

— J'en sais rien. Quelque part. Je l'ai pas encore trouvée. »

D'une certaine manière, c'était à Stella qu'elle pensait : une femme qui ressemblait à sa mère, mais en mieux. Stella qui ne ferait rien pour énerver papa et l'obliger à la frapper. Elle ne réveillerait pas Jude en pleine nuit pour la forcer à prendre un train et la traîner dans une petite ville où les autres enfants se moquaient d'elle. Elle tiendrait parole. Elle ne promettrait pas tout le temps qu'elles allaient partir.

« Surveille ta maman, l'avait avertie son père. Elle est restée comme ces gens.

— Quels gens ? avait demandé Jude, allongée sur le tapis à côté de lui, le regardant rattraper des osselets, ses larges mains floues devant ses yeux.

— Les gens de chez elle. Elle a ce truc-là en elle. Elle se croit mieux que nous. »

Elle ne comprenait pas très bien ce dont il parlait, mais elle était heureuse de faire partie d'un nous. On croit qu'être unique, ça fait de soi quelqu'un d'exceptionnel. Non, ça fait juste quelqu'un de seul. Ce qui est exceptionnel, c'est d'être reconnu et accepté.

Au lycée, les insultes ne la gênaient plus, en revanche, la solitude, si. On ne s'habitue jamais totalement à la solitude. Chaque fois qu'elle se persuadait du contraire, elle découvrait que c'était encore pire. Elle mangeait avec ses livres de poche pour toute compagnie. Personne ne venait la voir le week-end, ne l'invitait à déjeuner chez Lou, ne l'appelait pour prendre de ses nouvelles. Après les cours, elle allait courir seule. Elle était la plus rapide de l'équipe. Dans une autre école, une autre ville, elle aurait sans doute été capitaine. Mais à Mallard, elle s'étirait seule avant l'entraînement, s'asseyait seule dans le car pour aller aux compétitions et, lorsqu'elle remporta la médaille d'or aux championnats de Louisiane, personne ne la félicita, sauf M. Weaver, le coach.

Elle courait quand même. Elle courait parce qu'elle aimait ça, parce qu'elle voulait exceller dans un domaine, parce que son père avait couru dans l'équipe de l'université de l'Ohio. Elle pensait à lui lorsqu'elle laçait ses chaussures à crampons. Parfois, elle sentait le regard de Lonnie Goudeau sur elle quand elle faisait des tours de stade. Elle avait un léger déhanchement, une habitude disgracieuse que l'entraîneur avait en vain tenté de corriger. Lonnie s'amusait sûrement de sa démarche bizarre, ou alors c'était juste son apparence, le maillot et le short blancs qui tranchaient sur sa peau. Jamais elle ne se sentait plus noire que lorsqu'elle courait et, en même temps, jamais elle ne se sentait moins noire, moins singulière.

Elle avait une paire de chaussures dorées qu'elle avait supplié Early de lui offrir à Noël. Sa mère avait soupiré.

« Tu ne voudrais pas plutôt une jolie robe ? Ou des nouvelles boucles d'oreille ? » Chaque année, Desiree posait sèchement la boîte sur le tapis, l'air excédé. « Encore des chaussures de sport, disait-elle, maussade, tandis que Jude tirait sur le papier de soie. Je comprends pas qu'une fille ait besoin de tant de chaussures de sport. »

C'était Early qui lui avait offert sa première paire, quand elle avait onze ans, des New Balance blanches qu'il avait trouvées à Chicago. L'année suivante, il était au Kansas pour le travail et il n'était pas rentré pour Noël. Celle d'après, il était là comme s'il n'était jamais parti, avec une nouvelle paire. Elle s'était vite habituée à ses allées et venues, qui lui paraissaient aussi réglées que les saisons.

« Y a l'autre gars qu'est encore là à renifler », disait sa grand-mère. Elle n'appelait jamais Early par son nom. C'était toujours « l'autre gars » ou parfois juste « lui ». Ça ne lui plaisait pas que sa fille soit à la colle avec un homme, même s'il ne restait jamais assez longtemps pour qu'on puisse dire qu'ils étaient ensemble, ce qui était peut-être mieux, peut-être pire. Quoi qu'il en soit, à la saison d'Early – c'était ainsi que Jude voyait ses visites –, Desiree changeait. D'abord, la maison se transformait. Sa mère grimpait sur une chaise pour décrocher les rideaux, battait les tapis, lavait les vitres. Ensuite, il y avait les vêtements : elle fonçait acheter de nouveaux bas, terminait la robe qu'elle avait commencé à coudre des mois plus tôt, cirait ses chaussures. Mais le plus embarrassant, c'était de la voir se pavaner devant le miroir comme une adolescente, rejeter ses cheveux longs sur une épaule puis sur l'autre, ou essayer un shampoing à la fraise. Early adorait ses cheveux et elle en prenait grand soin. Un jour, Jude l'avait surpris qui s'approchait de sa mère par-derrière pour enfouir son visage dans ses boucles brunes. Elle ignorait qui elle aurait voulu être à cet instant, sa mère ou Early, la beauté ou l'œil qui la regardait, mais elle avait ressenti une telle envie qu'elle avait dû se détourner.

Bien que Desiree ne prévienne jamais personne, Adele savait. C'était aussi une des caractéristiques de la saison d'Early : pendant cette période, l'alliance hésitante entre Jude et sa grand-mère se renforçait.

« Tous ces hommes. Tous ces hommes en ville, pourquoi il faut qu'elle coure après celui-là ? »

Dans la chambre d'Adele, Jude fit le tour du lit pour prendre les gouttes oculaires prescrites par le Dr Brenner depuis qu'elle se plaignait d'avoir les yeux secs. Chaque soir avant de se coucher, elle posait la tête sur les genoux de sa petite-fille, ses cheveux gris déployés en éventail, pour qu'elle lui administre une goutte dans chaque œil.

« Si tu les avais vues quand elles étaient jeunes. Tous les garçons étaient amoureux d'elles. »

Cela lui arrivait : de parler de Desiree au pluriel. Jude ne la corrigeait jamais. Elle libérait lentement la goutte, sa grand-mère clignant des yeux en dessous d'elle.

À la gare routière, Desiree Vignes attendit que le Greyhound ait tourné au coin de la rue pour essuyer ses larmes. Elle ne tenait pas à ce que sa fille, si elle regardait par la lunette arrière, voie son idiote de mère pleurer comme si elle partait au bout du monde. Early lui tendit un mouchoir et elle rit en se séchant les yeux. « Ça va, ça va », bien que personne n'ait prétendu le contraire. Il la déposa à l'Egg House et, comme tous les matins depuis dix ans, elle attacha son tablier. Mais cette fois, elle ignorait quand elle reverrait sa fille.

Dix ans. Dix ans qu'elle était rentrée. Parfois, elle regardait la maison autour d'elle, se demandant ce qu'elle faisait là. Comme dans *Le Magicien d'Oz*, sauf que, au lieu d'avoir reçu la maison sur la tête, c'était elle qui s'était écrasée dessus, passant à travers le toit, pour se réveiller des années plus tard et réaliser avec effarement qu'elle était toujours là. Quand elle avait décidé de rester, elle s'était trouvé des excuses pratiques. Elle ne gagnait pas assez au restaurant pour habiter ailleurs. Elle ne pouvait pas abandonner sa mère une seconde fois. Elle espérait toujours que Stella réapparaîtrait un jour. Et même si elle ne revenait pas, elle se sentait plus proche d'elle au milieu des affaires qui lui avaient appartenu. Ici, la chaise où elle s'asseyait. Là, une poupée de maïs qu'elle avait appelée Jane. Partout dans la maison, une poignée de porte, une couverture ou un coussin que Stella avait touchés, portant encore les traces invisibles de ses empreintes digitales.

Ce qu'elle avait construit ici, c'était une vie, après tout. Avec sa mère et son enfant, avec Early Jones, qui partait mais qui revenait toujours. Quand il était là, Desiree redevenait une toute jeune fille, les années étaient soudain effacées. Ses apparitions tenaient toujours du miracle. Un jour qu'elle servait un steak pané à cheval, elle le découvrit assis au bout du comptoir, mordillant un cure-dents. Une autre fois, alors qu'elle fermait le restaurant, elle se retourna et il était là, appuyé contre la cabine téléphonique sur le trottoir d'en face. Elle était épuisée, mais elle rit à sa vue, aussi inattendue que l'arrivée subite du printemps. Un matin, il y avait du givre et le lendemain, des fleurs.

« J'ai pensé à toi, disait-il, comme s'il avait juste fait un crochet, et non pas roulé d'une traite depuis Charleston, conduisant une partie de la nuit, les yeux rougis, pour être là plus vite. Alors, quoi de neuf ? »

Il n'y avait jamais rien de neuf, bien sûr. Les journées se succédaient, identiques, une monotonie qu'elle finirait par trouver réconfortante. Pas de surprise, pas de colère soudaine, pas d'homme qui la caressait un instant et la battait le suivant. Désormais, la vie était régulière. Elle savait ce que chaque jour lui apporterait, sauf quand Early surgissait. Il était la seule chose dans son existence à laquelle elle n'était pas préparée. Il ne restait jamais plus de quarante-huit heures avant de reprendre la route. Une fois, il la persuada de se faire porter pâle et l'emmena à la pêche. Ils rentrèrent bredouilles, mais, en plein après-midi, il l'embrassa et glissa ses doigts sous sa robe, la caressant tandis que la barque flottait sur le lac transparent. Cela faisait des mois qu'il ne lui était rien arrivé d'aussi excitant.

Les visites d'Early rendaient sa mère maussade et silencieuse. Lorsque Desiree s'éclipsait pour le rejoindre à la pension, elle fixait la porte d'un regard noir.

« Je comprends pas ce que tu fais avec ce gars. Pas fichu de se caser, pas fichu de trouver un travail convenable.

— Il travaille, protestait Desiree.

— Rien de convenable ! Je parie qu'il y a toutes sortes de drôlesses qui lui courent après...

— Eh bien, c'est ses affaires, pas les miennes. »

Elle ne demandait pas à Early avec qui il passait ses nuits lorsqu'il n'était pas à Mallard. Il ne lui posait pas de question non plus. Chaque fois qu'il partait, il lui manquait, mais c'était peut-être justement pour cette raison que ça marchait entre eux, parce qu'il n'était pas toujours là. Il n'était pas du genre à se ranger, et peut-être qu'elle non plus. Quand elle pensait au mariage, elle se revoyait enfermée avec Sam dans un appartement étouffant, s'armant de courage pendant les accalmies en prévision de ses accès de rage inévitables. Early, lui, était de bonne composition. Il n'avait pas de face cachée. Ils ne se disputaient pas et, lorsqu'il l'agaçait, elle ne s'inquiétait pas, car il serait bientôt de nouveau sur la route. Il ne risquait pas d'enfermer Desiree parce que lui-même n'avait pas envie d'être enfermé. Elle avait dû insister pour qu'il dorme à la maison lorsqu'il était de passage.

« Oh, je sais pas trop, Desiree, avait-il dit, se frottant lentement la mâchoire.

— Je réclame pas une bague. Je réclame rien, en fait. C'est juste idiot de m'obliger à courir à la pension à chaque fois. Et je pense que pour Jude, ça serait mieux si… »

Elle s'interrompit. Elle ne voulait pas lui donner l'impression qu'elle attendait de lui qu'il soit un père pour sa fille. Il ne leur devait rien. Le devoir ne faisait pas partie de leur arrangement.

« Et ta mère ?

— T'inquiète pas pour elle. Je m'en occupe. C'est juste que… ça ne rime à rien. On est tous les deux adultes. J'en ai marre de me cacher.

— Alors, d'accord. »

La fois suivante, il la retrouva chez sa mère. Il délaça soigneusement ses gros souliers boueux sur la galerie. À l'intérieur, il se déplaçait comme dans un magasin de porcelaine. Comble du ridicule, il avait apporté des fleurs. Elle remplit d'eau un vase avec l'impression de jouer au couple marié, Early lui donnant du chérie-c'est-moi depuis le seuil, comme un époux de feuilleton. Il avait aussi rapporté des cadeaux : un sac à main pour elle, du parfum pour sa mère qui s'abstint de le remercier et un livre pour Jude. Elle avait expliqué à sa fille qu'Early allait rester chez elles.

« Tout le temps ?

— Non, pas tout le temps. Parfois. Quand il sera dans le coin. »

Jude réfléchit.

« Alors, peut-être que c'est pas lui qui devrait venir ici. C'est nous qui devrions partir avec lui.

— Ce n'est pas possible, ma chérie. Il n'a même pas de maison à lui. C'est pour ça qu'on doit rester ici. Mais il nous rendra visite et il t'apportera de jolies choses. Ça te fait plaisir, non ? »

Elle savait à quoi s'en tenir, bien sûr. Sa fille souhaitait simplement fuir cet endroit. Elle voulait quitter Mallard depuis le jour de leur arrivée et Desiree continuait de promettre que ce n'était qu'une question de temps. Elle ne pouvait pas lui promettre que les autres enfants allaient être plus gentils, déjeuner ou jouer avec elle, alors, chaque fois qu'il y avait un nouveau goûter d'anniversaire auquel elle n'était pas invitée, elle lui disait que rien de tout ça ne compterait plus lorsqu'elles seraient loin. Partir était tout ce qu'elle pouvait lui offrir. Mais, quand elle voyait Early et Jude lire ensemble sur le tapis, elle songeait que ce n'était peut-être pas si mal pour sa fille. Au moins, elle avait une famille, ici. Elle était aimée. Le soir, elle la serrait contre elle et lui racontait des histoires sur son enfance. Au début, elle disait : J'ai une sœur appelée Stella, puis : Tu as une tante, et, pour finir : Il était une fois une fille qui s'appelait Stella.

Early avait suivi sa piste jusqu'à ce qu'elle cesse d'être Stella Vignes.

Elle était Stella Vignes à La Nouvelle-Orléans, puis à Boston, et après rien : elle s'était mariée, sans aucun doute, mais il n'avait trouvé d'acte officiel à son nom dans aucun des lieux où elle était passée. Elle avait donc dû se marier ailleurs. Elle s'appelait toujours Stella, supposait-il. C'était plus difficile de s'habituer à un nouveau prénom. Il fallait être un escroc professionnel pour changer totalement d'identité, et Stella n'avait rien d'une professionnelle. Il n'avait eu aucun mal à retrouver son appartement à Boston.

« Oh, elle était bien gentille, lui avait dit sa propriétaire au téléphone. Très tranquille. Elle travaillait quelque part dans le centre-ville. Un grand magasin, je crois. Puis elle est partie du jour au lendemain. Mais elle était bien gentille. Elle n'a jamais causé de problème. »

Il imaginait Stella à un comptoir, vaporisant du parfum avec une poire rose sur les clientes qui passaient, ou emballant des poupées à Noël. Une ou deux fois, il rêva qu'il lui courait après dans les allées d'un Sears and Roebuck et qu'elle se cachait derrière des portants de robes et des rayonnages de chaussures.

« Elle avait un petit ami ? »

La propriétaire s'était aussitôt fermée et avait dit peu après qu'elle devait raccrocher. Un homme noir se renseignant sur une femme blanche : elle avait déjà trop parlé. Mais pas assez pour Early, qui ne savait même pas si elle avait laissé une adresse où faire suivre son courrier. Stella semait des miettes de pain derrière elle, ce qui était presque pire que rien du tout. Presque, car, dans le fond, il ne voulait pas la retrouver. Au début, il avait sincèrement essayé, en tout cas, c'était ce qu'il se disait alors. Rétrospectivement, il n'en était plus si certain. Peut-être le faisait-il uniquement pour Desiree. C'était pour lui faire plaisir qu'il lui avait proposé de chercher sa sœur. Il voulait la retrouver parce que c'était ce qu'elle voulait, leurs deux désirs n'en formant qu'un et, pendant des années, ça lui avait suffi. Mais Stella ne tenait pas à être retrouvée, et ce désir-là était encore plus fort. Desiree tirait dans un sens et Stella tirait, plus fort encore, dans l'autre. Early était coincé au milieu.

Le temps lui avait glissé entre les doigts pendant qu'il regardait ailleurs. Un matin, en sortant du lit de Desiree Vignes, il remarqua un poil gris dans sa barbe. Il passa dix minutes devant le miroir de la salle de bains à en chercher d'autres, étonné par son propre visage pour la première fois. Il ressemblait sans doute de plus en plus à son père, ce qui était aussi perturbant que de se transformer en un inconnu. Puis il sentit des bras autour de sa taille. Desiree se serra contre son dos.

« T'as bientôt fini de t'admirer ?

— J'ai trouvé un poil gris. Regarde, ici. »

Elle éclata de rire. En dépit des années, ce rire continuait de l'enchanter. La puissance de ses explosions de joie le surprenait toujours.

« Eh ben, j'espère que tu te figurais pas que tu resterais joli garçon toute ta vie », dit-elle en le poussant pour se brosser les dents. Son regard s'attarda sur elle. La plupart du temps, elle ouvrait l'Egg House à quatre heures et elle était partie quand il se réveillait. Enfin, la plupart du temps, il se réveillait ailleurs. Il s'allongeait à l'arrière de sa voiture ou se laissait tomber sur le matelas taché d'un motel miteux, imaginant la chambre de Desiree : les murs de bois sombre, les photographies sur la commode, le dessus-de-lit en calicot bleu. Elle dormait toujours dans sa chambre d'enfant, dans le lit que les deux filles avaient partagé. Early avait appris à dormir du côté de Stella et, quand ils faisaient l'amour, il se sentait parfois gêné, comme si elle les observait, assise sur la commode.

Desiree s'aspergea le visage. Il voulait la tirer vers le lit. Il ne se lassait jamais d'elle. Mais il se retenait de l'aimer autant qu'il l'aurait souhaité. Entièrement. Un tel amour l'aurait effrayée. Chaque fois qu'il arrivait à Mallard, il hésitait à acheter une bague. Au moins, ça lui vaudrait le respect d'Adele ; elle commencerait peut-être même à le considérer comme un fils. Mais Desiree ne voulait pas se remarier.

« J'ai déjà donné », disait-elle avec la lassitude d'un ancien combattant évoquant la guerre.

Et c'était le cas, en un sens, une guerre qu'elle ne pouvait pas gagner. Elle avait survécu et c'était tout ce qu'elle pouvait espérer. Elle lui avait raconté comment Sam la frappait : il lui cognait le visage contre la porte, la traînait par les cheveux sur le sol de la salle de bains, lui flanquait une torgnole, la main tachée de rouge à lèvres et de sang. Elle avait effleuré la bouche d'Early et il avait embrassé ses doigts, s'efforçant de faire coïncider la voix paisible qu'il avait entendue au téléphone avec la brute qu'elle décrivait. Elle ignorait où vivait Sam aujourd'hui, mais Early l'avait pisté il y avait des années de cela. Il s'était installé à Norfolk, en Virginie, avec sa nouvelle femme et ses trois fils – précisément ce dont le monde n'avait pas besoin, trois garçons qui deviendraient des hommes amers. Il n'en avait jamais parlé à Desiree. À quoi bon ?

« Jude a appelé hier soir.

— Ouais ? Comment elle va ?

— Tu la connais. Elle ne dit pas grand-chose. Mais je suppose qu'elle va bien. Ça lui plaît, là-bas. Elle te passe le bonjour. »

Il grommela. À des centaines de kilomètres de Mallard ? Elle ne devait même pas lui accorder une pensée. Il ne parvenait qu'à lui rappeler son père absent.

Desiree lui tapota le ventre.

« Tu veux bien jeter un œil à l'évier qui fuit, chéri ? »

Au moins, elle demandait gentiment. Pas comme Adele, qui le regardait à peine quand elle était assise en face de lui à table. Qui lançait « Y a la chaise qu'est boiteuse » si elle le croisait en partant au travail. Elle ne voyait en lui qu'un homme à tout faire amélioré. Et c'était peut-être ce qu'il était. L'homme d'une maison dans laquelle il vivait en pointillé. Le père d'une fille qui ne l'aimait même pas. Dans la cuisine, il se glissa sous l'évier, le dos douloureux. Tout le rattrapait, les nuits passées dans sa voiture et les heures de planque dans un espace exigu. Il n'avait plus vingt ans. Il n'était plus le jeune chasseur de prime qui ressentait une décharge d'adrénaline à chaque nouvelle mission. Des hommes, il en avait traqué de toutes sortes. Mais il n'avait jamais retrouvé les personnes qu'il cherchait depuis le plus longtemps.

Ses meilleures nuits, c'étaient celles qu'il passait dans le lit de Desiree Vignes, frottant ses pieds contre les siens. Il la regardait se brosser les cheveux, l'écoutait fredonner. Il se débarrassait de son pantalon et elle se glissait sous les draps en chemise de nuit. Et c'était encore trop, car, dès qu'elle éteignait la lumière, il avait son caleçon autour de ses chevilles, elle sa chemise de nuit remontée à la taille. Au début, ils tâchaient de ne pas faire de bruit, mais il s'en souciait de moins en moins. Ces nuits-là étaient trop rares. Sur la route, il devait faire un effort pour réapprendre à dormir seul.

« Plus le temps passe, plus c'est dur de retrouver une personne disparue, dit-il un soir à Desiree. Parfois, il suffit d'une erreur, mais…

— Je sais. » Sa peau semblait argentée à la lueur de la lune. Il se tourna vers elle, touchant sa hanche. Elle était si fine. Il avait tendance à l'oublier quand il s'absentait trop longtemps.

« Elle reviendra peut-être toute seule. Le mal du pays. En vieillissant, elle se rendra compte que ça n'en valait pas la peine. »

Il tendit la main vers ses boucles soyeuses. Avec elle, il se sentait à la fois affamé et repu. C'était presque insoutenable. Elle s'écarta.

« C'est trop tard. Même si elle revient. Sa vie est ailleurs. »

À Los Angeles, personne n'avait entendu parler de Mallard.

Pendant toute sa première année, Jude jubilait de pouvoir dire que sa ville ne figurait sur aucune carte. Beaucoup ne la croyaient pas, Reese Carter le premier, qui clamait que toutes les villes devaient être répertoriées quelque part. Il était plus sceptique que les Californiens qui ne s'étonnaient pas vraiment qu'une petite ville de Louisiane soit trop anodine pour mériter l'attention des cartographes. Reese venait du Sud, lui aussi. Il avait grandi à El Dorado, dans l'Arkansas, un endroit qui paraissait encore plus surréaliste que la ville de Jude et qui pourtant était répertorié. Pour le convaincre, elle l'emmena à la bibliothèque un après-midi d'avril. Ils feuilletèrent un énorme atlas. Il pleuvait dehors et les cheveux mouillés de Reese retombaient en boucles désordonnées sur son front. Elle avait envie de les repousser en arrière, mais elle se contenta d'indiquer un point sur une carte de Louisiane, juste en dessous de la confluence de l'Atchafalaya et de la rivière Rouge.

« Regarde. Aucune trace de Mallard.

— Merde. Tu as raison. »

Il se pencha par-dessus son épaule en plissant les yeux. Ils s'étaient rencontrés à une fête d'Halloween de l'équipe d'athlétisme où Jude s'était rendue à reculons, traînée par sa colocataire. Erika était une sprinteuse râblée originaire de Brooklyn qui pestait constamment contre Los Angeles, sa pollution, sa circulation, l'insuffisance des métros. Ce qui ne faisait que rappeler à Jude à quel point elle était heureuse d'être ici. Une joie à la hauteur de ce dont elle avait manqué. Elle tâchait donc de dissimuler ses véritables sentiments. Le jour où elles avaient emménagé, Erika avait jeté un œil à ses deux valises et lui avait demandé : « Où sont toutes tes affaires ? » Son propre bureau était encombré de disques, des photos d'amis étaient scotchées au mur et son placard débordait de chemisiers chatoyants. Jude, qui était en train de déballer silencieusement ses maigres possessions, répondit que le reste était dans un entrepôt de stockage. Erika ne ramena jamais le sujet sur la table et Jude sut alors qu'elles seraient amies.

Pour Halloween, Erika enfila une robe violette pailletée et se coiffa d'un diadème. Jude se contenta paresseusement d'oreilles de chat. Dans la salle de bains, elle s'assit sur le couvercle des toilettes, tandis qu'Erika, penchée au-dessus d'elle, saupoudrait ses paupières de bleu électrique.

« Tu sais, tu pourrais être super mignonne si tu faisais un petit effort. »

Mais le bleu vif faisait encore ressortir la noirceur de sa peau et Jude passa tout le trajet à se frotter les yeux. Plus tard, Reese lui dirait que le fard était la première chose qu'il avait remarquée chez elle. Dans l'appartement bondé, elle s'accrocha à Erika, se faufilant entre des sorcières, des fantômes et des momies. Tandis que son amie allait chercher une bière dans une baignoire remplie de pains de glace, Jude se rencogna dans l'encadrement d'une porte, intimidée. Elle n'avait pas l'habitude des fêtes et elle était si nerveuse qu'elle ne vit pas tout de suite le cow-boy assis sur le canapé. Séduisant, la peau marron doré, avec une barbe de deux jours. Il portait un gilet en daim sur une chemise à carreaux bleue et un jean délavé, un bandana rouge autour du cou. Elle sentit son regard sur elle, et, faute de mieux, elle lança : « Salut, je m'appelle Jude. »

Elle tira sur l'ourlet de sa jupe, ne sachant déjà plus où se mettre. Le cow-boy sourit.

« Salut, Jude. Moi, c'est Reese. Prends une bière. »

C'était un ordre plus qu'une invitation, ce qui lui plut, même si elle refusa.

« Je ne bois pas de bière. Je n'aime pas ça. En plus, ça me ralentit. Je cours. »

Elle divaguait maintenant. Il pencha la tête sur le côté.

« T'es d'où ?

— De Louisiane.

— Mais encore ?

— Un trou paumé. Tu n'en as jamais entendu parler.

— Comment tu peux le savoir ?

— Je le sais, c'est tout. »

Il rit, puis lui tendit sa bière.

« Même pas une gorgée ? »

C'était peut-être parce qu'il avait l'accent du Sud, comme elle. Ou parce qu'il était beau. Ou parce que, dans une fête bondée, c'était à elle qu'il avait choisi de parler. En tout cas, elle fit un pas vers lui, puis un autre et encore un autre, pour se retrouver debout devant lui, entre ses jambes. Lorsqu'un groupe tapageur entra avec un fût de bière, il la tira vers lui pour la protéger. Sa main se posa à l'arrière de son genou et pendant des semaines après ça, chaque fois qu'elle repensait à la fête, elle ne se rappelait que le contact de ses doigts sur le bord de sa jupe.

Dans la bibliothèque humide, Jude tournait les pages de l'atlas. La Louisiane, les États-Unis, le monde.

« Quand j'étais petite, à quatre ou cinq ans, je croyais que c'était juste la carte de notre côté du monde. Que l'autre face se trouvait sur une carte différente. Mon père m'a dit que c'était idiot. »

Sam l'avait emmenée dans une bibliothèque et, quand il avait fait tourner le globe, elle avait bien vu qu'il avait raison. Mais, alors qu'elle regardait Reese passer le doigt sur la carte, elle se rendit compte qu'une part d'elle espérait toujours que son père s'était trompé, qu'une partie du monde restait à découvrir.

Cinq

Quelque part sur le trajet entre El Dorado et Los Angeles, Therese Anne Carter était devenue Reese.

À Plano, dans les toilettes d'un relais routier, il s'était coupé les cheveux avec un couteau de chasse volé. À la sortie d'Abilene, il avait acheté une chemise en madras bleue et une ceinture en cuir à boucle d'argent gravée d'un étalon. La chemise, il la portait encore ; la ceinture, il l'avait vendue à El Paso lorsqu'il s'était retrouvé sans le sou, mais il regrettait son poids autour de sa taille et l'évoquait parfois avec nostalgie. À Socorro, il s'était enveloppé la poitrine de bandages blancs, et, le temps d'arriver à Las Cruces, il avait réappris à marcher, jambes écartées et épaules carrées. Il se disait que c'était plus sûr pour faire du stop. En réalité, il s'était toujours senti Reese. À Tucson, c'était Therese qui lui faisait l'effet d'un déguisement. Est-ce qu'une personne était authentique, si on pouvait s'en dépouiller comme d'une vieille peau en mille cinq cents kilomètres ?

À Los Angeles, il fut embauché pour faire le ménage dans une salle de sport près d'UCLA, où des culturistes lui expliquèrent comment se procurer ce dont il avait besoin. Un après-midi, il se rendit à Muscle Beach, où il traîna aux abords de la foule, tandis que des hommes en débardeur faisaient jouer leurs pectoraux au soleil. Il faut que tu parles à Thad, lui dit-on, et il se retrouva devant un géant, totalement glabre à l'exception d'une barbe hirsute. Lorsque Reese eut rassemblé son courage, l'autre l'écarta d'un revers de paluche.

« Reviens avec cinquante dollars, petit. Là, on pourra discuter. »

Tout le mois, il grappilla et économisa. Lorsqu'il eut réuni l'argent, Thad lui donna rendez-vous dans un bar sur la promenade. L'homme l'emmena dans les toilettes et sortit une ampoule.

« T'as déjà fait des injections ? »

Reese secoua la tête, regardant la seringue avec des grands yeux. Thad éclata de rire.

« Putain, gamin, t'as quel âge ?

— L'âge qu'il faut.

— On rigole pas avec ce truc-là. Tu vas voir, ça change vraiment la donne. C'est pas top pour l'usine à spermatozoïdes. Mais je suppose que ça te préoccupe pas trop pour l'instant. »

En effet, ça ne le préoccupait pas. Thad lui montra comment faire. Il acheta ensuite un tas de stéroïdes à un tas de types appelés Thad, mais la transaction lui paraissait toujours aussi glauque que la première fois dans ces toilettes répugnantes. Il rencontrait des montagnes de muscles dans des ruelles sombres, sentait les ampoules glissées dans sa paume quand on lui serrait la main, trouvait des sacs en papier brun anonymes dans son casier à la salle de sport. Aujourd'hui, sept ans plus tard, Therese Anne Carter n'était plus qu'un nom sur un acte de naissance dans les bureaux des archives du comté. Personne n'aurait pu deviner qu'il avait été elle, et parfois il avait du mal à le croire lui-même.

Il raconta tout ça à Jude d'un ton détaché, à la lumière rouge de la chambre noire, concentré sur le papier blanc qu'il plongeait dans le révélateur. Quelques semaines après Halloween, ils avaient commencé à se retrouver au labo de l'université. Elle ne s'attendait pas à le revoir et ne l'aurait peut-être jamais revu si, sur le trajet du retour, Erika n'avait pas mentionné qu'elle avait déjà croisé ce séduisant cow-boy dans un club de sport du quartier où il travaillait. Jude se mit à fréquenter l'établissement, même si elle détestait le tapis : pas de ciel, pas d'air, juste courir sur place, face à son reflet. Rien ne lui plaisait, sauf quand Reese se glissait derrière elle pour essuyer un vélo de salle. La première fois, il s'était appuyé au guidon et lui avait lancé : « Où sont passées tes oreilles ? »

Elle avait jeté un coup d'œil dans le miroir, déconcertée, jusqu'à ce qu'elle comprenne qu'il parlait de son déguisement idiot. Elle avait ri, surprise qu'il se souvienne d'elle. Mais comment aurait-il pu l'oublier ? Qui sur ce campus – qui dans tout Los Angeles – était aussi noir qu'elle ?

« J'ai dû les perdre.

— Dommage, elles me plaisaient bien. »

Il portait un tee-shirt ardoise avec une cloche argentée sur la poitrine. Parfois, lorsqu'il s'ennuyait, il se hissait sur la barre pour faire quelques tractions. Il travaillait là parce que ça lui permettait de s'entraîner gratuitement et que le gérant ne lui avait pas demandé ses papiers. Mais son rêve, c'était d'être photographe. Il pouvait lui montrer ce qu'il faisait si ça l'intéressait. Ils commencèrent à se retrouver le samedi dans la chambre noire du campus. Il avait terminé son récit et, profitant de ce qu'il étudiait la photo, elle l'examinait à la dérobée, cherchant Therese. En vain. Elle ne voyait que Reese, son visage chiffonné, les manches retroussées, la mèche qui tombait sur son front. Si beau que, gênée, elle détourna les yeux lorsqu'il releva la tête.

« Qu'est-ce que t'en dis ?

— Je n'en sais rien. Je n'ai jamais entendu une histoire pareille. »

Ce n'était pas tout à fait vrai. Elle avait toujours su qu'on pouvait devenir quelqu'un d'autre. Certains le pouvaient, du moins. Les autres restaient peut-être prisonniers de leur peau. Elle avait tenté de s'éclaircir le teint, au cours de son premier été à Mallard. Elle était encore assez jeune pour y croire, mais suffisamment grande pour savoir qu'une telle transmutation nécessitait une alchimie qui la dépassait.

De la magie. Elle n'était pas idiote au point de croire qu'un jour elle serait claire, mais marron, pourquoi pas ? Tout, sauf ce noir infini. Elle essaya donc de conjurer le sort. Elle avait vu une publicité pour Nadinola dans *Jet*, une femme caramel – foncée selon les critères de Mallard, claire selon les siens –, souriante, la bouche écarlate, un homme lui parlant à l'oreille : *La vie est plus belle quand on a le teint frais, lumineux, clair-Nadinola !* Elle avait arraché la publicité et l'avait pliée en quatre. Elle avait gardé sur elle pendant des semaines, la dépliant si souvent que les plis blancs fendaient les lèvres de la femme. Une crème, c'était tout ce dont elle avait besoin. Elle s'en tartinerait la peau et, à la rentrée, elle retournerait à l'école métamorphosée.

Malheureusement, elle n'avait pas les deux dollars nécessaires pour acheter la crème et il n'était pas question de les réclamer à sa mère. Desiree la disputerait. Ne te laisse pas impressionner par ces gamins. Mais il ne s'agissait pas seulement des élèves. Elle voulait changer et estimait qu'elle n'avait pas à se justifier. Sa grand-mère comprendrait, pensait-elle. Quand elle lui montra la publicité froissée, celle-ci l'examina puis la lui rendit.

« Il y a d'autres moyens. »

Toute la semaine, Adele prépara des potions. Elle fit couler des bains avec du citron et du lait dans lesquels elle ordonna à Jude de tremper. Elle lui appliqua des masques au miel qu'elle retirait lentement. Elle pressa des oranges, versa des épices dans le jus et en enduisit le visage de Jude. Sans aucun résultat. Elle ne s'éclaircit pas d'un ton. À la fin de la semaine, sa mère lui demanda pourquoi elle avait la peau si grasse et Jude se leva de table, se rinça la figure et décida d'en rester là.

« J'ai toujours voulu être différente, avoua-t-elle à Reese. Tu sais, j'ai grandi dans une ville où tout le monde était clair, et je pensais... enfin, bon, rien n'a marché.

— Tant mieux. Tu as une très belle peau. »

Embarrassée, elle baissa les yeux vers le papier photographique où apparaissaient les contours tremblants d'un bâtiment désaffecté. Elle détestait les compliments. Les gens disaient ça parce qu'ils se sentaient obligés. Elle pensa à Lonnie Goudeau, qui l'embrassait sous les arbres moussus, dans les écuries ou derrière la grange des Delafosse, la nuit. Dans l'obscurité, on n'était jamais trop noir. Dans l'obscurité, tout le monde était de la même couleur.

Lorsque le printemps arriva, ils étaient devenus inséparables et passaient tous leurs week-ends ensemble. Si on en voyait un, l'autre n'était jamais loin. Parfois, elle retrouvait Reese en ville et portait son sac en bandoulière, pendant qu'il prenait des photos. Il lui avait appris le nom des différents objectifs, lui avait montré comment tenir le réflecteur pour la lumière. C'était un membre de sa paroisse, à El Dorado, qui lui avait offert son premier appareil. Un photographe local qui un jour lui avait prêté le sien pour faire quelques clichés à un pique-nique. Il avait été frappé par son talent et lui avait donné un vieil appareil pour s'entraîner. Au lycée, Reese avait toujours l'œil collé au viseur. Il mitraillait les matchs de football, les spectacles de fin d'année et les répétitions de la fanfare pour l'album de la promotion. Il prenait les opossums écrasés au milieu de la route, le soleil qui perçait à travers les nuages, des stars du rodéo édentées s'agrippant à des chevaux cabrés. Il photographiait tout le monde, sauf lui-même. L'appareil ne le voyait jamais tel que lui se voyait.

À Los Angeles, il passait ses week-ends à prendre des bâtiments aux fenêtres condamnées par des planches, des arrêts de bus couverts de graffitis, des carcasses de voiture à la peinture écaillée. Principalement des choses mortes, en décomposition. La beauté l'ennuyait. Parfois, Jude se retrouvait dans la cadre, à l'arrière-plan, les yeux dans le vague. Elle ne s'en rendait compte qu'une fois les photos développées. Elle se sentait vulnérable lorsqu'elle se découvrait à travers son objectif. Il lui en donna une où elle se tenait sur le trottoir. Ne sachant qu'en faire, elle l'envoya à la maison.

« Enfin, s'écria sa grand-mère au téléphone. Un bon portrait de toi. »

Sur toutes les photos de classe, elle était soit trop sombre, soit surexposée, invisible hormis le blanc de ses yeux et de ses dents. L'appareil fonctionnait comme l'œil humain, lui avait expliqué Reese.

Autrement dit, il n'avait pas été créé pour la remarquer. « Vas-y, file retrouver ton beau mec », disait Erika d'une voix endormie, chaque fois que Jude se glissait dehors tôt le samedi matin.

« Ce n'est pas mon mec », répétait Jude. Ce qui techniquement était vrai. Ils ne sortaient pas ensemble ; il ne l'avait jamais invitée au restaurant, n'avait jamais tiré sa chaise. Il ne l'embrassait pas, ne lui tenait pas la main. Mais ne l'abritait-il pas sous son blouson lorsqu'ils étaient surpris par l'averse, sans se soucier d'être trempé ? N'assistait-il pas à toutes ses compétitions à domicile, l'encourageant pendant l'action et l'étreignant après, devant le vestiaire ? Ne lui parlait-elle pas de son père, de sa mère et d'Early ? Elle lui avait même parlé de Stella, sur le ponton de Manhattan Beach, appuyée au garde-fou turquoise, alors qu'il braquait son objectif sur trois pêcheurs, se mordant la lèvre, comme toujours lorsqu'il était concentré.

« Qu'est-ce qu'elle est devenue, à ton avis ?

— Aucune idée, avait-elle répondu, jouant avec la lanière du sac. Avant, ça me travaillait. Maintenant, je n'ai même plus envie de savoir. Franchement, quel genre de personne disparaît sans donner de nouvelles à sa famille ? »

Trop tard, elle réalisa que c'était précisément ce que Reese avait fait. Il avait bazardé sa famille en même temps que son passé et il n'en parlait jamais. Elle avait compris qu'il valait mieux ne pas insister, même quand il s'intéressait à sa vie à elle. Une fois, il l'avait interrogée au sujet de son premier baiser. Elle lui avait dit qu'un garçon nommé Lonnie l'avait coincée derrière une grange. Elle avait seize ans et il faisait nuit. Elle était ressortie en douce pour courir ; il était éméché après avoir partagé avec des copains une bouteille de xérès volée au bord de la rivière. Elle se demanderait toujours si cette bouteille vide était la seule raison pour laquelle il l'avait embrassée, pourquoi il l'avait rattrapée, escaladant maladroitement la barrière, tandis qu'elle achevait son tour derrière chez les Delafosse. Elle s'était arrêtée net, le genou douloureux.

« Qu'est-ce que t… tu fais là ? » avait-il demandé.

Bêtement, elle avait regardé derrière elle et il avait ri. « Oui, toi. Y a personne d'autre, ici. » Il ne lui adressait jamais la parole en dehors de l'école. Elle le voyait, bien sûr, qui faisait le pitre avec ses copains à une table du fond, à l'Egg House, ou qui attendait à côté du camion de son père. Lui ne la regardait même pas, peut-être conscient que ses railleries auraient été incongrues en dehors de la cour de récréation, ou parce qu'il sentait que l'ignorer était plus cruel, qu'elle préférait encore ses moqueries à son indifférence. Ce soir-là, elle était donc furieuse qu'il se décide soudain à lui adresser la parole, alors qu'elle était essoufflée, sale et en sueur.

Il rentrait chez lui et il avait coupé par la ferme. Il s'occupait des chevaux de Mlle Delafosse après les cours. Est-ce qu'elle voulait les voir ? Ils étaient vieux, mais encore beaux. Il avait la clé de l'écurie où ils étaient enfermés la nuit. Elle lui avait emboîté le pas sans trop savoir pourquoi. Peut-être à cause de l'étrangeté de la situation, parce que Lonnie l'avait rattrapée et lui avait parlé normalement, et qu'elle se demandait comment tout ça se terminerait. Dans l'écurie, elle le suivit à l'aveuglette, étourdie par l'odeur du fumier. Soudain, il s'arrêta et dans la pénombre elle distingua deux chevaux, un marron et un gris, plus grands qu'elle ne l'imaginait, le corps puissant, la peau tendue sur les muscles. Lonnie flatta l'encolure du gris et elle l'imita, caressant sa robe soyeuse.

« Ils sont beaux, hein ?

— Très, oui.

— Tu devrais les voir galoper. Ils me font penser à toi. J'ai jamais vu quelqu'un courir comme toi. On dirait un poney.

— Comment tu sais ça ? fit-elle, amusée.

— J'ai remarqué. Je vois tout. »

Le cheval marron tapa du sabot, effrayant le gris. Lonnie l'entraîna dehors avant que la lumière ne s'allume dans la maison. Ils se glissèrent derrière la grange en riant, excités parce qu'ils avaient failli être pris. C'est là que Lonnie l'avait embrassée. Autour d'eux, la nuit lourde et humide était comme du coton mouillé. Il avait les lèvres sucrées.

« Juste comme ça ? fit Reese.

— Oui.

— Putain. »

Ils se tenaient sur le toit-terrasse de son ami Barry. Plus tôt dans la soirée, Barry avait chanté dans un club de West Hollywood. Au Mirage, il s'appelait Bianca. Pendant sept minutes électrisantes, Bianca avait donc arpenté la scène, un boa violet drapé sur ses larges épaules, braillant à tue-tête « Dim All the Lights ». Elle avait un rouge à lèvres rubis et une perruque blonde bouffante à la Dolly Parton.

« Être une femme lui suffit pas, lui avait soufflé Reese pendant le spectacle. Il faut qu'il soit une femme blanche. »

Les murs de Barry étaient hérissés de porte-perruques arborant des chevelures de toutes les couleurs, certaines classiques, d'autres provocantes : un carré court châtain, une coupe Jeanne d'Arc brune, des cheveux roses longs et raides, la frange droite au milieu du front. Au début, Jude s'était demandé si Barry était comme Reese, mais, lorsqu'elle arriva chez lui, elle le trouva en polo et en pantalon, grattant ses joues mal rasées. Pendant la semaine, il s'habillait en homme, se faisait pousser la barbe et enseignait la chimie dans un lycée de Santa Monica ; il n'était Bianca que deux samedis par mois, dans une petite boîte sombre de Sunset Boulevard. Le reste du temps, c'était un grand chauve qui n'avait rien de féminin, ce qui faisait partie du charme du spectacle, songeait-elle en regardant le public conquis. C'était divertissant, parce que tout le monde savait que ce n'était pas réel.

En dessous, l'appartement était bruyant et étouffant. Un nouveau disque de Thelma Houston s'échappait par les fenêtres. Les filles étaient venues. Les filles, disait toujours Barry, à propos des hommes qui se produisaient lors de ces soirées travesties. Jude avait assisté à suffisamment de fêtes chez lui pour les reconnaître sans maquillage. Luis, qui interprétait Celia Cruz en fourrure rose, était comptable ; James, qui arborait des perruques dans le style des Supremes et des bottes blanches, travaillait pour une société d'électricité ; Harley qui se transformait en Bette Midler, était costumier pour une petite compagnie théâtrale et aidait les autres à trouver leur style. Les filles avaient rapidement adopté Jude et elle se sentait presque l'une des leurs. Elle n'avait jamais appartenu à un groupe jusque-là. Mais elle savait qu'on l'acceptait uniquement à cause de Reese.

« Et toi, ton premier baiser ? »

Il se pencha sur la rambarde, allumant un joint.

« Ce n'est pas très intéressant.

— Et alors ? Ça n'a pas besoin de l'être.

— Juste une fille que je connaissais de l'église. Une copine de ma sœur. C'était avant. »

Avant qu'il ne devienne Reese. Il n'en parlait jamais. Jude ignorait même qu'il avait une sœur.

« Elle était comment ? » Sa sœur, la fille qu'il avait embrassée, Therese. Peu importe : elle voulait seulement comprendre son ancienne vie. Elle voulait qu'il lui fasse assez confiance pour se livrer.

« Je m'en souviens plus. Alors, qu'est-ce qu'il s'est passé avec le garçon aux chevaux ? »

Il lui tendit le joint avec un petit sourire en coin. Il avait presque l'air jaloux, ou c'était peut-être elle qui avait envie qu'il le soit.

« Rien de spécial. On s'est embrassés quelques fois et ça s'est arrêté là. »

Elle avait trop honte pour lui avouer la vérité : pendant des semaines, elle avait retrouvé Lonnie le soir dans l'écurie. Dans un coin sombre, il étendait une couverture, allumait une lampe torche. Leur cachette secrète, disait-il. C'était trop dangereux de se rencontrer en plein jour. Si quelqu'un les voyait ? La nuit, personne ne risquait de les surprendre. Ils pouvaient être vraiment seuls. C'était ce qu'elle voulait, non ? Tous les soirs, elle enfilait son short et ses baskets, au cas où elle tomberait sur sa mère. Elle serait fâchée qu'elle sorte courir à une heure pareille, mais ça valait mieux que la vérité : elle faisait le mur pour retrouver un garçon qui l'évitait en public.

Ce n'était pas son petit ami. Un petit ami lui aurait tenu la main, il lui aurait demandé comment s'était passée sa journée. Dans l'écurie, il se contentait de la toucher, de caresser ses seins, de glisser ses doigts dans son short. Dans l'écurie, elle le prenait dans sa bouche, asphyxiée par l'odeur du fumier. Mais en ville, il la croisait sans la voir. Pourtant, elle aurait continué, si Early ne les avait pas surpris. Un soir où il l'avait entendue sortir en douce, il l'avait suivie à travers bois et avait tambouriné à la porte jusqu'à ce que Lonnie la pousse dehors, rajustant tant bien que mal son pantalon. Elle pleurait avant même de franchir le seuil. Early referma la main sur son bras, incapable de la regarder.

« Qu'est-ce que tu fiches ? Si t'as un petit copain, tu lui dis de passer à la maison. Tu t'enfuis pas pour le retrouver la nuit dans une écurie.

— Il refuse de me parler ailleurs. »

Elle se mit à sangloter de plus belle, les épaules tremblantes. Il la serra contre sa poitrine. Il ne l'avait pas prise dans ses bras ainsi depuis des années ; elle ne l'aurait pas laissé faire. Il n'était pas son père, un homme dont la violence ne l'avait pas encore atteinte quand elles étaient parties, dont la colère se dirigeait contre tout le monde, sauf contre elle. Elle était unique aux yeux de son père, et c'était quelque chose qu'elle n'avait pas ressenti depuis son arrivée à Mallard. Lonnie n'était pas son petit ami. Elle ne se faisait aucune illusion. De toute manière, elle n'imaginait pas qu'on puisse être amoureux d'elle. Que Lonnie l'ait remarquée, c'était peut-être suffisant.

Une rafale balaya la terrasse. Elle frissonna, croisant les bras devant sa poitrine. Reese toucha son coude.

« Tu as froid ? »

Elle hocha la tête, espérant qu'il l'enlacerait. Mais il lui offrit seulement son blouson.

« Je ne comprends pas, dit Barry. Votre truc, c'est comme un mariage sans sexe. »

Dans les coulisses du Mirage, il se mettait du blush. C'était une heure avant le spectacle et bientôt, la loge bruisserait de drag-queens se pressant devant les miroirs et échangeant des fards à paupières dans l'air chargé de laque. En attendant, le club était sombre et silencieux. Assise par terre, un manuel de chimie sur les genoux, Jude regardait Barry. Ils avaient un arrangement. Il l'aidait à réviser et elle l'accompagnait au centre commercial de Fox Hills, où elle achetait des produits de maquillage pour lui. Quand il la guidait dans les allées, ceux qui ne les connaissaient pas devaient les prendre pour un couple d'amoureux, un homme de haute taille en pantalon gris, une jeune femme qui choisissait de la poudre. Lorsqu'il payait leurs emplettes, les caissières le trouvaient galant. Personne n'imaginait que sa salle de bains était remplie de petits flacons de lotion parfumée, de palettes d'ombres à paupières, de tubes de rouge à lèvres dorés. Ni que la fille à son bras ne s'intéressait à rien de tout cela. Pourtant, il lui avait proposé plusieurs fois de lui apprendre à se maquiller. Mais elle doutait qu'il existe des teintes s'accordant à sa peau. En plus, elle savait comment on surnommait les Noires qui portaient du rouge à lèvres. Cul de babouin.

Non, elle n'avait aucun désir de farfouiller dans les flacons de Barry, qui lui semblaient aussi mystérieux que les tubes à essai de son laboratoire de chimie. Heureusement que celui-ci l'aidait. Quelques semaines après la rentrée, elle avait déjà du retard. Barry avait accepté de lui donner des cours particuliers, parce qu'il ne pouvait rien refuser à Reese. Il avait un faible pour lui depuis qu'ils s'étaient rencontrés, sept ans plus tôt dans une discothèque. Ce soir-là, Reese lui avait tout de suite tapé dans l'œil, mais il avait fallu quelques verres à Barry pour trouver le courage de l'aborder.

« Qu'est-ce que tu lui as dit ? demanda Jude.

— Qu'est-ce que tu crois ? Je l'ai invité à la maison ! Et tu sais ce qu'il m'a répondu ? Non merci. » Barry éclata de rire. « Tu imagines la scène ? Non merci, comme si je lui offrais un café. Oh ! j'ai toujours eu un faible pour les garçons de la campagne. Délicieusement rustiques, c'est comme ça que je les aime. »

Et si elle avait autant de culot ? Elle s'approcherait de Reese, pour lui dire quoi ? Qu'elle pensait constamment à lui, même en ce moment, alors qu'elle avait le nez dans un manuel rempli de signes cabalistiques et qu'elle parlait à un homme en train de se mettre du rouge à lèvres ?

« On est amis. Où est le mal ?

— Il n'y a aucun mal. » Il la regardait dans le miroir. Il tentait un nouveau look – le style hollywoodien de la grande époque, Lana Turner – mais le blush trop rose donnait des reflets orange à sa peau. « C'est juste que j'ai jamais vu Reese avec une amie comme toi. »

Un jour, après avoir monté les courses de Jude chez elle, Reese avait dit sur le mode la plaisanterie qu'il avait parfois l'impression d'être son copain et elle avait ri, sans trop savoir pourquoi c'était censé être drôle. Parce qu'il ne l'était pas ? Parce qu'il ne le serait jamais, et qu'il se retrouvait malgré tout à jouer ce rôle ? Elle s'était abstenue de répondre qu'elle aussi se sentait parfois comme sa copine, et que c'était un sentiment effrayant. Un sentiment énorme qui prenait toute la place dans sa poitrine et l'étouffait.

« On est amis, répéta-t-elle. Je ne comprends pas pourquoi tu refuses de le voir.

— Et moi, je ne comprends pas pourquoi tu refuses de voir que ce n'est pas de l'amitié. » Il soupira et se tourna vers elle. Il avait une joue maquillée, l'autre non. « Et je ne vois pas pourquoi vous luttez contre. Avoir dix-huit ans et être amoureux, qu'est-ce qu'il y a de mieux ? OK, tu ne sais même pas de quoi je parle. Si seulement je pouvais revenir en arrière, je ferais les choses différemment.

— Quoi, par exemple ?

— Tout, dit-il face au miroir. Dire que le monde est si grand et qu'on ne vit qu'une fois. Il n'y a rien de plus triste, si tu veux mon avis. »

Cet été-là, elle quitta la résidence universitaire pour s'installer chez Reese.

Elle s'inventa une série de raisons pratiques pour justifier son déménagement. Elle travaillerait sur le campus pendant les vacances, ce qui était la meilleure solution, même si elle s'en était voulu de la déception de sa mère lorsqu'elle lui avait annoncé qu'elle ne rentrerait pas. Elle n'avait pas encore trouvé de logement pour l'an prochain. Partager le loyer et les courses lui permettrait de mettre un peu de côté. Elle pouvait prendre une décision idiote si elle se persuadait que c'était uniquement par souci d'économie. Quand Reese lui proposa de venir chez lui, elle accepta donc et peu après, ils montaient ses cartons par l'étroit escalier. Reese décréta qu'il dormirait sur le canapé.

« Crois-moi, j'ai vu pire », dit-il. Elle pensa à son voyage en stop depuis l'Arkansas et à tous les endroits sordides où il avait dû dormir, aux parkings et aux bâtiments désaffectés semblables à ceux qu'il photographiait.

Au début, elle se sentait comme une invitée qui aurait abusé de l'hospitalité d'un ami, mais elle ne tarda pas à s'y habituer. Le matin, quand elle sortait courir, elle traversait le salon sur la pointe des pieds pour ne pas réveiller Reese, qui était pelotonné sous une couverture, les cheveux devant les yeux. Elle effleurait le manche de son rasoir, posé sur l'étagère de la salle de bains qu'ils partageaient. Le soir, lorsqu'elle rentrait, elle le trouvait en train de faire cuire des saucisses de Francfort pour le dîner. Elle repassait ses chemises en même temps que ses affaires, écoutait des disques avec lui sur le canapé, le pied contre sa cuisse. Il lui apprit à conduire avec une patience infinie, tandis qu'elle manœuvrait lentement sa Mercury Bobcat grinçante sur le parking vide d'un centre commercial.

« Si tu sais conduire, tu es libre. Tu en as marre de cette ville ? Tu vas voir ailleurs. »

Il lui sourit, laissant pendre un bras par la fenêtre, tandis qu'elle entamait un nouveau tour à une allure d'escargot. À l'entendre, partir avait l'air facile.

« Je ne me lasserai jamais de cette ville. »

Pendant la semaine, elle travaillait à la bibliothèque musicale. Elle poussait un lourd chariot et rangeait de minces partitions sur les étagères, les doigts secs à force de manipuler les couvertures poussiéreuses. Après le campus idyllique, ses immenses pelouses vertes, les vélos qui sillonnaient les allées, et les bâtiments de brique où elle pénétrait toujours avec une certaine révérence, baissant la voix comme si elle était à l'église, West Hollywood lui faisait l'effet d'un autre monde. À la résidence universitaire, elle côtoyait une ambition acharnée ; lorsqu'elle rentrait chez elle, elle croisait des gens dont les rêves de célébrité avaient déjà été brisés. Des cinéastes qui travaillaient dans des magasins Kodak, des scénaristes qui enseignaient l'anglais aux immigrants, des acteurs qui jouaient des spectacles burlesques dans des bars miteux. Tous ceux qui ne réussissaient pas à percer faisaient partie intégrante de la ville ; sans le savoir, partout on marchait sur des étoiles à leur nom.

Le week-end, Reese et elle flânaient sur les plages de Santa Monica ou exploraient le Muséum d'histoire naturelle. Une fois, ils firent même un tour en bateau à Long Beach pour observer les baleines. Ils ne virent que des dauphins, mais elle se souvenait surtout qu'elle avait perdu l'équilibre sur le pont et qu'il s'était placé derrière elle pour la retenir. Elle était restée appuyée contre son torse jusqu'à leur retour à l'embarcadère.

Certains samedis, ils passaient sous la cascade de drapeaux arc-en-ciel à l'entrée du Mirage pour assister au spectacle de Barry. Ou alors ils allaient voir un film au Cinerama Dome et elle attendait que Reese lui prenne la main dans l'obscurité. Ce qui n'arrivait jamais. À la fête du 4 juillet chez Barry, ils montèrent sur le toit-terrasse pour admirer les feux d'artifice qui pétaradaient dans le ciel. Autour d'eux, tout le monde était ivre et s'embrassait. Elle se dit qu'il se déciderait peut-être à l'embrasser, au moins sur la joue. Mais il la planta là pour aller se chercher à boire, la laissant seule sous une pluie de lumières bleues et rouges. Que voulait-il ? Elle n'en avait aucune idée. Une autre fois, après le spectacle de Barry, il l'invita à danser. La soirée s'achevait ; le DJ avait déjà commencé à passer des morceaux plus lents pour inciter les amoureux à rentrer chez eux. Il lui tendit la main et il l'entraîna sur la piste. Personne ne l'avait jamais tenue aussi serrée.

« J'adore cette chanson, dit-elle.

— Je sais. Je t'ai entendue la chanter. »

Elle n'était pas ivre, mais, emportée par la voix de Smokey Robinson, elle avait la tête qui tournait. Puis la salle s'illumina brutalement. Les couples ronchonnèrent et il la lâcha. Elle n'avait jamais réalisé à quel point le Mirage était déprimant en pleine lumière : les tuyaux à l'air libre, la peinture qui s'écaillait, le plancher poisseux de bière. Et Reese qui riait, alors que leurs amis se dirigeaient vers la porte, comme si danser avec elle était aussi anodin que l'aider à enfiler une veste. Elle se sentait à la fois plus proche de lui et plus loin que jamais.

Un soir de juillet, elle rentra du travail plus tôt que prévu et aperçut Reese torse nu dans la salle de bains. Son torse était enveloppé d'un large bandage blanc, mais on distinguait des hématomes rouges qui dépassaient en dessous, et il tâtait précautionneusement sa cage thoracique. On l'a agressé, pensa-t-elle bêtement. Il leva la tête et leurs regards se croisèrent dans la glace. Aussitôt il attrapa son tee-shirt.

« Je t'interdis de m'espionner.

— Qu'est-ce qui s'est passé ? Tes côtes…

— C'est plus moche que douloureux. J'ai l'habitude. »

Elle réalisa ce qu'il essayait de lui dire : personne ne l'avait attaqué, c'était le bandage trop serré qui causait les lésions sur sa peau.

« Tu devrais l'enlever, si ça te fait mal. Tu n'as pas besoin de le porter dans l'appart. Je me moque de ton apparence. »

Elle pensait le rassurer, mais une expression sombre et inhabituelle déforma ses traits.

« Merde ! Il s'agit pas de toi ! » dit-il avant de claquer la porte de la salle de bains. Les murs tremblèrent et elle sursauta, lâchant ses clés. Il ne s'était jamais énervé après elle.

Elle sortit sans réfléchir. C'était la première fois qu'elle le voyait dans cet état. Il pestait contre les mauvais conducteurs, il se plaignait de ses collègues, et une fois il avait bousculé un Blanc qui l'avait traité de bronzé dans un bar. Sa colère flambait pour s'éteindre presque aussitôt, et il redevenait lui-même. Mais là, c'était contre elle qu'il était fâché. Elle n'aurait pas dû le regarder, elle aurait dû se détourner dès qu'elle l'avait aperçu. Les marques sur sa peau l'avaient bouleversée, elle avait dit un truc idiot et maintenant elle ne pouvait même pas s'excuser parce qu'il était furieux. Il avait juste claqué la porte. Il ne l'avait pas touchée. Mais peut-être était-ce uniquement une question de circonstances. Si elle avait été plus proche, il l'aurait peut-être jetée contre le mur sans réfléchir.

Elle pleurait lorsqu'elle arriva chez Barry. Il la prit dans ses bras.

« Il me déteste. J'ai été stupide et maintenant il me déteste…

— Il ne te déteste pas. Viens t'asseoir. Demain, ça ira mieux. »

Ce n'était rien, lui assura Barry. Ils s'étaient juste un peu bagarrés.

Elle ne supportait pas qu'on parle comme ça. Une dispute, ce n'était pas une bagarre. Une bagarre, ça voulait dire du sang, la peau meurtrie, les yeux tuméfiés, les os brisés. Pas un désaccord concernant le restaurant où on allait dîner. Jamais des mots. Une bagarre, ce n'était pas la voix d'un homme en colère, mais ça lui faisait toujours penser à son père. Elle tressaillait lorsqu'elle entendait des buveurs braillards sortir d'un bar ou des garçons crier devant la télé pendant un match de football. Son père donnait des coups de poing dans les murs, il cassait la vaisselle, et même une fois ses propres lunettes qu'il jeta contre la porte du salon. Être littéralement aveuglé par la rage. C'était à la fois étrange et normal pour elle, mais elle n'en prendrait pleinement conscience qu'à l'âge adulte, quand elle assisterait à des désaccords entre sa mère et Early. Dans ces moments-là, elle ne le quittait pas des yeux, une part d'elle craignant que, excédé par les reparties cinglantes de Desiree, il se déchaîne soudain. Même après toutes ces années, elle n'en aurait pas été autrement surprise.

Elle passa la nuit sur le canapé de Barry, regardant le plafond. À trois heures et demie du matin, elle entendit un coup à la porte. À travers le judas, elle vit Reese sous la lumière crue du porche. Il respirait bruyamment, les poings serrés dans les poches de son blouson en jean. Comme il s'apprêtait à frapper encore, elle se résolut à tirer le verrou.

« Tu vas réveiller tout le monde, murmura-t-elle.

— Désolé, dit-il, l'haleine chargée d'une odeur douceâtre de bière.

— Tu es soûl », constata-t-elle, plus surprise qu'autre chose. Elle n'avait pas l'habitude de le voir se réfugier dans un bar quand ça n'allait pas ; pourtant, il était là, titubant devant elle.

« J'aurais pas dû te hurler dessus. Je voulais pas... Merde, tu sais que je te ferais jamais de mal. Tu le sais, hein ? »

On ne savait jamais qui était susceptible de vous faire du mal avant qu'il ne soit trop tard. Mais il avait l'air tellement piteux qu'elle ouvrit la porte un peu plus grand.

« Il y a un médecin, reprit-il. C'est Luis qui m'en a parlé. Il faut le payer à l'avance pour se faire opérer. J'ai mis de l'argent de côté.

— Pour opérer quoi ?

— Ma poitrine. Comme ça, j'aurais plus à porter cette saloperie de bandage.

— Et ça craint pas ?

— A priori, non. »

Elle regarda son torse qui se soulevait plus calmement à présent.

« Moi aussi, je suis désolée. C'est juste l'idée que tu aies mal... Je ne voulais pas... Oh, j'en sais rien. Je n'essayais pas de faire comme si j'étais quelqu'un d'important et que j'avais le droit de...

— Dis pas ça.

— Quoi ? »

Il ne répondit pas tout de suite. Soudain, il se pencha pour l'embrasser. Le temps qu'elle réalise ce qui se passait, il reculait déjà.

« Que tu n'es pas importante pour moi. »

Le lendemain matin, elle traversa le campus ensoleillé, encore tout étourdie. Elle n'avait pas fermé l'œil après que Reese s'était éloigné dans l'obscurité. Même à présent, quand elle pensait à lui, son ventre se nouait d'angoisse. Il était peut-être tellement ivre qu'il avait oublié. Il avait dû se réveiller chez lui, se souvenant vaguement d'avoir fait un truc gênant. Ou s'il se rappelait, il regrettait. Elle était le genre de fille qu'on embrassait en cachette et qu'on ignorait après.

Ce soir-là, il y avait une fête chez Harley. Dans le salon bondé, elle s'assit sur le rebord de la fenêtre, un rhum-Coca à la main. Elle n'était pas d'humeur à s'amuser, mais elle était trop mal à l'aise pour rentrer à l'appartement et affronter Reese. De toute manière, il ne tarda pas à les rejoindre, vêtu d'un tee-shirt noir et d'un jean, les cheveux encore humides de la douche. Il ne vint pas la saluer, se contentant de lui adresser un signe. Il avait pitié d'elle. Il l'avait embrassée parce qu'il s'en voulait d'avoir crié. Et maintenant il se rendait compte que ce baiser signifiait autre chose pour elle et il l'évitait.

C'était si flagrant que Harley demanda à Jude ce qui n'allait pas.

« Rien, dit-elle en se resservant du rhum.

— Dans ce cas, pourquoi est-ce que vous avez l'air si bizarres, tous les deux ? »

Il avait une frange blonde effilée à la Farrah Fawcett qui lui tombait devant les yeux et qu'il écartait sans arrêt. Elle haussa les épaules, la tête tournée vers la fenêtre. Elle en avait assez, elle ne pouvait pas continuer à faire comme si tout était normal. Elle avait besoin d'air. À cet instant, la lumière vacilla et ils se retrouvèrent dans le noir. La musique s'était tue, le silence aussi gênant que l'obscurité. Des voix s'élevèrent : Barry demanda où il pourrait trouver une lampe de poche, Harley répondit qu'il y avait peut-être des bougies dans la salle de bains et Luis appela tout le monde à la fenêtre. Dehors, les immeubles s'éteignaient les uns après les autres.

Jude proposa d'aller chercher des bougies. Elle se dirigeait à tâtons dans le couloir lorsque Reese lui attrapa la main.

« C'est moi.

— Je sais. »

Elle avait compris que c'était lui avant même qu'il n'ouvre la bouche. Son eau de toilette, ses paumes calleuses. Pas besoin de lumière, elle l'aurait reconnu n'importe où.

« J'y vois que dalle, dit-il avec un petit rire.

— Je cherche des bougies.

— Attends, on peut parler ?

— Pas la peine. Je sais que tu ne m'aimes pas. Pas comme ça. C'est pas grave. Inutile d'en parler. »

Il lâcha sa main. Au moins, elle n'avait pas à le regarder. Elle ne trouverait peut-être jamais les bougies et n'aurait pas à voir son visage. Elle avança encore un peu et sentit enfin le carrelage de la salle de bains. Elle ouvrit l'armoire à pharmacie, mais Reese la referma. Et il la plaqua contre le lavabo.

Pendant qu'au bout du couloir, leurs amis s'insultaient et plaisantaient, ils s'embrassaient éperdument, conscients que ce moment ne pouvait pas durer. Les lumières allaient se rallumer, quelqu'un allait se mettre à leur recherche, ils s'écarteraient au bruit des pas, coupables, pris sur le fait : ils ne savaient ni l'un ni l'autre être aimés sans honte. Lorsque Barry revint de la cuisine, brandissant triomphalement une lampe torche, ils étaient déjà dehors. Ils descendirent l'escalier à l'aveuglette pour émerger sur le trottoir, se tenant toujours la main, disparaissant dans l'obscurité. Devant eux, les feux clignotaient, inutiles. Les voitures roulaient au pas. L'horizon était noir et, pour la première fois depuis près d'un an, Jude vit les étoiles.

Quelque part dans l'immensité de la ville, une grand-mère écoutait des enfants raconter des histoires de fantômes devant un écran de télévision éteint. Un homme assis sur le perron caressait le museau grisonnant de son chien. Une femme brune allumait une bougie dans sa cuisine et contemplait sa piscine à travers les ténèbres. Un jeune homme et une jeune femme gravissaient les marches silencieuses menant à leur appartement et fermaient la porte sur la ville. Elle tint son briquet allumé pendant qu'il ouvrait les placards, à la recherche de bougies. Il n'en trouva pas, ce qui les arrangeait tous les deux. Elle n'avait pas peur du noir ; lui se sentait plus en sécurité dans l'obscurité.

Au lit, il lui retira son tee-shirt et l'embrassa dans le cou, descendant vers ses seins. Ce ne fut que lorsqu'il arriva à ses cuisses qu'elle se rendit compte que lui ne s'était pas déshabillé du tout.

À travers la ville, d'autres couples faisaient la même chose. Des adolescents se bécotaient sur des couvertures à la plage, le fracas des vagues qui se brisaient sur le sable en bruit de fond. Des jeunes mariés se dévêtaient dans une chambre d'hôtel. Un homme murmurait à l'oreille de sa maîtresse. Une femme brune dont le visage se reflétait dans la fenêtre de la cuisine approchait une allumette d'une fine bougie. À travers la ville, l'obscurité et la clarté.

Six

« Tu n'es pas comme d'habitude », décréta Desiree Vignes au téléphone.

Los Angeles était plombée par la canicule et, fin août, même avec les fenêtres ouvertes, il n'y avait pas un souffle d'air. Dehors, le trottoir miroitait comme la surface d'un lac. De gros grillons bruns cherchaient de l'eau dans les tuyaux et, tous les matins, Jude en trouvait un ou deux dans la douche. Elle avait tellement peur de les écraser sans les voir sur la moquette marron qu'elle n'osait plus marcher pieds nus. La chaleur était éprouvante, mais ça aurait pu être pire, pensait-elle, regardant Reese glisser un glaçon entre ses lèvres. Il portait un caleçon de bain bleu et un tee-shirt noir, ses clavicules luisantes de sueur. Jude enroula le cordon du téléphone autour de son doigt.

« Oui, m'dame ?

— C'est ça, donne-moi du *m'dame* ! Tu as très bien entendu ce que je t'ai dit. Il se passe quelque chose. Je l'entends dans ta voix.

— Maman, ma voix va très bien.

— Je dis pas qu'elle va mal. Je dis qu'elle est pas comme d'habitude. Tu me prends pour une idiote ? »

Ils devaient retrouver les filles à Venice Beach. Jude était en train de remplir un panier de pique-nique lorsque le téléphone avait sonné. Elle n'avait pas donné de nouvelles depuis un mois et n'avait pas osé lui demander de rappeler plus tard, mais elle regrettait déjà d'avoir décroché. Qu'est-ce qu'elle entendait par différente ? Et comment pouvait-elle le savoir ? Jude ne supportait pas d'être aussi transparente, même si c'était sa propre mère. D'autant plus que Barry avait tout de suite deviné, lui aussi. Deux jours après la coupure d'électricité, ils avaient rendez-vous à la fontaine devant May Company. Il l'avait regardée approcher en plissant les yeux.

« Qu'est-ce qui se passe ? Pourquoi tu fais cette tête ?

— Quelle tête ? » avait-elle demandé en riant.

Puis il avait compris.

« Sans déconner ? murmura-t-il. Non, j'y crois pas ! Tu étais là sur mon canapé, à pleurer que vous vous étiez disputés…

— C'était la vérité ! Il ne s'était encore rien passé à ce moment-là, je te jure…

— Pourquoi tu ne m'as pas appelé ? Je ne comprends pas pourquoi vous ne m'avez pas appelé ni l'un ni l'autre. »

Tout simplement parce qu'elle n'avait parlé à personne depuis la coupure d'électricité. Elle ne savait même pas comment expliquer ce qui s'était passé entre eux. Amis un jour, amants le lendemain. À son réveil, il était déjà parti au travail. Elle avait étendu le bras sur le drap froissé encore chaud. À la lumière du soleil, les événements de la nuit précédente lui paraissaient une hallucination fiévreuse. Mais les draps tièdes. Son slip sur le sol. Son eau de toilette sur l'oreiller. Elle avait enfoui son visage dedans pour respirer son odeur. Toute la journée, elle s'était demandé comment il allait lui annoncer que c'était une erreur. Mais le soir, il s'était allongé à côté d'elle et avait posé un baiser sur sa nuque.

« Qu'est-ce qu'on fait ?

— Je t'embrasse.

— Je ne parle pas de ça, tu le sais bien. »

Elle s'était tournée vers lui. Il souriait, jouant avec la bordure de son tee-shirt.

« Tu veux que j'arrête ?

— Et toi ?

— Sûrement pas ! »

Il l'avait encore embrassée dans le cou et l'avait aidée à retirer son pyjama, mais quand elle avait voulu défaire sa ceinture, il s'était dégagé.

« Non », avait-il murmuré. Elle s'était figée, ne sachant que faire. Lonnie, lui, avait des exigences très explicites. Il prenait la main de Jude pour la fourrer dans son caleçon, poussait son visage vers son bas-ventre. L'amour avec Reese obéissait à d'autres règles qu'elle apprendrait au fil du temps. La lumière devait être éteinte. Elle ne pouvait pas le déshabiller. Elle avait le droit de toucher son ventre et ses bras mais pas sa poitrine ; ses cuisses mais pas son entrejambe. Elle ne se plaignait pas, même si elle regrettait de ne pas être libre de le caresser comme elle le voulait. De quel droit ? Son bonheur était si éclatant que Barry l'avait remarqué de l'autre bout de la galerie marchande et que sa mère l'entendait au téléphone.

À la plage, elle s'assit sur sa serviette pour regarder Barry, Luis et Harley faire les fous dans l'eau. Ils avaient été pris dans les embouteillages pendant une heure, roulant au pas vers la côte. Lorsqu'ils étaient enfin arrivés à Venice, ils s'étaient débarrassés de leurs tee-shirts, qu'ils avaient jetés en tas sur le sable, avant de s'élancer en glapissant vers l'océan. La tête posée sur les genoux de Jude, Reese regardait leurs amis plonger dans l'eau, le corps luisant sous le soleil. Elle passa les doigts dans ses cheveux.

« Tu n'as pas envie de nager ? »

Il sourit, la regardant en plissant les yeux.

« Tout à l'heure, peut-être. Et toi ? »

Elle lui dit qu'elle n'aimait pas l'eau. Enfant, à Washington, elle adorait aller à la piscine. À Mallard, en revanche, elle n'osait pas nager dans la rivière. Montrer son corps, marcher sur la berge sous les railleries, dans le maillot rose ridicule que sa mère lui avait acheté : il n'en était pas question. Elle n'arrivait pas à se défaire de Mallard. Même ici, à Venice Beach, elle imaginait les baigneurs se moquer d'elle. Sur la promenade, Reese lui prit la main. Un groupe de jeunes Mexicaines gloussa à leur passage. Elles parlaient d'elle, à tous les coups. Elles ne comprenaient pas ce qu'il faisait avec une fille aussi noire.

Ce soir-là, après la plage, lorsque Reese s'allongea sur elle, elle lui demanda si elle pouvait allumer. Il rit tout bas, enfouissant son visage dans son cou.

« Pourquoi ? murmura-t-il.

— Parce que je veux te voir. »

Il se crispa, immobile, puis roula sur le côté.

« Et moi je ne veux pas que tu me voies. »

Pour la première fois depuis des semaines, il dormit sur le canapé. Le lendemain, il était de nouveau dans son lit, mais elle n'arrivait pas à oublier à quel point elle s'était sentie seule sans lui, alors qu'il était juste de l'autre côté du mur. Parfois, elle avait l'impression que ce mur était toujours là. Qui l'empêchait de sentir sa peau contre la sienne.

« Je sors avec quelqu'un », avoua-t-elle à sa mère quelque temps plus tard.

Desiree éclata de rire.

« Tu m'en diras tant ! Tu crois que je ne m'en étais pas rendu compte ?

— Il est... » Elle s'interrompit. « Il est gentil, maman. Il est adorable avec moi. C'est juste qu'il n'est pas comme les autres garçons.

— Comment ça ? »

Elle pensa un instant raconter l'histoire de Reese à sa mère. Mais ce n'était pas à elle de le faire.

« Il me tient un peu à distance, dit-elle enfin.

— Ah, dans ce cas, désolée de te décevoir mais il est exactement comme les autres. Comme tous les hommes. »

La porte s'ouvrit et Reese entra d'un pas traînant. Il jeta son blouson sur une chaise. Il lui sourit au passage et caressa sa cheville.

« Jude ? Tu es encore là ?

— Oui, maman. Je suis là. »

Un travail. Il lui fallait un nouveau travail.

La réponse lui apparut soudain évidente, une nuit où elle regardait Reese se lever, son tee-shirt trempé de sueur. Il voulait se faire opérer. Il avait dans son portefeuille une carte de visite cornée du Dr Jim Cloud, un chirurgien esthétique qui avait un cabinet dans Wilshire Boulevard. Le Dr Cloud était un client du Mirage qui s'était occupé d'amis d'amis, mais ses tarifs étaient élevés. Trois mille dollars payables d'avance. C'était compréhensible, si on songeait aux risques qu'il prenait en pratiquant ce genre d'opération. L'ordre des médecins pouvait le radier et réclamer son arrestation. Reese avait beau lui assurer que c'était un vrai docteur, elle était mal à l'aise. Surmontant ses réticences, elle avait retourné sur le couvre-lit les vieilles chaussettes grises qu'elle avait trouvées dans le tiroir de Reese pour compter ses économies. Deux cents dollars en billets froissés. Il n'y parviendrait jamais seul.

« Je cherche un nouveau job », annonça-t-elle à Barry.

L'automne était arrivé, et avec lui les vents de Santa Ana. La nuit, des bourrasques tièdes faisaient vibrer leurs fenêtres. Ce soir-là, tout le monde était entassé chez Barry pour son trentième anniversaire.

Il haussa les épaules, passant la main sur son crâne rasé.

« Hé, me regarde pas. » Il en était à son troisième martini dry et il était déjà éméché. « Moi aussi j'ai besoin d'un nouveau job. Ces Blancs ont des oursins dans les poches.

— Tu sais ce que je veux dire. Un vrai travail. Qui paie.

— J'aimerais pouvoir t'aider, ma jolie, mais je connais personne qui embauche. Enfin, il y aurait bien mon cousin Scooter. Il est chauffeur pour un traiteur. Je suppose que c'est pas ton truc ? »

Scooter vint la chercher le lendemain après-midi dans une vieille camionnette gris métallisé sur laquelle était peint CARLA'S CATERING en lettres violettes écaillées. L'intérieur était miteux : le siège passager fendu vomissait sa mousse jaune, le revêtement distendu formait comme un dais au plafond et un désodorisant délavé se balançait au rétroviseur central. Elle ne payait pas de mine, mais le frigo fonctionnait, lui dit Scooter en indiquant la cloison qui les séparait des produits frais. C'était un grand échalas, comme Barry, avec la peau plus claire et une casquette des Lakers.

« Te fais pas avoir par toutes les conneries qu'on raconte sur la crise, ajouta-t-il. C'est pas demain la veille que les Blancs vont arrêter d'organiser des fêtes. »

Avec un éclat de rire, il accéléra et s'engagea dans Fairfax Avenue. Elle boucla rapidement sa ceinture. Un bras à la fenêtre, il bavardait amicalement, répondant à des questions qu'elle n'avait pas posées.

« Ouais, j'avais ma propre boîte, avant. Un petit resto sympa, dans Crenshaw. Sauf que je m'en sortais pas. Le fric et moi, ça fait deux. Si j'ai un dollar, je le claque, tu sais ce que c'est. La cuisine, pas de problème, mais je suis pas un businessman, c'est clair. Au final, c'est pas plus mal. Maintenant, je suis le bras droit de Carla. »

Carla Stewart était dure mais juste, poursuivit-il alors qu'ils roulaient au pas sur la Pacific Coast Highway en direction de Malibu. Il fallait être les deux si on était une femme dans la restauration. Elle avait créé sa société de *catering* après la mort de son mari. C'était malin, vu qu'à Los Angeles, il y avait toujours des gens désireux d'organiser des événements sans se fatiguer. Il jeta un polo noir sur ses genoux.

« Mets ça. » Devant son hésitation, il gloussa. « Pas maintenant, à l'intérieur ! Je suis pas un pervers. T'inquiète, Barry m'a dit que t'étais une petite sœur pour lui et que ça chaufferait pour mes fesses s'il apprenait que je t'avais fait du rentre-dedans. »

C'était la chose la plus gentille que Barry ait dite à son sujet, même si elle n'était pas censée être au courant.

« Il est marrant.

— C'est sûr, répondit Scooter. C'est un drôle de zozo. Mais je l'aime bien. Je l'aime comme il est. »

Scooter était-il au courant pour Bianca ? Barry se vantait de sa capacité à compartimenter sa vie. « J'obéis à la Bible, lui avait-il dit une fois. Fais en sorte que ta main droite ne sache pas ce que fait la gauche. » Il était Bianca deux samedis par mois et, le reste du temps, elle n'existait pas. Il ne l'oubliait pas totalement, faisait du shopping pour elle et préparait son retour mais, quand il se rendait à des réunions de professeurs, à des repas familiaux ou à l'église, il la reléguait dans un coin de sa tête. Bianca avait sa place et Barry la sienne. On pouvait vivre ainsi, une vie coupée en deux. Tant qu'on savait qui était aux commandes.

« Où t'étais passée ? » lui demanda Reese lorsqu'elle se coucha ce soir-là.

Il était inquiet ; elle ne rentrait jamais tard sans le prévenir. Ils s'étaient occupés d'une réception pour un agent immobilier qui avait vendu des propriétés à Burt Reynolds et à Raquel Welch. Jude s'était promenée à travers les pièces, admirant les longs sofas blancs, les surfaces de marbre et les immenses baies vitrées que l'océan faisait oublier. Elle n'arrivait pas à s'imaginer vivre ainsi, dans une maison de verre, sur une falaise. Mais les riches n'éprouvaient pas nécessairement le besoin de se cacher. C'était peut-être ça, la richesse : être libre de se révéler.

La fête s'était achevée à une heure du matin et après il avait fallu nettoyer. Lorsque Scooter l'avait ramenée, le ciel se teintait de mauve.

« J'étais à Malibu.

— Qu'est-ce que tu fabriquais là-bas ?

— J'ai un nouveau boulot. Chez un traiteur. C'est Barry qui me l'a trouvé.

— Pourquoi ? Je croyais que tu voulais te concentrer sur la fac ? »

Elle ne pouvait pas lui avouer la véritable raison ; même au restaurant, il sortait son portefeuille dès que l'addition arrivait. Jamais il n'accepterait qu'elle lui donne de l'argent pour payer son opération. Et s'il y avait un malentendu ? S'il se figurait qu'elle faisait ça parce qu'elle voulait qu'il change ? Elle lui en parlerait quand elle aurait économisé une telle somme qu'il ne pourrait plus refuser. Elle se glissa dans le creux de son bras, caressant son visage.

« Je me disais que ce serait sympa d'avoir un peu plus d'argent. C'est tout. »

Son semestre fut consacré au corps : à celui de Reese en particulier, et au corps humain en général.

Une fois par semaine, elle s'asseyait sur le rebord de la baignoire, une seringue hypodermique à la main, tandis que Reese remontait son caleçon à carreaux sur sa cuisse. À côté du lavabo, une ampoule remplie d'un liquide paille, de la couleur du chardonnay. Il détestait toujours autant les piqûres ; il ne regardait jamais lorsqu'elle donnait une pichenette sur l'aiguille avant de lui pincer le gras de la cuisse. C'est fini, murmurait-elle après, s'en voulant de lui avoir fait mal.

Chaque mois, il achetait une de ces ampoules, si petites qu'elles tenaient dans le creux de la paume. Elle ne comprenait pas trop comment fonctionnaient les hormones, alors, sur un coup de tête, elle s'inscrivit à un cours d'anatomie qu'elle ne s'attendait pas à trouver aussi passionnant. Elle adorait le par cœur qui rebutait le reste de la classe. Elle semait des fiches de révisions un peu partout dans l'appartement : *phalanges* à côté du lavabo, *deltoïdes* sur la table de la cuisine, *veines métacarpiennes dorsales* entre les coussins du canapé.

Mais c'était le cœur qu'elle préférait. Elle fut la première du groupe à réussir la dissection d'un cœur de mouton. C'était un organe particulièrement complexe, disait leur professeur, parce qu'il était presque symétrique, si bien qu'il était très difficile de distinguer les deux côtés. Il fallait l'orienter correctement pour trouver les vaisseaux.

« Vous devez sentir le cœur avec vos mains. Je sais, c'est gluant, mais ne soyez pas timides. La dissection se fait au toucher. »

Le soir, elle calait ses fiches contre Reese pour réviser. Allongé sur le canapé, il lisait un roman, s'efforçant de rester parfaitement immobile, pour ne pas faire tomber la carte appuyée sur son bras. Elle suivait ses biceps du doigt, psalmodiant des noms en latin, jusqu'à ce qu'il craque et l'enlace. Un corps, c'était des tissus, des muscles et des nerfs, des os et du sang. Un corps pouvait être morcelé et étiqueté, pas une personne ; et c'était ce muscle dans la poitrine qui faisait toute la différence. Cet organe qui ne sentait rien, n'éprouvait rien, n'était conscient de rien, mais qui battait et nous maintenait en vie.

À Pacific Palisades, elle servit des assiettes de dattes roulées dans du lard à une réception d'agents et d'impresarios. À Studio City, elle prépara des cocktails à une fête en l'honneur d'un présentateur de jeu télévisé vieillissant. À Silver Lake, un guitariste la harcela pour s'assurer que la salade de crabe était bien à base de véritable chair de crabe. À la fin de son premier mois, elle était capable de préparer un martini dry sans doseur. À la laverie automatique, elle trouvait des crackers au fond de ses poches. Elle ne parvenait jamais à se débarrasser de l'odeur des olives sur ses mains.

« Peut-être qu'ils cherchent du monde en ce moment, à la bibliothèque. Tu devrais te renseigner, lui dit Reese.

— Pourquoi ?

— T'es toujours par monts et par vaux. On se voit plus.

— Arrête, je ne suis pas absente si souvent.

— Trop pour moi.

— Je gagne plus d'argent, chéri, dit-elle en l'enlaçant. Et je vois du pays. C'est plus marrant que d'être coincée dans une bibliothèque poussiéreuse toute la journée. »

Elle sillonnait la région de Ventura à Huntington Beach, de Pasadena à Bel Air. À Santa Monica, elle porta un plateau d'huîtres chez un producteur de disques, et s'arrêta dans le hall d'entrée pour admirer la piscine qui s'étirait jusqu'à l'horizon. D'ici, Mallard lui semblait encore plus éloigné. Peut-être finirait-elle par l'oublier. Le repousser, l'enterrer si profond en elle qu'un jour, elle penserait que c'était juste une ville dont elle avait entendu parler, pas un endroit où elle avait vécu.

« Ça me plaît pas, lui dit sa mère. Tu devrais te concentrer sur tes études, pas servir des Blancs. Je t'ai pas envoyé en Californie pour faire la bonne. »

Ce n'était pas pareil, pas exactement. Elle n'était pas sa grand-mère, qui avait nettoyé derrière la même famille pendant toute sa vie. Elle n'essuyait pas le nez morveux des enfants, n'écoutait pas les épouses se plaindre de leur mari volage pendant qu'elle passait la serpillière, ne rapportait pas du linge dans une maison encombrée par les sous-vêtements sales de ses employeurs. Il n'y avait aucune forme d'intimité dans son travail. Elle traversait leurs réceptions, leur portait des plateaux de hors-d'œuvre et ne les revoyait jamais.

Ce soir-là, elle était couchée, Reese dans ses bras. Il faisait trop chaud pour dormir collés, mais elle n'arrivait pas à se résoudre à le lâcher.

« À quoi tu penses ? demanda-t-il.

— Oh, à rien. Juste cette baraque à Venice. Tu sais qu'ils ont la clim centralisée ? Alors qu'il n'y en a pas besoin, si près de l'océan. Ils n'auraient qu'à entrouvrir une fenêtre pour rafraîchir la maison. Mais je suppose que c'est un truc de riches. »

Il éclata de rire et se leva pour aller lui chercher des glaçons. Il en glissa un entre ses lèvres et elle le fit tourner dans sa bouche. C'était étrange de penser que, il y avait encore quelques mois, elle n'était même pas capable d'admettre qu'elle était amoureuse de Reese. Et aujourd'hui, elle trouvait parfaitement normal de suçoter des glaçons, nue dans son lit. Elle jeta un coup d'œil entre les lattes des stores à l'hélicoptère de police qui survolait l'immeuble. Lorsqu'elle se retourna, Reese la regardait.

« Quoi ? demanda-t-elle en riant. Arrête. »

Lui portait toujours un tee-shirt et un caleçon, et elle tira le drap sur sa poitrine, se sentant soudain vulnérable.

« Arrête quoi ?

— De me regarder comme ça.

— Mais j'aime te regarder.

— Pourquoi ?

— Parce que tu es agréable à regarder. »

Elle eut un rire incrédule et se tourna de nouveau vers la fenêtre. La couleur de sa peau ne le dérangeait peut-être pas, mais il ne pouvait pas l'aimer. Personne ne le pouvait.

« Je déteste quand tu fais ça, reprit-il.

— Quoi ?

— Quand tu refuses de me croire. Parfois, tu te comportes comme si t'étais encore à Mallard. Je suis pas comme eux. Tu es à Los Angeles, maintenant. Ici, on peut être qui on veut. »

Il lui avait raconté une fois que la Californie tenait son nom d'une reine à la peau noire. Il l'avait vue sur une fresque à San Francisco. Jude avait refusé de le croire jusqu'à ce qu'il lui montre la photographie qu'il avait prise. La reine noire était bien là, trônant au plafond. Flanquée d'une tribu de guerrières, si altière et si imposante que le cœur de Jude se serra lorsqu'elle apprit qu'elle n'avait jamais existé. Selon un ouvrage d'histoire de l'art qu'elle avait consulté, c'était un personnage dans un roman espagnol, à propos d'une île imaginaire gouvernée par une Amazone noire. Comme tous les colons, les conquistadors avaient transformé leur fiction en réalité, leurs mythes en histoire officielle. Restait la Californie, un lieu qui avait toujours quelque chose d'une île légendaire. Ici, Jude avait l'impression de flotter au milieu de l'océan, coupée de tous ceux qu'elle avait connus.

Le plus étrange, c'est qu'à l'automne, elle avait commencé à rêver de son père.

Parfois, elle lui donnait la main dans la rue et ils traversaient plusieurs carrefours animés. En général, le bruit des voitures qui défilaient en dessous de leur chambre la tirait brutalement du sommeil. D'autres fois, il la poussait sur une balançoire et elle s'élançait, jambes tendues. Une nuit, elle rêva qu'il marchait devant elle le long d'une voie ferrée et qu'elle courait pour le rattraper. Elle se réveilla en sursaut, hors d'haleine.

« Tu trembles, murmura Reese, la serrant contre lui.

— C'était juste un rêve.

— À propos de quoi ?

— Mon père... Je ne sais pas pourquoi. Ça fait une éternité que je ne l'ai pas vu. Autrefois, je croyais qu'un jour il viendrait me chercher. C'était même pas un type bien. Mais une part de moi voudrait toujours qu'il me trouve. C'est débile, non ?

— Non, répondit-il, les yeux au plafond. C'est tout sauf débile. J'ai pas parlé à ma famille depuis sept ans, ça m'empêche pas d'y penser. À ma mère, surtout. Elle aimait mes photos. Elle les montrait à tout le monde à l'église. J'en ai pris je ne sais pas combien d'elle, mais je les ai laissées là-bas. J'ai tout laissé derrière moi.

— Qu'est-ce qui s'est passé ? Je veux dire, pourquoi tu es parti ?

— Oh, c'est une longue histoire.

— Tu n'es pas obligé de tout me raconter. S'il te plaît. »

Il resta silencieux un moment. Puis il expliqua que son père l'avait surpris avec une amie de sa sœur. Il était seul à la maison, soi-disant malade, pendant que sa famille était à un rassemblement religieux sous une tente. Il avait fouillé dans la penderie de son père et avait essayé des chemises bien repassées. Il s'était entraîné à faire des nœuds de cravate Windsor et avait paradé dans des chaussures à bout golf. Il venait de s'asperger d'eau de Cologne quand Tina Jenkins apparut sur la pelouse et tapa à la fenêtre. Qu'est-ce qu'il faisait ? Est-ce qu'il jouait dans une pièce à l'école ? Son costume n'était pas mal, mais c'étaient ses cheveux le problème. Elle avait plaqué sa queue-de-cheval sur sa nuque.

« Là, ça fait plus mec, tu trouves pas ? Il y a qui d'autre, dans le spectacle ? Et t'aurais pas un truc à boire ? »

Il ignora la première question, en revanche, il alla chercher de l'alcool. Après, Tina dirait à ses parents que c'était à cause du gin. Il leur en avait servi deux grands verres, remplissant la bouteille de Seagram's de sa mère avec de l'eau. Elle oublia de préciser que c'était elle qui l'avait embrassé et qu'ils s'étaient arrêtés uniquement parce que la famille de Reese les avait pris sur le fait.

« Mon père avait un ceinturon avec une grosse boucle d'argent. Il m'a dit que puisque je voulais être un homme, alors il allait me traiter comme un homme. »

Jude ferma les yeux.

« C'est horrible.

— C'est de l'histoire ancienne.

— Peu importe. Ce n'était pas juste. Il n'avait pas le droit de te faire ça.

— Parfois, j'imagine que je retourne à El Dorado pour lui demander s'il veut toujours se battre avec moi. C'est nul de penser des trucs pareils à propos de son père. Ça m'étouffe. J'arrive pas à respirer. Et il y a des jours où je me dis que je vais y aller juste pour faire un tour en ville. Incognito. Genre, tu te pointes à ton propre enterrement, histoire de regarder la vie qui continue sans toi. Je frapperai à la porte et je dirai : Salut maman, mais elle saura déjà. Elle me reconnaîtra tout de suite, même si j'ai changé.

— Et pourquoi tu ne le ferais pas ? Tu pourrais y aller.

— Tu viendrais avec moi ?

— J'irais n'importe où avec toi. »

Il l'embrassa et remonta son tee-shirt. Sans réfléchir, elle voulut en faire autant avec le sien. Il se raidit et elle se ratatina lorsqu'il recula. Il disparut dans la salle de bains et quand il revint, il était torse nu, avec seulement le bandage autour de sa poitrine.

« J'en ai besoin.

— OK, dit-elle. OK. »

Elle l'attira vers elle et laissa courir ses doigts sur son dos lisse, caressant la peau, la peau et le coton.

Depuis le début, Reese Carter se préparait à la fin.

Lorsqu'il était arrivé à Los Angeles, d'abord, sans domicile, innocent comme l'agneau, prêt à fuir une ville qui allait le tailler en pièces. Puis lorsqu'il avait fait la connaissance de Jude Winston à une soirée d'Halloween, une fête à laquelle il était venu par désœuvrement, parce qu'un type qu'il assurait quand il levait des poids à la salle l'avait invité. Elle était seule, mal à l'aise dans sa robe, très noire, et si jolie qu'il avait eu l'impression qu'une force le plaquait contre ce canapé. Laisse tomber, Reese. Du calme. Il savait comment ça finirait dès qu'elle approcherait la main de son sexe.

Au départ, il ne pensait pas rester à Los Angeles. Il voulait juste mettre la plus grande distance possible entre lui et El Dorado. Il serait entré dans l'océan, s'il avait pu. Pendant des semaines, il avait passé ses nuits à caresser des hommes dans des ruelles sombres, les prenant dans sa bouche, ce qu'il détestait, même s'ils étaient gentils après. Ils lui tapotaient le crâne et lui disaient qu'il était mignon. Il avait toujours sur lui le couteau de chasse de son père, au cas où. Parfois, lorsqu'il levait les yeux et les voyait la tête contre le mur, il s'imaginait trancher leur gorge palpitante. Mais il finissait toujours par empocher leurs billets froissés puis il cherchait un endroit où dormir, un banc dans un parc ou sous une bretelle d'autoroute, ce qui lui rappelait bizarrement les nuits de camping avec son père. Assis sur une souche, le regardant éviscérer un lapin avec un couteau qu'il lui interdisait de toucher. Un couteau qu'il avait hérité de son propre père et qu'il aurait transmis à son fils, s'il en avait eu un. C'est pour ça que Reese l'avait pris quand il était parti.

Il rencontrait les hommes qui le payaient dans des clubs et des bars, des hommes qui l'attrapaient par le bras lorsqu'il fendait la foule, poussaient des verres vers lui ou le suppliaient de danser avec eux. Il ne retournait jamais deux fois dans la même boîte, terrifié à l'idée qu'on remarque son cou glabre, ses petites mains ou la chaussette roulée en boule dans son caleçon. Une fois, à Westwood, un Blanc avait découvert son secret et, furieux, l'avait laissé avec un œil au beurre noir. Pourtant, il ne trompait personne. Il était enfin ouvertement celui qu'il avait toujours été. Mais il avait appris les règles. S'il disait la vérité au sujet de son passé, on ne l'accepterait pas. Il devait mentir pour se protéger.

Le soir où il avait rencontré Barry, il sirotait son whisky allongé d'eau gazeuse, étourdi par la faim. Il était tellement désespéré qu'il avait hésité à le suivre chez lui. Il n'avait jamais été avec un homme ailleurs que dans une ruelle ; l'obscurité lui donnait un sentiment de sécurité. Finalement, il avait dit non. C'est pour ça qu'il avait été surpris quand, plus tard dans la soirée, Barry l'avait attrapé par le bras et lui avait demandé s'il voulait manger quelque chose. Reese s'était dégagé, pris au dépourvu.

« Je t'ai dit non, putain.

— Je ne suis pas sourd. Je te demande si tu veux manger. Tu as l'air d'avoir faim. Il y a un resto juste à côté. »

Il lui indiqua un *diner* à une centaine de mètres. L'enseigne au néon peignait le béton de bleu et de violet. Barry commanda une tarte aux noix de pecan et Reese prit deux cheeseburgers et des frites, qu'il avala si vite qu'il faillit s'étouffer. Il faudrait qu'il paie pour son repas d'une manière ou d'une autre, ou peut-être pas, songea-t-il, sentant le couteau dans sa poche. Barry l'observait, dessinant des motifs dans la crème fouettée avec sa fourchette.

« Tu as quel âge ? »

Reese s'essuya la bouche avec le dos de la main, puis, craignant de passer pour un rustre, il prit une serviette dans le distributeur sur la table.

« Dix-huit ans. » C'était presque vrai, il les aurait dans deux mois.

« Bon sang, t'es un bébé, tu sais ? J'ai des élèves de ton âge. »

Il était prof. C'était peut-être pour ça qu'il avait décidé d'être généreux avec lui. Dans une autre vie, il aurait pu être un de ses élèves, pas un garçon ramassé dans une boîte. Reese n'avait pas terminé le lycée, ce qu'il n'avait jamais regretté avant de tomber amoureux d'une fille intelligente. Les études : encore une raison pour laquelle elle finirait par le quitter.

« Alors, tu viens d'où ? avait demandé Barry. Dans cette ville, tout le monde vient d'ailleurs.

— De l'Arkansas.

— T'es loin de chez toi, cow-boy. Qu'est-ce que tu fais ici ? »

Il haussa les épaules, trempant ses frites dans une petite mare de ketchup.

« Je voulais changer de vie.

— Tu connais des gens ? »

Reese secoua la tête. Barry alluma une cigarette. Il avait de longs doigts élégants.

« Tu as besoin d'amis. Cette ville est trop grande pour quelqu'un de seul. Tu as un endroit où dormir ? Ça va, me regarde pas comme ça. Je cherche pas à te forcer. Je te demande juste si tu sais où dormir. Tu te prends pour qui ? Tu te crois trop bien pour mon canapé ? »

Reese ignorait pourquoi il avait accepté. Peut-être qu'il n'en pouvait plus de squatter des bâtiments désaffectés et de taper des pieds pour tenir les rats à distance. Peut-être qu'il avait senti chez Barry quelque chose de rassurant, ou alors c'était le contact de son couteau contre sa cuisse et la certitude qu'il n'hésiterait pas à s'en servir en cas de nécessité. Quoi qu'il en soit, il avait suivi Barry chez lui. Dans l'appartement, il avait découvert avec étonnement les perruques qui s'alignaient autour de lui. Barry s'était crispé.

« C'est juste un truc que je fais de temps en temps », avait-il dit, touchant une des perruques, l'air si vulnérable que Reese avait baissé les yeux.

« Tu sais, je suis pas ce que tu crois.

— Tu es un transsexuel. Je sais très bien ce que tu es. »

C'était la première fois que Reese entendait le mot. Il ne savait même pas qu'il existait un nom pour les gens de son espèce. Il devait faire une drôle de tête, car Barry avait éclaté de rire.

« Des garçons comme toi, j'en connais un paquet. » Il s'était approché, l'examinant d'un œil appréciateur. « Sauf qu'ils n'ont pas des coupes de cheveux aussi pourries. C'est toi qui as fait ça ? »

Dans la salle de bains, il avait drapé une serviette autour de son cou et sorti sa tondeuse.

Il avait penché délicatement la tête de Reese en avant, et celui-ci avait fermé les yeux, se demandant quand pour la dernière fois un homme l'avait touché avec autant de tendresse.

Lorsque décembre arriva, la ville s'était enfin rafraîchie, mais le soleil était toujours haut et inhabituellement brillant. Parler d'hiver semblait inadéquat. Dans la camionnette, Jude étendit son bras par la fenêtre, profitant du courant d'air. Elle avait accepté un boulot de dernière minute, une fête pour la retraite d'un ponte à Beverly Hills. C'était trop bien payé pour refuser, malgré la déception évidente de Reese.

« Je voulais t'emmener dîner.

— Demain, mon amour. Promis. »

En l'embrassant, elle pensait déjà au pourboire qui l'attendait à la fin de la soirée. Les réceptions d'entreprise étaient lucratives. Des gros bonnets, lui dit Scooter, comme ils arrivaient à Beverly Hills. La camionnette gravit des routes serpentines, dépassant des demeures de plus en plus isolées pour s'arrêter devant une grille en fer forgé noire.

« Ils doivent payer une fortune pour vivre ici, dit Scooter avec un petit rire. T'imagines un peu ? »

C'était à ça que ressemblerait le siècle prochain, poursuivit-il. Les riches s'éloignant des villes, à l'abri de portails monumentaux, comme des seigneurs médiévaux retranchés derrière leurs douves. La maison se trouvait au bout d'une longue allée paisible bordée d'arbres : une luxueuse villa blanche sur deux étages dotée de colonnes romaines. Carla leur ouvrit. Elle se déplaçait rarement, mais c'était une réception importante et elle manquait de personnel.

« Le groupe Hardison est un client fidèle. Donc ce soir, tout doit être parfait, compris ? »

Sa simple présence rendait Jude nerveuse. Elle coupa des bâtonnets de céleri et passa des tomates au mixeur, puis circula parmi la foule avec des plateaux de *prosciutto* avant de s'occuper des boissons, sentant constamment le regard de Carla sur elle. L'homme dont on fêtait le départ était M. Hardison en personne. C'était un vieux monsieur râblé aux cheveux argentés, vêtu d'un luxueux costume gris, exhibant sa jeune épouse blonde à son bras. Les invités, tous blancs, d'un certain âge et fortunés, trinquèrent à sa carrière, puis applaudirent son successeur, un bel homme en costume bleu. Une jeune fille l'escortait. Dans les dix-huit ans, toute en jambes, des cheveux blonds ondulés. Elle portait une robe argentée miroitante qui lui arrivait scandaleusement au-dessus des genoux. Au milieu de la soirée, elle s'approcha du bar d'un pas nonchalant et inclina vers Jude son verre vide.

« Je ne suis pas censée vous servir de l'alcool si vous n'avez pas vingt et un ans. »

La fille éclata de rire, portant une main à sa clavicule.

« Eh bien, j'ai vingt et un ans, dans ce cas. » Ses yeux étaient si bleus qu'ils paraissaient presque violets. Elle pencha de nouveau son verre. « Je vais mourir d'ennui si je n'ai pas un remontant.

— Votre père ne dira rien ? »

Elle regarda le bel homme derrière elle.

« Ne vous en faites pas. Il est trop occupé à essayer d'oublier l'absence de ma mère. Grandiose, non ? Je suis venue exprès de la fac pour fêter sa promotion, mais elle, elle ne peut même pas se débrouiller pour être là. Quelle garce ! »

Elle agita de nouveau son verre. Elle n'aurait de cesse qu'on la serve. Jude lui prépara donc un nouveau martini dry. La jeune fille se tourna vers la foule, glissant l'olive entre ses lèvres roses.

« Alors, ça vous plaît d'être barmaid ? Je parie que vous rencontrez toutes sortes de gens fascinants.

— Je ne suis pas barmaid. Pas à temps plein. Je suis étudiante. À UCLA », ajouta Jude, avec un tout petit peu trop de fierté.

La fille haussa les sourcils.

« Oh, c'est drôle. Je suis à Southern California. Je suppose qu'on est rivales. »

Il n'était pas compliqué de comprendre ce qui l'étonnait. Ce n'était pas de tomber sur une fille qui étudiait dans l'université concurrente de la sienne, mais de découvrir que la Noire du bar s'était débrouillée Dieu sait comment pour être admise dans une fac comme UCLA. La bonne avait un cerveau, incroyable ! Un homme en veste de tweed demanda du vin et Jude déboucha une bouteille de merlot, espérant que la fille partirait. Mais, alors qu'elle le servait, des exclamations leur parvinrent de l'entrée. La blonde la regarda d'un air morose.

« La fête est finie », dit-elle en vidant son martini d'un trait.

Elle posa son verre sur le bar et se dirigea vers la femme qui venait d'arriver. M. Hardison l'aidait à retirer son manteau. À l'instant où la nouvelle venue se retourna, passant une main dans ses cheveux bruns, la bouteille de vin se brisa sur le sol.

Troisième partie

LIGNES DE CŒUR

(1968)

Sept

Le jour où l'une des jumelles disparues revint à Mallard, à des centaines de kilomètres de là, en Californie, un mot épinglé sur la porte de toutes les maisons de Palace Estates annonçait une assemblée extraordinaire de l'association des propriétaires pour le soir même. C'était seulement la seconde fois dans la vie de Palace Estates, le plus récent des quartiers résidentiels fermés de Brentwood. Dans la mesure où la première réunion avait révélé que le trésorier s'était rendu coupable de détournement de fonds, les habitants flairant le scandale avaient tous répondu présents et le club-house du golf bruissait de murmures excités. Mais lorsque Percy White, le président de l'association, lâcha sa bombe, le visage rouge brique, la salle se déchaîna. Il s'avérait que les Lawson de Sycamore Way vendaient leur maison et qu'un homme de couleur venait de faire une offre. Percy leva les mains avec le sentiment désagréable de se trouver face à un peloton d'exécution.

« Je ne suis que le messager », répétait-il, totalement inaudible. Dale Johansen demanda à quoi servait cette fichue association si elle n'était pas apte à empêcher ce genre de choses. Tom Pearson, déterminé à tempêter plus fort que lui, menaça de cesser de payer sa cotisation. Même les femmes étaient en colère. Ou peut-être surtout les femmes. Si elles ne criaient pas aussi fort que leurs conjoints, toutes avaient consenti à des sacrifices pour épouser un homme qui avait les moyens de s'offrir une maison dans cette nouvelle enclave cossue de Los Angeles, et elles attendaient un retour sur investissement. Cath Johansen désirait savoir comment ils allaient assurer la sécurité du quartier dorénavant et Betsy Roberts, qui avait étudié l'économie dans une prestigieuse université féminine de la côte Est avant de se marier, se plaignit que la valeur de leurs propriétés allait chuter.

Des années plus tard, néanmoins, une seule intervention surnagerait dans les mémoires, une voix qui était parvenue Dieu sait comment à couvrir le chahut. Elle n'avait pourtant pas haussé le ton. Ce fut peut-être d'ailleurs ce qui retint l'attention. Ou on estima que cette femme habituellement polie et discrète devait avoir quelque chose d'important à dire pour braver le tumulte. Ou encore, c'était tout simplement parce qu'elle habitait juste en face des Lawson au bout de Sycamore Way, dans un cul-de-sac. Elle était concernée au premier chef. Quoi qu'il en soit, la salle se tut lorsque Stella Sanders se leva.

« Tu ne peux pas laisser faire cela, Percy. Sinon, ils seront de plus en plus nombreux, et après, quoi ? Trop, c'est trop ! »

Elle tremblait, ses yeux noisette lançant des éclairs, et les voisins, touchés par cet éclat spontané, applaudirent. Elle ne prenait jamais la parole lors de leurs réunions, et n'avait pas envisagé de le faire avant de se rendre compte qu'elle était debout. Pendant un instant, elle avait hésité : elle détestait sentir tous les regards sur elle. À son propre mariage, elle aurait souhaité disparaître dans un trou de souris. Mais sa voix timide et tremblante eut encore plus d'effet sur l'assistance. À la fin, elle dut se frayer un passage entre ses voisins qui tous voulaient lui serrer la main. Pendant des semaines, on verrait des tracts jaunes claquer contre les arbres et les réverbères, clamant en lettres capitales : PROTÉGEONS NOTRE QUARTIER. TROP, C'EST TROP. Elle tressaillit lorsqu'elle en trouva un sous son essuie-glace, ne se reconnaissant pas dans ses propres mots.

Blake Sanders fut aussi surpris que ses voisins lorsque sa femme prit la parole. Elle n'avait rien d'une passionaria. Dans le meilleur des cas, l'indignation pouvait l'inciter à signer une pétition, et encore, c'était généralement parce qu'elle était trop bien élevée pour envoyer promener l'étudiant qui lui tendait une feuille. À sa place, Blake ne se serait pas gêné. Bien sûr qu'il voulait préserver la planète. Et oui, la guerre était une abomination. Mais ce n'était pas en allant brailler à la figure des citoyens honnêtes et travailleurs qu'on allait arranger la situation. Stella, elle, se prêtait au jeu des idéalistes, elle écoutait leurs discours et signait leurs pétitions, tout ça parce qu'elle était trop gentille pour leur dire d'aller se faire cuire un œuf. Et voilà que soudain elle affichait autant de ferveur que tous ces jeunes manifestants !

C'était presque comique. Sa timide Stella se donnant en spectacle ! Ce n'était peut-être pas si surprenant, tout bien réfléchi. Il ne s'agissait pas uniquement de politique. Une femme qui protégeait son foyer était animée par un instinct plus primitif. D'autant plus qu'il ne l'avait jamais entendue parler avec bienveillance de ces gens-là. Ça l'embarrassait un peu, à vrai dire. Il respectait l'ordre naturel des choses, certes, mais il fallait raison garder. Petit, il avait eu une nounou de couleur appelée Wilma qui faisait pratiquement partie de la famille. Il continuait de lui envoyer une carte de vœux tous les ans à Noël. Stella, elle, ne voulait même pas d'une employée de maison noire : elle prétendait que les Mexicaines étaient plus travailleuses. Avait-elle besoin pour autant de détourner le regard chaque fois qu'elle croisait une vieille femme noire dans la rue ? De rudoyer les garçons d'ascenseur ? En fait, ils la rendaient nerveuse. Elle lui faisait penser à quelqu'un qui, enfant, aurait été mordu par un chien.

Ce soir-là, lorsqu'ils s'éclipsèrent de la réunion, il lui sourit et lui offrit son bras. C'était une fraîche nuit d'avril. Ils passèrent lentement sous les premières fleurs mauves des jacarandas.

« J'ignorais que j'avais épousé une trublionne. »

Fils de banquier, il avait quitté Boston pour aller à l'université. C'était ainsi qu'il s'était présenté lorsqu'ils s'étaient rencontrés, omettant de préciser que la banque était Chase National et l'université Yale. Elle se rendrait compte plus tard que cette apparente modestie était l'apanage de la véritable richesse, tout comme sa réticence à porter des vêtements trop coûteux, ou sa discrétion au sujet de son père et de son héritage. Il avait étudié la finance et le marketing, mais, au lieu de rejoindre l'une des grandes agences de publicité de Madison Avenue, il avait suivi sa fiancée, originaire de La Nouvelle-Orléans. Il était tombé amoureux de la ville et il était resté après leur rupture. Voilà comment il était entré au service marketing de Maison Blanche et avait embauché Stella Vignes.

Après huit ans de mariage, Stella était toujours gênée quand on les interrogeait à propos de leur rencontre. Le patron, sa secrétaire, une histoire vieille comme le monde. On imaginait un homme ventripotent aux cheveux gras, son pantalon retenu par des bretelles, qui poursuivait une jeune fille autour de son bureau.

« Je n'avais rien d'un vieux pervers », avait plaisanté Blake au cours d'un dîner, et c'était la vérité.

Il avait alors vingt-huit ans, la mâchoire carrée, des cheveux blonds ébouriffés et les yeux bleu-gris de Paul Newman. C'était peut-être ce qui avait fait la différence. À l'époque, elle était terrorisée dès qu'elle sentait le regard d'un homme blanc sur elle. Mais sous le regard de Blake, elle s'était épanouie.

« Est-ce que je me suis ridiculisée ? » demanda-t-elle après la réunion. Elle se brossait les cheveux, assise devant sa coiffeuse. Blake se plaça derrière elle, déboutonnant sa chemise.

« Bien sûr que non. De toute façon, il n'y a aucun risque qu'une telle chose se produise. Je ne sais pas pourquoi tout le monde s'excite autant.

— Mais tu as vu Percy ? Il avait rudement peur. »

Blake éclata de rire.

« J'adore, quand tu parles comme ça.

— Comment ?

— Comme une petite campagnarde.

— Oh, ne te moque pas de moi. Pas maintenant.

— Je ne me moque pas ! Je trouve ça mignon tout plein. »

Il s'inclina pour l'embrasser sur la joue et, dans le miroir, elle regarda la tête blonde de son mari se pencher vers sa tête brune. Sa nervosité était-elle perceptible ? Quelqu'un allait-il s'en rendre compte ? Une famille de couleur à Palace Estates. Blake avait raison. Aucun risque. On y mettrait le holà. Il y avait des avocats pour régler ce genre de problèmes, non ? À quoi servait une association de propriétaires si elle n'empêchait pas les indésirables de s'installer, si elle ne faisait pas en sorte que le quartier reste fidèle à l'idée qu'en avaient ses habitants ? Elle s'efforça de maîtriser les battements de son cœur. Elle s'était déjà fait prendre. La deuxième fois qu'elle avait prétendu être blanche. Pendant son dernier été à Mallard, plusieurs semaines après s'être aventurée dans la boutique de breloques, elle s'était rendue au musée d'art de la Louisiane du Sud un samedi matin comme les autres, pas un jour réservé aux Noirs. Elle avait monté les marches de l'entrée principale, sans passer par la petite porte sur le côté. Personne ne l'avait arrêtée et, une fois encore, elle s'était sentie idiote de ne pas avoir essayé plus tôt. Pour être blanc, il suffisait d'oser. Elle pouvait convaincre n'importe qui qu'elle était à sa place, le tout était de donner le change.

Dans le musée, elle avait lentement parcouru les salles, étudiant les impressionnistes flous. Elle écoutait distraitement le vieux guide bénévole qui récitait son laïus à un cercle d'enfants apathiques, quand elle avait remarqué un gardien, un Noir, qui l'observait dans un coin. Il lui avait adressé un clin d'œil. Horrifiée, elle était passée devant lui à toute allure, tête baissée. Elle ne s'était autorisée à souffler que lorsqu'elle avait retrouvé le soleil. Elle était rentrée en bus à Mallard, le visage brûlant. Bien sûr que ce n'était pas si simple de se faire passer pour une Blanche. Bien sûr que le gardien noir ne se laisserait pas abuser. On reconnaît toujours les siens, disait sa mère.

Et maintenant des gens de couleur allaient emménager en face de chez elle. Verraient-ils qui elle était ? Ou, plutôt, qui elle n'était pas ? Blake embrassa sa nuque, glissant la main sous son peignoir.

« Ne t'inquiète pas, ma chérie. L'association ne le permettra pas. »

Kennedy poussa un hurlement en pleine nuit et Stella se précipita à son chevet, à moitié endormie. Sa fille avait encore fait un cauchemar. Elle s'allongea à côté d'elle et secoua doucement l'enfant. « Ce n'est rien », murmura-t-elle, séchant ses larmes. Son propre cœur cognait dans sa poitrine, même si ce n'était pas la première fois que les cris de Kennedy la réveillaient en sursaut et qu'elle se levait affolée, pour la trouver emberlificotée dans ses draps, ses petits poings crispés sur la couverture. Selon le pédiatre, elle n'avait aucun problème physiologique ; le spécialiste du sommeil disait que les enfants dotés d'une vive imagination étaient enclins à une forte activité onirique. Cela signifiait sans doute qu'elle avait un tempérament d'artiste, avait-il ajouté avec un rire bref. Le psychologue avait examiné ses dessins et demandé de quoi elle rêvait. Mais Kennedy, qui n'avait que sept ans, ne s'en souvenait jamais, et Blake avait écarté les médecins, décrétant que c'était jeter l'argent par les fenêtres.

« Cela vient sûrement de ton côté de la famille, dit-il à Stella. Chez les Sanders, on dort comme des bûches. »

Elle lui avoua qu'elle faisait elle aussi des cauchemars à son âge, et qu'elle ne s'en souvenait pas non plus. Ce qui était faux. Elle se rappelait très bien ses rêves, toujours les mêmes : des hommes blancs qui l'attrapaient par les chevilles et la tiraient hors de son lit malgré ses hurlements. Elle n'en avait jamais parlé à sa sœur. Chaque fois qu'elle se réveillait en sursaut et qu'elle la voyait dormir paisiblement à côté d'elle, elle se sentait idiote. Desiree avait pourtant assisté à la scène, cachée dans le placard avec elle. Elle les avait vus elle aussi. Pourquoi ne se réveillait-elle jamais en pleine nuit, le cœur cognant dans sa poitrine ?

Mais leur père n'était pas un sujet de conversation. Si Stella avait le malheur de le mentionner, le regard de sa jumelle devenait lointain.

« Qu'est-ce que tu veux que je te dise ? J'en sais pas plus que toi.

— J'aimerais juste comprendre pourquoi.

— Y a rien à comprendre. C'est la faute à pas de chance. »

Dans la chambre de Kennedy, Stella écarta les cheveux blonds soyeux qui tombaient sur le front de sa fille.

« Tout va bien, mon petit lapin, murmura-t-elle. Rendors-toi. »

Elle la serra plus fort, rabattant la couverture sur elles deux. Elle ne voulait pas être mère, au début. Cette perspective la terrifiait ; elle s'imaginait accoucher d'un enfant dont la peau fonçait à vue d'œil devant un Blake effaré. Si une telle chose devait arriver, elle préférait encore le laisser croire qu'elle avait eu une liaison avec un Noir. Ce mensonge lui paraissait moins terrible que la vérité. Plutôt une infidélité passagère qu'une imposture quotidienne. La naissance avait été un soulagement. Le bébé dans ses bras était parfait : une peau de lait, des cheveux blonds, des yeux si bleus qu'ils en étaient presque violets. Parfois, elle avait encore l'impression que Kennedy était l'enfant d'une autre, une petite fille qu'elle avait empruntée en même temps que cette vie qui n'aurait jamais dû être la sienne.

« Tu viens d'où, maman ? » lui avait demandé Kennedy, un jour pendant le bain. Elle allait sur ses quatre ans et elle était curieuse. Agenouillée à côté de la baignoire, Stella avait délicatement passé un gant sur ses épaules, scrutant ces yeux troublants comme elle n'en avait jamais vu dans sa famille.

« Une petite ville du Sud. Tu ne connais pas. » Elle s'adressait toujours à Kennedy comme à une adulte. C'était ce que recommandaient tous les livres sur l'éducation. C'était censé favoriser l'acquisition du langage. En réalité, elle se sentait idiote quand elle babillait, contrairement à son mari qui inventait des comptines et des poèmes pour faire rire la fillette.

« Mais où ? »

Stella lui avait versé de l'eau chaude sur le dos, regardant la mousse se dissoudre.

« Une ville minuscule qui s'appelle Mallard, ma chérie. Rien à voir avec Los Angeles. »

C'était la première et dernière fois qu'elle faisait preuve d'une telle franchise devant sa fille, et c'était uniquement parce qu'elle savait qu'elle était trop petite pour s'en souvenir. Par la suite, Stella mentirait. Elle dirait à Kennedy la même chose qu'aux autres : elle venait d'Opelousas. Et elle éviterait toute conversation concernant son enfance. Mais, dans le bain, Kennedy avait insisté. Ses questions la faisaient toujours tressaillir, comme si elle appuyait sur un point sensible. C'était comment, quand tu étais petite ? Tu avais des frères et sœurs ? Et ta maison, elle était comment ? Un soir où Stella lui lisait une histoire avant de dormir, elle l'avait interrogée sur sa mère. Le livre de contes avait failli lui échapper des mains.

« Elle n'est plus là, avait-elle répondu.

— Mais elle est où ?

— Disparue. Ma famille a disparu. »

C'était ce qu'elle avait raconté à Blake lorsqu'ils s'étaient rencontrés : elle était fille unique et s'était installée à La Nouvelle-Orléans à la suite de l'accident qui avait coûté la vie à ses parents. Il avait touché sa main et elle s'était soudain vue à travers ses yeux. Une orpheline sans le sou, seule dans une grande ville. S'il la plaignait, la pitié obscurcirait son jugement. Il analyserait tout ce qu'elle dirait à travers le prisme du deuil, prendrait sa réticence à évoquer le passé pour du chagrin. Peu à peu, le mensonge s'était rapproché de la vérité. Elle n'avait pas de nouvelles de sa sœur depuis treize ans. Où était Desiree aujourd'hui ? Comment allait leur mère ? Elle rangea le livre sur l'étagère avant d'avoir fini l'histoire. Après, pendant qu'elle se brossait les dents, elle entendit son mari et sa fille.

« Maman n'aime pas parler de sa famille, murmurait Blake. Ça la rend triste.

— Pourquoi ?

— Parce que. Ils ne sont plus là. Ne lui pose plus de question à ce sujet, d'accord ? »

Pour lui, son passé était une tragédie qui avait emporté tous les siens. Elle préférait qu'il la voie ainsi : une page vierge. Elle avait tiré le rideau sur son passé et elle ne pouvait plus regarder derrière. Qui sait ce qui pourrait s'échapper, si elle l'entrouvrait.

Une famille noire dans le quartier. Aucun risque.

Pourtant, le lendemain de la réunion, Stella resta un long moment à flotter dans la piscine, incapable de penser à autre chose. Des nuages glissaient dans le ciel, de la pluie peut-être. Vêtue d'un maillot rouge assorti à son matelas pneumatique, elle sirotait le gin coupé d'eau gazeuse qu'elle s'était servi discrètement dès que sa fille était partie à l'école. Elle espérait que Yolanda, qui s'affairait dans la cuisine, croyait que c'était de l'eau. Il était beaucoup trop tôt pour boire mais elle avait besoin de se relaxer, de dissiper son malaise insidieux. Blake avait beau affirmer que l'offre ne serait jamais acceptée, pourquoi Percy avait-il convoqué une assemblée extraordinaire si c'était impossible ? Et pourquoi avait-il l'air aussi ému, comme s'il était déjà trop tard ? Le pays connaissait un bouleversement, elle lisait les articles sur les manifestations dans le journal. Les piscines étaient devenues mixtes depuis des années. C'était pour cette raison qu'à leur arrivée à Brentwood, Blake avait tenu à en faire creuser une dans le jardin. Stella pensait que c'était un luxe excessif, mais Blake avait été ferme : « Tu ne veux pas que Kennedy aille à la piscine municipale ? Qu'elle se baigne avec ces gens-là ? »

Il avait grandi à Boston et avait toujours fréquenté des piscines réservées aux Blancs. Elle nageait dans la rivière, et occasionnellement dans le golfe du Mexique. À la plage, les maîtres-nageurs leur ordonnaient de rester de leur côté du drapeau rouge. Mais on ne pouvait pas diviser la mer et, si on pissait du côté noir – comme Desiree, rieuse, menaçait de faire –, les eaux finiraient par se mêler. Malgré tout, Stella s'était vite rendue aux arguments de son mari : bien sûr qu'ils ne pouvaient pas envoyer leur fille à la piscine municipale. La seule solution était d'en faire construire une.

Au fil des ans, elle avait appris à apprécier la piscine et tout ce dont, selon Blake, on ne pouvait se passer à Los Angeles : sa Thunderbird rouge, la bonne Yolanda, et mille autres commodités. Avant son mari, elle ignorait ce qu'était le confort. Elle en avait pris conscience à son contact, s'émerveillant lorsqu'il commandait un steak entier, elle qui s'était souvent couchée le ventre creux. Ou qu'elle le voyait hésiter entre deux cravates, pour finalement acheter les deux – elle qui allait à l'école à pied, dans des souliers trop petits qui lui écrasaient les orteils. Ou quand elle trouvait Yolanda dans la cuisine en train de faire l'argenterie et qu'elle songeait à la Stella d'autrefois regardant son reflet dans les fourchettes des Dupont.

En ce temps-là, c'était elle qui entretenait une maison qu'elle ne pourrait jamais s'offrir. Elle ramassait derrière des petits garçons mal élevés et déployait des trésors d'ingéniosité pour éviter M. Dupont qui essayait toujours de la coincer dans le garde-manger. Trois fois, il avait glissé la main sous sa robe tout en se caressant lui aussi, haletant, l'haleine chargée de brandy. Le garde-manger était trop exigu et il était trop fort pour qu'elle lui échappe. Plaquée contre l'étagère, elle subissait ses attouchements qui s'arrêtaient en général aussi brutalement qu'ils avaient commencé. Le pire, c'était la peur. Le temps passé à le guetter gâchait les jours où il la laissait tranquille. Et s'il s'attaquait à Desiree ? La première fois, elle avait demandé à sa sœur ce qu'elle pensait de lui, le soir, dans leur lit.

« Qu'est-ce que tu veux que j'en pense ? C'est juste un vieux Blanc tout maigre. Pourquoi ? T'en penses quoi, toi ? »

Même dans l'obscurité de leur chambre, même à Desiree, Stella ne pouvait pas se résoudre à le dire. Depuis toute petite, elle voulait croire qu'elle était spéciale, mais elle savait que M. Dupont s'en était pris à elle uniquement parce qu'il avait senti sa vulnérabilité. Elle était la jumelle qui se tairait.

Il avait raison. Elle n'en avait jamais parlé à personne. Voilà pourquoi le jour où Desiree avait lancé l'idée de partir après la Fête du fondateur, Stella avait sauté sur l'occasion. À La Nouvelle-Orléans, dès qu'elle sentait faiblir la résolution de sa sœur, elle n'avait qu'à songer aux doigts de son ancien employeur dans sa culotte pour trouver la force de continuer et la convaincre de rester avec elle.

Mais c'était dans une autre vie. Elle laissa glisser un pied par-dessus le matelas pneumatique, effleurant l'eau de ses orteils. Le confort, c'était cela : une matinée oisive à flotter dans la piscine, une maison à étage, avec des placards toujours bien approvisionnés, un coffre rempli de jouets pour sa fille et une bibliothèque qui abritait une encyclopédie en plusieurs volumes. Le confort, c'était ne jamais manquer de rien.

Se sentant plonger dans une somnolence aux relents de gin, elle se fit violence pour sortir de l'eau. Lorsqu'elle pénétra dans la cuisine, ruisselante, Yolanda qui était en train d'épousseter la salle à manger lui jeta un regard. Elle se rendit compte, une seconde trop tard, qu'elle avait déjà passé la serpillière.

« Je suis désolée. J'ai sali votre carrelage. »

Il lui arrivait encore de parler ainsi, comme si elle n'était pas chez elle. Yolanda se contenta de sourire.

« Ce n'est rien, madame. Votre thé. »

Stella se dirigea vers la douche, son verre de thé glacé à la main, une serviette nonchalamment drapée autour de ses épaules. Au moins, la piscine lui permettrait de faire de l'exercice, avait-elle pensé au début. En réalité, la plupart du temps, elle ne nageait même pas. Elle se laissait porter par le matelas. Les meilleurs moments, c'était quand elle était seule. Alors, elle se préparait un cocktail qu'elle sirotait en flottant au soleil. C'était délicieusement immoral de boire à une heure aussi matinale. En même temps, elle était consciente que c'était affligeant de ne rien vivre de plus excitant. Ses jours se succédaient et se renvoyaient leur reflet, identiques, comme si elle était prisonnière d'un palais des miroirs semblable à celui où sa sœur l'avait entraînée à la fête foraine. À peine entrée, Desiree avait disparu, laissant Stella l'appeler en vain. À un moment donné, elle avait cru la voir derrière elle, mais, quand elle s'était retournée, il n'y avait que son propre visage étrangement démultiplié.

C'était ce que sa vie était devenue, ses journées se répliquant à l'infini. Mais de quel droit pouvait-elle se plaindre ? Elle n'allait pas s'en prendre à Blake, qui s'était échiné à La Nouvelle-Orléans et à Boston, avant de retenir l'attention d'une entreprise à Los Angeles, un centre économique de premier plan sur le marché international. Il travaillait jusqu'à des heures indues, était constamment en déplacement, s'endormait au lit sur des graphiques colorés. Les journées de sa femme devaient lui sembler idylliques, surtout s'il était conscient du peu qu'elle faisait. Se doutait-il que les gâteaux qu'elle revêtait de glaçage quand il rentrait venaient de la pâtisserie ? Que les draps dans lesquels il se glissait le soir étaient lavés par Yolanda ? Même sa fille lui paraissait parfois un aspect de la vie domestique qu'elle déléguait.

Cet après-midi-là, dans la salle polyvalente de l'école, elle trempait rêveusement un bâtonnet de céleri dans de la sauce ranch. Sur l'estrade, Betsy Roberts prenait les noms des bénévoles pour le bal du printemps. Stella savait qu'elle aurait dû lever la main – cela faisait une éternité qu'elle ne s'était pas portée volontaire pour une activité hormis peut-être préparer du punch – mais, les yeux posés sur les pelouses impeccables, elle était incapable de s'y résoudre. Ces réunions où l'on débattait sans fin de la couleur des guirlandes la rendaient léthargique. Quelle sorte de brownies préparer, quel cadeau de fin d'année pour M. Stanley, le directeur de Brentwood Academy. Elle allait craquer si elle devait subir encore une conversation au sujet d'un enfant qu'elle ne connaissait pas : Tina J. qui avait fait un tabac au concours de talents, Bobby R. qui avait gagné le match de tee-ball[1] ou réalisé Dieu sait quelle prouesse inepte. Sa fille se distinguait rarement et, quand c'était le cas, Stella avait la décence de ne pas en rebattre les oreilles de tout le monde.

Elle savait ce que les autres mères pensaient d'elle : une pimbêche. Eh bien, grand bien leur fasse. Elle préférait garder ses distances. Même après toutes ces années, elle se sentait nerveuse parmi les Blanches, en panne de banalités à peine avait-elle ouvert la bouche. Aussitôt la réunion terminée, Cath Johansen s'approcha de sa chaise pour la remercier de son intervention de la veille.

« Il est grand temps qu'on défende nos droits », dit-elle.

Les Johansen étaient nés à Los Angeles. La famille de Dale était propriétaire d'hectares d'orangers à Pasadena, et une fois il les avait invités, Blake et elle, à faire « un tour de la ferme », pour reprendre ses mots, comme si c'était une modeste exploitation familiale et non pas un vaste domaine qui valait plus d'un million de dollars. Excédée par ses vantardises, Stella s'était éloignée du groupe pour se promener seule parmi les rangées d'arbres. Sur le trajet du retour, Blake lui avait demandé ce qu'elle pensait de Cath. Peut-être pourraient-elles devenir amies ? Il essayait toujours de la pousser à aller vers les autres. Mais elle se sentait plus en sécurité dans sa tour d'ivoire.

1. Jeu de base-ball simplifié pour les enfants de quatre à six ans.

Une semaine après la réunion, on vit apparaître les premiers indices confirmant les craintes de Stella. D'abord un signe très concret : un panneau « Vendu » rouge sur la pelouse des Lawson. Elle connaissait mal les Lawson, elle leur parlait rarement, hormis les politesses d'usage à la fête du quartier, mais elle se força malgré tout à saluer Deborah devant chez elle un matin. Cette dernière se tourna rapidement vers elle, l'air stressée, tandis qu'elle faisait monter ses deux chérubins blonds à l'arrière de la voiture.

« La nouvelle famille, ce sont des gens bien ? demanda Stella.

— Oh, je n'en sais rien. Je ne les ai pas rencontrés. L'agence s'est occupée de tout. »

Elle évita le regard de Stella, la frôlant pour monter à l'avant. Elle mentait, c'était évident. Plus tard, on aurait le fin mot de l'histoire. La famille, lourdement endettée par l'addiction au jeu de Hector Lawson, avait dû vendre à la hâte. La moitié des habitants compatirent, les autres le taxèrent d'irresponsable. Après tout, c'était lui qui les mettait dans cette fâcheuse situation. On pouvait éprouver de l'empathie pour un homme qui avait tant perdu, mais pas quand ses déboires rejaillissaient sur ses voisins. Malgré tout, Stella espérait encore se tromper. Puis un jour, Blake rentra du racquetball, essuyant son visage en sueur avec son tee-shirt, et lui annonça que l'association s'était couchée.

« Le type a menacé d'aller au tribunal si on l'empêchait d'acheter. Il avait embauché un gros cabinet. Percy a eu peur. » Devant sa mine défaite, il lui pinça la hanche. « Allez, ne fais pas cette tête, Stel. Tout se passera bien. Je parie qu'ils ne tiendront pas un mois. Ils verront qu'ils ne sont pas à leur place.

— Mais d'autres vont arriver…

— Encore faut-il en avoir les moyens. Fred m'a dit que l'homme avait payé cash. Ce n'est pas n'importe qui. »

Il était presque admiratif. Mais quelle idée de brandir un procès pour s'installer dans un quartier qui ne voulait pas de lui ? À quoi bon se mettre dans une telle situation ? Pour prouver quoi ? Pour se rendre malheureux ? Pour passer aux informations, comme tous ces manifestants, qui se laissaient battre et martyriser dans l'espoir de convaincre les Blancs de changer d'avis ? Deux semaines plus tôt, assise sur l'accoudoir du fauteuil de Blake, elle avait vu des villes à travers le pays s'embraser à la télévision. Une seule balle, avait dit le présentateur. La puissance du tir avait arraché la cravate de Martin Luther King. Fasciné, Blake regardait des Noirs anéantis courir devant des bâtiments en flammes.

« Je ne comprendrai jamais pourquoi ils font ça. Détruire leurs propres quartiers. »

Aux informations locales, la police appelait au calme. La ville se remettait encore des émeutes de Watts, qui avaient seulement trois ans. Stella s'était enfermée dans les toilettes, une main devant la bouche pour étouffer ses sanglots. Desiree pleurait-elle aussi ? Avait-elle l'impression d'avoir perdu tout espoir ce soir ? Avait-elle jamais espéré ? Cath Johansen pouvait clamer tant qu'elle voulait que le pays était devenu méconnaissable, aux yeux de Stella, il avait toujours été ainsi. Bien sûr, jamais Tom Pearson, Dale Johansen ou Percy White ne débarqueraient chez un homme de couleur pour le traîner dehors par les pieds, lui piétiner les doigts et lui tirer cinq balles dans le corps. C'étaient de braves gens, d'honnêtes citoyens qui donnaient aux bonnes œuvres et grimaçaient devant les reportages où l'on voyait des shérifs matraquant des étudiants noirs dans le Sud. Ils pensaient que ce Martin Luther King était un orateur remarquable, approuvaient peut-être certaines de ses idées. Jamais ils ne lui auraient tiré une balle dans la tête, et peut-être même avaient-ils pleuré à son enterrement – dire qu'il laissait des enfants si jeunes –, mais de là accepter qu'il s'installe dans le quartier, il y avait un monde.

« On pourrait menacer de déménager », proposa Dale lors d'un dîner. Il faisait rouler une cigarette entre ses doigts, scrutant la fenêtre comme une sentinelle. « L'association aurait l'air fine, hein ? Si nous prenions tous nos cliques et nos claques.

— Et pourquoi est-ce que ce serait à nous de partir ? répliqua sa femme. Nous avons travaillé dur, payé nos cotisations.

— C'est une tactique. Une technique de négociation. Une manière de faire pression en usant de notre force collective…

— On croirait entendre un bolchevique », intervint Blake avec un sourire moqueur.

Dans le jardin des Johansen, Stella croisait les bras contre sa poitrine. Elle avait à peine touché à son verre de vin. Ses nouveaux voisins étaient la dernière chose dont elle avait envie de discuter, mais bien sûr le sujet était sur toutes les lèvres.

« Je suis content que ça t'amuse, riposta Dale. Tu riras moins quand le quartier ressemblera à Watts.

— Je te dis que cela n'arrivera pas, dit Blake, se penchant pour allumer la cigarette de sa femme. Vous vous excitez pour rien.

— Ça vaudrait mieux, répondit Dale. J'y veillerai personnellement. »

Stella n'aurait pas su dire ce qui la perturbait le plus : imaginer une famille de couleur s'installer à côté de chez elle ou penser à ce que ses amis pourraient faire.

Quelques jours plus tard, un camion de déménagement jaune parcourait lentement les rues sinueuses de Palace Estates, s'arrêtant à chaque intersection, à la recherche de Sycamore Way. De la fenêtre de sa chambre, Stella jeta un coup d'œil entre les stores lorsque le véhicule se gara devant la pelouse des Lawson. Trois hommes de couleur sautèrent de l'arrière, grands et maigres, vêtus de tee-shirts violets identiques. Méthodiquement, ils déchargèrent un canapé en cuir, un vase de marbre, un long tapis roulé, un énorme éléphant de pierre à la trompe dressée, un haut lampadaire. Un interminable défilé de meubles, mais pas de famille en vue. Stella resta le nez à la fenêtre, jusqu'à ce que Kennedy se glisse derrière elle en murmurant « Qu'est-ce qui se passe ? » comme si elles jouaient aux espions. Stella bondit en arrière, embarrassée.

« Rien. Tu veux aider maman à mettre la table ? »

Après des semaines à se ronger les sangs, sa première rencontre avec les nouveaux venus fut parfaitement anodine. Elle croisa sa voisine tôt le lendemain matin, alors qu'elle sortait pour emmener sa fille à l'école. Elle était distraite, s'efforçant de fermer la porte à clé sans faire tomber le diorama de Kennedy, si bien qu'elle ne remarqua pas tout de suite la jolie femme noire de l'autre côté de la rue. Elle était mince, impeccable, la peau châtaigne, avec un carré très court dans le style des Supremes. Elle portait une robe mimosa à l'encolure arrondie et tenait la main d'une petite fille vêtue de rose. Stella s'immobilisa, serrant la boîte à chaussures contenant le diorama contre son ventre. Puis la femme sourit et leva la main. Stella hésita avant de l'imiter.

« Belle journée ! lança-t-elle avec un léger accent, peut-être du Midwest.

— En effet. »

Elle aurait dû se présenter. Aucun des autres voisins ne l'avait fait, mais elle habitait juste en face : elle voyait pratiquement dans leur salon. Elle poussa Kennedy dans la voiture et agrippa le volant pendant tout le trajet, se repassant la conversation dans sa tête. Le sourire chaleureux de la femme. Pourquoi avait-elle parlé si facilement à Stella ? Avait-elle reconnu chez elle quelque chose qui lui avait inspiré confiance, en dépit de la rue entre elles ?

« J'ai rencontré les voisins, annonça-t-elle à Blake ce soir-là. La femme.

— Ah oui ? fit-il, se couchant à côté d'elle. Aimable, au moins ?

— Oui, je suppose.

— Tout ira bien, Stel. S'ils ne sont pas idiots, ils se feront oublier. »

La chambre se retrouva plongée dans l'obscurité et le sommier grinça lorsque Blake se tourna vers elle pour l'embrasser. Parfois, quand il la touchait, elle voyait le Blanc qui avait traîné son père sur la galerie, le roux. Grand, sa chemise grise en partie ouverte, une croûte sur la joue, comme s'il s'était coupé en se rasant. Blake écarta ses cuisses et l'homme aux cheveux roux fut sur elle. Elle sentait presque sa sueur, distinguait presque les taches de rousseur sur son dos. Puis elle retrouva l'odeur fraîche de savon de Blake et sa voix qui murmurait son nom. C'était ridicule. Les deux hommes n'avaient rien en commun et Blake ne lui avait jamais fait le moindre mal. Mais il le pourrait. Elle s'agrippa à lui lorsqu'il s'enfonça en elle.

Huit

Les nouveaux venus s'appelaient Reginald et Loretta Walker. Quand les voisins découvrirent que le sergent Tommy Taylor en personne avait emménagé dans Sycamore Way, même les plus belliqueux d'entre eux sentirent leur indignation mollir. Le sergent Taylor était un personnage culte de *Frisk*, le feuilleton policier le plus regardé à la télé. Il était le partenaire raisonnable et méticuleux, faire-valoir du héros tête brûlée plus prompt à oublier la procédure. « Remplis ce formulaire ! » était sa réplique favorite et, chaque fois que Blake le repérait de l'autre côté de la rue, il le saluait ainsi. Reg Walter, généralement en train de tondre sa pelouse ou de ramasser le journal que le livreur avait jeté dans l'allée, sursautait avant de lui décocher le sourire que tous les spectateurs connaissaient, en haussant imperceptiblement les épaules. Il se disait sans doute que c'était la phrase la moins insultante qu'un Blanc était susceptible de lui lancer.

Blake trouvait ces brefs échanges désopilants et il était persuadé que Reg Walter aussi. Il ne voyait pas que l'autre homme les endurait patiemment. Mortifiée, Stella l'appelait à l'intérieur. Elle regardait peu la télévision en dehors des informations et ne s'intéressait pas du tout aux feuilletons policiers. La célébrité de son nouveau voisin lui indifférait donc. Mais elle était consciente que les maris se laisseraient peut-être amadouer ainsi. Quitte à vivre à côté d'un Noir, autant qu'il soit connu. Un personnage qui inspirait confiance, même. Eux qui ne l'avaient vu qu'en uniforme eurent néanmoins un choc lorsqu'ils le découvrirent en tenue de ville. Grand et mince, de courts cheveux crépus, il portait un pantalon à carreaux vert avec une chemise de soie qui moulait son large torse. La montre en or à son poignet scintillait quand il montait dans sa Cadillac noire étincelante.

« Tape-à-l'œil », avait décrété Marge Hawthorne, d'un ton aussi dramatique que si elle avait dit « dangereux ».

Le vendredi soir, Stella voyait les Walker grimper dans leur voiture, Reg en costume noir, Loretta drapée dans une robe bleu roi. Peut-être en route pour une réception. Se mêlant aux stars de cinéma dans une somptueuse demeure de Hollywood Hills, coudoyant des joueurs de base-ball dans une boîte de Sunset Boulevard. Pendant un instant, Stella se sentit ridicule. Bob Hawthorne était dentiste. Tom Pearson était concessionnaire automobile. Pour les

Walker, c'étaient sans doute eux, les voisins infréquentables. Et lorsqu'elle se voyait là, déjà en pyjama, elle devait bien en convenir.

« Alors ? lui demanda Cath, hors d'haleine, se laissant choir sur une chaise à côté d'elle à la réunion de l'association des parents d'élèves. Ils sont comment ? »

Stella haussa les épaules.

« Je n'en sais rien. Je ne les ai croisés qu'une ou deux fois.

— Il paraît que le mari, ça va. En revanche, la femme, elle est particulière.

— Comment ça ?

— Eh bien, elle ne se prend pas pour rien. Barb m'a dit qu'elle voulait mettre sa fille à Brentwood, l'an prochain. C'est ridicule ! Enfin, il y a d'excellentes écoles dans toute la ville qui accueillent des enfants de couleur. Ils ont des bus et tout ce qu'il faut. »

Loretta Walker n'avait pas l'air d'être le genre de femme à créer des problèmes, mais qu'en savait-elle ? Stella gardait ses distances, observant la maison d'en face à travers les lattes des stores. Reg Walker partait au volant de sa Cadillac tôt le matin quand il avait des scènes à tourner en début de journée. Loretta rentrait des courses le lundi, toujours le lundi, et déchargeait le coffre de sa voiture. Une fois, une Buick marron se gara dans l'allée et trois femmes noires en sortir avec du vin et un gâteau. Loretta les accueillit sur le perron, riant, la tête renversée en arrière. Une joie contagieuse, qui saisit Stella. Depuis combien de temps n'avait-elle pas vu quelqu'un sourire aussi franchement ?

Pendant des jours, elle regarda les Walker de sa fenêtre comme si c'était un feuilleton à la télévision, sans rien remarquer d'inquiétant. Puis, un matin, elle découvrit Kennedy en train de jouer à la poupée avec la petite Walker dans la rue. Son sang ne fit qu'un tour. Sans réfléchir, elle traversa à grands pas, attrapa sa fille par le bras et la traîna à l'intérieur de la maison. Les deux enfants semblaient abasourdies. Tremblante, Stella essayait de fermer à clé derrière elle, tandis que Kennedy pleurnichait et réclamait sa poupée. Elle savait déjà que sa réaction avait été excessive : elle-même n'avait-elle pas des copines blanches à son âge ? Personne ne s'en offusquait tant qu'elles étaient petites. Les jumelles accompagnaient Adele au travail et s'amusaient avec la fille de la maison. Jusqu'au jour où la mère de celle-ci les avait interrompues. Stella répéta à Kennedy ce qu'elle avait entendu cette Blanche dire à sa fille : « On ne joue pas avec les Négros. »

Peut-être était-ce la dureté de sa voix ou le fait qu'elle n'avait jamais employé ce mot devant elle, en tout cas, Kennedy ne protesta pas et Stella pensa c'était une affaire réglée.

Le soir même, après dîner, on sonna à la porte et elle trouva Loretta Walker sur son paillasson « BIENVENUE », serrant la poupée. Sous la lumière douce du porche, avec cette poupée blonde contre son ventre, elle avait l'air d'une enfant. Loretta fourra le jouet dans les mains de Stella et traversa la rue dans l'autre sens.

Pendant trois semaines, Stella évita sa voisine.

Ce n'était plus par curiosité qu'elle épiait la maison d'en face. Désormais, elle jetait un coup d'œil à travers les persiennes avant d'aller chercher le courrier pour être sûre de ne pas croiser Loretta. Elle allait au supermarché le mardi, en tout cas surtout pas le lundi, terrifiée à l'idée de tomber sur elle au rayon des produits laitiers. Jusque-là, il n'y avait eu que le dimanche matin où les deux familles s'étaient retrouvées face à face, au moment de partir à l'église. Les maris avaient été amicaux, mais les épouses n'avaient pas desserré les lèvres, chacune aidant sa fille à monter en voiture.

« Elle n'est pas très aimable », marmonna Blake en reculant pour sortir de l'allée. Stella ne dit rien, triturant ses gants.

Elle n'avait pourtant aucune raison d'être gênée. Cath Johansen ou Marge Hawthorne n'auraient pas réagi autrement. Cependant, elle n'avait pas soufflé mot de l'incident à Blake. S'il se demandait pourquoi elle s'était comportée ainsi ? Ou pensait qu'elle se conduisait comme la péquenaude de Louisiane que sa belle-mère l'avait toujours soupçonnée d'être ? Son mari était un homme modéré. Ce qu'il voulait sincèrement, disait-il lorsqu'il voyait les policiers brutaliser les manifestants à la télévision, c'était que tout le monde s'entende. Il serait embarrassé, et elle l'était bien assez sans cela. Elle avait beau se répéter qu'elle n'avait rien fait de mal, son cœur se serrait chaque fois qu'elle pensait à Loretta sur le pas de la porte avec cette poupée. Elle aurait préféré qu'elle l'insulte. Qu'elle la traite d'arriérée, de raciste intolérante. Mais non. Elle avait été polie, parce qu'elle n'avait pas le choix, et Stella avait d'autant plus honte.

« Tu sais que cette femme a envoyé une lettre à l'école ? » lui demanda Cath un dimanche, se glissant à côté d'elle sur le banc d'église déjà presque plein.

« Une lettre ? » Stella était trop épuisée par ses problèmes de conscience pour s'amuser à décrypter le sous-entendu de Cath. Même à la messe, il n'y avait pas moyen d'éviter Loretta Walker.

« Un courrier légal. Écrit par un avocat. Comme quoi elle portera plainte si Brentwood Academy ne prend pas sa fille à la rentrée. Sans rire ? Un procès à cause d'une gamine ? Franchement, il y a des gens, ils feraient n'importe quoi pour attirer l'attention...

— Je n'ai pas l'impression que ça soit son genre.

— Qu'est-ce que tu en sais ? demanda Cath, croisant les bras sur sa poitrine.

— Tu as raison, je n'en sais rien. »

Un matin de juin, elle entreprit de faire un gâteau au citron avec un glaçage à la vanille pour atténuer son sentiment de culpabilité. L'idée lui était venue d'un coup et, de peur de changer d'avis, elle se hâta de sortir la farine du placard et prit les derniers œufs dans le réfrigérateur. Elle allait devenir folle si elle continuait à se morfondre dans son coin et n'osait plus mettre le nez dehors sans s'assurer que la voie était libre. Elle en avait assez d'avoir l'estomac noué dès qu'elle imaginait la petite Walker seule sur le trottoir, à côté des poupées abandonnées, la regardant avec ses grands yeux. Elle devait s'excuser, il n'y avait pas d'autre solution. Elle ne se sentirait pas mieux tant qu'elle ne l'aurait pas fait. Elle lui porterait le gâteau, un cadeau de bienvenue dans le quartier. Elle pouvait au moins être cordiale avec cette femme. Polie. L'hospitalité, ce n'était pas de l'amitié et, si on en s'étonnait, elle répondrait qu'elle avait été élevée comme ça. Rien de plus, rien de moins. Un gâteau au citron pour retrouver sa tranquillité d'esprit, ce n'était pas cher payé.

Dans l'après-midi, elle prit une grande inspiration et traversa la rue avec un plat en verre. La Buick marron était garée dans l'allée. Tant mieux. Loretta recevait. Ce serait d'autant plus facile de donner le gâteau, de s'excuser et de partir.

Loretta ouvrit vêtue d'une robe vert moiré, un foulard jaune d'or autour du cou. Déjà, Stella se sentait mal à l'aise dans sa robe bleue ordinaire, avec son offrande ridicule.

« Tiens, bonjour, madame Sanders, dit Loretta, appuyée au chambranle de la porte, un verre de vin blanc à la main.

— Bonjour. Je voulais juste…

— Mais entrez, je vous en prie. »

Stella hésita, prise au dépourvu. Une cascade de rires lui parvint du salon et elle eut un pincement au cœur. Cela faisait une éternité qu'elle ne s'était pas amusée ainsi avec des amies.

« Oh non. Je ne veux pas vous déranger. Vous avez des invitées…

— Ne dites pas de bêtises. On ne va pas rester à discuter dehors. »

Stella s'arrêta sur le seuil de la pièce, surprise par la somptueuse décoration : le tapis de fourrure blanc, le lampadaire surmonté d'un abat-jour doré, le haut vase en mosaïque de verre sur la cheminée. Chez elle, tout était sobre, une marque de bon goût. Seules les classes inférieures vivaient ainsi, entourées de meubles dorés et d'une profusion de bibelots. Sur le long canapé de cuir, trois femmes buvaient du vin en écoutant Aretha Franklin.

« Mesdames, je vous présente Mme Sanders. Elle habite en face.

— Madame Sanders, dit l'une d'elles. Depuis le temps que nous entendons parler de vous… »

Stella rougit, devinant à leur sourire ce que Loretta avait dû leur raconter. Pourquoi avait-elle accepté d'entrer ? Non. Pourquoi avait-elle apporté ce gâteau ? Pourquoi ne pouvait-elle pas garder ses distances sans faire d'éclat, comme les autres voisins ? Mais il était trop tard. Loretta la conduisit à la cuisine où Stella posa le gâteau sur le plan de travail.

« Vous désirez boire quelque chose, madame Sanders ?

— C'est Stella. Et non merci, je voulais juste dire bonjour et vous... euh vous souhaiter la bienvenue dans le quartier. Et aussi, au sujet de ce qui s'est passé... »

Elle espérait que Loretta allait l'aider, lui épargner la honte de revenir sur l'incident. Mais la femme se contenta de hausser les sourcils, s'emparant d'un verre à pied propre.

« Vous êtes sûre que vous ne désirez pas boire quelque chose ?

— Je voulais juste m'excuser. Je ne suis pas comme ça, normalement.

— Comme quoi ? »

Loretta prenait manifestement plaisir à jouer avec elle. Stella rougit encore.

« Je veux dire, normalement... Tout cela est très nouveau pour moi, vous savez... »

Loretta la toisa, puis elle prit une gorgée de vin.

« Vous croyez que j'avais envie de venir vivre ici ? Mais quand Reg a une idée en tête... »

Stella pouvait aisément deviner la suite. Quand elle était devenue blanche, tout lui avait paru si facile qu'elle s'était demandé pourquoi elle ne l'avait pas fait avant. Elle en voulait presque à ses parents de l'avoir privée de cette vie. S'ils avaient franchi la ligne avant elle, s'ils l'avaient élevée comme une Blanche, tout aurait été différent. Personne n'aurait traîné son père dehors. Leur salon n'aurait pas été envahi de paniers de linge. Elle aurait terminé le lycée avec les meilleures notes de la classe. Elle aurait pu étudier dans une université comme Yale et rencontrer Blake là-bas sans avoir à mentir. Et elle aurait peut-être été une bru au goût de Mme Sanders. Elle aurait pu avoir tout ce qu'elle avait aujourd'hui, avec son père, sa mère et Desiree en plus.

Au début, tout était si simple qu'elle ne comprenait pas pourquoi ses parents ne l'avaient pas fait. Mais elle était jeune. Elle ne réalisait pas qu'il fallait très longtemps pour devenir quelqu'un d'autre, ni que vivre dans un monde qui n'était pas fait pour vous se payait au prix de la solitude.

« Les filles pourraient peut-être aller jouer ensemble à l'occasion. Il y a un charmant petit parc à une rue d'ici.

— Oui, peut-être. » Le sourire de Loretta dura une seconde de trop, comme si elle voulait ajouter quelque chose et Stella crut un instant qu'elle l'avait percée à jour. Elle le souhaitait presque. C'était effrayant d'avoir besoin à ce point de se sentir reconnue et acceptée.

« C'est drôle, dit enfin Loretta.

— Quoi donc ?

— J'ignorais à quoi m'attendre en emménageant ici. Mais jamais je n'aurais imaginé qu'une Blanche débarquerait dans ma cuisine avec le gâteau le plus raplapla que j'aie jamais vu. »

Loretta Walker ne savait pas comment elle avait atterri à Los Angeles. C'est en tout cas ce qu'elle dit avec un sourire exténué, exhalant une bouffée de cigarette. Assises sur un banc du parc, elles regardaient les filles faire de la balançoire. Ce n'était que le début de l'été, mais il faisait déjà si chaud que Stella devait s'éponger le front avec un mouchoir. Elle était en train de pousser Kennedy, quand la petite Cindy était arrivée en courant, Loretta à la remorque. Prenant la main de sa mère, l'enfant avait posé sur elles des yeux inquiets. Stella avait songé à partir, puis elle avait pris une grande inspiration et décidé de rester.

Loretta contemplait le ciel sans nuages d'un air maussade.

« Tout ce soleil. Ce n'est pas naturel. J'ai l'impression de vivre dans un film. »

Elle était née à Saint-Louis, mais avait rencontré Reg à l'époque où ils étaient étudiants à Howard, à Washington. Il faisait du théâtre et il était obsédé par August Wilson et Tennessee Williams ; elle était en histoire et se voyait bien professeure d'université. Ils ne soupçonnaient pas que Reg deviendrait célèbre dans le rôle d'un policier rabat-joie. Et quand il récitait de longs monologues avec une élocution qui impressionnait Loretta, il n'imaginait pas que la réplique qui lui vaudrait la gloire serait : « Remplis ce formulaire ! »

« Vous vous plaisiez à Howard ? demanda Stella. C'est un établissement noir, n'est-ce pas ? » Comme si elle n'avait pas mis de côté toutes les brochures universitaires que Mme Belton lui avait offertes, ouvrant si souvent celle de Howard que les pages centrales se détachaient. Tous ces étudiants de couleur feuilletant des livres étendus sur la pelouse. Une vision de rêve.

« Oui, c'était pas mal.

— J'aurais tellement aimé aller à l'université.

— Il n'est pas trop tard. »

Stella éclata de rire, indiquant le quartier d'un geste.

« Pour quoi faire ?

— Je n'en sais rien. Parce que vous en avez envie. »

À entendre Loretta, il n'y avait rien de plus simple, mais Blake se moquerait d'elle. Une perte de temps et d'argent, lui dirait-il. Sans compter qu'elle n'avait même pas terminé le lycée.

« Il est trop tard.

— Pas nécessairement. Quelle matière vous intéresserait ?

— J'aimais bien les mathématiques. »

Loretta éclata de rire.

« Vous devez être une tête. Personne ne fait de maths pour le plaisir. »

En réalité, c'était la simplicité de la discipline qui attirait Stella, un nombre qui augmentait ou diminuait selon l'opération réalisée. Pas de surprise, juste une succession d'étapes logiques, chacune menant à la suivante. Loretta se pencha en avant, gardant un œil sur les deux fillettes. Elle n'avait rien de l'épouse arrogante qui alimentait les potins, prête à tout pour faire plier Brentwood Academy. Elle ne semblait même pas avoir envie de vivre à Los Angeles. Lorsqu'elle avait commencé ses études, elle envisageait de retourner dans le Missouri après sa licence, peut-être de travailler pour payer son deuxième cycle. Puis elle avait rencontré Reg et il l'avait embarquée dans ses rêves.

« Et pourquoi vous êtes-vous installés ici ? À Palace Estates, je veux dire.

— Et vous ?

— Eh bien, les écoles. C'est un bon quartier, non ? Propre. Sûr. »

Elle avait donné les réponses qu'on attendait d'elle, même si elle n'était pas certaine de ce qu'elle pensait réellement. C'était le travail de Blake qui les avait amenés ici et parfois elle avait l'impression de ne pas avoir eu son mot à dire. D'autres fois, elle se souvenait d'avoir été transportée à la perspective de vivre à Los Angeles, toutes ces possibilités, tous ces kilomètres entre sa nouvelle vie et l'ancienne. C'était ridicule de prétendre qu'elle n'avait rien choisi. Elle n'était pas un esquif ballotté par la marée. Elle s'était créée toute seule. Du jour où elle avait été embauchée à Maison Blanche, c'était elle qui avait décidé de tout.

« Dans ce cas, pourquoi est-ce que je ne désirerais pas toutes ces choses, moi aussi ? demanda Loretta.

— Bien sûr, mais, est-ce que… je veux dire, ce serait sûrement plus facile si vous…

— Si je restais parmi les gens comme moi ? » Loretta alluma une cigarette. Son visage avait l'éclat du bronze.

« Eh bien, oui. C'est juste que je ne vois pas l'intérêt. Il y a un tas de quartiers noirs qui sont très bien, et les gens peuvent être tellement haineux.

— D'une manière ou d'une autre, ils me haïront. Autant que je sois dans ma grande maison entourée de mes beaux objets. »

Loretta aspira la fumée. Son sourire espiègle lui rappelait Desiree. Stella avait l'impression d'être redevenue une adolescente, fumant en douce sur la galerie pendant que leur mère dormait. Elle tendit la main vers la cigarette incandescente.

Il y avait les Johansen, bien sûr, dans Magnolia Way : Dale travaillait dans la finance, Cath était secrétaire de l'association des parents d'élèves de Brentwood Academy, même si elle ne prenait guère de notes pendant les réunions. Stella ne comptait plus le nombre de fois où elle avait jeté un coup d'œil vers son calepin pour découvrir une page blanche. Puis les White de Juniper Way : Percy était au service de la comptabilité d'un studio de cinéma ; Blake devait savoir lequel, elle avait oublié. Il était aussi le président de l'association des propriétaires, mais il s'était surtout présenté pour faire plaisir à sa femme qui lui reprochait son manque d'ambition.

Lynne était originaire de l'Oklahoma. Sa famille était dans le pétrole. Dieu sait pourquoi elle avait épousé Percy White : Loretta comprendrait si elle le voyait. Disons qu'il ne correspondait pas à l'idée qu'on pouvait se faire d'un homme d'Hollywood. Enfin, il y avait les Hawthorne de Maple Street. Bob avait sans doute les dents les plus blanches qu'elle avait jamais vues.

« Je crois que je l'ai croisé, dit Loretta. Les plus grandes, aussi. Genre *Monsieur Ed, le cheval qui parle* ? »

Stella riait tellement qu'elle faillit faire tomber la pelote de laine bleue. À l'autre bout du canapé, Loretta esquissa un sourire, comme chaque fois qu'elle savait avoir dit quelque chose de drôle. C'est-à-dire souvent, à présent qu'elles en étaient à leur deuxième verre de vin.

« Vous ne tarderez pas à tous les connaître. Ils sont assez sympathiques.

— Avec vous, je n'en doute pas. Vous savez, vous êtes la seule à avoir franchi ma porte pour l'instant. »

Stella en était parfaitement consciente, mais elle s'efforçait de ne pas y penser. Elle regardait la laine se dévider devant elle, tandis que le crochet de Loretta s'activait. Lorsqu'elle l'avait appelée pour lui proposer de se retrouver avec les filles, elle avait cru qu'elle voulait aller au parc. Elle ne s'attendait pas à ce que Loretta l'invite chez elle et encore moins à ce qu'elle-même accepte. À présent, les petites jouaient dans le jardin – on entendait leurs cris à travers la porte-moustiquaire –, pendant que, un peu ivre, elle écoutait sa voisine lui raconter comment la carrière de Reg avait fini par décoller. *Frisk* avait beau être abrutissant, il était heureux d'interpréter un policier : au moins, ça le changeait des voyous qui arrachaient le sac d'une femme pendant le générique de début. Loretta l'accompagnait de temps en temps sur le plateau, mais trouvait cela terriblement ennuyeux, si bien qu'elle se retrouvait presque toujours à faire du crochet dans un coin. Le regard détaché qu'elle portait sur les aspects extraordinaires de son quotidien impressionnait Stella. Et chaque fois que Loretta l'interrogeait sur sa vie à elle, elle se sentait gênée, consciente du peu qu'elle avait à offrir.

« Je vous l'ai déjà dit. Je ne suis pas très intéressante.

— Oh, je n'y crois pas une seconde. Je parie qu'il y a un tas de choses passionnantes qui tourbillonnent dans votre tête.

— Je vous assure que non. Je suis on ne peut plus banale. »

Il n'y avait qu'un détail intéressant la concernant, et elle était condamnée à le dissimuler jusqu'à la fin de ses jours. Lorsque Loretta la questionnait sur son enfance, elle se montrait évasive. Desiree n'avait plus sa place dans ses souvenirs. Elle devait les couper en deux, en expurger sa sœur. Et comme ils paraissaient tristes sans elle ! Stella nageant seule à la rivière, se promenant seule à travers les champs de canne à sucre, courant à perdre haleine, poursuivie par une oie. Un passé solitaire, un présent solitaire. Jusqu'à l'arrivée de Loretta Walker. Curieusement, elle ne s'était jamais sentie aussi à l'aise avec quelqu'un.

Tout l'été, elle attendit ses appels avec impatience. Si elle était en train de regarder Kennedy peindre dans le jardin quand le téléphone sonnait, aussitôt, elle rangeait le coffret d'aquarelle et elles se précipitaient en face, vérifiant qu'il n'y avait personne dans la rue avant de traverser. Si elles s'apprêtaient à partir à la bibliothèque, soudain les livres déjà en retard n'étaient plus si importants. Le soir, elle faisait promettre à sa fille de ne pas mentionner ce qu'elles avaient fait de leur après-midi.

« Pourquoi ? demanda un jour Kennedy à sa mère qui, à genoux devant elle, délaçait ses chaussures.

— Parce que. Papa préfère qu'on reste à la maison. Mais si tu ne dis rien, on pourra continuer d'aller jouer en face. Ça te plairait, non ? »

Kennedy posa les mains sur ses épaules, comme si elle s'apprêtait à avoir une discussion sérieuse avec elle, mais c'était juste pour retirer ses tennis.

« D'accord », répondit-elle, si simplement que le cœur de Stella se serra.

On s'habitue à tout. Mentir à sa fille devint plus facile, à force. Elle apprenait aussi à Kennedy à mentir, d'une certaine manière, même si celle-ci n'en était pas consciente. Elle était blanche et n'avait aucune raison de penser autrement. Si elle découvrait un jour la vérité, elle ne pardonnerait jamais à sa mère de l'avoir trompée. Elle y pensait chaque fois que Loretta appelait. Et chaque fois, elle s'armait de courage, prenait sa fille par la main et traversait la rue.

Tous les mercredis après-midi, la Buick marron se garait dans l'allée des Walker juste après le déjeuner. Lorsqu'elle aperçut les visiteuses, Cath Johansen téléphona à Stella pour commérer. « Je savais qu'il y en aurait d'autres ! » Elle était convaincue que les femmes étaient en repérage pour préparer leur installation prochaine. Stella plaqua le combiné contre sa joue, observant à travers les persiennes les amies de Loretta qui descendaient de voiture. La plus grande s'appelait Belinda Cooper : son mari composait des musiques de film pour Warner Bros. Mary Butler, celle qui avait des lunettes papillon, avait épousé un pédiatre. À l'université, elle était dans la même sororité qu'Eunice Woods, dont le mari venait de vendre un scénario à MGM. Stella savait seulement de ces femmes ce que Loretta lui en avait raconté. Puis un mercredi, Loretta l'appela pour lui dire que Mary était malade. Accepterait-elle d'être la quatrième au whist ?

« Je ne joue pas très bien, protesta Stella qui était nulle aux cartes en particulier et aux jeux de hasard en général.

— Oh, ce n'est pas grave, répondit Loretta. Parfois, on ne sort même pas les cartes. »

Elle ne tarda pas à découvrir que le whist était surtout un prétexte pour faire ce qui les amusait réellement : boire du vin et papoter. Alors qu'elle en était à son deuxième verre de riesling, Belinda Cooper leur raconta avec force détails l'aventure peu discrète d'un acteur avec une secrétaire de la Warner, une jeune personne charmante, mais effrontée comme pas deux, qui répondait à l'épouse de son amant au téléphone, puis se rendait à sa caravane et ne se contentait pas de transmettre le message.

« Ces jeunettes n'ont peur de rien, dit Loretta, sans même regarder ses cartes. Vous savez que Reg et moi, on était chez Carl l'autre soir. Eh bien, on est tombés sur Mary-Anne...

— Comment va-t-elle ?

— Enceinte. Encore.

— Non !

— Et vous ne devinerez jamais ce qu'elle a dit. Euny, c'est à toi, ma poule.

— Mary-Anne ne m'a jamais aimée, déclara Eunice. Vous vous souvenez du mariage de Thelma ? »

Toutes leurs conversations étaient ainsi. Elles décrivaient des méandres mystérieux pour Stella, qui n'était pas censée comprendre leurs codes ni reconstituer les histoires complexes reliant les nombreux personnages qu'elles évoquaient. Elle n'était même pas censée être là, en réalité. Mais écouter en silence et faire mine de se concentrer sur ses cartes lui convenait. Si sa présence gênait Belinda et Eunice, elles n'en laissaient rien paraître, même si elles ne lui adressaient jamais directement la parole. Leurs échanges la contournaient, passaient autour et au-dessus d'elle. C'est ta responsabilité, semblaient-elles dire à Loretta. Malgré tout, l'après-midi s'écoula agréablement, jusqu'à ce que les filles descendent prendre leur goûter. Stella était toujours frappée par le naturel de Loretta avec Cindy. L'enfant s'assit à côté d'elle, se frottant à elle comme un chat et, sans s'interrompre, la jeune femme l'enlaça. Elle semblait deviner ce qu'elle voulait avant qu'elle ouvre la bouche. Les filles remontèrent en courant. Eunice tira sur sa cigarette et dit : « Je ne comprends pas pourquoi tu t'entêtes.

— Je m'entête à quoi ? demanda Loretta.

— Tu le sais bien. C'est ta nouvelle vie, d'accord, mais...

— Oh, s'il te plaît...

— Ta fille va être malheureuse, c'est évident. Tout ça pour une question de principe, ça n'en vaut pas la peine.

— Je n'en fais pas une question de principe. L'école est au bout de la rue et Cindy est aussi intelligente que les autres enfants...

— On est bien d'accord avec toi, ma cocotte, intervint Belinda. Mais ça ne sert à rien d'avoir raison contre tous. Tu n'as qu'une fille et elle n'a qu'une vie.

— Tu crois que je ne le sais pas ? » Les yeux de Loretta s'enflammèrent, puis elle se reprit et écrasa sa cigarette avec un petit rire. « Heureusement que tout le monde ne pense pas comme vous deux.

— On n'a qu'à demander son avis à ta nouvelle amie, lança Eunice. Qu'est-ce que vous dites de tout ça, madame Sanders ? »

Stella fixait les cartes sur la table, le cou déjà écarlate.

« Oh, je ne sais pas.

— Allons, vous devez bien avoir une opinion sur la question. »

Le sourire d'Eunice lui faisait penser à un chien de chasse tenant un lapin entre ses crocs. Plus il se débat, plus la mâchoire se resserre autour de lui.

« Je ne le ferais pas, admit-elle enfin. Les autres parents vont la harceler, ils voudront faire d'elle un exemple. Vous n'imaginez pas comment ils parlent dans votre dos...

— Et je parie que vous ne manquez jamais de prendre sa défense.

— Assez ! » dit Loretta d'une voix douce.

Mais il était trop tard, l'ambiance avait tourné au vinaigre. Belinda et Eunice partirent avant la fin de la partie. Stella lava les verres tandis que les filles rangeaient leurs jouets à l'étage. À côté d'elle, Loretta essuyait la vaisselle avec un torchon à carreaux.

« Je suis désolée », dit enfin Stella, rompant le silence. Désolée de quoi, elle n'en savait rien. Désolée d'être venue, d'avoir gâché la partie, d'être exactement celle qu'Eunice Woods l'accusait d'être. Elle n'avait jamais défendu Loretta, même face à cette idiote de Cath Johansen. Elle incitait sa fille à mentir, de peur que son mari apprenne qu'elle fréquentait une femme de couleur.

Celle-ci lui adressa un étrange sourire.

« Vous pouvez garder votre sentiment de culpabilité. Qu'est-ce que vous voulez que j'en fasse ? Si ça vous fait du bien de vous flageller, vous pouvez aller le faire de l'autre côté de la rue. »

Stella posa le verre mouillé à côté de l'évier et s'essuya les mains. Loretta la voyait donc ainsi : une Blanche qui la fréquentait pour se donner bonne conscience. Était-ce le cas ? Elle se sentait coupable, certes, mais passer du temps avec Loretta ne faisait qu'aggraver son malaise. Sa vie lui semblait encore plus fausse en comparaison. Pourtant, en dépit de son inconfort et de la colère de l'autre femme, Stella n'avait pas envie de se priver de sa compagnie. Loretta tendit la main pour prendre le verre et le laissa tomber par terre. Il se brisa à leurs pieds. Elle leva les yeux au plafond d'un air exténué. Elle était trop jeune pour être aussi fatiguée, mais c'était inévitable, quand on se battait constamment. Stella ne luttait jamais. Elle cédait toujours. Elle était lâche en ce sens.

Loretta se pencha pour ramasser les éclats. Sans réfléchir, Stella tendit le bras pour l'arrêter. « Non, ma chérie, vous allez vous couper. » Elle était déjà à genoux sur le carrelage pour nettoyer.

D'abord Martin Luther King à Memphis, puis Bobby Kennedy à Los Angeles. On avait l'impression de ne plus pouvoir ouvrir un journal sans voir le corps ensanglanté d'un homme important. Stella prit l'habitude d'éteindre les informations dès que sa fille dévalait l'escalier à l'heure du petit déjeuner. Loretta mentionna que, deux mois plus tôt, Cindy lui avait demandé ce qu'était un assassinat politique. Elle lui avait dit la vérité, bien sûr : c'était quand une personne tuait une autre pour faire passer un message.

Ce qui n'était pas faux, selon Stella, mais on ne parlait d'assassinat politique que dans le cas d'hommes importants. Les hommes importants devenaient des martyrs, les autres restaient de simples victimes. Les hommes importants avaient droit à des funérailles télévisées et à un deuil national. En leur nom, on créait des œuvres d'art et on détruisait des villes. Pourtant, on envoyait aussi un message quand on tuait des hommes sans importance. On leur rappelait justement qu'ils étaient sans importance, qu'ils n'étaient même pas des hommes. Et le monde continuait de tourner.

Il lui arrivait encore de rêver qu'on enfonçait sa porte. À plusieurs reprises, elle avait obligé Blake à se lever pour s'assurer qu'il n'y avait personne. « Je t'ai dit mille fois que c'était un quartier tranquille », grommelait-il en se recouchant. Mais ne s'était-elle pas crue en sécurité, enfant, quand elle vivait dans une petite maison blanche entourée d'arbres ? Son mari se moquait d'elle parce qu'elle cachait une batte de base-ball derrière la tête de lit. « Qu'est-ce que tu comptes faire avec ça, Madame Muscle ? » demandait-il en tâtant ses minuscules biceps. Malgré tout, lorsqu'il était en voyage d'affaires, elle ne pouvait pas s'endormir sans sentir dans sa main le manche usé.

« Vous ne parlez jamais de votre famille », dit Loretta.

Elle se prélassait sur une chaise longue, le visage en partie dissimulé par ses lunettes de soleil. Elle portait un maillot de bain violet, les jambes encore mouchetées d'eau. Stella tourna la tête vers les filles qui s'ébattaient dans la piscine. Dans quinze jours, c'était la rentrée. Kennedy irait à Brentwood Academy, Cindy à Saint-Francis, à Santa Monica. Une bonne école, à seulement trente minutes, précisa Loretta, au vif soulagement de Stella. Elle avait envie de lui dire que c'était mieux ainsi – plier pour survivre n'était pas indigne –, mais elle ne voulait pas lui rappeler sa capitulation. De toute manière, Loretta avait déjà changé de sujet et se plaignait de ses beaux-parents qui arrivaient de Chicago. Ils avaient prévu de rester dix jours entiers et Reg avait accepté, bien entendu, parce qu'il était incapable de leur dire non, et parce que de toute façon c'était elle qui s'occuperait d'eux pendant qu'il serait en tournage.

« Et vous, est-ce que votre mari s'entend bien avec votre famille ? »

La question prit Stella par surprise ; elle était ailleurs, se demandant déjà ce qu'elle ferait de ces dix jours sans Loretta.

« Mes parents ne sont plus là. Ils sont... »

Elle laissa la phrase en suspens, incapable de l'achever. Le visage de Loretta se décomposa.

« Oh, je suis désolée. Je ne voulais pas remuer des souvenirs douloureux...

— Ce n'est rien. C'était il y a longtemps.

— Vous étiez très jeune à l'époque ?

— Assez, oui. Un accident. Ce sont des choses qui arrivent.

— Vous n'avez pas de frères et sœurs ?

— Pas de frère. » Stella s'interrompit un instant. « J'avais une jumelle. Vous me faites un peu penser à elle. »

Elle n'avait pas prévu d'en dire autant et elle le regretta aussitôt. Mais Loretta se contenta d'ouvrir de grands yeux.

« Comment ça ?

— Oh, c'est difficile à dire. Des petits détails. Elle était drôle. Effrontée. Rien à voir avec moi. » Elle sentit les larmes monter et s'empressa de les essuyer. « Excusez-moi, je ne sais pas ce qui me prend de me répandre comme ça...

— Ne vous excusez pas ! Vous avez perdu votre famille. Si on n'a pas le droit de pleurer là-dessus ! Et votre sœur en plus. Par pitié.

— Je pense souvent à elle. Je n'imaginais pas que j'y penserais encore autant...

— C'est bien normal ! Perdre une jumelle. Ça doit être comme de perdre la moitié de soi-même. »

Parfois, elle se prenait à rêver qu'elle décrochait le téléphone et qu'elle appelait Desiree juste pour entendre sa voix. Mais elle ne savait pas où la joindre et, de toute manière, que lui dirait-elle ? L'idée de devoir justifier un choix qu'elle avait déjà fait la fatiguait à l'avance. Elle ne voulait pas être replongée dans une vie qui n'était plus la sienne.

« Des jumelles, répéta Loretta, comme si le mot avait quelque chose de magique. Figurez-vous que ma mère disait qu'elle pouvait deviner si une femme allait avoir des jumeaux rien qu'en regardant sa paume. »

Stella ne put s'empêcher de rire.

« Vraiment ?

— Oh oui ! On ne vous a jamais lu les lignes de la main ? Attendez, je vais vous montrer, s'écria Loretta, joignant le geste à la parole. Vous voyez cette ligne-là ? C'est la ligne de vos enfants. Si elle se divise, ça signifie que vous aurez des jumeaux. Mais ce n'est pas le cas chez vous. Et là, c'est la ligne de cœur. Regardez comme elle est profonde et droite ! Vous aurez un long mariage. En revanche, votre ligne de vie se sépare en deux.

— Ce qui veut dire ?

— Un grand bouleversement. »

Loretta sourit et, une fois de plus, Stella se demanda si elle savait. Peut-être faisait-elle semblant de croire à cette mascarade depuis le début. Cette idée était humiliante, et aussi étrangement libératrice. Si Stella lui racontait toute l'histoire, elle comprendrait peut-être. Qu'elle n'avait souhaité trahir personne, qu'elle avait juste eu besoin d'être une autre. C'était sa vie, est-ce qu'elle n'avait pas le droit de vouloir en changer ? Mais Loretta rit. Elle plaisantait. On ne pouvait pas connaître une personne en regardant sa paume, surtout quand sa vie était aussi compliquée que celle de Stella. Malgré tout, elle était heureuse d'être là et de sentir le doigt de Loretta effleurer sa main.

« Très bien, et qu'est-ce que ça dit encore ? »

Neuf

À La Nouvelle-Orléans, Stella se divisa en deux.

Elle ne le remarqua pas tout de suite, parce qu'elle avait été double toute sa vie : elle était elle-même, et elle était Desiree. Belles et rares, on ne les appelait jamais *les filles*, uniquement *les jumelles*, comme si c'était un titre officiel. Elle s'était toujours définie ainsi mais, à La Nouvelle-Orléans, la division s'opéra peu après son renvoi de la blanchisserie. Ce jour-là, à Dixie Laundry, elle rêvassait, songeant à la matinée où on l'avait prise pour une Blanche au musée. Ce qui lui avait plu, ce n'était pas tant d'être blanche que d'être quelqu'un d'autre. De jouer un rôle à l'insu de tous. Jamais elle ne s'était sentie aussi libre. Elle était tellement dans ses pensées qu'elle avait failli se coincer la main dans l'essoreuse. C'était trop dangereux, Mae avait préféré la congédier. Un accident du travail causait assez de problèmes comme ça. Si en plus la victime était une mineure non déclarée, c'était trop risqué.

« Et estime-toi heureuse », lui avait dit Mae. Devait-elle s'estimer heureuse parce qu'elle n'avait perdu qu'un emploi et pas un membre, ou parce qu'elle seule avait été renvoyée, Desiree n'ayant reçu qu'une sévère mise en garde ? De toute façon, il lui fallait un nouveau travail. Pendant des semaines, elle se présenta tous les jours au bureau de recrutement. Elle passait ses après-midi dans des salles d'attente surpeuplées, ne repartant que quand on lui disait de réessayer le lendemain. Tous les soirs, elle rentrait avec la boule au ventre à l'idée de retrouver sa sœur et leur petit pécule qui fondait à vue d'œil. Puis, la veille de la date de paiement du loyer, elle repéra une annonce dans le journal du dimanche. Le grand magasin Maison Blanche recherchait une jeune femme ayant une bonne maîtrise de l'écriture et de la dactylographie au service du marketing. Aucune expérience préalable exigée. Elle avait beau avoir les compétences demandées, elle ne se faisait aucune illusion. On embaucherait à la limite une femme de couleur pour ranger des chaussures ou vaporiser du parfum derrière un comptoir, mais pas à un poste de secrétaire. Malgré tout, Desiree l'incita à postuler.

« Ça doit payer beaucoup plus que Dixie Laundry. Vas-y, on ne sait jamais. »

Elle faillit refuser tout net. Dire à sa sœur que c'était une perte de temps. Elle tapait à la machine, et après ? Tout ça pour être humiliée par une secrétaire pincée qui lui répondrait que l'annonce ne s'adressait pas aux personnes de couleur. Pourtant, le lendemain matin, elle se leva, mit sa plus jolie robe et prit le tramway pour Canal Street. C'était de sa faute si elles étaient à court d'argent ; la moindre des choses, c'était d'essayer. L'ascenseur la conduisit au sixième étage, où elle pénétra dans une salle d'attente pleine de jeunes filles blanches. Elle s'immobilisa sur le seuil, prête à faire demi-tour. Mais la secrétaire blonde lui fit signe d'avancer.

« Je vais vous faire faire un test de dactylographie, mademoiselle », dit-elle.

Il n'était pas trop tard pour partir. Pourtant, elle remplit soigneusement la fiche de candidature et tapa à la machine le paragraphe requis. Ses mains tremblaient sur les touches. Elle était terrifiée à l'idée d'être démasquée, et peut-être encore plus à la perspective de ne pas l'être. Après, que ferait-elle ? Ce n'était pas pareil que d'aller faire un tour dans un musée. Si elle était embauchée, elle devrait être blanche tous les jours. Comment s'en sortirait-elle, si elle avait déjà les mains qui tremblaient dans la salle d'attente ? Lorsqu'on annonça que le poste était pourvu, elle poussa un soupir de soulagement. Elle avait essayé. Elle pourrait dire à Desiree qu'elle avait fait ce qu'elle avait pu. Elle se leva rapidement, récupérant son manteau et son sac. Elle se dirigeait vers l'ascenseur quand la secrétaire demanda si Mlle Vignes pouvait commencer le lendemain.

À Maison Blanche, Stella tapait le courrier de M. Sanders. C'était le plus jeune cadre du service de marketing et il avait un physique d'acteur de cinéma. Toutes les filles du bâtiment l'enviaient. Carol Warren, une blonde plantureuse originaire de Lafayette, lui dit qu'elle ne se rendait pas compte de sa chance. Elle-même travaillait pour M. Reed. Il n'était pas méchant, mais elle ne pouvait pas s'empêcher de regarder les poils gris qui lui sortaient des oreilles lorsqu'il dictait ses lettres. En revanche, être la secrétaire de M. Sanders, ce devait être merveilleux ! Carol mastiquait sa salade avec impatience, attendant que Stella partage des détails croustillants, mais elle ne savait pas quoi dire. Elle parlait rarement à son supérieur. Le matin, il lui laissait son manteau et son chapeau, puis après déjeuner, elle lui transmettait les messages reçus en son absence. « Merci, mademoiselle », disait-il toujours, les lisant en regagnant son bureau. Elle n'était même pas certaine qu'il se souvienne de son nom.

« Il est beau gosse, hein ? » lui murmura Carol un jour où elle la surprit en train de le regarder.

Elle rougit, secouant la tête vigoureusement. Elle ne pouvait pas se permettre d'être un sujet de ragots. Elle ne se mêlait pas aux autres, arrivait et repartait à l'heure. Elle déjeunait à son bureau et parlait aussi peu que possible pour éviter de commettre un impair et d'attirer l'attention. Elle avait tellement peur de dire une bêtise en présence de M. Sanders qu'elle se contentait d'un bonjour timide lorsqu'il la saluait. Un matin, il s'arrêta devant elle, sa mallette se balançant au bout de son bras.

« On ne vous entend guère. »

Ce n'était pas une question, néanmoins, elle se sentit obligée de répondre.

« Veuillez m'excuser, monsieur. Je n'ai jamais été bavarde.

— C'est le moins qu'on puisse dire. » Il fit un pas, puis revint brusquement vers elle. « Je vous invite à déjeuner, aujourd'hui. J'aime bien connaître les gens qui travaillent pour moi. » Puis il tapota sur sa table comme si c'était une affaire entendue.

Elle était tellement perturbée qu'elle passa la matinée à se tromper d'adresse sur les enveloppes. À l'approche de midi, elle se dit qu'avec un peu de chance, il aurait oublié. Mais il surgit de son bureau et lui fit signe de le suivre. Elle s'exécuta donc. Chez Antoine, Blake commanda des huîtres et, voyant qu'elle fixait le menu avec de grands yeux, une soupe d'alligator pour tous les deux.

« Vous n'êtes pas d'ici, n'est-ce pas ?

— Non, monsieur. Je suis née... Ma foi, c'est une petite ville au nord d'ici.

— Il n'y a pas de quoi avoir honte. J'aime les petites villes. On y trouve les gens les plus honnêtes, c'est ce que je dis toujours. »

Il lui sourit par-dessus sa cuillère et elle lui rendit une grimace crispée en retour. Ce soir-là, Desiree essaya de lui tirer les vers du nez, mais Stella ne se souvenait ni de la tapisserie émeraude, ni des photographies encadrées des célébrités locales, ni du goût de la soupe. Elle ne se rappelait rien, hormis le sourire de M. Sanders. Aucun homme blanc ne l'avait jamais regardée avec une telle bienveillance.

« Je vous propose une chose, lui avait-il dit. Si vous avez des questions sur la ville – ou sur n'importe quoi –, posez-les-moi. Et ne craignez pas d'être ridicule. Je sais ce que c'est de se retrouver dans un endroit inconnu. »

Elle hésita.

« Comment est-ce que ça se mange ? murmura-t-elle en désignant les huîtres.

— Vous n'avez jamais goûté ? Je croyais que tout le monde en Louisiane adorait ça, dit-il en riant.

— Nous n'étions pas très riches. Je me suis toujours posé la question.

— Je ne voulais pas vous taquiner. Je vais vous montrer. C'est très simple. » Il prit la fourchette et la regarda. « Vous êtes à votre place, ici. Ne pensez jamais que ce n'est pas le cas. »

Au travail, elle était Mlle Vignes, ou Blanche-Stella, comme aimait à l'appeler Desiree. Elle gloussait toujours en disant ça, comme si c'était totalement incongru, ce qui agaçait Stella. Elle aurait aimé lui montrer à quel point elle était convaincante. Mais sa performance ne pouvait avoir de spectateur. Seul quelqu'un connaissant sa véritable identité aurait pu apprécier ses talents d'actrice et, au bureau, l'ignorance était la condition de sa survie. Quant à jouer devant Desiree, c'était impossible.

Mlle Vignes ne pouvait pas exister en sa présence. Le matin, pendant le trajet, Stella fermait les yeux et lentement elle se transformait. Elle s'imaginait une autre histoire. Un passé sans bottes qui faisaient trembler les marches de la maison, sans Blanc brutal qui traînait son père par terre, sans M. Dupont qui la coinçait dans le garde-manger. Sans Adele, sans Desiree. Elle laissait son esprit se vider, sa vie s'effacer, pour se retrouver pure et neuve comme l'enfant qui vient de naître.

Bientôt, elle cessa de se sentir nerveuse lorsqu'elle prenait l'ascenseur et pénétrait dans les locaux. Vous êtes ici à votre place, lui avait dit Blake. Car il n'était plus M. Sanders mais Blake quand elle pensait à lui. Elle remarqua que le matin il s'attardait désormais à son bureau, qu'il l'invitait régulièrement à déjeuner et qu'il la raccompagnait au tramway le soir après le travail.

« C'est dangereux, lui dit-il une fois, alors qu'ils attendaient au passage piétons. Une jolie fille comme vous ne devrait pas rentrer seule. »

Quand elle était avec lui, personne ne l'importunait. Les Blancs concupiscents qui parfois essayaient de flirter avec elle à son arrêt n'ouvraient pas la bouche ; les hommes de couleur assis à l'arrière ne levaient pas les yeux sur elle. À Maison Blanche, elle surprit un jour un autre cadre parler d'elle en l'appelant « la petite de Blake » et elle avait le sentiment que cette distinction la protégeait même hors du bureau. Comme si s'aventurer dans le monde avec lui l'avait métamorphosée.

Bientôt, elle eut hâte de franchir les portes de verre et de flâner sur le trottoir aux côtés de Blake. Elle n'avait plus peur de le regarder. Elle savait qu'il avait d'épais cils noirs de poupon quand il fermait les yeux. Que les jours où il avait une présentation importante, il portait des boutons de manchette avec une tête de bouledogue. C'était son ex-fiancée qui les lui avait offerts, admit-il presque timidement. Malgré leur rupture, il les considérait toujours comme un talisman.

« Vous êtes observatrice, Stella. Je crois qu'on ne m'avait jamais interrogé à ce propos. »

Elle remarquait tout chez lui, mais elle n'en parlait à personne, à Desiree moins qu'à quiconque. Cette vie n'était pas réelle. Si Blake apprenait qui elle était vraiment, il la chasserait sans lui laisser le temps de prendre ses affaires. Pourtant, avait-elle travesti quoi que ce soit chez elle ? Non. Elle ne portait pas de déguisement, n'avait pas modifié son nom. À son entrée dans l'immeuble elle était noire et à sa sortie elle était blanche. C'était leur regard qui l'avait transformée.

Chaque soir, la métamorphose s'opérait dans l'autre sens. Mlle Vignes redevenait Stella à bord du tramway. Chez elle, elle n'aimait pas parler de son travail, en dépit de la curiosité de Desiree. Elle refusait de penser à Mlle Vignes quand elle était Stella. Néanmoins, elle surgissait parfois dans son esprit, comme une vieille amie dont on se souviendrait brusquement. Le soir, dans le studio minuscule des jumelles où flottait en permanence une odeur d'amidon, elle se demandait soudain ce que ferait Mlle Vignes à sa place, et elle lui apparaissait, alanguie dans son appartement douillet, les poils d'un tapis de fourrure lui caressant les orteils. Si elle attendait devant la fenêtre réservée aux gens de couleur d'un restaurant, elle se disait que Mlle Vignes n'aurait pas reçu sa pitance dans une ruelle comme un chien errant. Alors, elle ne savait plus si c'était elle qui se sentait humiliée ou si c'était Mlle Vignes qui l'était pour elle.

Parfois, elle se demandait si Mlle Vignes n'était pas une personne à part entière, un double qui avait toujours fait partie d'elle. Elle pouvait être l'une ou l'autre, en fonction du profil qu'elle offrait à la lumière.

À Palace Estates, on s'interrogeait : on racontait que Stella Sanders rendait visite à sa voisine noire. Marge Hawthorne prétendait l'avoir vue traverser la rue quelques mois plus tôt, la tête baissée, portant un gâteau. « Souhaiter la bienvenue à ce genre de personne, c'est un comble ! » Au début, personne ne la crut. Tout le monde savait que Marge avait une imagination débordante ; deux fois, elle avait juré avoir aperçu Warren Beatty à la station de lavage automobile. Puis Cath Johansen affirma les avoir surprises au parc, assises côte à côte sur un banc. Les épaules rondes, détendues et amicales. Mme Walker avait dit quelque chose qui avait amusé Stella et elle avait tendu la main vers sa cigarette. Mettre la cigarette de cette femme dans sa bouche ! Ce détail – spécifique et incongru – donna du poids à l'histoire, d'autant plus qu'elle venait de Cath, qui avait un faible pour Stella et gravitait autour d'elle comme un satellite se réchauffant à sa lumière.

Lorsqu'elle raconta l'anecdote à ses voisines, Cath crut bon de préciser qu'elle ne connaissait pas Stella si bien que ça. À vrai dire, elle avait toujours pensé qu'il y avait quelque chose de bizarre chez elle. Betsy Roberts l'interrompit pour ajouter que le lundi précédent, elle l'avait vue traverser la rue avec sa fille.

« Si ce n'est pas honteux : mêler une enfant à tout ça. »

Nul ne savait quelle conclusion en tirer. Et nul n'en souffla un mot à Blake Sanders. Il avait bien remarqué que sa femme était étrange ces derniers temps, mais il avait depuis longtemps accepté ses humeurs parfois indéchiffrables. Sa mère l'avait mis en garde avant son mariage, elle l'avait prévenu que Stella serait une source de problèmes. À l'époque, ils se fréquentaient depuis peu, mais elle était sa secrétaire depuis deux ans et elle était la personne à qui il parlait le plus souvent. Il devinait à la courbure de ses épaules si elle était de mauvaise humeur ; il voyait à l'inclinaison de son écriture si elle était pressée. En revanche, sortir avec Stella, c'était une autre histoire. Elle ne lui avait jamais présenté qui que ce soit. Ni famille, ni amis, ni anciens prétendants. Au début, cette distance lui savait paru séduisante. Romantique, même. Sa mère n'était pas de cet avis. Elle affirmait qu'elle cachait quelque chose.

« Je ne sais pas quoi, en tout cas, je suis sûre que sa famille est toujours vivante.

— Pourquoi est-ce qu'elle mentirait là-dessus ?

— Parce que ce sont des dégénérés et des rustres. Elle ne veut pas que tu l'apprennes. Mais tu finiras par voir clair dans son jeu. »

Sa mère aurait aimé qu'il épouse quelqu'un de différent, une jeune fille de bonne famille. À l'université, il en avait escorté des dizaines à des bals : des demoiselles de la haute société ennuyeuses à mourir. C'était peut-être ce qui l'avait attiré chez cette jolie secrétaire qui venait de nulle part et n'avait personne. Ses secrets ne le dérangeaient pas. Elle lui en dirait plus quand elle le jugerait nécessaire. Mais les années avaient passé et une part d'elle restait impénétrable.

Un jour, il rentra plus tôt du travail pour trouver la maison déserte. Sa femme et sa fille arrivèrent une heure plus tard. Stella se pencha pour l'embrasser, surprise.

« Excuse-moi, chéri. Nous étions chez Cath et je n'ai pas vu le temps passer. »

Une autre fois, c'était parce qu'elle s'était attardée chez Betsy Roberts.

« De quoi est-ce que vous avez discuté ? » lui demanda-t-il.

Elle était assise devant sa coiffeuse. Cent coups de brosse chaque soir avant de se coucher ; un conseil qu'elle avait lu dans *Glamour*. La brosse rouge formait une tache floue qui l'hypnotisait.

« Oh, tu sais. Les enfants, rien de spécial.

— C'est nouveau, je ne te connaissais pas comme ça.

— Comment ?

— Aussi sociable. »

Elle rit.

« J'essaie juste d'entretenir des rapports de bon voisinage. Je croyais que je ne sortais pas assez.

— Mais tu n'es jamais à la maison, maintenant.

— Qu'est-ce que je suis censée faire ? Dire à Kennedy qu'elle ne peut pas avoir d'amis ? »

Il avait été un enfant timide. Lui-même n'avait jamais eu beaucoup de camarades. Il jouait avec Jimbo, une affreuse poupée de chiffon noire, avec une tête en plastique et des lèvres rouges perturbantes. Son père n'aimait pas le voir se balader avec une poupée – nègre qui plus est –, mais Blake ne s'en séparait jamais et lui murmurait tous ses secrets dans ses oreilles de plastique. Il savait ses émotions à l'abri derrière son rictus rouge figé. Puis, un jour, il avait retrouvé des morceaux de coton dispersés aux quatre coins du jardin. Sur l'allée de terre gisait Jimbo, éventrée et éviscérée, bras et jambes arrachés. Ça doit être le chien, avait dit son père, mais Blake le soupçonnait d'être celui qui avait placé Jimbo entre ses mâchoires. Il s'était agenouillé et avait ramassé un des bras de chiffon. Il s'était toujours demandé à quoi ressemblait l'intérieur de la poupée. Curieusement, il s'était imaginé que le coton serait marron.

Lorsque Noël arriva, Stella avait passé tant d'après-midi chez Loretta que, le lundi, elle lui dit à demain machinalement. « On sera le 24 décembre », lui rappela Loretta en riant. Elle rit aussi, confuse d'avoir oublié. Elle redoutait les fêtes de fin d'année. Elle ne pouvait pas s'empêcher de penser à sa famille, même si les célébrations de sa jeunesse paraissaient bien pâles à côté de ce qu'elle avait maintenant. Un sapin si haut que l'étoile frôlait le plafond, une telle abondance de mets qu'elle n'en pouvait plus de manger les restes les jours suivants, et des montagnes de présents pour Kennedy. Tous les ans, en décembre, elle partait à l'assaut des grands magasins avec les autres mères, la lettre au père de Noël de sa fille à la main. Elle avait du mal à imaginer ce que cela faisait d'avoir ce genre d'enfance. Les jumelles, elles, recevaient un cadeau chacune, quelque chose d'utile comme une nouvelle robe pour aller à l'église. Une année, Stella avait eu un porcelet de la ferme Delafosse, qu'elle avait baptisé Rosalce. Pendant des mois, elle l'avait nourri, courant lorsque le cochon la poursuivait dans la cour. Puis, le dimanche de Pâques, sa mère l'avait tué pour le dîner.

« Et je l'ai mangé jusqu'au dernier morceau », avait-elle raconté à Kennedy. Elle espérait que l'histoire lui ferait prendre conscience de ses privilèges. Elle ne s'attendait pas à ce que la fillette éclate en sanglots, la regardant comme si elle était un monstre. C'était peut-être le cas. Elle ne se rappelait pas avoir pleuré pour ce cochon.

« Vous faites quelque chose de spécial pour Noël ? lui demanda Loretta.

— On reçoit quelques amis à la maison. Un petit réveillon, comme chaque année. »

La réception n'avait en réalité rien de modeste ; ils s'étaient assuré les services d'un traiteur et d'un quatuor à cordes. Tout le quartier était invité. Mais bien sûr elle ne pouvait pas le dire à Loretta. Elle avait cacheté les enveloppes, consciente que les Walker ne seraient pas les bienvenus.

Le soir du réveillon, les Johansen arrivèrent les premiers avec un cake aux fruits confits en béton armé, suivi des Pearson qui apportaient du bourbon pour le traditionnel *eggnog*[1]. Les Roberts, catholiques pratiquants, leur offrirent un ange blond à accrocher au sapin. Puis les Hawthorne sonnèrent, brandissant un paquet de caramels maison. Les White agitaient en riant une boule à neige représentant une plage. Le salon ne tarda pas à être bondé. Stella transpirait, à cause de la foule et du vin chaud, ou peut-être parce qu'elle savait qu'on devait entendre la

1. Genre de lait de poule avec de l'alcool.

musique d'en face. Le défilé des voisins sur les marches n'avait pas pu échapper à Loretta. Ou peut-être que si. Après tout, ses parents à elle étaient arrivés en fin d'après-midi. Stella avait vu un couple âgé descendre de la Cadillac, Reg sortir les valises du coffre et Loretta les enlacer, tandis qu'ils regardaient autour d'eux, étourdis, comme s'ils venaient de débarquer dans un autre pays. Sa propre mère poserait-elle les mêmes yeux ébahis sur sa nouvelle vie ? Au moins, les parents de Loretta devaient être fiers. Elle avait obtenu toutes ces belles choses honnêtement, n'avait pas volé une vie qui ne lui était pas destinée. Encore que... Loretta était elle aussi arrivée dans ce quartier grâce à son mariage. Elles n'étaient peut-être pas si différentes, après tout.

Blake lui prit son verre vide pour le remplacer par un nouveau vin chaud et posa un baiser sur sa joue. Il adorait recevoir, alors que Stella ne rêvait que de se cacher dans un coin pour échapper à ces bavardages. Betsy qui essayait de l'entraîner dans une conversation sur les draps, Cath qui voulait savoir où elle avait acheté sa table basse, Dale qui agitait du gui au-dessus de sa tête. Elle écoutait distraitement, comme au bord d'un cercle, se demandant si sa fille s'était glissée sur le palier pour les épier entre les balustres, craignant de rater quelque chose d'important. Elle se dit qu'elle allait monter pour s'assurer que tout allait bien. À cet instant, des rires s'élevèrent et elle se rendit compte que les autres la regardaient en souriant. On attendait manifestement sa réaction.

« Pardon, vous disiez ? »

Elle avait l'habitude d'être embarrassée à ces soirées. Elle suivait de loin une discussion politique – sur la situation au Vietnam, par exemple, ou les prochaines élections – et quelqu'un l'interrogeait. Elle avait beau lire les journaux et avoir un avis comme tout un chacun, elle se retrouvait muette. Elle avait toujours peur de dire ce qu'il ne fallait pas. Dale Johansen lui adressa un sourire narquois.

« Je me demandais juste quand ta nouvelle amie allait arriver.

— Oh, je ne sais pas, je crois que tout le monde est là. »

Lorsque les autres échangèrent des regards amusés, elle rougit. Elle détestait être la cible de plaisanteries.

« Qu'est-ce que tu racontes, Dale ?

— Je parlais de ton amie d'en face. Je suis sûr qu'elle doit entendre la musique de chez elle. »

Stella ne répondit pas tout de suite, le cœur battant à tout rompre.

« Ce n'est pas mon amie.

— On dit que tu lui as rendu visite, lança Cath.

— Et après ?

— Alors, c'est vrai ? Tu lui as rendu visite ?

— Je pense que tu devrais te mêler de tes affaires. »

Betsy Roberts étouffa un petit cri. Tom Pearson gloussa timidement, comme si c'était une plaisanterie. Soudain, Stella eut l'impression qu'on la regardait autrement. Qu'elle était devenue un animal sauvage et féroce. Cath recula, les joues roses.

« Ma foi, tout le monde en parle. Je pensais que c'était mieux que tu saches. »

Le toupet de cette femme.

Face au miroir de la salle de bains, Stella s'aspergeait le visage, furieuse. Pour qui se prenait Cath Johansen ? Débarquer chez elle avec son cake tout sec et lui dire en face, dans sa maison, devant ses invités, que tout le quartier la jugeait. Dale avec son sourire idiot à côté d'elle, l'air hébété de Blake qui assistait la scène comme s'il s'était réveillé d'une sieste pour trouver des inconnus dans son salon. Elle avait quitté la pièce brusquement et elle était montée fumer une cigarette à la fenêtre de la chambre. Elle entendait les murmures en bas. Blake devait être en train de se répandre en excuses. Oh, ne le prenez pas mal, elle est toujours un peu irritable à cette période de l'année. Le blues des fêtes, oui, sans doute. Stella et ses lubies, vous la connaissez. Puis les Johansen, les Hawthorne et les Pearson s'étaient éloignés à pas prudents dans l'allée, longeant les pelouses impeccables, pour aller chuchoter à son sujet à l'abri de leurs portes toutes identiques. S'ils savaient. Cette pensée lui procura un petit frisson de délice, comme chaque fois qu'elle roulait sur un pont et s'imaginait tourner le volant vers le parapet pour basculer de l'autre côté. Rien n'est plus tentant que la possibilité de l'anéantissement total.

« Non mais, tu as entendu ? demanda-t-elle à Blake. Dans ma propre maison ! Me dire ça à moi. Quel toupet ! »

Elle étala sa crème de nuit sur son visage avec rage. Derrière elle, Blake déboutonnait sa chemise.

« Pourquoi tu ne m'as rien dit ? »

Il n'avait pas l'air fâché, seulement inquiet.

« Parce qu'il n'y a rien à dire. Les filles aiment jouer ensemble...

— Dans ce cas, pourquoi ne pas me l'avoir dit ? Pourquoi avoir raconté que tu allais chez Cath ?

— Je n'en sais rien ! Je pensais juste... ça semblait plus simple comme ça. Je savais que tu me poserais toutes ces questions...

— Est-ce que tu peux me le reprocher ? Tu as changé d'attitude du tout au tout. Au début, tu ne voulais même pas qu'ils emménagent ici...

— Les filles s'entendent bien ! Qu'est-ce que j'étais censée faire ?

— Ne pas me mentir. Ne pas me dire que tu étais chez nos amis alors que tu étais toujours fourrée là-bas...

— Pas toujours.

— Cath prétend que tu y es allée deux fois cette semaine ! »

Stella eut un petit rire.

« Tu n'es pas sérieux. Tu ne peux pas prendre le parti de Cath Johansen contre moi.

— Il ne s'agit pas de prendre parti ! J'ai remarqué qu'il y avait quelque chose, moi aussi. Je ne te reconnais pas. Tu as l'air ailleurs. Et maintenant tu cours après cette femme, cette Loretta. Ce n'est pas normal. C'est... » Il se plaça derrière elle et posa les mains sur ses épaules. « Je comprends, Stella. Sincèrement. Tu te sens seule. C'est cela ? Tu ne voulais pas venir à Los Angeles et tu te sens terriblement seule. Sans parler de Kennedy qui grandit. Alors, tu dois sans doute... Tu sais ce que tu devrais faire ? T'inscrire à un cours. Faire quelque chose dont tu as toujours rêvé. Apprendre l'italien, faire de la poterie, ce que tu veux. On trouvera, Stel. Ne t'inquiète pas. »

Quand elle était encore sa secrétaire, à La Nouvelle-Orléans, Blake l'avait invitée à un banquet d'affaires. « Je n'ai pas envie d'y aller seul. Vous savez comment sont ces réceptions. » Elle avait hoché la tête, même si, bien entendu, elle n'en avait pas la moindre idée. Elle avait dit à Desiree qu'elle devait travailler tard et avait emprunté une robe à une autre secrétaire. Blake l'attendait dans le hall, élégant et plein d'assurance. « Vous êtes ravissante », avait-il murmuré dans ses cheveux. Il ne l'avait pas quittée d'une semelle de la soirée, sa main effleurant ses reins. Après, il l'avait emmenée dans un café et, tandis qu'elle mangeait une part de tarte aux cerises, il lui avait avoué qu'il rentrait à Boston. Son père était malade et il voulait être plus proche de sa famille.

« Ah. » Elle avait reposé sa fourchette, réalisant qu'elle aurait aimé passer plus de soirées avec lui juste au moment où il lui annonçait qu'il n'y en aurait pas d'autres. Mais il n'avait pas terminé.

« Je suis conscient que cela va vous paraître fou, avait-il repris, lui touchant la main, mais on me propose un emploi à Boston… » La voix lui avait manqué et il avait ri. « En fait, Stella, je voulais savoir… est-ce que vous viendriez avec moi ? Je vais avoir besoin d'une secrétaire, là-bas, et je pensais que… »

Ils ne s'étaient pas embrassés, pourtant, sa proposition était aussi sérieuse qu'une demande en mariage. « Dites oui », avait-il ajouté, et le mot avait le goût des cerises, sucré avec une pointe d'acidité, facile. Si elle acceptait, elle serait Mlle Vignes à jamais. Elle ne s'était pas donné la possibilité de réfléchir. Elle ne s'était pas demandé comment elle quitterait sa sœur, comment elle s'installerait seule dans une ville inconnue. Pour la première fois de son existence, elle n'avait pas pensé aux détails pratiques. Le plus dur, quand on devenait quelqu'un d'autre, c'était de prendre la décision. Le reste n'était que logistique.

Dans leur chambre, elle regarda son mari dans le miroir : ses yeux doux et inquiets sur elle. Elle avait tiré une croix sur son passé pour bâtir une nouvelle vie avec un homme qui ne pourrait jamais la connaître. Comment pouvait-elle tout quitter maintenant ? C'était la seule vie qui lui restait.

Le matin de Noël, elle se blottit contre la poitrine de Blake, tandis que leur fille se jetait sur l'amoncellement de cadeaux avec des glapissements de joie. Une Barbie qui parlait quand on tirait sur un fil, une cuisine miniature Suzy Homemaker, une bicyclette rouge Spyder. Regarde ça ! Je connais une petite fille qui a dû être très sage cette année ! Pas comme ces enfants pauvres qui se retrouvent devant un sapin vide et qui doivent l'avoir mérité, mauvais parce qu'ils sont pauvres, pauvres parce qu'ils sont mauvais. Stella rechignait à perpétuer le mythe de Noël ; Blake prétendait que c'était important de préserver l'innocence de Kennedy.

« C'est une belle histoire. Ce n'est pas comme si elle risquait de nous le reprocher un jour. »

Il ne pouvait même pas se résoudre à prononcer le mot *mensonge*. Ce qui en était déjà un en soi.

Dans un état proche de la béatitude, Kennedy se laissa tomber sur le tapis parmi les lambeaux de papier colorés. Stella ouvrait les présents de Blake les uns après les autres, découvrant des cadeaux qu'elle n'avait pas demandés : un manteau de vison qui lui arrivait aux chevilles, un bracelet de diamants, un collier d'émeraudes qu'il lui attacha devant le miroir de la chambre.

« C'est trop, murmura-t-elle, touchant les pierres.

— Rien n'est trop beau pour toi, ma chérie. »

Elle avait de la chance. Un mari qui l'adorait, une petite fille heureuse, une belle maison. Comment pouvait-elle se plaindre ? Qui était-elle pour en vouloir plus, elle qui avait déjà tant pris ? Il fallait mettre un terme à ce jeu ridicule avec Loretta Walker. Arrêter de faire comme si elles avaient quoi que ce soit en commun, comme si elles habitaient dans le même monde. Comme si elles pouvaient être amies. Elle allait annoncer à Loretta qu'elle ne viendrait plus chez elle.

Dans la cuisine, elle écrasa des pommes de terre jusqu'à ce que ses bras la brûlent. Elle piqua des morceaux d'ananas dans le jambon avant de le mettre au four. Blake, qui regardait les Lakers battre les Suns à plate couture, lui dit que Kennedy était sortie jouer avec les gamins du quartier. Quand elle ouvrit la porte, elle ne vit ni les fils Pearson foncer sur leur vélo, ni les petites Johansen tirer sur leur chariot, ni personne lancer un ballon. Aucun enfant, l'impasse vide, à part Kennedy et Cindy sur la pelouse des Walker, toutes les deux en larmes. Loretta agenouillée entre elles, l'air épuisée, encore en tablier. Stella traversa en courant et attrapa sa fille, cherchant une blessure, des égratignures. Ne trouvant rien, elle serra Kennedy contre elle.

« Qu'est-ce qu'il y a ? demanda-t-elle à Loretta. Il s'est passé quelque chose ? »

Une dispute autour d'un nouveau jouet sans doute. La Barbie gisait dans la terre entre elles.

Kennedy n'avait jamais été partageuse. Loretta se leva et prit la main de sa fille.

« Vous devriez le savoir. »

Sa voix était étrangement froide. Peut-être avait-elle entendu la musique de la soirée la veille, peut-être était-elle vexée de ne pas avoir été invitée. Stella caressa les cheveux de la petite.

« Il faut apprendre à partager, ma chérie. Qu'est-ce que maman t'a dit à ce sujet ? Je suis désolée, Loretta. Elle est enfant unique, et...

— Oh, pour partager, elle partage. Qu'elle ne s'approche pas de ma fille.

— Quoi ? » Stella se leva à son tour et serra l'épaule de Kennedy d'un geste protecteur. « Qu'est-ce qu'il se passe ?

— Vous voulez savoir ce qu'elle a dit à Cindy ? Les filles jouaient et Kennedy perdait. Alors, elle a dit : "Je ne joue pas avec les Négros." »

Son ventre se noua.

« Loretta, je...

— Non, je sais. Ce n'est pas de sa faute. C'est une question d'éducation. Elle ne fait que répéter ce qu'elle a entendu chez elle. Et j'ai été assez bête pour vous ouvrir ma porte. La femme la plus seule de ce fichu quartier. J'aurais dû me méfier. Je ne veux plus vous voir. »

Loretta frissonna, consciente que sa colère était stérile, ce qui la mettait d'autant plus en colère. Stella se sentait engourdie. Elle retraversa la rue dans l'autre sens. La porte à peine refermée, elle tordit le bras de Kennedy et la gifla. Elle gémit.

« Qu'est-ce que j'ai fait ? » pleurnicha-t-elle.

Des acclamations s'élevèrent de la télévision derrière elle. Stella regarda sa fille et vit soudain à sa place toutes les personnes qu'elle avait haïes. Presque aussitôt, elle retrouva son enfant, qui levait vers elle des yeux embués de larmes, une main sur sa joue rouge. Stella tomba à genoux et l'enlaça, embrassant son visage mouillé.

« Je n'en sais rien, ma chérie. Je n'en sais rien. Maman est désolée. »

Des années plus tard, Stella se rappellerait avoir parlé à Reg Walker trois fois. Un matin, alors qu'elle sortait chercher le journal, il partait pour le studio. Il avait fait une pause pour lui lancer : « Belle journée, n'est-ce pas ? » Elle avait acquiescé et l'avait regardé grimper dans sa voiture noire étincelante. Une autre fois, il l'avait trouvée sur le canapé en compagnie de Loretta alors qu'il rentrait chez lui un après-midi. Il s'était immobilisé sur le seuil comme s'il croyait s'être trompé de maison. « Bonjour », avait-il dit, soudain intimidé, et sa femme avait éclaté de rire, prenant son verre de vin. « Viens t'asseoir un peu avec nous, mon chéri. » Il avait refusé, mais, avant de les quitter, il s'était penché vers Loretta pour allumer sa cigarette. Leurs yeux s'étaient croisés pendant un instant si intime que Stella avait dû baisser la tête. Enfin, un jour, Reg l'avait aidée à décharger ses courses. Elle aurait dû refuser, mais elle l'avait laissé les porter à l'intérieur. Le trajet de la voiture à la cuisine ne lui avait jamais paru aussi long. Même Loretta n'était jamais rentrée chez elle. Elle l'avait escorté le long du couloir aseptisé et il avait abandonné son fardeau sur le plan de travail.

« Et voilà », avait-il dit. Il n'avait même pas levé les yeux sur elle. Une semaine après Noël, alors qu'elle se trouvait à son club de couture, elle confia à Cath Johansen et à Betsy Roberts qu'il la mettait mal à l'aise.

« Je ne sais pas, dit-elle en tirant sur le fil pour défaire un point. Je n'aime pas la façon qu'il a de me regarder. »

Trois jours plus tard, quelqu'un lançait une brique dans la fenêtre du salon des Walker, brisant le vase que Loretta avait ramené du Maroc. Tom Pearson et Dale Johansen revendiquèrent tous les deux la paternité du geste, mais ils mentaient tous les deux. Stella découvrit qu'il s'agissait de Percy White, qui avait pris l'arrivée des nouveaux voisins comme une injure personnelle, à croire qu'ils avaient emménagé ici exprès pour gâcher son mandat présidentiel. Il ne l'avait pas dit clairement à la réunion de l'association, mais il avait laissé entendre qu'il avait lancé cette brique en passant devant la maison en voiture. Si certains l'applaudirent, les autres éprouvèrent de l'embarras.

« On est à Brentwood, pas au fin fond du Mississippi », dit Blake. Jeter des briques à travers les fenêtres, c'était le genre de choses que faisaient les rustres édentés. Une semaine plus tard, un individu désireux de se prouver qu'il était un homme déposa un sac de crottes de chien enflammé sur le perron des Walker. Quelques jours après, une autre brique traversait la vitre du salon. Selon le journal, la petite fille était devant la télé à ce moment-là. Le médecin dut retirer des éclats de verre de sa jambe.

En mars, les Walker quittèrent le quartier aussi vite qu'ils étaient arrivés. La femme était malheureuse, dit Betsy Roberts à Stella. Ils avaient finalement acheté à Baldwin Hills.

« Je ne sais pas pourquoi ils n'ont pas fait ça tout de suite, dit Betsy. Ils seront beaucoup plus heureux là-bas. »

Stella n'avait pas parlé à Loretta depuis Noël. Mais elle observait toujours ses voisins à travers les persiennes. Elle vit le camion jaune se garer devant la maison et un groupe de jeunes hommes de couleur le remplir lentement. Elle s'imaginait traverser la rue pour s'expliquer. Se tenir dans le spacieux salon pendant que Loretta scotchait un carton. Elle n'aurait pas l'air fâchée, n'aurait pas d'expression particulière, et son visage neutre serait encore plus blessant. Stella lui avouerait qu'elle avait dit ces choses horribles sur Reg parce qu'elle avait besoin de se cacher.

« Je ne suis pas comme eux. Je suis comme vous.

— Vous êtes noire », répondrait Loretta. Pas une question, un fait. Stella lui dirait la vérité parce qu'elle partait ; dans quelques heures, elle aurait disparu du quartier et de sa vie. Elle lui dirait, parce que, malgré tout, Loretta était sa seule amie au monde. Et aussi parce qu'elle savait que, si c'était sa parole contre la sienne, ce serait toujours elle qu'on croirait. Et cette certitude en tête, Stella se sentit, pour la première fois, véritablement blanche.

Elle imaginait Loretta écartant le carton et s'avançant vers elle. Une expression émerveillée sur le visage, comme si elle avait vu quelque chose de beau et familier.

« Vous n'avez pas à vous justifier, dirait-elle. C'est votre vie.

— Sauf que ça ne l'est pas. Rien ne m'appartient.

— Vous l'avez choisie. Maintenant, c'est la vôtre. »

Quatrième partie

L'ENTRÉE DES ARTISTES

(1982)

Dix

À l'automne 1982, si vous étiez allé manger chez Park's, le barbecue coréen à l'angle de Normandie Avenue et Eighth Street, vous auriez probablement trouvé Jude Winston en train d'essuyer l'une des tables hautes, le regard tourné vers la fenêtre embuée. Parfois, avant le début du service, elle s'installait dans un box au fond de la salle pour étudier. Le bruit ne la distrayait pas, ce qui ne manquait pas de surprendre ses collègues. Le premier jour, elle avait confié à M. Park qu'elle avait pour ainsi dire grandi dans un restaurant – un *diner*, plutôt –, même si elle n'y avait jamais travaillé. Elle ne précisa pas qu'elle avait passé tout ce temps à lire et non à observer sa mère, mais, peut-être parce qu'il était papa, il éprouvait une certaine indulgence pour les enfants de restaurateurs. Peut-être aussi fut-il impressionné par sa détermination. Une semaine après avoir obtenu sa licence, elle cherchait déjà un emploi, au lieu de paresser à la plage comme ses fils l'auraient fait à sa place. Ou il se rappelait l'avoir vue assise dans son coin au printemps précédent, plongée dans un vieux manuel de préparation au test d'entrée en faculté de médecine qu'elle avait emprunté à une autre membre de l'équipe. Il lui avait apporté son assiette de poitrine de porc et lui avait demandé comment ça allait. Elle l'avait regardé d'un air hébété, comme s'il lui avait posé la question en coréen. Elle en avait dans la cervelle, c'était évident. Un tas de garçons falots voulaient être docteurs, mais seules les filles intelligentes avaient le courage de se présenter. Il avait lui-même fait deux ans de médecine à Séoul, il comprenait donc son anxiété. Il lui avait souhaité bonne chance à l'époque et continuait de le faire maintenant qu'elle travaillait pour lui. Elle n'aurait pas de réponse avant plusieurs mois ? Ah bon, eh bien, bonne chance quand même.

« Tu n'as pas besoin de chance, affirmait Reese. Tu seras prise. »

Il piqua une crevette dans l'assiette de Jude avec ses baguettes. Il passait parfois lui dire bonjour pendant sa pause repas. M. Park n'y voyait aucun inconvénient. C'était un patron correct ; elle aurait pu tomber plus mal. Malgré tout, elle ne pensait qu'aux lettres qu'elle recevrait au printemps. Des refus pour la plupart, mais peut-être un oui. On avait besoin d'un seul oui pour être heureux. En ce sens, la fac de médecine ressemblait à l'amour. Il y avait des jours où elle avait l'impression d'avoir toutes ses chances, et d'autres où elle se détestait de s'accrocher à ce rêve ridicule. Toute l'année, elle avait pataugé en chimie. Galéré en biologie. Il fallait plus qu'une bonne moyenne pour être reçu. On était en compétition avec des étudiants qui venaient d'un milieu aisé, étaient passés par des écoles privées et avaient bénéficié de cours particuliers. Des garçons et des filles qui aspiraient à être médecins depuis la maternelle. Qui avaient des photos d'eux enfants en blouse blanche, collant un stéthoscope miniature sur le ventre d'un ours en peluche. Pas des gens qui avaient grandi dans un trou perdu avec un seul docteur, qu'on ne consultait que si on était à l'article de la mort. Pas des gens qui se découvraient une passion pour la médecine après avoir disséqué un cœur de mouton en cours d'anatomie.

Sept universités examinaient son dossier en ce moment et décideraient de son avenir dans quelques mois. Rien que d'y penser, elle en avait la nausée.

« J'ai une idée pour la fuite d'eau, dit Reese. Je sais que ça te rend dingue. »

Le temps était anormalement humide, même pour novembre. Depuis une semaine, chaque matin, ils redoutaient de caler lorsqu'ils passaient en voiture dans les énormes cratères remplis d'eau qui criblaient Normandie Avenue. Chez eux, le plafond gouttait. Ils avaient placé un seau en métal que Reese vidait dans le pauvre carré d'herbe derrière Gardens Apartments. Les Jardins : le nom idyllique de leur petit immeuble amusait toujours Reese. Pourquoi pas Tas de briques, Pas d'eau chaude ou

Toit percé ? Mais Jude ne trouvait pas ça drôle. Elle jeta un coup d'œil à l'horloge : plus que cinq minutes de pause.

« Pourquoi est-ce que tu n'appelles pas M. Song ? demanda-t-elle.

— Tu sais bien qu'il est trop vieux pour grimper à l'échelle.

— Dans ce cas, il devrait embaucher quelqu'un pour le faire.

— Trop radin », dit-il en riant.

Il avait trouvé un travail au magasin Kodak. Il vendait des appareils photo et développait des pellicules. La camaraderie de la salle de sport lui manquait, mais Kodak offrait une réduction sur le matériel à ses employés, même s'il n'en profitait pas beaucoup en ce moment. Il n'avait pas pris de photo depuis six mois. Il passait son temps libre à aider M. Song à éponger l'eau au sous-sol, à placer des pièges à souris et à effectuer tous les petits travaux qui pouvaient leur valoir une remise de loyer. Il avait débouché les toilettes des Park, réparé l'étagère cassée des Shaw, récupéré l'alliance de Mme Choi tombée dans le siphon de l'évier. S'il ne savait pas faire – il se méfiait de l'électricité –, il appelait Barry à la rescousse.

« Je t'avais dit que c'était un taudis », soupirait celui-ci. Mais avaient-ils le choix ? Le loyer de leur appartement avait tellement augmenté qu'ils avaient dû déménager. C'est comme ça qu'ils avaient atterri à Koreatown. D'une certaine manière, c'était une aventure. La nourriture, les panneaux indéchiffrables, la langue parlée autour d'eux dans le bus et dans la rue, qui leur permettait de s'absorber dans leurs propres pensées. Les voisins, la plupart âgés, comme les Choi, les Park et les Song, qui avaient pris en pitié le jeune couple du dernier étage et leur apportaient des gâteaux de riz gluant pour Noël. Mais il y avait le plafond qui fuyait. La chambre exiguë. La cuisine minuscule. Reese espérait que, s'il donnait un coup de main dans l'immeuble, ils pourraient économiser suffisamment sur le loyer pour trouver un autre logement. Mais Jude comptait bien être partie d'ici là.

« Tu te tracasses pour rien, ma fille, lui dit Desiree un jour au téléphone. Tu es intelligente.

— Plein de gens sont intelligents, maman.

— Pas autant que toi. »

Chaque fois qu'elle raccrochait, Jude se sentait un peu coupable, car elle savait que la vie qu'elle redoutait le plus était précisément celle de sa mère. Être éternellement serveuse, habiter dans une maison trop petite. Au moins, elle avait Reese. Au moins, elle ne vivait pas à Mallard. Elle aurait dû apprécier ce qu'elle avait, même si elle ne pouvait s'empêcher de se projeter dans l'avenir. Dès qu'elle mentionnait le printemps, il se crispait imperceptiblement et une expression distante se peignait sur son visage.

Ce soir-là, après avoir fermé le restaurant, ils rentrèrent à pied, le bras de Reese sur ses épaules. Au coin de l'immeuble, ils croisèrent une femme brune au teint pâle et Jude retint son souffle. Mais ce n'était qu'une Blanche qui passait silencieusement sous les lampadaires.

Ce ne pouvait pas être Stella. Près de trois ans après la fête à Beverly Hills, cette pensée l'obsédait encore.

Parfois, la femme au manteau de fourrure lui apparaissait comme le sosie de sa mère, jusqu'à l'arc de ses lèvres. D'autres fois, c'était juste une brune menue qui lui ressemblait vaguement. En réalité, elle n'avait fait que l'entrapercevoir avant de sentir le vin éclabousser sa jambe. Après, elle était trop occupée à ramasser les éclats de verre devant les invités abasourdis. Elle n'avait pas oublié cela non plus. Elle avait longé la table, sa main cherchant des serviettes en papier. Puis Carla l'avait écartée sans ménagement pour éponger fébrilement le tapis ravagé. Le temps de jeter les serviettes imbibées de vin à la poubelle, elle était renvoyée. Carla lui avait dit qu'elle ne voulait plus jamais la revoir. Sans un mot, elle avait récupéré son sac, trop honteuse pour risquer un coup d'œil vers la pièce et croiser le regard de l'un des nombreux témoins de son humiliation. Elle n'avait levé la tête qu'une fois, au moment de refermer la porte. La femme n'était pas là, seulement la fille aux yeux pervenche qui la dévisageait, un petit sourire railleur sur ses lèvres roses.

Ce pouvait être n'importe qui. Peut-être sa mère lui manquait tant qu'elle s'était convaincue de leur ressemblance. Peut-être qu'elle se sentait coupable de ne pas rentrer à la maison, d'avoir l'intention de ne jamais y retourner. Peut-être que cette femme était une projection de son inconscient. Ou alors... Non, elle ne voulait pas envisager cette possibilité. Qu'elle ait pu se trouver dans la même pièce que Stella, qu'elle ait pu croiser son regard avant de laisser tomber cette bouteille de vin et de tout faire voler en éclats.

« Ça ne va pas, chérie ? lui avait demandé Reese ce soir-là. Tu trembles. »

Ils se dirigeaient vers le Mirage, où ils devaient retrouver Barry. Elle était rentrée plus tôt que prévu et depuis n'avait quasiment pas ouvert la bouche. Reese, inquiet, s'était arrêté à la hauteur d'un feu et elle s'était rendu compte qu'elle ne pouvait pas lui mentir.

« J'ai été virée.

— Quoi ? Qu'est-ce qui s'est passé ?

— C'est idiot. J'ai vu Stella. Enfin, j'ai cru la voir. Je te jure, on aurait dit ma mère... »

Elle se sentait encore plus ridicule à présent qu'elle le formulait à voix haute. Elle avait perdu son travail parce qu'elle avait aperçu dans une soirée bondée une femme qui avait un vague air de ressemblance avec sa mère.

« Je n'arrive pas à croire que j'ai été aussi bête. »

Il l'attira contre lui.

« Oh, c'est pas grave. Tu trouveras un autre boulot.

— Mais je voulais t'aider. Je me disais que si on mettait tous les deux de l'argent de côté… »

Il émit un grognement.

« C'est pour ça que tu bossais comme une malade ?

— Je pensais juste que si tous les deux…

— Je ne t'ai jamais rien demandé.

— Je sais. J'en avais envie, c'est tout. Ne m'en veux pas. C'était pour t'aider. »

Elle l'enlaça et, au bout d'un instant, il lui rendit son étreinte.

« Je t'en veux pas. C'est juste que je ne veux pas être un assisté.

— Tu sais bien que je ne te vois pas comme ça.

— Il faut que tu dises les choses. Tu peux être tellement secrète… »

C'était peut-être pour ça qu'ils étaient ensemble. Ils n'étaient pas capables d'aimer autrement. Un pas en avant, deux en arrière. Il lui effleura la joue et elle se força à sourire.

« D'accord, dit-elle. Plus de cachotteries. »

Stella hantait ses rêves. Stella drapée dans un vison, Stella assise sur le rebord d'une fenêtre, Stella qui haussait les épaules, souriait, entrait ou sortait par une porte. Toujours Stella, jamais sa mère, comme si, même dans son sommeil, elle pouvait les distinguer. Quand elle se réveillait, elle était bouleversée. Elle était constamment épuisée. Elle avait trouvé un nouvel emploi dans une cafétéria du campus, où elle faisait la vaisselle pour deux dollars de l'heure. Elle passait ses journées seule, à plonger des assiettes crasseuses dans l'eau brûlante. Chaque soir elle rentrait, les doigts fripés, les épaules voûtées. Elle avait un devoir d'histoire qu'elle aurait dû rendre trois semaines plus tôt et sa moyenne était si chancelante que son entraîneur d'athlétisme la convoqua dans son bureau.

« Tu vaux mieux que ça », lui dit-il. Elle hocha la tête, honteuse, et se précipita hors du local étouffant dès qu'il l'eut congédiée. Oui, oui, elle travaillerait plus dur, s'appliquerait plus. Bien sûr qu'elle prenait ses études au sérieux et qu'elle voulait participer aux compétitions au printemps. Bien sûr qu'elle ne pouvait pas se permettre de perdre sa bourse. Elle était juste un peu distraite en ce moment, rien de grave. Elle allait se ressaisir. Mais elle en était incapable, car chaque fois qu'elle s'efforçait de se concentrer, elle voyait Stella.

« Tu penses encore à elle ? demanda-t-elle à sa mère un après-midi.

— À qui ? »

Jude s'interrompit un instant. « Ta sœur. »

Elle n'arrivait pas à prononcer le prénom de Stella, comme si elle risquait de la faire apparaître : Stella passant sur le trottoir, Stella de l'autre côté de la fenêtre embuée.

« Pourquoi tu me demandes ça ?

— Pour rien. Je me posais la question. Je n'ai pas le droit ?

— Ça sert à rien d'y penser. Ça fait bien longtemps que j'ai arrêté. Je crois qu'elle est même plus parmi nous.

— Tu veux dire qu'elle est morte ? Mais si ce n'était pas le cas ? Si elle était là, quelque part ?

— Je le sentirais », répondit Desiree d'une voix paisible.

Depuis, Jude voyait Stella comme un courant qui coulait sous la peau de sa mère. Sous sa propre peau. Un courant en sommeil, jusqu'au jour où elle avait croisé son regard à l'autre bout de la pièce. Et alors, un sursaut, une étincelle ; son bras parcouru d'une secousse. À présent, elle essayait d'oublier cette décharge électrique. Elle avait hésité à raconter l'incident à sa mère, mais à quoi bon ? C'était Stella, ce n'était pas elle, elle était morte, elle était vivante, elle était à Omaha, Lawrence, Honolulu. Quand elle sortait, elle s'imaginait tomber sur elle. Stella sur le trottoir, en train d'admirer un sac dans une vitrine. Stella dans le bus, s'accrochant à la sangle en vinyle… non, Stella derrière les fenêtres teintées d'une limousine noire. Stella partout et nulle part à la fois.

En novembre 1982, une comédie musicale intitulée *Les Maraudeurs de minuit* débuta dans un théâtre presque abandonné du quartier des affaires de Los Angeles. L'auteur, un trentenaire qui vivait chez ses parents à Encino, était déterminé à réussir dans une ville où, disait-il à ses amis, personne n'accordait de valeur au théâtre. Il avait écrit *Les Maraudeurs de minuit* pour rire, et bien sûr la plaisanterie se retourna contre lui : ce serait son unique succès. Le spectacle passa au Stardust Theater pendant quatre week-ends, fut sélectionné pour une récompense mineure et eut droit à un éloge tiède dans l'*Herald-Examiner*. Jude n'en aurait jamais entendu parler si Barry n'avait pas décroché un petit rôle. Il avait répété pendant des semaines, sur des charbons ardents. Il sautillait sur place en chantant « Somewhere Over the Rainbow ». Il ne s'était jamais produit en public autrement que travesti.

« Je me sentais tout nu, lui avoua-t-il après l'audition. Je transpirais comme une vache. »

Elle était très contente pour lui, mais, quand il lui envoya des invitations pour la première, elle dit à Reese qu'elle devait travailler.

« Allez, prends ta soirée. On ne peut pas le laisser tomber. En plus, on ne sort plus. Ça nous fera du bien. »

Le mois précédent, le moteur de sa voiture avait rendu l'âme et la réparation avait englouti ses économies. Tous les billets froissés dans son tiroir à chaussettes : disparus. Depuis, il travaillait au Mirage le week-end. Il était censé être videur, même si, dans les faits, il était surtout un visage avenant pour accueillir la clientèle. Pour l'instant, il avait juste mis un terme à une bagarre d'ivrognes et gagné en échange une coupure sur ledit visage avenant. Jude avait désinfecté la blessure, lui arrachant une grimace. Ils regrettaient les week-ends où ils suivaient le soleil dans la marina, à la recherche de la photo parfaite, Reese se mordant la lèvre à l'instant où l'obturateur se fermait avec un déclic. Désormais, le vendredi et le samedi soir, il sortait vêtu d'un tee-shirt et d'un jean noirs pour ne rentrer qu'à l'aube, couvert de paillettes à force d'aider les go-go danseurs à grimper sur scène. Puis il filait au magasin Kodak, ou il donnait un coup de main à M. Song. Certains jours, elle le voyait à peine, le sentait seulement s'écrouler sur le lit à côté d'elle.

Elle n'avait pas les moyens de prendre une soirée pour aller poser ses fesses dans un théâtre humide minable et endurer trois heures de jeu amateur dans l'espoir d'entrapercevoir Barry. Pourtant, elle accepta, passant les doigts dans les cheveux de Reese. Il avait raison : ils avaient besoin de quelques heures de détente, de quelques heures où elle ne penserait pas aux décisions du printemps, où il penserait à autre chose qu'à l'argent, où ils ne se soucieraient de rien.

Le jour de la première, elle enfila une robe violette et glissa ses jambes dans des collants, tandis que Reese attachait sa cravate, lui souriant dans le miroir. Ils étaient trop bien habillés pour l'occasion, parce qu'ils ne sortaient jamais et que c'était un bon prétexte. Ils pouvaient imaginer qu'ils étaient n'importe qui : des amoureux à leur premier rendez-vous, un couple marié qui profitait d'une soirée sans les enfants, des esthètes raffinés qui ignoraient ce qu'étaient les problèmes d'argent, ne collectionnaient pas les coupons de réductions et ne comptaient jamais la monnaie.

« Trop chic », les taquina Luis lorsqu'ils le retrouvèrent dans le hall en compagnie d'une dizaine d'hommes qu'elle avait l'habitude de voir se bousculer en bustier dans les coulisses du Mirage. Peu après, ils s'engouffraient en riant dans la salle qui sentait le moisi. Un peu grisés, ils attendirent que les lumières s'éteignent.

« Ça a intérêt à être bien », chuchota bruyamment Reese, mais avec une telle bonne humeur qu'il était évident qu'il s'en moquait. Il embrassa Jude au moment où l'orchestre attaquait les premières notes d'une musique guillerette. Le rideau s'ouvrit et elle se pencha en avant pour distinguer Barry. Il levait la jambe avec les autres danseurs, vêtu d'une veste en cuir à franges, un chapeau de cow-boy sur la tête. Elle pouffa lorsqu'elle le vit faire virevolter une rouquine. Puis ils s'écartèrent et la vedette apparut, une blonde en longue robe à cerceaux. Elle avait un joli filet de voix, assez quelconque. Elle ne manquait cependant pas de charme et lançait ses répliques avec une ironie si familière que Jude attrapa son exemplaire de *Playbill*, le mensuel théâtral distribué à l'entrée. C'était elle. La fille aux yeux pervenche.

À la fin, un Barry radieux revint saluer en compagnie de la troupe, puis le public regagna le hall en piétinant le tapis rouge, disséquant les incohérences de l'intrigue et les erreurs de texte flagrantes. Jude et ses amis sortirent se poster devant l'entrée des artistes. En attendant Barry, ils débattaient avec entrain de l'endroit où ils allaient boire et manger, déterminés à l'accueillir avec un tonnerre d'applaudissements pour l'embarrasser. À l'écart, Jude tapait des pieds pour se réchauffer, les yeux tournés vers le bout de la ruelle, guettant le fantôme de sa mère. À l'entracte, elle était sortie de la salle, convaincue de s'être trompée. Mais c'était bien la fille de la réception à Beverly Hills. *Née à Brentwood, Kennedy Sanders a étudié à USC (université de Southern California), avant de se consacrer à sa carrière de comédienne. Elle a récemment interprété Cordélia (*Le Roi Lear*), Jenny (*Mort d'un commis voyageur*) et Laura (*La Ménagerie de verre*). C'est la première fois qu'on la voit au Stardust Theater et certainement pas la dernière.* Sur la photo, elle souriait, le visage encadré de boucles dorées qui tombaient en cascades angéliques sur ses épaules. Elle avait l'air innocente, très différente de la fille impertinente qui lui avait réclamé un cocktail à la soirée. Sans ses yeux de cette couleur si particulière, elle aurait pu se persuader que c'était juste une blonde parmi tant d'autres.

Si cette fille jouait dans le spectacle, est-ce que la femme au manteau de fourrure se trouvait dans la salle ? Et si c'était Stella ? Et si ce n'était pas elle ? Elle avait traîné dans le hall jusqu'à ce que les lumières se mettent à clignoter, sans voir personne ressemblant de près ou de loin à sa mère. Maintenant, elle se sentait encore plus folle qu'avant.

« Ça va ? » s'inquiéta Reese.

Elle acquiesça avec une petite grimace gênée.

« J'ai froid, c'est tout. » Il l'enlaça pour la réchauffer. Soudain, la porte s'ouvrit, mais au lieu de Barry, ce fut Kennedy Sanders qui apparut dans la ruelle, un paquet souple de Marlboro à la main. Elle parut surprise de voir tous ces gens qui attendaient, et elle sourit brièvement, le temps de réaliser que personne n'était là pour elle. Puis ses yeux se posèrent sur Jude.

« Oh... on se connaît, non ? »

Elle se souvenait d'elle, trois ans après. Bien sûr. Qui oublierait une Noire qui avait renversé du vin rouge sur un tapis hors de prix ?

« J'ai un copain dans le spectacle », expliqua Jude.

Kennedy haussa les épaules et fit tomber une cigarette dans sa paume. Elle portait un tee-shirt des Sex Pistols déguenillé qui s'arrêtait au-dessus de son nombril, un short en jean déchiré sur des collants résille et des bottes de cuir noires : elle ne ressemblait en rien à la princesse de Beverly Hills de la dernière fois. Elle s'éloigna dans la ruelle et Jude se lança à sa poursuite.

« Barry, précisa-t-elle. Il est dans la troupe.

— C'est ton petit copain ?

— Barry ?

— Mais non. Lui, dit Kennedy en désignant le groupe. Celui qui a les cheveux bouclés. Il est mignon comme un cœur. Tu l'as déniché où ?

— À la fac. Non, à une fête et…

— T'as du feu ? » demanda Kennedy, portant sa cigarette à ses lèvres. Voyant que Jude secouait la tête, elle ajouta : « Tant mieux. C'est mauvais pour la voix.

— Je t'ai trouvée géniale, ce soir. » C'était faux, mais si elle voulait tirer quoi que ce soit de cette fille, elle aurait besoin de la flatter. « Tes parents doivent être fiers.

— Arrête, ricana la blonde. Ils sont furieux.

— Pourquoi ?

— Parce qu'ils m'ont payé des études pour que j'apprenne un vrai métier. Pas pour tout abandonner et gâcher ma vie. En tout cas, c'est ce que dit ma mère. Hé ! Tu as du feu ! » Elle interpellait un Blanc ébouriffé qui fumait à l'angle de la rue. « Bon, à plus ! »

Elle se hâta vers l'homme, qui sourit en se penchant vers elle pour allumer sa cigarette. Une étincelle dans l'obscurité et elle avait disparu.

Selon Barry, Kennedy Sanders était une garce friquée.

« Tu vois le genre, dit-il à Jude. Deux ou trois solos dans la chorale de la fac et maintenant elle se prend pour Barbra Streisand. » Le dimanche matin, il se maquillait dans la loge du Mirage avant le brunch, le seul horaire qui lui restait depuis qu'il consacrait ses soirées du week-end aux *Maraudeurs de minuit*. Le public était clairsemé à une heure pareille, mais il tenait trop à Bianca pour attendre trois semaines. Il indiqua le sac de sport derrière lui et Jude prit la brosse qui dépassait.

« Alors, ses parents font quoi ?

— Aucune idée.

— Ils ne sont pas venus la voir ?

— Sûrement pas. Tu crois qu'ils vont se commettre dans un bouge pareil ? Non, madame, c'est une grande famille. Le genre qui se la pète, une grosse baraque dans les collines et tout le bastringue. Pourquoi tu t'intéresses à elle, d'abord ?

— Simple curiosité. »

Cet après-midi-là, elle prit le bus pour se rendre au Stardust Theater. La représentation débutait dans une demi-heure, et l'adolescent à la porte refusa de la laisser entrer sans billet. Elle se sentait déjà idiote d'être venue jusque-là. Que dirait-elle à Kennedy ? Elle réfléchit à ce qu'Early aurait fait à sa place. Pour chasser, il faut faire semblant d'être quelqu'un d'autre, lui avait-il expliqué. Mais elle en était incapable. Elle n'insista donc pas et s'éloigna sur le trottoir. Pour foncer droit dans Kennedy, qui se hâtait en direction du théâtre. Elle portait des santiags usées et un short en jean si court que les poches dépassaient.

« Pardon, dirent-elles en même temps, puis Kennedy éclata de rire.

— Hé, tu me suis ou quoi ?

— Non, non, protesta Jude. Je voulais voir mon ami, mais le mec à la porte refuse de me laisser entrer. Je n'ai pas de billet. »

Kennedy leva les yeux au ciel.

« C'est Fort Knox, ici. » Elle se tourna vers l'ouvreur. « Elle est avec moi », ajouta-t-elle. Et aussi simplement que ça, Jude traversa le hall et les coulisses derrière elle pour pénétrer dans sa loge. Elle était à peine plus grande qu'un placard et les murs jaunes s'écaillaient.

À la lueur blafarde des lampes du miroir, Kennedy se laissa choir sur le siège en cuir élimé.

« Donna voulait t'écorcher vive.

— Hein ?

— Quand tu as bousillé son tapis. Tu aurais dû la voir qui courait dans tous les sens. On aurait cru que tu avais égorgé son premier-né. Mon tapis ! Mon tapis ! C'était trop drôle. Enfin, pas pour toi, j'imagine. » Elle pivota sur sa chaise et s'examina dans le miroir. « Tu t'appelles comment, au fait ?

— Jude.

— Comme dans la chanson ?

— Non, comme dans la Bible.

— Ça me plaît. Hey Jude, je voudrais pas être chienne, mais il faut que je me change.

— Oh, pardon. »

Elle s'apprêtait à la laisser quand Kennedy l'arrêta. « Reste. Tu peux m'aider. Je n'arrive jamais à enfiler ce truc toute seule. » Elle était en train de sortir du placard la grande robe à cerceaux du début. Jude lissa les plis du tissu orange, tandis que Kennedy se débarrassait de son tee-shirt. Elle était mince et bronzée, et portait un ensemble slip et soutien-gorge roses. Jude détourna les yeux, fixant la table encombrée où traînaient du maquillage, un fer à friser, des boucles d'oreille en or dépareillées et un emballage de bonbon froissé.

« Alors, tu viens d'où, Hey Jude ? Passe-moi ça, s'il te plaît. Je hais ce machin à un point, tu ne peux pas savoir. En plus, ça me fait éternuer. » Elle leva les bras et Jude se retrouva face à ses aisselles lisses. Elle l'aida à soulever la robe au-dessus de sa tête et, fidèle à sa promesse, Kennedy laissa échapper un éternuement raffiné avant de glisser ses mains dans les manches.

« De Louisiane, répondit Jude.

— Sans rire ? Ma mère aussi. Moi, je viens d'ici. En même temps, je ne sais pas si on peut dire qu'on vient d'un endroit qu'on n'a jamais quitté. Je suis nulle pour ce genre de trucs. La fermeture Éclair ? »

Elle parlait si vite que Jude avait le tournis.

« De quel coin ?

— Oh, tu peux te magner ? Le lever du rideau est dans vingt minutes et je ne suis même pas maquillée. » Elle souleva ses cheveux blonds et Jude passa derrière elle pour remonter la glissière.

« Ta mère s'appelle comment ? Je connais peut-être sa famille.

— Ça m'étonnerait », gloussa Kennedy.

À quoi jouait-elle ? Elle avait aperçu à une réception une femme qui ressemblait à sa mère et voilà qu'elle suivait une Blanche et se retrouvait à l'aider à enfiler un costume ridicule ? Qu'est-ce que ça pouvait lui faire, en plus ? Elle n'avait jamais rencontré Stella. Kennedy se pencha vers le miroir et entreprit de se poudrer. Enfin, elle se tut pour se concentrer, comme Barry avant de monter sur scène. « Il faut que je me recueille », disait-il toujours, chassant Jude. Parfois, elle s'attardait sur le seuil pour le regarder. Un voile tombait sur son visage. Un instant plus tôt, c'était Barry et soudain, Bianca était là. Elle vit une métamorphose similaire sur les traits de Kennedy. Et cela lui parut plus indiscret que de l'avoir vue en sous-vêtement. Elle se dirigea vers la porte.

« Tu ne connaîtrais pas une famille Vignes, par hasard ? lança Kennedy. C'est le nom de jeune fille de ma mère. » Elle tourna la tête vers elle. « Estelle Vignes. Mais tout le monde l'appelle Stella. »

Onze

Statistiquement parlant, il est peu probable de rencontrer une nièce qu'on n'a jamais vue à une réception en l'honneur d'un retraité à Beverly Hills, mais ce n'est pas impossible. Stella Sanders aurait été la première à le reconnaître. Des événements improbables se produisent constamment, essayait-elle d'expliquer à ses étudiants, car l'improbabilité est une illusion basée sur nos préconceptions. Lesquelles n'ont souvent rien à voir avec la vérité statistique. Après tout, il est totalement improbable qu'une personne précise soit vivante à un moment donné. Un spermatozoïde particulier fertilisant un ovule particulier pour aboutir à un fœtus viable. Sans compter que les jumeaux ont toutes les chances d'être mort-nés et que les vrais jumeaux ont une santé plus fragile que les faux. Pourtant elle était bien vivante et assurait le cours d'introduction aux statistiques à Santa Monica College. Probable ne signifiait pas certain. Improbable ne signifiait pas impossible.

Elle avait découvert les statistiques en deuxième année à l'université Loyola Marymount. Elle-même ne se qualifiait pas de deuxième année ; ça aurait été ridicule, sachant qu'elle avait dix ans de plus que ses condisciples. À l'époque, elle ne savait pas ce qu'elle voulait étudier, seulement qu'elle aimait les chiffres. Les statistiques la fascinaient parce que beaucoup de gens se méprenaient à leur sujet. À Las Vegas, elle était restée assise à la table de craps à côté de Blake dans un casino enfumé où il avait perdu quatre cents dollars, s'entêtant à jouer, car il était persuadé que la chance devait tourner. Mais les dés ne devaient rien à personne.

« Peu importe ce qui est déjà sorti, avait-elle fini par lâcher, exaspérée. Tous les chiffres ont autant de probabilités de sortir à chaque coup, si les dés ne sont pas pipés. Ce qu'ils sont, de toute manière.

— Elle a suivi un cours, et voilà », lança Blake au joueur assis à côté d'eux.

Celui-ci rit, tirant sur son cigare.

« Je reste toujours. J'aime mieux perdre que penser que j'aurais peut-être gagné si je ne m'étais pas dégonflé.

— Bien dit. »

Les deux hommes trinquèrent. La vérité statistique, comme toute vérité, est dure à avaler.

La plupart des gens se laissent guider par le cœur plus que par la tête. Stella n'était pas différente des autres. Sa décision de quitter La Nouvelle-Orléans avec Blake n'avait-elle pas été dictée par ses émotions ?

Et son choix de rester avec lui pendant toutes ces années ? Ou le fait d'avoir accepté de venir à la fête en l'honneur de Bert Hardison, et d'avoir demandé à Kennedy d'y faire elle aussi une apparition, parce que, selon Blake, ils devaient afficher un front uni ? Une famille heureuse : c'était important pour les autres associés. En bon spécialiste du marketing, il était conscient de la valeur de sa propre marque et savait que sa femme et sa fille étaient ni plus ni moins une extension de celle-ci. Elle avait donc consenti à assister à la soirée et elle avait fait le tour du salon, jouant les épouses dévouées, malgré la présence envahissante de Bert Hardison, qui sentait le brandy et avait la main sur sa taille (comme si c'était subtil !). Blake ne s'était bien entendu rendu compte de rien. Il était en grand conciliabule dans un coin avec Rob Garrett et Yancy Smith, pendant que Stella échangeait des platitudes avec Donna Hardison, sans quitter de l'œil sa fille qui l'air de rien se rapprochait du bar, tout en évitant la tache rouge sur le tapis blanc, qu'un employé noir nettoyait sans conviction avec de l'eau gazeuse.

Il y avait eu un malheureux incident un peu plus tôt. Une jeune serveuse avait renversé du vin, attirant brièvement l'attention sur elle. Stella, qui venait d'arriver, n'avait assisté qu'à la fin de la scène. Une fille couleur charbon épongeant frénétiquement un coûteux merlot sur un tapis encore plus onéreux, interrompue par Donna glapissant qu'elle ne faisait qu'empirer les choses. Même après le renvoi de la coupable, tout le monde ne parlait que d'elle.

« Je n'en reviens pas, disait Donna. À quoi bon embaucher des extras s'ils ne sont pas capables de tenir une malheureuse bouteille. »

Stella trouvait cette histoire assommante. Le genre de broutille sur laquelle les gens faisaient une fixation quand ils n'avaient rien de plus intéressant à dire. Sans comparaison avec les soirées du département de mathématiques, où l'on ne cessait de passer d'un sujet à l'autre – des conversations peut-être énigmatiques et prétentieuses, mais jamais ennuyeuses. Elle était heureuse de fréquenter des esprits aussi brillants. Des penseurs. Pour les collègues de Blake, l'intelligence était un moyen d'atteindre un but, en l'occurrence gagner plus d'argent. Au département de mathématiques de Santa Monica College, personne ne comptait devenir riche. La connaissance était une fin en soi. Elle avait de la chance de pouvoir passer ses journées à apprendre.

Ce soir-là, en rentrant chez elle après la réception, elle s'était surprise à penser à Loretta Walker. Stella portait le vison que Blake lui avait offert à Noël cette fameuse année. Peut-être était-ce à cause de la caresse de la somptueuse fourrure sur son mollet. Ou alors parce qu'ils s'étaient – encore – disputés le matin même, quand elle lui avait annoncé qu'elle serait en retard, à cause du travail qu'elle devait justement à Loretta. Après le départ des Walker, elle avait sombré dans une dépression qui avait duré des mois. Un état d'abattement profond, même pour elle qui était sujette à la mélancolie. Et le plus dur, c'était qu'elle ne pouvait expliquer à personne les raisons de son deuil. C'était comme de perdre Desiree une seconde fois. Blake l'avait incitée à faire une activité, ce dont il se mordait les doigts à présent, car c'était l'argument qu'elle lui opposait dès qu'il lui reprochait de travailler.

« Tu étais le premier à m'y encourager. Je devenais folle à tourner en rond dans cette maison.

— Oui, mais… je pensais, je ne sais pas, à un atelier d'arrangement floral, quelque chose comme ça. »

Elle avait toujours eu honte de sa scolarité inachevée. Elle se sentait idiote quand quelqu'un utilisait un terme qu'elle ne comprenait pas. Elle détestait demander son chemin, même quand elle était perdue. Elle redoutait le jour où sa fille en saurait plus qu'elle, où elle ouvrirait de grands yeux devant les devoirs de Kennedy, incapable de l'aider. Elle avait dit à son mari qu'elle voulait passer le GED, l'équivalent du diplôme de fin d'études secondaires.

« Je pense que c'est une excellente idée, Stel. » Il ne la prenait pas réellement au sérieux, mais elle s'était inscrite. Deux soirs de suite, elle était restée dans sa voiture sur le parking de la bibliothèque, incapable de s'aventurer à l'intérieur. Elle s'imaginait déjà devant le tableau, le regard vide. Elle était intelligente autrefois, mais c'était si loin. Depuis des années, sa seule activité ayant un vague rapport avec les mathématiques consistait à pointer ses dépenses. La troisième fois, elle avait pris son courage à deux mains et lorsque le professeur avait expliqué un problème d'algèbre, elle avait soudain eu l'impression d'avoir de nouveau seize ans et d'être la première de la classe de Mme Belton. Aujourd'hui comme hier, il y avait toujours une réponse juste, qu'elle la connaisse ou non. C'était ce qui lui plaisait avec les maths. Elle trouvait ça rassurant.

Blake avait paru content pour elle lorsqu'elle avait reçu son diplôme par la poste. En revanche, il s'était montré modérément enthousiaste quand elle avait annoncé qu'elle allait poursuivre ses études à Santa Monica College, puis avait décidé de passer sa licence à Loyola Maymount, et encore moins lorsque Santa Monica lui avait proposé le cours d'introduction aux statistiques en tant qu'attachée temporaire. Elle était payée une misère, n'avait qu'une dizaine d'étudiants, mais enseigner l'électrisait. Sa tutrice, Peg Davis, l'encourageait à s'inscrire en master et à commencer à réfléchir à un sujet de thèse. Elle pourrait devenir professeure d'université, être titularisée un jour. Stella Sanders, docteur en mathématiques, ça sonnait bien, non ?

« C'est cette féministe, ronchonnait Blake chaque fois qu'elle rentrait tard du campus. C'est elle qui te fourre toutes ces idées dans la tête.

— Crois-le ou non, je suis capable de penser par moi-même.

— Oh ! tu sais bien que ce n'est pas ce que…

— C'est exactement ce que tu voulais dire.

— Elle n'est pas comme toi. Tu as une famille. Des obligations. Elle, elle n'a que la politique. »

Mais depuis quand Stella prenait-elle ses décisions en fonction de ses obligations familiales ? La famille relevait du domaine du cœur. Elle s'était peut-être toujours laissée guider par sa tête, après tout. Elle était devenue blanche parce que c'était commode. À l'époque, son choix lui avait paru frappé au coin du bon sens. Pourquoi ne pas être blanche si c'était possible ? Demeurer celle qu'elle était ou devenir une autre, c'était un choix. Elle avait simplement pris la décision la plus rationnelle.

« Je t'ai déjà dit que tu n'étais pas obligée de faire ça, protestait Blake en désignant les paquets de copies sous son bras. J'ai toujours gagné assez pour que cette famille soit à l'abri du besoin. »

Mais elle n'avait pas accepté cet emploi pour l'argent. Elle avait écouté sa tête, et c'était peut-être ce qu'avait vu Loretta lorsqu'elle avait suivi la longue ligne sur sa paume.

« Tu as raté mon discours, lui fit remarquer Blake après la fête chez les Hardison, alors qu'il accrochait sa cravate à la porte du placard.

— Je t'avais prévenu que j'avais des copies à corriger.

— Et je t'avais prévenue que cette soirée était importante.

— Qu'est-ce que tu veux que je te dise ? J'ai fait de mon mieux. »

Il soupira, les yeux fixés sur la fenêtre noire.

« En tout cas, c'était un bon discours. Une bonne soirée.

— Oui, une belle réception. »

« Je sais pourquoi tu es ici », décréta Kennedy.

Une semaine s'était écoulée depuis la première des *Maraudeurs de minuit*. Lissant la nappe blanche, elle sourit à sa mère, assise en face d'elle dans le restaurant qui commençait à se remplir. Cette manie de montrer ses dents quand elle souriait exaspérait Stella. Comment pouvait-on se révéler autant ? À la table voisine, une Asiatique corrigeait des examens entre deux cuillères de soupe de pois cassés. Deux jeunes Blancs se disputaient poliment au sujet de John Stuart Mill. Stella prétendait avoir choisi ce restaurant près du campus d'USC parce que c'était plus pratique. En réalité, elle espérait que l'atmosphère inciterait sa fille à reconsidérer sa décision, ou qu'au moins elle en ressentirait de la honte.

Stella déplia sa serviette et la posa sur ses genoux.

« Il n'y a rien de très mystérieux. Je suis ici pour déjeuner avec toi.

— Bien sûr, maman, dit Kennedy en riant. Je ne doute pas que ce soit la seule raison qui t'ait poussée à traverser la ville...

— Je ne comprends pas pourquoi il faut que tu voies des conspirations partout. Je n'ai pas le droit de déjeuner avec ma fille ? »

Elle n'avait pas mis les pieds sur le campus depuis que Kennedy avait arrêté ses études. Et même à l'époque, elle n'y était venue que quelques fois : d'abord pour visiter les lieux, examinant d'un air sceptique les plantes grimpantes sur les murs de brique rouge, se demandant comment Kennedy pourrait être acceptée avec les notes qu'elle avait ; puis le jour de la rentrée, après avoir découvert que les bulletins médiocres n'étaient pas un problème si on pouvait faire une donation généreuse à l'établissement ; et enfin quelques semaines plus tard, pour plaider sa cause auprès du responsable des premières années, lorsque sa fille avait été surprise en train de fumer de l'herbe dans sa chambre. Elle n'avait même pas essayé de se cacher. Plus que la drogue, c'était cela qui ennuyait Stella : elle s'était fait prendre par paresse. Car Kennedy était intelligente mais paresseuse. Elle n'avait pas la moindre idée des efforts que sa mère avait dû déployer pour préserver le mensonge qu'était sa vie.

Au restaurant, Kennedy remuait lentement sa soupe avec un sourire moqueur.

« Comme tu veux. Gardons la leçon de morale pour le dessert. »

Il n'y aurait pas de leçon. Stella l'avait promis à Blake. Elle essaierait juste de la pousser dans la bonne direction. Kennedy savait qu'elle devait reprendre ses études. Pour l'instant, elle n'avait raté qu'un semestre : elle pouvait se rendre au service de la scolarité, expliquer qu'elle avait eu un petit passage à vide, supplier qu'on la réintègre. Elle n'aurait que quelques mois de retard : elle pourrait peut-être se présenter à ses examens après la session d'été. Stella avait passé en revue plusieurs scénarios, mais elle avait du mal à surmonter sa colère. Arrêter ses études pour devenir actrice ! C'était complètement idiot. Elle dut prendre sur elle pour ne pas le dire tout haut lorsqu'elle prit le menu.

Le pire, c'était qu'elle avait cru que la phase difficile de Kennedy était derrière eux. Les professeurs du lycée qui téléphonaient parce qu'elle avait séché les cours, les bulletins désastreux, les nuits où Stella entendait la porte grincer et cherchait sa batte de base-ball, avant de réaliser que c'était juste sa fille qui rentrait, ivre. Les jeunes paumés qui traînaient devant la maison et la klaxonnaient.

« Ma petite rebelle », avait dit Blake une fois en gloussant, comme s'il y avait de quoi être fier.

Cette rébellion qui perturbait la vie qu'elle avait patiemment construite effrayait Stella. À la table du petit déjeuner, elle se retrouvait face à quelqu'un qu'elle ne reconnaissait plus. La fillette au visage d'ange avait disparu, cédant la place à une grande perche bronzée incapable de décider qui elle voulait être. Un matin, un tee-shirt délavé des Ramones pendouillait sur ses épaules osseuses, le lendemain, une minijupe écossaise révélait ses cuisses, et le jour d'après une longue robe dansait autour de ses chevilles. Elle s'était aussi teint les cheveux en rose. Deux fois.

« Pourquoi est-ce que tu ne peux pas être simplement toi-même ? lui avait demandé Stella.

— Peut-être parce que je ne sais pas qui je suis », avait riposté Kennedy. Stella comprenait. Elle comprenait mieux que quiconque. C'était ce qui rendait la jeunesse si excitante, non ? L'idée de pouvoir être n'importe qui. C'était ce qui l'avait ravie dans la boutique de bijoux fantaisie, autrefois. Puis un jour on se réveillait adulte, les choix qu'on avait faits se cristallisaient et on réalisait qu'on avait mis en place les fondements de la personne qu'on était devenue des années plus tôt. Le reste n'était que conséquences. Elle n'était donc pas surprise que sa fille se cherche, et elle se reprochait même son instabilité. Il y avait peut-être un déséquilibre en Kennedy, provenant du fait qu'une part d'elle sentait que sa vie était bâtie sur un mensonge. Comme si, un beau matin, elle avait touché les arbres autour d'elle seulement pour réaliser que c'était un décor en carton.

« Je ne vais pas te faire la morale, lui assura Stella. J'aimerais juste qu'on réfléchisse au semestre prochain...

— Qu'est-ce que je disais ?

— Tu n'as pas manqué grand-chose, ma chérie. Je sais que tu es emballée par cette pièce...

— C'est une comédie musicale.

— Si tu veux...

— Tu le saurais si tu avais assisté à la première.

— J'ai une proposition. Je viens te voir si tu vas au service de la scolarité…

— Le chantage affectif ? C'est nouveau.

— Du chantage ? » Stella se pencha en avant, baissant la voix. « Vouloir le meilleur pour toi, c'est du chantage ? Vouloir que tu fasses des études, que tu t'améliores…

— Ce qui est bien pour toi ne l'est pas nécessairement pour moi. »

Mais alors, qu'est-ce qui était bien pour elle ? Stella avait été stupéfaite et un peu honteuse d'apprendre que Kennedy était sur la sellette depuis un semestre. « Il faut que jeunesse se passe », avait dit Blake. Mais son dilettantisme la dépassait. Elle, une fille de couleur sans le sou venant d'un trou perdu de Louisiane, avait réussi à faire mieux que ça. Deux C moins, deux D et un malheureux B moins, en théâtre. Le théâtre n'était même pas un vrai cours, c'était un loisir ! Un loisir dont elle avait décidé de faire sa vie, quelques mois après ce semestre désastreux. À quoi bon tout donner à un enfant, alors ? Lui acheter des livres, l'envoyer dans les meilleures écoles, payer des professeurs particuliers, faire des pieds et des mains pour qu'elle soit acceptée dans une bonne université : à quoi bon, si c'était pour se retrouver en face d'une fille blasée qui mangeait sa soupe du bout des lèvres et jetait un regard las sur un restaurant où se trouvaient quelques-uns des esprits les plus brillants du pays ?

« La fac, ce n'est pas pour tout le monde.

— Peut-être, mais c'est pour toi.

— Qu'est-ce que tu en sais ?

— Je le sais, c'est tout. Tu es intelligente. C'est juste que tu ne fais pas d'efforts. Si seulement tu voulais te donner la peine…

— Mais je ne peux peut-être pas plus ! Je ne suis pas une intello comme toi.

— Je ne crois pas que tu fasses de ton mieux.

— Comment tu peux en être sûre ?

— J'ai fait trop de sacrifices pour que tu laisses tomber tes études ! »

Kennedy leva les mains en riant.

« Et c'est reparti. Ce n'est pas de ma faute si tu as grandi dans une famille pauvre, maman. Je n'étais même pas née, tu ne peux pas me reprocher ton enfance de merde. »

Un jeune serveur noir se pencha pour remplir son verre d'eau et Stella se tut. Kennedy avait en partie raison. Elle avait fait ses choix bien avant son arrivée ; sa fille n'avait fait que consolider les fondations qu'elle avait posées. Mais ce qui aurait été difficile avant sa naissance était devenu impossible après. Elle ne retournerait jamais à Mallard. En être consciente ne signifiait pas rejeter la faute sur Kennedy. Elle ne saurait jamais ce à quoi sa mère avait renoncé pour elle. Il était trop tard pour les grandes révélations. Stella se tamponna la bouche avec la serviette blanche.

« Baisse le ton. Et ne jure pas. »

« Ce n'est pas la fin du monde, dit Peg Davis. Beaucoup d'étudiants prennent une année sabbatique. »

Stella soupira. Elle était dans son bureau, où régnait un tel fouillis qu'elle devait souvent ôter une pile de livres d'une chaise pour s'asseoir, ou passer dix minutes à chercher les lunettes de vue de sa tutrice avant de les retrouver sous un tas de copies. Elle aurait pu prendre quelqu'un pour l'aider à faire du tri. Stella s'était même portée volontaire. Elle lui rappelait Desiree, qui perdait toujours beaucoup plus de temps à chercher ce qu'elle avait égaré qu'elle n'en aurait mis à ranger son coin de la chambre, mais quand Stella lui en faisait la remarque, sa sœur levait les yeux au ciel et lui disait de garder ses leçons pour elle. Peg accueillait ses conseils avec autant de dédain.

« Oh, elles doivent être quelque part par là », disait-elle chaque fois que ses clés disparaissaient, transformant un entretien de plus en chasse au trésor.

On pouvait être distrait quand on était un génie. Peg enseignait la théorie des nombres, un champ des mathématiques qui paraissait si complexe à Stella qu'il confinait à la magie. Les mathématiques théoriques n'avaient pas grand rapport avec les statistiques, néanmoins, Peg avait offert de la conseiller. Elle était la seule professeure titulaire du département et elle prenait sous son aile toutes les étudiantes. Lors de leur premier rendez-vous, Peg s'était carrée dans son fauteuil et l'avait examinée avec curiosité. Elle avait de longs cheveux blonds grisonnants et portait des lunettes rondes qui lui mangeaient le visage.

« Alors, racontez. C'est quoi votre histoire ? »

Jamais Stella ne s'était retrouvée sous un regard aussi perçant. Elle avait remué sur sa chaise, faisant tourner son alliance autour de son doigt.

« Je ne sais pas. Qu'est-ce que vous voulez dire ? Je n'ai pas d'histoire. Enfin, rien de spécial. »

Le rire de Peg l'avait prise au dépourvu.

« À d'autres. Ce n'est pas tous les jours qu'une femme au foyer décide de retourner à l'école pour étudier les mathématiques. Ça ne vous dérange pas si je vous appelle comme ça ?

— Comment ?

— Femme au foyer.

— Non. C'est ce que je suis, après tout.

— Vraiment ? »

C'était typique de Peg : ses conversations étaient méandreuses, avec des questions qui ressemblaient à des réponses et des réponses qui ressemblaient à des questions. Avec elle, Stella avait toujours l'impression de passer un examen, ce qui lui donnait encore plus envie de prouver qu'elle était digne de son estime. Peg lui donnait des livres – Simone de Beauvoir, Gloria Steinem, Evelyn Reed – et elle les dévorait tous, même si Blake secouait la tête devant les couvertures. Il ne voyait pas le rapport avec les mathématiques. Elle l'invitait aussi à des manifestations.

Stella avait trop peur de se retrouver au milieu d'une foule criant des slogans pour accepter, mais elle lisait avidement les comptes-rendus dans le journal.

« Alors, qu'est-ce que la bande à Peggy a inventé cette fois ? » ironisait Blake, regardant la rubrique locale par-dessus son épaule. Et elles étaient là, qui protestaient contre le concours de Miss America, contre une publicité sexiste dans *Los Angeles Magazine* ou la sortie d'un film qui glorifiait les violences contre les femmes. La « bande à Peggy » était uniformément blanche, et le jour où Stella lui avait demandé s'il y avait des Noires dans le groupe, sa tutrice s'était vexée.

« Elles ont leurs propres problèmes. Mais si elles veulent rejoindre le combat, elles sont les bienvenues. »

De quel droit Stella la jugerait-elle ? Au moins, Peg avait des valeurs, elle était engagée. À l'université, elle était de toutes les luttes : congé maternité, sexisme à l'embauche, exploitation des enseignants temporaires. Elle se dressait contre toutes ces injustices, alors qu'elle-même n'avait pas d'enfant et qu'elle était titulaire : elle se battait pour des avancées dont elle ne bénéficierait pas.

Protester par devoir, et peut-être aussi pour le plaisir : voilà qui dépassait Stella.

Dans son bureau, ce jour-là, elle s'empara d'un livre sur les nombres premiers et répondit : « C'est une année sabbatique seulement si on reprend ses études après.

— Ce qu'elle fera peut-être. Vous l'avez bien fait.

— C'était différent.

— En quoi ?

— Je n'avais pas le choix. J'ai dû arrêter l'école. À son âge, je rêvais d'aller à l'université. Elle envoie tout promener.

— Elle n'est pas vous. Et vous ne pouvez pas attendre d'elle qu'elle le soit. »

Ce n'était pas ce qu'elle demandait à sa fille, ou alors pas seulement. Kennedy lui faisait parfois l'effet d'une étrangère. Si elle était restée à Mallard, leurs différences l'auraient peut-être amusée. Toutes ces petites choses qui lui rappelaient Desiree, et elle en aurait ri avec sa sœur, « Tu es sûre que ce n'est pas la tienne ? » Mais ici, dans ce monde, cela la terrifiait. Si elle avait le sentiment que sa fille n'était pas véritablement la sienne, alors rien dans sa vie n'était réel.

« Peut-être que dans le fond, c'est contre vous-même que vous êtes en colère.

— Quelle idée ! Pourquoi ?

— Toutes ces années à parler de faire un troisième cycle. Et puis rien.

— Oui, mais... » Stella s'interrompit. Ça n'avait rien à voir. Chaque fois qu'elle évoquait le sujet, Blake se braquait. Encore des études ? Bon sang, Stella, tu n'en as pas marre d'aller à l'école ? Il l'accusait d'abandonner sa famille, elle l'accusait de l'abandonner elle, et ils s'endormaient tous les deux fâchés.

« Bien sûr, il pense pouvoir jouer les tyrans. C'est parce que vous lui faites peur. Une femme avec un cerveau, il n'y a rien de plus effrayant pour un homme.

— Je n'en suis pas si sûre. » Blake demeurait son mari ; elle n'aimait pas que quelqu'un d'autre le critique.

« Vous savez, c'est avant tout une question de pouvoir. Il le veut et il ne veut pas que vous l'ayez. Pourquoi est-ce que les hommes couchent avec leur secrétaire, à votre avis ? »

Une fois de plus, Stella regretta de lui avoir confié comment Blake et elle s'étaient connus. Leur histoire qui lui paraissait si romantique autrefois était devenue sordide avec les ans. Elle était jeune alors, l'âge de sa fille, et elle n'avait jamais rencontré un homme comme lui. Évidemment qu'elle n'avait pas su lui résister. La première fois, elle n'avait que dix-neuf ans. C'était pendant un voyage d'affaires de Blake à Philadelphie. Avant cela, elle avait déjà compris qu'une secrétaire était un genre d'épouse platonique ; elle connaissait son emploi du temps par cœur, accrochait son chapeau et son manteau, lui servait son whisky. Elle lui apportait son déjeuner, savait comment le prendre quand il était de mauvaise humeur, l'écoutait se plaindre de son père, se souvenait d'envoyer des fleurs à sa mère pour son anniversaire. C'était pour ça qu'il l'avait invitée à Philadelphie, pensait-elle, jusqu'au dernier soir du voyage, où il s'était penché sur elle pour l'embrasser au bar de l'hôtel.

« Si vous saviez depuis combien de temps je rêvais de faire ça, avait-il dit. Depuis le déjeuner chez Antoine, en fait. Vous aviez l'air adorable et perdue. J'ai compris que j'étais fichu. J'avais dit trouvez-moi une secrétaire qui a une jolie écriture, peu importe si elle est laide. J'espérais que vous le seriez. Et il a fallu que la plus jolie fille ait la plus jolie écriture. Depuis, vous me torturez. »

Il riait mais son regard était si sérieux qu'elle sentit son cou rougir.

« Je ne voulais pas. Vous torturer.

— Vous m'en voulez beaucoup de vous avouer tout cela ? »

La nervosité de Blake rassura Stella. Elle était déjà sortie avec quelques Blancs, mais n'avait jamais été au-delà d'un baiser dans leur voiture. Elle avait trop peur que son corps la trahisse. Sur les draps, sa peau aurait peut-être l'air plus sombre, ou la sensation serait différente quand il serait en elle. Si la nudité ne révélait pas qui on était vraiment, alors, que restait-il ?

Dans la chambre d'hôtel, il l'avait déshabillée lentement. Il avait descendu la fermeture Éclair de sa jupe, dégrafé son soutien-gorge, s'était penché pour faire glisser ses bas. Son sexe tendait son slip blanc et elle était presque gênée pour lui, gênée pour tous les hommes contraints d'afficher leur désir aussi ouvertement. Elle ne pouvait rien imaginer de pire que de ne pas avoir de contrôle sur ce qu'elle voulait dissimuler.

Elle n'aurait pas pu lui dire non, avait-elle réalisé depuis, même si à l'époque elle n'avait aucune envie de se refuser. C'était peut-être ce qui faisait la différence. Ou peut-être la différence résidait dans le simple fait de penser qu'il y en avait une.

« Ne me regardez pas comme ça, la gronda Peg.

— Comme quoi ?

— Comme si votre petit chat venait de mourir. Ça m'énerve que vous vous rabaissiez pour lui. Uniquement parce qu'il ne vous verra jamais telle que vous vous voyez. »

Stella détourna les yeux.

« Vous ne pouvez pas comprendre. Quand je songe à celle que j'étais avant lui... C'est comme d'être quelqu'un d'autre.

— Allons bon, et qui étiez-vous donc ? »

Une jumelle. C'était bizarre de se penser encore ainsi, après toutes ces années. Elle était timide par rapport à Desiree, la seule personne à qui on la comparait alors. Quand on a une jumelle, on a parfois l'impression de vivre avec une autre version de soi. Tout le monde a sans doute ce fantasme d'un soi alternatif. Sauf que le sien était réel. Stella se réveillait le matin face à elle-même. Certains jours, elle lui paraissait une étrangère. Pourquoi est-ce que tu ne me ressembles pas plus ? pensait-elle. Comment suis-je devenue moi et comment es-tu devenue toi ? Peut-être était-elle silencieuse parce que Desiree ne l'était pas. Peut-être avaient-elles passé leur enfance et leur adolescence à s'ajuster en fonction de l'autre, à se compenser mutuellement. À l'enterrement de leur père, Stella avait à peine ouvert la bouche. Quand quelqu'un l'interrogeait, Desiree répondait à sa place. Au début, ça la déstabilisait. C'était à elle qu'on s'adressait et c'était sa sœur qui parlait. Comme si sa voix se situait à l'extérieur de son corps. Puis elle s'était habituée à disparaître dans son propre silence. On pouvait ne rien dire et se sentir libre dans ce vide.

Elle contempla un moment les étudiants qui passaient à vélo de l'autre côté de la fenêtre, puis se tourna vers Peg.

« Je ne m'en souviens même plus. »

Douze

Jude travaillait au Stardust Theater depuis quinze jours, et elle avait déjà appris deux choses importantes au sujet de Kennedy Sanders : elle voulait être une star à Broadway et se conduisait comme toutes les actrices frustrées, mi-orgueilleuse, mi-blessée. En ce qui concernait l'orgueil, c'était flagrant. Elle adorait faire attendre les autres, franchir d'un pas nonchalant toutes les portes qu'on lui tenait. Quand elle se disputait avec le metteur en scène à propos de son jeu, c'était souvent pour le plaisir. Elle garait sa voiture de sport rouge au fond du parking, parce que, prétendait-elle, une doublure jalouse l'avait un jour rayée avec une clé. Elle aimait inventer des mensonges sur sa vie, comme si la réalité était trop terne pour qu'elle se donne la peine de la raconter. Elle disait une chose puis se reprenait dans la même conversation. Une fois, elle raconta à Jude que sa voiture était un cadeau pour fêter son diplôme de fin d'études secondaires.

« Ou plutôt parce qu'ils en revenaient pas que j'aie réussi. J'étais une peste au lycée. Comme tout le monde. Enfin, peut-être pas. Je parie que tu n'étais pas une peste.

— C'est vrai.

— Je le savais. Tu vois, je devine ces choses-là, qui mangeait ses brocolis et écoutait papa, qui passait son temps à mettre le bordel. Hé, sois un amour, jette ça, tu veux bien ? »

Elle laissa tomber des papiers de bonbon froissés dans les mains patientes de Jude. Les deux derniers week-ends, elle avait pris le bus jusqu'au théâtre décrépit pour balayer le pop-corn par terre, frotter les lavabos dans les toilettes et faire le ménage dans les loges. Lorsqu'elle aurait fait ses preuves, lui avait promis son chef, elle aurait peut-être le droit de déchirer les billets et de guider les gens à leur siège. S'il avait su qu'elle était exactement à l'endroit où elle souhaitait être. Mais elle ne risquait pas de le détromper. Elle lui avait donné la version simple : elle venait d'obtenir sa licence et avait besoin de travailler le week-end pour gagner un peu d'argent. Elle pouvait être là le vendredi et le samedi soir, ainsi que le dimanche après-midi. Les jours où se jouaient *Les Maraudeurs de minuit*. Il lui dit de revenir le dimanche habillée en noir.

« Je n'aime pas ça », protesta Reese, appuyé contre l'évier de la cuisine, la ceinture porte-outils délavée de M. Song autour de la taille. Il avait l'air tellement inquiet qu'elle regrettait de lui en avoir parlé.

« C'est juste un petit boulot. Et ce sera toujours un peu d'argent en plus.

— Arrête de te raconter des histoires.

— Et après, qu'est-ce que tu veux que je fasse ? Que j'oublie qu'elle est la fille de Stella ? Je ne peux pas. J'ai besoin de mieux la connaître. Il faut que je rencontre Stella.

— Et tu penses t'y prendre comment ? »

Elle n'en avait pas la moindre idée. Avant chaque spectacle, elle retrouvait Kennedy pour l'aider à enfiler l'encombrante robe. Elle lui rendait toutes sortes de menus services : elle lui apportait de l'eau chaude avec du citron, lui rapportait des sandwichs d'un snack voisin, courait lui chercher des Coca au distributeur dans le hall. Elle se sentait idiote, à attendre devant la loge avec une tasse de thé fumant l'arrivée de Kennedy qui la bousculait, essoufflée, tenant sa présence pour acquise.

« Tu me sauves la vie, disait-elle. Je te revaudrai ça. » Jamais un simple merci.

Pendant la première partie, avant de préparer le stand de restauration légère pour l'entracte, Jude se glissait dans les coulisses pour assister au spectacle qui lui semblait de plus en plus ridicule. Un western musical sur une fille intrépide qui débarquait dans une ville fantôme littéralement peuplée de fantômes.

« Je trouve ça très malin, affirmait Kennedy. On pense un peu à Hamlet, en fait. » On n'y pensait pas un seul instant, mais elle le disait avec une telle conviction qu'on la croyait presque. C'était son premier véritable rôle depuis qu'elle avait abandonné la fac, deux mois plus tôt, lui avoua-t-elle un soir après la représentation. Elles étaient attablées dans un *diner* de l'autre côté de la rue et Kennedy trempait ses frites dans de la sauce ranch.

« Ma mère n'est toujours pas venue me voir. Elle a les boules parce que j'ai arrêté mes études. Elle pense que j'hypothèque mon avenir. Et elle a peut-être raison. Presque personne ne perce, hein ? »

C'était la première fois qu'elle baissait sa garde et elle avait l'air si peu sûre d'elle que Jude faillit lui prendre la main. Son élan d'empathie la surprit elle-même. C'était donc comme ça, pour les petites filles riches ? Un choix déraisonnable te valait de la compassion, pas du mépris ; un simple moment de doute obligeait quelqu'un qui te connaissait à peine à t'assurer que tu étais un être exceptionnel ?

« Personne n'est pris en fac de médecine non plus, rétorqua Jude.

— C'est pas pareil. Ma mère serait trop heureuse si je décidais d'être médecin, crois-moi. Comme la plupart des mères, je suppose. Elles voudraient toutes qu'on ait une meilleure vie que la leur.

— Parce que la sienne était comment ?

— Dure. Des petits Blancs du Sud, *Les Raisins de la colère*. Elle faisait quinze kilomètres à pied chaque jour pour aller à l'école, tu vois le genre.

— Elle avait beaucoup de frères et sœurs ?

— Non. Elle était fille unique. Et ses deux parents sont morts. Elle est la seule survivante. »

Ce n'était pas très difficile de comprendre pourquoi Stella était devenue blanche. Qui ne rêvait pas de changer de vie, de tout recommencer à zéro, d'être quelqu'un de neuf ? En revanche, comment avait-elle pu tuer tous ceux qu'elle aimait ? Comment avait-elle pu partir sans se retourner et abandonner des gens qui souffraient encore de son absence après des années ? C'était ce que Jude avait le plus de mal à comprendre.

« Je ne sais pas comment tu fais pour la supporter, soupirait Barry. Cette fille est un vrai moulin à paroles. À ta place, je lui aurais déjà fourré son bonnet dans la bouche. »

Comme le reste de la troupe, il trouvait Kennedy odieuse. Mais Jude voulait la faire parler. Elle cherchait Stella dans toutes ses anecdotes. Elle soulevait donc patiemment cette fichue robe et écoutait Kennedy jacasser sans fin, dire qu'elle aimerait trop aller en Inde l'été prochain, mais qu'elle était inquiète, parce que tu sais on ne peut même pas boire l'eau dans ces pays-là, et puis elle avait une amie – enfin, non, pas une amie, une voisine d'enfance, Tammy Roberts – qui avait fait un voyage humanitaire là-bas et qui était rentrée malade à cause des fruits. Dingue, non ? Des fruits ? Plutôt mourir avec une seringue plantée dans le bras que de laisser une mangue la tuer. Une autre fois, Kennedy lui confia qu'un ex-amant à elle serait dans le public, un surfeur marié qui vivait dans son immeuble. Elle avait couché avec lui une fois, après qu'il avait rapporté une bouteille d'absinthe de France.

« On a vu des trucs super trippants », dit-elle, étirant ses pieds nus sur le canapé bosselé.

Le lever du rideau était dans quinze minutes et elle n'était même pas habillée. Elle n'était jamais concentrée, jamais préparée. Lorsque Jude arrivait pour l'aider, elle ouvrait la porte, l'air un peu surprise, comme si ce n'était pas elle qui lui avait demandé de venir. Elle parlait toujours de sa mère sans crier gare. Une fois, avant une représentation, elle confia à Jude qu'elle avait fait ses débuts sur scène à l'âge de onze ans. Sa mère l'avait inscrite à toutes sortes d'activités, parce que c'était ce que faisaient les parents à Brentwood, ils lançaient leurs enfants comme un filet de pêche, en espérant qu'ils ramèneraient un talent ou un autre. Elle avait donc pris des cours de tennis et de danse classique, fait de la clarinette et du piano – assez d'instruments pour créer son propre orchestre symphonique. Sans succès. Elle était irrémédiablement médiocre. Au point où sa mère en était gênée.

« Elle ne l'a jamais formulé, mais c'est évident. Elle aurait tellement aimé que je me distingue. »

Alors, sur un coup de tête, elle avait auditionné pour le spectacle de fin d'année. C'était une pièce sur le thème de la ruée vers l'or et elle avait obtenu un petit rôle d'ouvrier du rail chinois. Seulement sept répliques, que sa mère l'avait aidée à mémoriser : le texte dans une main, remuant la sauce des pâtes de l'autre, tandis que Kennedy traînait une pioche invisible par terre.

« C'était totalement ridicule. J'étais là, à jouer un coolie avec un chapeau de paille sur la tête. On ne voyait même pas mon visage. Mais ma mère m'a félicitée. Elle était… je ne sais pas… Elle avait l'air enthousiaste, pour une fois. »

Elle en parlait d'un ton nostalgique, comme tous ceux qui parlaient de Stella. C'était la seule partie de l'histoire qui semblait authentique.

Pendant tout le mois de novembre, Jude Winston travailla à chaque représentation des *Maraudeurs de minuit*. Elle rechargeait les machines à pop-corn, distribuait *Playbill* à l'entrée, aidait les vieilles dames à trouver leur siège. Le soir, elle s'endormait avec la musique d'ouverture dans les oreilles. Elle fermait les yeux et Kennedy apparaissait au centre de la scène, baignée de lumière. Impossible qu'elles soient cousines. Chaque fois qu'elle voyait arriver cette grande blonde, le visage caché derrière des lunettes de soleil, l'idée lui semblait plus aberrante. Avec un lien de parenté pareil, elles devraient avoir un minimum d'affinités, non ? Peut-être pas au premier abord mais, à force, elle aurait dû sentir leur sang commun. Alors que plus elle la côtoyait, plus elle lui paraissait étrangère.

Un vendredi soir, toute la troupe sortit boire un verre après la représentation. Barry prit le bras de Jude, insistant pour qu'elle les accompagne. Juste comme elle s'apprêtait à lui dire qu'elle était trop crevée, Kennedy les rejoignit en trottinant. Alors elle resta, bien entendu. Elle ne lui refusait jamais rien. Elle attendait toujours une révélation. La dernière représentation approchait et elle n'avait presque rien appris sur Stella. Au bar, le pianiste trouva un piano poussiéreux au fond de la salle mal éclairée et plaqua quelques accords. Lentement, la troupe se regroupa autour de lui, un peu ivre, encore portée par l'énergie du spectacle. Mais Kennedy resta avec Jude au bout de la table vétuste, leurs genoux se touchant.

« Tu n'as pas beaucoup d'amies comme moi, je me trompe ?

— C'est-à-dire ? »

Des Blanches, sans doute, pensa Jude. En fait, Kennedy la surprit.

« Des copines, je veux dire. Tu n'étais qu'avec des mecs, la première fois qu'on s'est vues.

— C'est vrai. Je n'ai pas vraiment de copines.

— Pourquoi ?

— Je n'en sais rien. Même petite, je n'en avais pas. C'était aussi à cause de l'endroit où j'ai grandi. Ils n'aiment pas les gens comme moi.

— Les Noirs ?

— Ceux qui ont la peau sombre. Si tu es clair, ça va.

— C'est débile », gloussa Kennedy.

Chacune trouvait la vie de l'autre incompréhensible et c'était inévitable, non ? Jude, elle, se demandait comment c'était de pouvoir s'offrir le luxe d'être indifférente à ses études et de savoir que, quoi qu'elle fasse, elle ne se retrouverait jamais dans le besoin. Elle détestait la musique punk braillarde qui s'échappait des haut-parleurs de Kennedy quand elle se garait sur le parking. Elle levait les yeux au ciel chaque fois qu'elle arrivait en retard. Elle lui en voulait lorsqu'elle réclamait son thé au citron. Pourtant, elle réagissait au quart de tour dès que Barry traitait Kennedy d'enfant gâtée. Il avait raison, bien sûr. Elle pouvait être exaspérante. Mais Jude lui aurait peut-être ressemblé si Desiree n'avait pas épousé un homme noir. Dans cette vie parallèle, les jumelles passaient toutes les deux de l'autre côté. Sa mère se mariait avec un Blanc et retirait son vison nonchalamment en arrivant à une réception au lieu d'être serveuse dans un trou perdu. Jude était pâle et belle ; elle conduisait une Camaro rouge à Brentwood, offrait sa main au vent par la fenêtre. Chaque soir, elle paradait sur scène et rejetait en arrière sa chevelure dorée sous les applaudissements du monde.

Le pianiste martela les premières notes de « Don't Stop Me Now », et Kennedy l'obligea à se lever avec un glapissement de joie. Jude n'avait jamais chanté en public, pourtant, elle se retrouva à reprendre la chanson en chœur avec les autres. Le barman finit par virer le groupe éméché qui dérangeait ses clients. Il était plus de trois heures lorsqu'elle se coucha, un peu grise. Elle sentait encore le bras de Kennedy autour de ses épaules. Elles n'étaient pas vraiment parentes ni amies, mais elles étaient quelque chose, non ?

« T'étais où ? » demanda Reese. Ils s'embrassaient dans le lit, mais elle avait encore la musique dans la tête.

« Excuse-moi. J'étais ailleurs.

— C'est cette fille ? soupira-t-il. Faut que t'arrêtes, chérie. Tu joues à un jeu dangereux.

— Ce n'est pas un jeu. C'est ma famille.

— Ce n'est pas ta famille. Ils veulent pas de toi et tu peux pas les obliger à t'accepter.

— Je n'essaie pas de...

— Dans ce cas, pourquoi tu lui tournes autour comme ça ? Tu peux forcer personne à être quelqu'un qu'il veut pas être. Et si ta tante veut être blanche, c'est sa vie.

— Tu ne comprends pas.

— OK, dit-il en levant les mains. Je ne te comprends pas du tout...

— Ce n'est pas ce que je voulais dire. » Mais était-ce vrai ? Il ne réalisait pas à quel point Stella avait manqué à Desiree pendant toutes ces années ni les milliers de kilomètres qu'Early avait parcourus à sa recherche. Il n'était pas là quand Jude fouillait dans les affaires au fond du placard et triait ce qui appartenait à Stella. Des bricoles, surtout, quelques vieux jouets, une boucle d'oreille ou une chaussette dépareillée. Elle ignorait si sa grand-mère avait choisi de garder tous ces souvenirs ou si elle avait oublié la présence des cartons. Elle les avait vidés méthodiquement dans l'espoir de découvrir pourquoi Stella était différente. Comment elle s'était débrouillée pour quitter Mallard, alors que sa mère ne savait que rester.

Tous les week-ends de novembre, elle aida Kennedy Sanders à enfiler sa robe dans sa loge. Puis, des coulisses, elle cherchait Stella parmi les spectateurs. Elle ne la vit pas une fois. Pourtant, elle continuait de scruter la salle quand la musique d'ouverture se taisait et que Kennedy entrait enfin en scène. Curieusement, dès que le spectacle commençait, le ton qui agaçait le reste de l'équipe disparaissait. Sous les projecteurs, elle n'était plus la garce sarcastique qui fumait à la chaîne dans la ruelle. Elle devenait Dolly, la gentille fille insouciante perdue dans une ville abandonnée.

« Je ne sais pas. J'ai toujours adoré la scène. Tous les yeux sur toi. C'est assez excitant, non ? »

C'était samedi soir, après la représentation, et Kennedy lui avait proposé de la ramener chez elle. Dans la voiture, elle lui adressa un coup d'œil moqueur et Jude, nerveuse, se tourna vers la fenêtre. Elle avait l'impression qu'elle la mettait au défi de soutenir son regard et elle était mal à l'aise.

« Non. Je détesterais ça.

— Pourquoi ?

— J'en sais rien. Je me sentirais… toute nue, je suppose. »

Kennedy éclata de rire.

« Jouer la comédie, c'est différent. Tu ne montres aux gens que ce que tu veux. »

Treize

Décembre arriva. Une publicité pour *West Side Story* recouvrit l'affiche des *Maraudeurs de minuit* devant le Stardust. Jude devait avoir l'air si déprimée que l'homme perché sur l'échelle pour changer le titre au fronton essaya de lui remonter le moral. « Ils font des reprises parfois. » Mais ce n'était pas au spectacle qu'elle pensait, c'était à Stella qui n'était toujours pas venue. Les représentations s'achevaient, et qu'est-ce qu'elle en avait tiré ? Quelques vieilles anecdotes sur une femme qu'elle ne rencontrerait jamais.

Le soir de la dernière, elle entra dans la salle pour balayer le théâtre vide et trouva Kennedy sur scène, dans la pénombre. Elle était si rarement en avance, jamais, en fait, que Jude lui demanda s'il y avait un problème. Kennedy éclata de rire.

« Je fais généralement un effort pour la dernière. C'est le souvenir qu'on laisse. On te juge à ta dernière représentation. »

Elle portait un jean déchiré et un grand chapeau violet souple qui lui masquait la moitié du visage.

Elle avait toujours l'air d'une gamine qui tirait des costumes d'un coffre rempli de déguisements.

« Pourquoi tu ne me rejoins pas ? »

Jude gloussa et regarda le théâtre désert.

« Qu'est-ce que tu racontes ? Je bosse.

— Et après ? Il n'y a personne. Viens, juste un petit moment, pour le fun. Je parie que tu n'es jamais montée sur une vraie scène. »

Elle avait raison, même si chaque année elle avait été tentée d'auditionner pour le spectacle de l'école. Sa mère avait joué dans *Roméo et Juliette* : elle avait appris toutes les phrases dans ce drôle d'anglais et elle avait laissé Ike Goudeau l'embrasser devant tout le monde. Mais quel bonheur quand elle s'était inclinée pour le salut sous un tonnerre d'applaudissements. Desiree aurait adoré voir sa fille sur scène. Une année, elle avait pris son courage à deux mains, décidée à se présenter, moins pour le rôle que pour faire plaisir à sa mère. Mais à peine avait-elle mis les pieds dans la salle qu'elle avait imaginé la ville entière se moquer d'elle. Elle s'était enfuie avant que le prof de théâtre n'appelle son nom.

Elle appuya son balai contre les fauteuils du premier rang.

« J'ai failli passer une audition une fois, dit-elle à Kennedy en gravissant les marches. Mais je me suis dégonflée.

— C'est peut-être ça, ton problème. Tu t'interdis des choses avant même qu'on t'ait dit quoi que ce soit. »

Le théâtre avait l'air différent depuis le plateau. Il y avait si peu de lumière dans la salle qu'on ne voyait pas les visages des spectateurs. Ça devait être très étrange de ne pas savoir ce que pensaient les gens qui regardaient.

« Quand j'étais petite, je faisais des cauchemars horribles. Vraiment atroces.

— À propos de quoi ?

— Justement. Je ne m'en souvenais jamais. Mais quand j'ai commencé à faire du théâtre, ça s'est arrêté. C'était super bizarre. Comme s'il y avait un truc mauvais en moi qui essayait de sortir et que je ne pouvais m'en débarrasser qu'ici. » Elle frappa les planches du talon. « C'est n'importe quoi, non ? Les gens créatifs font souvent des rêves intenses, c'est ce que disait le docteur. Je ne sais pas pourquoi. Tu comprendras peut-être quand tu seras médecin. »

Elle n'avait pas l'intention d'être psychiatre, néanmoins, la confiance de Kennedy lui mit du baume au cœur. Quand tu seras médecin. Ça avait l'air si simple lorsqu'elle le disait.

« Peut-être, oui. »

Elle descendit de la scène. Elle entendait le reste de la troupe arriver, les artistes fébriles qui se hâtaient vers les loges pour la dernière représentation. Elle finirait de balayer, distribuerait *Playbill* et se glisserait à sa place dans l'obscurité. Et après la chute du rideau, pour la première fois depuis qu'elle avait compris qui était Kennedy Sanders, elle lui dirait au revoir sans savoir si elle la reverrait un jour.

« Viens au pot de la troupe, après. Et amène ton copain. Je parie que le théâtre serait prêt à le payer pour prendre des photos. »

C'était une attention étonnante de sa part ; Jude n'avait mentionné qu'une fois que Reese était photographe et elle ne s'attendait pas à ce que l'autre fille s'en souvienne.

« Merci. Je vais l'appeler. »

Kennedy fit quelques pas avant de s'immobiliser.

« Je ne sais pas ce qui va se passer après.

— Comment ça ? »

Pour un acteur, l'obscurité des coulisses était peut-être aussi intime qu'une église. En tout cas, Kennedy entreprit de se confesser. Elle ignorait ce qu'elle ferait le lendemain : littéralement, ce qu'elle ferait lorsqu'elle se réveillerait le matin, car ce spectacle était la seule chose qui avait donné un sens à sa vie depuis des mois. Jouer. Elle ne savait rien faire d'autre. Elle avait quitté la fac parce qu'elle était nulle. Elle était nulle partout ailleurs. Peut-être que sa mère avait raison. Peut-être qu'elle faisait une grosse bêtise. Peut-être que le théâtre était une perte de temps. Peut-être que ses parents se disputaient beaucoup en ce moment parce qu'ils étaient en train de se séparer. Peut-être que sa mère aimait mieux noter des devoirs de maths que de lui parler. Peut-être que tout ça était vrai. Et peut-être qu'elle avait obtenu ce rôle, son rôle le plus important jusque-là, uniquement parce que le garçon avec qui elle couchait lui avait dit un soir après avoir fumé que son grand frère avait écrit une pièce tellement nulle que c'en était hilarant et qu'elle allait être montée. C'était vrai que la pièce était mauvaise, mais elle avait pleuré en la lisant. Une fille solitaire qui vivait dans un monde peuplé de fantômes. Rien ne lui rappelait autant sa vie.

Peut-être que le metteur en scène, Doug, avait senti ça, ou alors il aimait juste mater ses seins, ou bien son copain avait demandé à son frère d'intercéder en sa faveur, de se débrouiller pour que son nom se retrouve en haut de l'affiche.

« Je ne pourrais jamais expliquer tout ça à ma mère. Elle me répondrait qu'elle me l'avait bien dit. Pour elle, c'est plus important d'avoir raison que d'être ma mère. Il y a des jours où je pense même qu'elle ne m'apprécie pas beaucoup. Ça craint, non ? Penser que ta propre mère ne t'aime pas. »

Elle souriait, mais ses yeux violets se remplirent de larmes.

« Je suis sûre que c'est faux.

— Qu'est-ce que tu en sais ? Tu ne la connais pas. »

Ce soir-là, pour la dernière fois, elle regarda Kennedy Sanders se métamorphoser sous les projecteurs.

Elle la vit entrer d'un pas déterminé pour sa première scène sur la place de la ville, chanter son solo contemplatif dans le cimetière, danser sur le comptoir du saloon à la fin du premier acte, accompagnée par un chœur de fantômes ivres. De la salle, il était impossible de deviner qu'elle venait de pleurer. Dès qu'elle avançait sous les lumières, elle renaissait. La première partie s'acheva sous les applaudissements et Jude traversa la foule pour rejoindre le stand de restauration. Elle remplissait un sac en papier de pop-corn tiède lorsqu'elle la vit enfin : Stella.

Sa mère et pas sa mère. Elle ne savait pas comment le dire mieux que ça. Le visage de Desiree greffé sur le corps d'une autre femme. Elle portait une longue robe verte, les cheveux attachés en chignon sur la nuque. Diamants aux oreilles, escarpins. Elle se dirigeait vers la sortie en fouillant dans son sac en cuir noir. Elle se tourna légèrement pour sourire à l'homme de haute taille qui lui tenait la porte. Pendant une fraction de seconde, le temps de ce sourire, il lui sembla voir sa mère. Puis le masque réapparut et l'autre femme reprit le contrôle.

Ce n'était pas le moment de réfléchir. Abandonnant son stand, Jude se fraya un passage à travers le hall bondé. Elle trouva Stella devant le théâtre, un paquet de cigarettes à la main. Celle-ci sursauta, surprise par l'intrusion soudaine. Jude s'immobilisa. Bêtement, elle se dit qu'elle allait la reconnaître. Elle allait voir quelque chose de familier dans son visage, ses yeux ou même sa bouche, et elle laisserait tomber son sac sur le trottoir. Mais Stella posa sur elle un regard distant avant de se tourner vers la rue et Jude se retrouva seule, le cœur battant.

« Bonsoir. Je suis une amie de votre fille. »

Elle n'avait rien trouvé de mieux. Stella marqua un temps d'arrêt, puis alluma sa cigarette.

« De l'université ? » Sa voix était plus lisse, plus douce.

« Non, du spectacle.

— Ah, formidable. »

C'était un mot que sa mère n'aurait jamais employé. Formidable. Stella eut un petit sourire, puis elle aspira la fumée, levant la tête vers l'avant-toit.

« Vous voulez une cigarette ? »

Jude faillit dire oui. Au moins, elle aurait une raison pour être ici.

« Non. Je ne fume pas.

— C'est bien. Il paraît que c'est très mauvais pour la santé.

— Je sais. Ma mère essaie d'arrêter.

— C'est affreusement difficile d'arrêter. Comme tout ce qui est bon. »

L'entracte était presque fini ; bientôt, elle regagnerait la salle obscure. À la fin du spectacle, elle se mêlerait à la foule qui se déverserait dans la rue. Elle rentrerait chez elle et, plus tard dans la soirée à la faveur d'un moment de silence, elle songerait à cette jeune Noire qui avait interrompu sa pause cigarette, puis elle l'oublierait à jamais. Sa mère et pas sa mère.

« Kennedy dit que vous venez de Louisiane. Moi aussi. Je suis de Mallard. »

Stella la regarda, haussant légèrement un sourcil. Rien ne se modifia dans son corps, rien n'indiquait qu'elle l'avait ne serait-ce qu'entendue, hormis ce sourcil imperceptiblement arqué.

« Ah bon. Désolée, je ne connais pas.

— Ma mère… » Jude prit une grande inspiration. « Ma mère s'appelle Desiree Vignes. »

Cette fois, Stella se tourna carrément vers elle.

« Qui êtes-vous ? demanda-t-elle calmement.

— Je vous l'ai dit. Ma mère…

— Qui êtes-vous ? Que faites-vous ici ? Je ne comprends pas. »

Elle souriait à moitié, mais elle tenait sa cigarette éloignée de son corps pour signifier à Jude de ne pas s'approcher. Elle était en colère : Jude ne s'attendait pas à ça. Troublée, stupéfaite, oui. Puis, une fois la surprise passée, Stella serait peut-être heureuse de la rencontrer. Elle s'émerveillerait même du concours de circonstances qui les avait réunies. Au lieu de quoi, elle secouait la tête comme pour se réveiller d'un cauchemar.

« Je voulais faire votre connaissance.

— Non, non, non, je ne comprends pas. Qui êtes-vous en réalité ? Vous ne lui ressemblez pas du tout. »

De l'autre côté de la vitre, les lumières clignotèrent. Elle était censée aider les gens à regagner leurs places. Son responsable devait s'arracher les cheveux. Que verrait-il s'il sortait maintenant ? Une fille noire qui demandait à une femme blanche de la reconnaître.

« Elle m'a raconté que vous vous cachiez dans les toilettes. À la blanchisserie, à La Nouvelle-Orléans. Et qu'une fois, vous avez failli avoir la main broyée. » Elle divaguait à présent, prête à dire n'importe quoi pour l'empêcher de partir. Stella tira une bouffée tremblante puis écrasa sa cigarette sur le trottoir.

« Elle ne serait jamais retournée à Mallard, décréta-t-elle.

— Elle n'avait pas le choix. Pour échapper à mon père. Il la battait.

— Il la battait ? » Le visage de Stella s'adoucit. « Et est-ce qu'elle est... est-ce que ma mère est toujours...

— Elles sont toutes les deux là-bas. Maman travaille au *diner*.

— Chez Lou ? Mon Dieu, je n'ai pas pensé à cet endroit depuis... » Elle s'interrompit. « Ça a dû être terrible pour vous, là-bas. »

Jude détourna le regard. Elle ne supportait pas l'idée que Stella ait pitié d'elle.

« Ma mère, elle n'a jamais arrêté de vous chercher. »

La bouche de Stella s'incurva, prête à sourire ou à pleurer. Le visage tiraillé entre les deux. Comme une éclaircie au milieu d'une averse. Le diable bat sa femme, disait Desiree, et c'était ce que Jude imaginait chaque fois que son père explosait. Le diable pouvait aimer la femme qu'il battait ; le soleil pouvait briller à travers la pluie. Rien n'était aussi simple qu'on l'aurait souhaité. Sans réfléchir, elle tendit la main vers sa tante. Celle-ci eut un brusque mouvement de recul. Ses yeux luisaient.

« Elle ne devrait pas. Elle aurait dû m'oublier.

— Comment est-ce qu'elle aurait pu ? Vous pouvez l'appeler. On peut l'appeler là, maintenant. Elle serait tellement heureuse…

— Je dois y aller.

— Mais…

— C'est trop. Je ne peux pas revenir en arrière. C'est une autre vie, vous comprenez ? »

Des phares les balayèrent et pendant un instant, sous la lumière jaune, Stella parut au bord de la panique, comme si elle allait se jeter sous les roues de la voiture. Puis elle serra son sac contre elle et disparut dans la nuit.

Après la représentation, tous les musiciens et les acteurs se réunirent pour faire la fête, mais la star du spectacle semblait déterminée à se soûler et à se plaindre. « Vous trouvez ça normal, vous ? répétait-elle à qui voulait l'entendre. Ce soir, c'était la dernière, et tout ce qu'elle a trouvé à me dire, c'est qu'elle allait essayer. Eh bien, elle n'a pas dû essayer très fort. » Elle était d'une humeur massacrante. Elle ne s'était pas attardée après le rappel, avait ignoré les membres de la troupe qui avaient tenté de la féliciter et jeté à la poubelle les roses que le metteur en scène lui avait offertes. Elle n'avait même pas proposé de signer des exemplaires de *Playbill* devant l'entrée des artistes. Depuis une demi-heure qu'ils étaient arrivés au bar, elle buvait des téquilas frappées au comptoir.

« Mon premier vrai spectacle, dit-elle à Jude. Tout ce qu'on lui demandait c'était d'être là. Mais rien que ça, c'était trop. »

Reese sillonnait la salle, prenant des photos sur le vif. Elle aurait dû se réjouir pour lui. Elle aurait dû se réjouir pour l'ensemble de la troupe euphorique. Au lieu de quoi, alors qu'elle était elle-même encore bouleversée, Jude écoutait les confidences d'une fille qui avait l'alcool amer. Elle s'était présentée à Stella et Stella avait refusé de lui parler. Ce qui n'aurait pas dû l'étonner. Après tout, elle avait coupé les ponts avec sa famille il y avait des décennies, ce n'était donc pas nouveau. Pourquoi se mettait-elle dans un état pareil ? Pourquoi avait-elle l'impression d'avoir perdu quelqu'un ? Jude revit Stella la repousser. Elle ne pouvait pas se défaire du sentiment qu'elle avait tendu la main à sa mère et que celle-ci l'avait rejetée.

« Il faut que j'y aille », dit-elle brusquement. Elle avait trop chaud dans ce bar bondé, elle avait besoin d'air. Elle n'avait rien à faire ici. Elle ne faisait pas partie de la troupe. Elle n'aurait jamais dû chercher à rencontrer Stella.

« Qu'est-ce que tu racontes ? La fête vient à peine de commencer.

— Désolée, je ne peux pas rester.

— Allez. Bois un verre avec moi. S'il te plaît. »

Elle semblait si vulnérable que Jude eut presque envie de céder. Presque. Puis elle revit Stella disparaître dans la nuit, paniquée, jetant un regard derrière elle comme si elle était pourchassée.

« Je ne peux vraiment pas. Mon copain veut rentrer. »

À l'autre bout de la salle, Reese rangeait son matériel tout en bavardant avec Barry. Kennedy tourna la tête vers lui puis revint à Jude.

« Tu as de la chance, tu sais. » En dépit de son sourire, sa voix s'était durcie.

« Qu'est-ce que tu veux dire ?

— Rien. Enfin… C'est juste qu'on ne s'attend pas à voir un garçon comme lui avec une fille comme toi. Ne le prends pas mal. Ce n'est pas personnel. Mais c'est vrai que, d'habitude, vos mecs, ils préfèrent les filles à la peau claire, non ? »

Des années plus tard, elle continuerait à se demander ce qui avait été le déclencheur. Ce sourire moqueur ou la désinvolture avec laquelle elle avait dit « vos mecs », la certitude que tout cela ne la concernait pas. Ou alors c'était parce que Kennedy avait vu juste. Elle savait à quel point Jude n'en revenait pas d'être aimée. En dépit de ses efforts pour masquer sa faiblesse, elle savait exactement où frapper.

Pendant des semaines, elle avait accompagné Kennedy. Elle l'avait aidée à s'habiller avant le spectacle, lui avait apporté du thé, l'avait écoutée faire des vocalises dans le couloir. Elle avait nettoyé les toilettes pour pouvoir lui parler. Et constamment elle se demandait comment cette étrangère pouvait être de sa famille. Ce soir, elle comprenait enfin : Kennedy n'était qu'une pimbêche de Mallard qui croyait aux mensonges qu'on lui avait racontés.

« Pauvre idiote. Tu ne sais même pas qui tu es.

— C'est-à-dire ?

— Ta mère vient de Mallard ! Comme la mienne. Elles sont jumelles. Elles se ressemblent comme deux gouttes d'eau. Même toi, tu verrais que… »

Kennedy éclata de rire.

« Tu es complètement malade.

— C'est ta mère qui est malade. Elle t'a menti toute ta vie. »

Elle regrettait déjà ses paroles, mais il était trop tard. Elle avait déclenché une alarme qui ne se tairait plus jamais.

M. Park posa un bol de *bulgogi* sur la table, cadeau de la maison. « Très tristes, dit-il. Jamais vu si tristes. » Il faut dire qu'ils devaient offrir un drôle de tableau : Jude qui essuyait ses yeux bouffis, et Reese à côté d'elle, démuni comme chaque fois qu'elle pleurait. Il lui pressa l'épaule. « Allez, mange. » Mais elle n'avait pas faim. Pendant le trajet, elle lui avait raconté ce qui s'était passé pendant cette horrible soirée, hormis ce que Kennedy avait dit pour la blesser, parce que ça la touchait de trop près pour en parler, même avec lui.

« Tu avais raison. Tu avais raison depuis le début. Je n'aurais jamais dû…

— Arrête. Tu voulais les connaître. Maintenant c'est fait. Tu peux tourner la page.

— Je ne peux rien dire à ma mère. »

Jamais elle ne lui avait dissimulé quelque chose d'aussi important. Mais s'il était cruel de ne pas lui révéler que Stella était vivante, qu'elle l'avait rencontrée, ça l'aurait été encore plus de lui avouer que sa jumelle ne voulait rien avoir à faire avec elle. Si elle découvrait que la sœur qu'elle avait cherchée pendant des années ne souhaitait pas lui passer ne serait-ce qu'un coup de fil, qu'y gagnerait-elle ? Elle réaliserait peut-être que c'était mieux ainsi. Stella finirait par s'effacer, de même que le visage de Sam avait commencé à se brouiller dans la mémoire de Jude. Ses souvenirs s'effritaient. Pas d'un coup, mais progressivement. Elle saurait qu'il était parti pour de bon le jour où l'imagination suppléerait la mémoire. La différence entre les deux était infime.

Non, c'était différent pour sa mère. Elle n'oublierait jamais totalement Stella. Chaque fois qu'elle se regarderait dans le miroir, elle verrait ce qu'elle avait perdu. Mais Jude n'ajouterait pas à son chagrin. La semaine suivante, lorsqu'elle lui parla au téléphone, elle ne mentionna pas ce qu'elle avait appris. Elle ressemblait peut-être plus à sa tante qu'elle ne voulait bien l'admettre. Comme Stella, elle était partie et elle était devenue une autre. Elle était peut-être déjà méconnaissable pour sa mère. Une fille qui avait des secrets. Une menteuse.

Ce soir-là, elle se blottit contre la poitrine de Reese et lui demanda s'il l'aurait aimée avant.

« Avant, tu sais. Avant que tu sois toi. »

Pendant un moment, il se contenta de caresser son bras.

« J'ai toujours été moi », dit il enfin.

Le lendemain de la représentation, Stella se réveilla le cœur palpitant.

Elle avait à peine ouvert les yeux que ce qui s'était passé la veille lui revint d'un coup : cette abominable comédie musicale à laquelle elle avait finalement assisté, alors qu'elle savait pertinemment que sa fille gaspillait son temps et son talent. Mais elle y était allée parce que c'était la dernière et elle avait patiemment enduré cette ineptie. Kennedy était le seul intérêt du spectacle, ce qui était plutôt une agréable surprise. À l'entracte, elle avait applaudi à tout rompre, espérant qu'elle la verrait. Quand elle avait disparu dans les coulisses avec le reste des acteurs, Stella était sortie fumer. Devant le théâtre miteux, elle se demandait comment arranger les choses. Elle pourrait emmener Kennedy dîner après la représentation et s'excuser de ne pas être venue avant. Suggérer qu'elle prenne plus de cours d'art dramatique, à condition de retourner à l'université. Et c'était à ce moment que cette fille noire avait émergé de l'ombre. Ensuite, Stella avait foncé droit devant elle sans regarder où elle allait. Deux rues plus loin, elle avait réalisé qu'elle n'était pas du tout garée dans cette direction.

Elle ne pouvait pas être la fille de Desiree. Aucune ressemblance. Le noir le plus absolu, pas une once de sa sœur en elle. Cela pouvait être n'importe qui. Mais d'où tenait-elle toutes ces histoires au sujet de La Nouvelle-Orléans ? Qui d'autre saurait, à part Desiree ? Bien sûr, elle avait pu se confier à quelqu'un. Cette fille s'était peut-être mis en tête de venir en Californie pour menacer Stella. La faire chanter, même ! Des possibilités toutes plus choquantes les unes que les autres se bousculaient dans son esprit, mais aucune ne lui paraissait logique. Comment l'avait-elle retrouvée ? Et si elle voulait la faire chanter, pourquoi n'avait-elle pas parlé d'argent ? Elle s'était contentée de se recroqueviller sur le trottoir d'un air blessé. Comme si Stella l'avait déçue.

« Ton cœur bat vite », lui fit remarquer Blake. Il leva la tête avec un sourire mal réveillé. Il aimait s'endormir sur sa poitrine, et elle le laissait faire parce que c'était attendrissant.

« J'ai fait un rêve étrange.

— Effrayant ? »

Elle passa les doigts dans ses cheveux blonds mêlés de gris.

« Je faisais souvent le même cauchemar, autrefois. Des hommes me traînaient hors de mon lit. C'était très réaliste. Je sentais encore leurs mains sur mes chevilles après mon réveil.

— Ce n'est pas pour ça que tu as cette batte dans la chambre, si ? »

Elle commença à répondre, puis elle détourna la tête, les larmes aux yeux.

« Il est arrivé quelque chose. Quand j'étais enfant.

— Quoi ?

— J'ai vu quelque chose… »

Sa voix se brisa. Il posa un baiser sur sa joue.

« Ne pleure pas, ma chérie. Je ne sais pas de quoi tu as peur, mais je suis là pour te protéger. »

Elle l'embrassa pour le faire taire. Ils firent l'amour avec passion, comme quand elle avait dix-neuf ans et qu'ils couchaient ensemble pour la première fois. L'image aurait fait rougir la jeune Stella Vignes : deux quadragénaires agrippés l'un à l'autre, les draps du lit arrachés, alors que les premiers rayons du soleil filtraient à travers les stores. La sonnerie du réveil les rappela à l'ordre et leurs corps à la fois étrangers et familiers se séparèrent. Lorsqu'on épousait quelqu'un, on s'engageait à épouser toutes les personnes qu'il serait. Il avait promis d'aimer toutes celles qu'elle avait été. Et ils étaient là, à essayer encore, quand bien même le passé et l'avenir demeuraient un mystère.

Ses étudiants l'attendaient. Une douche rapide, puis elle enfila un chemisier sur ses épaules humides. Blake lui sourit dans le miroir en se rasant. « Je pense que je vous ai mise en retard pour le travail, madame Sanders. » Cela ne sonnait pas aussi bien que professeure Sanders, mais ce n'était peut-être pas gênant. C'était peut-être suffisant d'être Mme Sanders, d'avoir son cours d'introduction aux statistiques, sa maison, sa famille. Elle revit la fille noire et essaya de la chasser de son esprit. Elle avait été arrogante, voilà le problème. Toujours à penser à l'étape suivante au lieu d'apprécier ce qu'elle avait déjà. Elle ne pouvait pas s'autoriser à se laisser aller. Elle devait se concentrer. Rester sur le qui-vive.

Comme elle sortait d'un pas vif, elle tomba sur Kennedy, qui montait les marches avec un sac de linge sale. Elles sursautèrent toutes les deux, puis sa fille lui adressa le sourire désarmant qu'elle avait hérité de Blake. Il était impossible de se fâcher face à un tel sourire. Kennedy avait eu l'occasion de le vérifier à maintes reprises : lorsqu'elle avait réclamé avec insistance un chiot dont Yolanda avait fini par s'occuper, la fois où elle avait raté son examen de géométrie en quatrième malgré les tentatives de Stella pour l'aider, celle où elle avait détruit sa première Camaro et réussi à convaincre son père de lui en payer une neuve.

« Il faut bien qu'elle puisse se déplacer », avait argumenté Blake, et Stella avait cédé pour ne pas être la rabat-joie de service. De toute manière, ce n'était pas comme si on lui demandait son avis. Sa fille avait depuis longtemps compris que, si elle voulait quelque chose, elle devait aller trouver son père. En avertir Stella n'était qu'une formalité.

« J'espérais pouvoir te parler. Écoute, au sujet d'hier soir…

— Je sais, je sais, tu es désolée. Si tu ne pouvais pas venir, tu n'avais qu'à le dire. J'aurais donné le billet à quelqu'un d'autre…

— J'étais là ! J'ai dû partir avant la fin, c'est tout. Je ne me sentais pas bien. Quelque chose que j'ai mangé, sans doute. Mais je te promets que je t'ai vue. J'ai trouvé ça très bien ficelé. Les fantômes et tout. Et ta chanson dans le saloon. J'ai adoré, je t'assure. »

Les yeux de Kennedy étaient dissimulés par d'immenses lunettes de soleil qui renvoyaient à Stella le reflet de son propre visage. Il était calme et naturel. Pas celui d'une femme qui s'était réveillée avec le cœur affolé.

« Ça t'a vraiment plu ?

— Mais oui, ma chérie. Tu as été merveilleuse. »

Elle serra sa fille contre elle et caressa ses maigres omoplates.

« Bon, je suis en retard. Bonne journée. »

Elle cherchait ses clés dans sa mallette lorsque la voix de Kennedy s'éleva derrière elle.

« Au fait, tu n'as jamais été dans une ville appelée Mallard, par hasard ? »

Prise au dépourvu, Stella se sentit vaciller pour la première fois de la matinée.

« Pardon ?

— J'ai rencontré une fille de là-bas. Elle prétend te connaître.

— Je n'ai jamais entendu parler de cet endroit. Mallard, tu dis ? »

Ce sourire désarmant, encore. Kennedy haussa les épaules.

« Ce n'est pas grave. Elle a dû confondre. »

Lorsque Blake rentra à la maison ce soir-là, Stella lui relata l'incident.

Tout l'après-midi, elle avait pesé le pour et le contre, avant d'en arriver à la conclusion qu'il valait mieux aborder le sujet. Par précaution. Elle ne voulait pas qu'il pense qu'elle avait quelque chose à cacher et elle préférait qu'il l'entende de sa bouche. Elle ne supportait pas l'idée que son mari et sa fille parlent dans son dos. Aussi, tandis qu'il se déshabillait, elle lui raconta qu'une jeune Noire était allée trouver Kennedy après la pièce sous prétexte qu'elle était sa cousine. Elle ne le quitta pas des yeux, guettant le moindre trouble sur son visage. Un éclair de compréhension. Le soulagement d'avoir la réponse à une question qui le taraudait. Mais il finit de déboutonner sa chemise avec un sourire désabusé.

« C'est à cause de la Camaro. Je suis sûr qu'elle l'a vue et bingo. Elle s'est dit qu'elle allait toucher le gros lot.

— Exactement. C'est bien ce que j'ai essayé de lui expliquer.

— Cette ville, je te jure… »

Depuis quelque temps, ils parlaient de quitter Los Angeles. De s'installer dans le comté d'Orange, ou même plus au nord, à Santa Barbara. Elle n'était pas très enthousiaste jusque-là. Elle n'avait aucun désir de renoncer à son travail. Mais ce n'était peut-être pas une si mauvaise idée. Elle imaginait la fille resurgir dans sa vie, passer la tête par la porte, frapper à la vitre. Pire, elle pourrait suivre Kennedy, l'attendre après ses spectacles, la harceler entre les auditions. Que voulait-elle ? Elle revit son visage. Son air blessé devant le théâtre.

Elle avait fait l'erreur de croire qu'elle pouvait s'installer. Il fallait constamment bouger ou le passé vous rattrapait.

« Tous ces gens dans le centre. La moitié d'entre eux sont des drogués.

— La moitié, tu es gentille », répliqua Blake en se glissant dans le lit à côté d'elle.

La première fois qu'on l'avait prise pour une Blanche, Stella était impatiente de tout raconter à Desiree. Elle qui la croyait totalement prévisible, elle verrait. Pourtant ce soir-là, elle n'avait rien dit. Une transgression était encore plus excitante quand elle demeurait secrète. Elle avait toujours tout partagé avec sa jumelle. Elle voulait quelque chose qui ne soit qu'à elle.

Elle avait quarante-quatre ans ; elle avait vécu plus longtemps sans Desiree qu'avec elle. Pourtant, au cours des semaines suivantes, elle sentit l'appel de sa sœur se faire plus pressant. Comme une main sur son cou, qui tantôt la caressait, tantôt l'étouffait. C'était à cause de cette fille noire, même si elle ne l'avait pas revue depuis la représentation. La ville était grande, elle ne la retrouverait jamais. Stella n'arrivait pas à penser à elle comme à sa nièce. Ce n'était pas un mot qui pouvait désigner quelqu'un qu'elle ne connaissait pas, qui ne lui ressemblait pas. Mais Desiree en dirait sans doute autant de Kennedy. Stella elle-même avait parfois l'impression d'être face à une étrangère. Ce n'était pas juste. Sa fille n'y était pour rien. C'était elle qui un jour avait décidé de devenir quelqu'un d'autre. Toute sa vie s'était bâtie sur ce mensonge et tous ceux qu'elle avait dû ajouter autour pour consolider le fragile édifice. Et maintenant un fantôme menaçait de faire dégringoler son château de cartes.

« Tu n'as jamais eu de sœur ? » lança Kennedy un soir. Stella qui essuyait la table se raidit.

« Comment ça ? Tu sais bien que non.

— Je me demandais juste...

— Tu ne penses pas encore à cette fille noire, si ? »

Kennedy se mordit la lèvre, les yeux tournés vers la fenêtre et la nuit au-delà. Elle n'avait pas cessé d'y penser, en réalité. Elle n'en avait rien dit, voilà tout, ce qui était pire. Stella se sentit trahie.

« Je n'en reviens pas. Qui est-ce que tu crois ? Une folle ou ta propre mère ?

— Mais pourquoi est-ce qu'elle m'aurait menti ? Pourquoi est-ce qu'elle m'aurait raconté une histoire pareille ?

— Elle veut de l'argent ! Ou c'est simplement pour se moquer de toi. Va savoir, avec les fous. »

Blake qui venait d'entrer dans la cuisine hésita, comme toujours avant d'intervenir dans une de leurs disputes. Une part de lui se disait qu'il pouvait encore reculer et prétendre qu'il n'était pas concerné. De toute manière, il n'avait jamais pris cette histoire très au sérieux et estimait seulement que Kennedy devrait prévenir la police si elle la revoyait. Il posa la main sur l'épaule de sa fille.

« Laisse tomber, Ken. Tu ne devrais pas attacher d'importance aux sottises d'une inconnue.

— Je sais, mais…

— Nous t'aimons. Nous ne te mentirions pas. »

Pourtant, parfois mentir était un acte d'amour. De toute manière, Stella mentait depuis trop longtemps pour dire la vérité maintenant. Ou peut-être n'y avait-il plus rien à révéler. Elle n'était plus que celle qu'elle était devenue.

En juin, Stella et Blake firent un cadeau surprise à leur fille : un appartement à Venice Beach. Ils paieraient le loyer pendant un an, pour lui permettre de passer des auditions. Après, elle devrait reprendre ses études ou trouver un emploi. Il ne s'agissait pas à proprement parler d'acheter sa tranquillité, mais lorsque Stella tendit les clés à une Kennedy rayonnante, elle éprouva un tel soulagement que c'était tout comme. Désormais, elle arrêterait peut-être de la bombarder de questions sur son passé. Au fond d'elle, elle avait toujours redouté que sa fille découvre son secret et la rejette, que Blake la quitte et que toute sa vie se désagrège entre ses doigts. Ce qu'elle n'avait pas prévu, c'était le doute. Il aurait presque mieux valu que Kennedy croie cette fille. Mais elle semblait tourner ses affirmations dans sa tête, tantôt les prendre au sérieux, tantôt les écarter, si bien que Stella ne savait jamais sur quel pied danser. Elle ne pouvait pas prédire ce qu'elle allait lui demander, ignorait ce qu'elle pensait, et l'incertitude la rendait folle. Le nouvel appartement serait au pire une distraction. Et au mieux une solution.

Un samedi matin, donc, ils aidèrent leur fille à emménager. Blake montait des meubles en kit dans la chambre tandis que Stella essuyait les tiroirs de la cuisine, repensant au studio que Desiree et elle avaient partagé à La Nouvelle-Orléans. Les cloisons n'y étaient guère plus épaisses que du papier, le parquet craquait, une tache d'humidité s'élargissait au plafond. Pourtant, elle avait adoré cet endroit. Elle était heureuse de ne plus avoir à dormir par terre chez Farrah Thibodeaux. Peu lui importait d'être à l'étroit. Elles étaient chez elles, et elle avait le sentiment qu'une vie s'ouvrait devant elles, plus vaste que tout ce qu'elles pouvaient imaginer. Ses yeux s'embuèrent et elle sursauta lorsqu'elle sentit Kennedy l'enlacer par-derrière.

« Ne sors pas les violons. Je viendrai toujours manger à la maison. »

Stella essuya ses larmes en riant.

« J'espère que tu te plairas ici. C'est mignon, pour un premier appartement. Tu aurais dû voir le mien.

— Il était comment ?

— Oh, tu aurais pu en mettre deux comme le mien dans celui-ci. Nous étions toujours l'une sur l'autre…

— Avec qui ? »

Stella s'interrompit.

« Pardon ?

— Tu as dit nous.

— Ah. Oui. Ma colocataire. On venait de la même ville.

— Tu ne m'en as jamais parlé. Tu ne me dis jamais rien au sujet de ta vie.

— Kennedy…

— Ce n'est pas ça. Il ne s'agit pas de cette fille. C'est juste qu'on ne peut jamais rien savoir avec toi. Il faut que je te supplie pour apprendre que tu avais une colocataire et tu es ma mère. Pourquoi est-ce que tu ne veux pas que je te connaisse ? »

Elle avait imaginé plus d'une fois lui dire la vérité sur Mallard, Desiree, La Nouvelle-Orléans. Lui expliquer qu'elle avait prétendu être une autre parce qu'elle avait besoin de travail, et que le faux-semblant était devenu sa réalité. Elle pouvait lui dire tout ça, mais le problème c'était qu'il n'y avait pas une seule vérité. Elle avait passé sa vie divisée entre deux femmes : toutes les deux réelles, toutes les deux mensongères.

« J'ai toujours été comme ça, dit Stella. Je ne suis pas comme toi. Ouverte. Et c'est très bien. J'espère que tu ne changeras pas. »

Elle tendit à sa fille une feuille de papier pour tapisser l'étagère. Kennedy sourit.

« Je ne saurais pas être autrement. Qu'est-ce que j'ai à cacher ? »

Cinquième partie

PACIFIC COVE

(1985/1988)

Quatorze

En 1988, lasse de courir après la reconnaissance artistique et surtout voyant se profiler le spectre de la trentaine, Kennedy Sanders avait commencé à apparaître dans des soap operas diffusés l'après-midi. Un mois après ses vingt-sept ans, elle décrocha un rôle dans *Pacific Cove*. Elle y resterait trois saisons, l'engagement le plus long de sa carrière. Des années après, il arriverait encore qu'un fan transi l'appelle Charity Harris au centre commercial. C'était le rôle de sa vie, elle était faite pour le feuilleton, décréta le réalisateur. Elle devait froncer les sourcils, car il rit et lui toucha le bras, un peu trop près de ses seins.

« Ce n'est pas un reproche, ma cocotte. Je dis juste que… ça se voit que tu as le sens du drame. »

Le mélodrame n'avait rien de honteux, dit-elle à ses parents lorsqu'elle les appela pour leur annoncer la nouvelle. En fait, quelques-unes des plus grandes actrices classiques – Bette Davis, Joan Crawford, Greta Garbo – s'y étaient essayées. Son père était content parce que cela signifiait qu'elle était revenue en Californie pour rester. Sa mère était juste contente qu'elle travaille. Après avoir raccroché, elle alla faire un tour dans une galerie marchande de Burbank où, un an plus tard, une femme d'une cinquante d'années l'arrêterait devant un rayon de chaussures pour lui demander un autographe. Elle était stupéfaite chaque fois que quelqu'un l'abordait en public. On l'avait reconnue ? Comme ça, sans le costume, la coiffure, le maquillage ? Au début, elle était euphorique, puis elle trouva cela perturbant, l'idée d'être vue avant de voir.

Liste incomplète des personnages qu'elle incarna dans l'univers du soap avant *Pacific Cove* : une bénévole perfide qui volait un bébé dans un hôpital ; une professeure qui séduisait le père de l'une de ses étudiantes ; une hôtesse de l'air qui renversait de l'eau sur l'actrice principale, peut-être exprès, peut-être pas, le scénario n'était pas clair ; la fille du maire séduite par le méchant de service ; une infirmière étranglée dans une voiture ; une fleuriste qui offrait une rose à la star ; une hôtesse qui survivait à un accident d'avion uniquement pour être étranglée ensuite dans une voiture. Elle portait des perruques brunes, châtaines, rousses. Ce ne fut que pour Charity Harris qu'elle retrouva ses boucles blondes. Elle ne jouait que des Blanches, autrement dit, jamais elle-même.

Sur le plateau de *Pacific Cove*, les acteurs et les techniciens l'appelaient toujours Charity, jamais Kennedy. Plus tard, dans une interview pour *Soap Digest*, elle dirait à un journaliste que ça l'aidait à s'approprier son personnage. Il valait mieux qu'on la croie adepte de l'Actors Studio que d'avouer la vérité : personne n'avait pris la peine de retenir son nom parce que personne ne pensait qu'elle resterait. Dans le monde du soap, trois saisons équivalaient à trois secondes, de toute manière, et quand la série s'acheva en 1994, Charity Harris n'apparut que pendant une milliseconde dans l'épisode final, alors que la caméra balayait les photographies au mur. Seuls les fans les plus passionnés se souviendraient de l'arc narratif le plus remarquable de son personnage : les neuf mois où elle s'était retrouvée ligotée dans un sous-sol après avoir été kidnappée par une femme qui harcelait son fiancé. Pendant des semaines, elle se tordit sur sa chaise – hurlant et suppliant –, pour réaliser des années plus tard que sa principale contribution au feuilleton consistait à ne pas en faire vraiment partie.

Une fois, elle invita sa mère sur le tournage. Elle l'avertit qu'il pouvait faire froid sur le plateau et Stella arriva vêtue d'un pull bleu vif ridicule, alors qu'il faisait trente-deux degrés à Burbank. Kennedy lui fit faire le tour du propriétaire, lui montrant la maison des Harris, la mairie et le petit magasin de surf où travaillait Charity. Elle l'emmena même dans le sous-sol où elle était toujours prisonnière, trois mois après son enlèvement.

« J'espère qu'ils te laisseront bientôt sortir », dit Stella, confondant Kennedy et Charity comme le reste de l'équipe. Pour la première fois, elle se sentait pleinement reconnue en tant qu'actrice par sa mère. Même si elle était consciente de ce paradoxe : le plus grand compliment qu'une comédienne pouvait recevoir, c'était qu'elle avait disparu derrière quelqu'un d'autre. Jouer, ce n'est pas être vu, lui avait appris l'un de ses professeurs de théâtre. Quand tu joues vraiment, tu deviens invisible pour laisser toute la place au personnage.

« Tu devrais te faire rebaptiser officiellement Charity, lui dit un jour le réalisateur de *Pacific Cove*. Ne le prends pas mal, mais chaque fois que j'entends ton nom, je vois juste un type qui a reçu une balle dans la tête. »

Il y avait une chose à laquelle elle n'avait pas songé depuis une éternité.

Une fois, elle devait avoir sept ans, elle regardait sa mère napper un gâteau. Assise sur un tabouret-escabeau dans un coin, elle répétait un nouveau tour de Yo-Yo sans conviction. En fait, elle se contentait de le faire claquer sur le carrelage, attendant que sa mère lui dise d'arrêter. Elle était coutumière de ces bêtises trop anodines pour qu'on la punisse, mais juste assez irritantes pour attirer l'attention. En vain. Stella ne la regardait même pas : elle n'était pas du genre à transformer une activité en occasion de partage. Ma chérie, je vais t'apprendre à pétrir le pain. Viens voir, mon canard, c'est comme ça qu'on fait un glaçage. En fait, Stella se montra soulagée lorsque Kennedy grandit et cessa de demander à participer.

« Ce n'est pas que je ne veux pas de ton aide, disait-elle toujours. C'est juste que je vais plus vite toute seule. » Comme si la seconde proposition n'infirmait pas la première.

Pourquoi faisait-elle ce gâteau ? Elle n'avait pas pour habitude de se lancer dans la pâtisserie sans raison. Aux ventes de charité, elle apportait des biscuits achetés en magasin qu'elle avait discrètement transvasés dans une boîte en métal. Pour l'anniversaire de son père, peut-être. Mais on était en été, pas au printemps, sinon Kennedy aurait été à l'école, au lieu de s'ennuyer à la maison en pleine journée, condamnée à observer sa mère lisser les vaguelettes de glaçage.

« Comment tu as appris ? » lui demanda-t-elle.

Stella, aussi concentrée que si elle restaurait un tableau ancien, ne répondit pas tout de suite.

« Je ne sais pas. En regardant.

— C'est ta maman qui t'a montré ? » Kennedy espérait qu'elle répondrait oui, lui proposerait d'approcher et lui donnerait un couteau. Elle ne leva même pas les yeux.

« On n'avait pas d'argent pour faire des gâteaux. »

Plus tard, elle réaliserait que sa mère s'abritait souvent derrière l'argent afin d'éviter de parler de son passé, comme si la pauvreté était une notion tellement abstraite pour sa fille qu'elle suffisait à tout expliquer : pourquoi elle n'avait pas de photo de famille, pourquoi elle ne recevait jamais d'appel d'anciennes copines du lycée, pourquoi ils n'avaient jamais été invités à un mariage, ni à un enterrement, ni à une fête. « Nous étions pauvres », répondait sèchement sa mère quand elle posait trop de questions, si bien que la misère semblait recouvrir les moindres aspects de sa vie. Son passé tout entier n'était qu'une étagère de garde-manger vide.

« À quoi elle ressemblait, ma mamie ? »

Stella ne se retourna pas mais ses épaules se crispèrent.

« C'est bizarre de penser à elle comme ça.

— Comme quoi ?

— Une mamie.

— C'est ce qu'elle est. Même quand on est mort, on est toujours la mamie de quelqu'un.

— Sans doute. »

Kennedy aurait dû en rester là. Mais elle lui en voulait d'accorder toute son attention à ce gâteau, comme si c'était ce qui était vraiment important, comme si la corvée était de parler à sa fille. Elle désirait seulement que sa mère s'interrompe, qu'elle s'occupe d'elle.

« Où est-ce qu'elle est morte ? »

Cette fois, Stella se retourna. Elle portait un tablier pêche, ses mains étaient mouchetées de glaçage à la vanille et elle fronçait les sourcils. Elle n'était pas exactement en colère. Troublée, plutôt.

« Qu'est-ce que c'est que cette question ?

— Je demande juste ! Tu me dis jamais rien...

— À Opelousas, Kennedy ! Là où j'ai grandi. Elle n'a jamais bougé de là, n'est jamais allée nulle part. Maintenant, tu n'as rien d'autre à faire pour t'occuper ? »

Kennedy en aurait pleuré. Elle pleurait facilement et souvent, en ce temps-là, au vif embarras de sa mère qui réservait ses larmes à quelques films tristes, mais riait toujours après et s'excusait en s'essuyant le coin des yeux. Kennedy pleurait par terre au supermarché parce qu'elle voulait une balle rose que sa mère refusait d'acheter. Sur l'aire de jeu, dès qu'elle perdait à la spiroballe. La nuit, quand un cauchemar dont elle ne parvenait pas à se souvenir la réveillait. Elle refoula ses larmes, consciente que quelque chose clochait dans la réponse de sa mère.

« Tu es pas née là-bas, dit-elle.

— Qu'est-ce que tu racontes ? Bien sûr que si.

— Non, c'est pas vrai. Tu m'as dit une fois que tu venais d'une petite ville. Ça commence par un M. M quelque chose. Tu me l'as dit quand j'étais petite. »

Sa mère resta sans mot dire si longtemps que Kennedy finit par se demander si elle n'avait pas rêvé, comme Dorothy à la fin du *Magicien d'Oz :* « Tu étais là, et toi aussi tu étais là ! » Sauf que son histoire à elle était réelle. Elle ne se rappelait pas tous les détails, juste qu'elle était dans la baignoire et que sa mère était penchée sur elle. Stella finit par éclater de rire.

« Et je t'aurais dit ça quand ? Tu es encore petite.

— Je ne sais pas...

— Tu dois confondre. Tu étais un bébé. » Sa mère fit un pas vers elle, la surface et les bords du gâteau derrière elle enfin lisses. « Tiens, ma chérie. Tu veux lécher la cuillère ? »

Ce jour-là, Kennedy réalisa pour la première fois que sa mère était une menteuse.

Cette histoire l'avait longtemps obsédée.

Elle n'arrivait pas à s'en défaire, même si elle était incapable de se souvenir du nom. Elle n'avait jamais remis le sujet sur le tapis. Cependant, quand elle était étudiante, un soir après avoir fumé de l'herbe, elle avait pris une encyclopédie sur l'étagère de son petit ami de l'époque. « Qu'est-ce que tu fais ? » avait-il demandé sans conviction, plus intéressé par le joint qu'il roulait. L'ignorant, elle avait feuilleté l'ouvrage jusqu'à tomber sur la page consacrée à la Louisiane. Tout en bas se trouvait la liste des villes classées par ordre alphabétique. Mansfield, Marion, Marksville.

« Putain, qu'est-ce que tu fous ? Pose ce truc. On n'est pas censés bosser, là ! »

Mer Rouge, Milton, Monroe.

« Hé, me dis pas que ce bouquin est plus intéressant que moi. »

Moonshine, Moss Bluff, Mount Lebanon. Elle reconnaîtrait le nom si elle le voyait, elle en était sûre. Elle avait passé en revue toute la liste sans qu'aucun ne retienne son attention. Elle avait remis le livre à sa place.

« Excuse-moi. Je ne sais pas ce qui m'a pris. »

Après cet épisode, elle avait cessé de chercher. Elle était certaine d'avoir raison, mais elle était consciente qu'elle ne pourrait pas plus le prouver que les gens qui juraient avoir aperçu Elvis tâtant des melons au supermarché. Au moins, contrairement à ces cinglés, elle n'en parlait pas. Une folie privée, ça lui convenait. Jusqu'à Jude Winston. Ce soir-là, après la dernière, elle avait dit *Mallard*, et le nom avait fait tilt. Comme une chanson qu'on n'a pas entendue depuis des années : oui, c'était ça.

En 1985, près de trois ans après *Les Maraudeurs de minuit*, elle revit Jude à New York.

Elle ne s'y sentait pas encore chez elle et survivait tant bien que mal à son premier hiver. Elle n'avait jamais envisagé de vivre ailleurs qu'à Los Angeles, où elle était à l'abri et comblée, mais la ville était soudain devenue trop petite. Elle craignait de tomber sur Jude à chaque coin de rue. Elle la voyait assise derrière la vitre de tous les restaurants. Un jour, elle s'était emmêlée dans ses répliques alors qu'elle jouait *Un violon sur le toit*, parce qu'elle l'avait reconnue au premier rang : noire, toute en jambes, un peu mal à l'aise. Le temps de réaliser que ce n'était pas elle, la scène était fichue. Les machinistes avaient vidé sa loge avant même que le spectacle soit terminé. Kennedy rejeta la faute sur Jude. C'était toujours la faute de Jude.

« Je ne comprends pas, avait dit Stella, lorsqu'elle lui avait annoncé qu'elle partait vivre à New York. Pourquoi si loin ? Tu peux très bien devenir actrice ici. »

Mais elle avait aussi besoin de mettre de la distance entre elle et sa mère. Dans un premier temps, celle-ci avait refusé de discuter des affirmations de Jude. Puis elle avait essayé de la raisonner. Est-ce que je ressemble à une Noire ? Et toi ? Comment est-ce que nous pourrions être de la famille de cette fille ? C'est insensé ! Ça l'était, peut-être, mais rien dans la vie de sa mère n'avait de sens. D'où venait-elle ? Que faisait-elle avant son mariage ? Qui était-elle ? Qui avait-elle aimé ? Que voulait-elle ? Les trous : c'était tout ce qu'elle voyait lorsqu'elle regardait sa mère. Jude, au moins, lui offrait un pont, une logique pour la comprendre. Normal qu'elle y pense constamment.

« J'aimerais vraiment que tu cesses de remâcher ces sottises. Tu vas te rendre folle. D'ailleurs, je suis sûre que c'est pour cette raison qu'elle t'a dit ça. Elle était jalouse et elle voulait semer le trouble dans ton esprit. »

Elle avait répondu aux questions de Kennedy, agacée, mais jamais en colère. Cela dit, sa mère était toujours calme et rationnelle. Si elle décidait de mentir, elle serait aussi calme et rationnelle qu'à son habitude.

À New York, Kennedy vivait dans un appartement en sous-sol de Crown Heights, avec son petit ami, Frantz, qui enseignait les sciences physiques à Columbia. Il était né à Haïti, à Port-de-Paix, mais avait grandi ici, à Bed-Stuyvesant, dans l'une de ces cités de briques brunes devant lesquelles elle passait en bus. Il aimait lui raconter des histoires horrifiques au sujet de son enfance : les rats qui lui grignotaient les orteils, les cafards dans un coin du placard, les dealers qui traînaient dans le hall de l'immeuble et le guettaient pour lui piquer ses baskets. Au début, elle avait cru que c'était pour qu'elle le comprenne, puis elle avait réalisé que c'était surtout pour souligner le contraste avec l'homme qu'il était devenu : prudent, studieux, toujours en train de nettoyer les verres de ses lunettes en écaille.

Il ne se la jouait pas. Elle aimait ça. Il n'était pas l'un de ces jeunes Noirs qu'elle admirait de loin, des séducteurs avachis dans des voitures déglinguées ou attroupés devant le cinéma, sifflant les jolies passantes. Ses amies et elle faisaient semblant de s'en irriter, mais en secret elles étaient ravies de l'attention de ces garçons qu'elles ne pourraient jamais embrasser, jamais inviter chez elles. Oh, elle avait eu des béguins ! Rien qui ne portait à conséquence, bien sûr. C'était de l'ordre de l'excitation qu'elle éprouvait quand elle regardait l'acteur Jim Kelly. Ou quand, assise sur l'accoudoir du fauteuil de son père, elle suivait les matchs des Lakers uniquement pour entrapercevoir Kareem Abdul-Jabbar avec ses lunettes protectrices. Des engouements totalement inoffensifs. Même si elle était consciente qu'il valait mieux les garder pour elle. Frantz était son premier Noir. Elle était sa quatrième Blanche.

« La quatrième ? Vraiment ? À quoi ressemblaient les trois autres ? »

Il rit. Ils buvaient du *ginger beer* dans la cuisine de son conseiller pédagogique à l'occasion d'un pot du département. Ils sortaient ensemble depuis peu et elle était trop habillée pour l'occasion : elle portait une robe longue et des talons, comme si elle était dans un film glamour des années 1960, au bras de son professeur à lunettes dans un salon enfumé. Tout ça pour se retrouver entassée au troisième étage sans ascenseur, avec un groupe de trentenaires dépenaillés qui écoutaient Fleetwood Mac.

« Elles étaient différentes.

— Différentes comment ?

— Différentes de toi. Tous les gens sont différents, même les Blancs. »

Il ne ressemblait certainement à personne qu'elle connaissait. Sa langue natale était le créole et il avait un accent en anglais. Sa mémoire était impressionnante, presque photographique, et, quand il l'aidait à apprendre ses rôles, il retenait ses répliques avant elle. Ils s'étaient rencontrés au 8 Ball, un petit bar de quartier où elle travaillait. Par un hasard miraculeux, ils avaient réussi à se remarquer, malgré les motards baraqués groupés autour des tables hautes, les filles tatouées qui glissaient des pièces dans le juke-box pour écouter Joan Jett, et les efforts de Kennedy pour s'intégrer à la faune locale. Elle cherchait encore à décrocher un premier contrat et personne ne comprenait pourquoi elle avait quitté Los Angeles. Mais elle aimait la scène. En Californie, tous les acteurs qu'elle connaissait étaient obsédés par Hollywood, parce que, si on avait un tant soit peu de jugeote, on savait que c'était là que se trouvait l'argent. Pour sa part, elle trouvait le cinéma ennuyeux. Se lever à l'aube, rester plantée devant une caméra pendant des heures à répéter les mêmes répliques pour satisfaire un réalisateur sadique. Le théâtre, ça n'avait rien à voir, c'était toujours nouveau. C'était à la fois terrifiant et exaltant. Chaque représentation était différente, chaque public unique, chaque soirée crépitait de possibilités. La pauvreté était un avantage supplémentaire. Elle n'avait que vingt-quatre ans et l'idée de sa propre souffrance lui paraissait encore romantique.

« Je sais bien, répondit-elle à Frantz. C'est pour ça que je te demande à quoi ressemblaient tes ex. »

Elle regretta d'avoir posé la question lorsqu'ils commencèrent à les croiser. Sage, la poète, qui avait publié de longs textes décousus sur le corps féminin, qu'elle continuait à envoyer à Frantz pour avoir son avis. Hannah, l'ingénieure, qui cherchait à améliorer l'assainissement des eaux dans les pays pauvres. Kennedy avait imaginé une fille mal fagotée qui pataugeait dans les égouts, pas cette blonde guillerette dans le métro, perchée avec assurance sur des talons de douze centimètres. Christina jouait de la clarinette dans l'orchestre philharmonique de Brooklyn. Durant le dîner, Kennedy faisait tourner dans son assiette ses épinards à la crème, tandis que Christina et Frantz discutaient de Brahms. Il avait raison, elles étaient toutes différentes. Elle se sentait idiote d'être étonnée. Une part d'elle avait imaginé que toutes ses autres petites amies seraient des versions modifiées d'elle-même : si elle avait grandi dans le New Jersey, par exemple, ou décidé sur un coup de tête de se teindre les cheveux en roux. Mais ses goûts en matière de filles blanches étaient manifestement éclectiques et elle ne savait pas ce qui était le pire : être la dernière en date d'une série d'amoureuses toutes identiques ou être radicalement différente des précédentes. Correspondre à un modèle était sans doute plus sûr ; être singulière était risqué. Qu'est-ce que Frantz aimait en elle, au juste ? N'allait-il pas se lasser très vite ?

« Et si je te disais que je ne suis pas totalement blanche ? »

Elle n'avait pas prévu d'en parler. C'était sorti tout seul. Frantz sourit, sa bière devant ses lèvres.

« Tu es quoi, alors ?

— Eh bien, pas entièrement blanche. En partie noire aussi. »

Elle ne l'avait jamais formulé à voix haute. Elle s'était déjà demandé si prononcer les mots les rendrait plus réels, si cela réveillerait en elle quelque chose d'inné. Mais l'aveu sonnait faux. Un texte qu'elle récitait. Elle n'était même pas capable de se convaincre. Frantz l'examina en plissant les yeux.

« Ah oui, fit-il au bout d'un moment. Je vois, maintenant.

— Vraiment ?

— Bien sûr. Je connais un tas de Blacks avec des cheveux aussi crépus que les tiens. »

Il la taquinait. Il croyait qu'elle se moquait et cela devint une blague entre eux. Si elle arrivait en retard, il disait qu'elle était à l'heure africaine, si elle lui aboyait après, il lui répondait : « Hé, calmos, *sista*[1] ! » Bientôt, c'est toute l'histoire qui parut à Kennedy une vaste plaisanterie : Jude, le secret de sa mère. Si c'était vrai, elle le saurait, décida-t-elle. On ne pouvait pas vivre toutes ces années sans savoir quelque chose d'aussi fondamental à son propre sujet. Elle le sentirait d'une manière ou d'une autre. Elle le verrait sur le visage des autres Noirs : une forme de complicité. Alors qu'elle ne sentait rien. Dans le métro, elle leur jetait au mieux des coups d'œil vaguement curieux. Frantz lui-même lui demeurait en grande partie mystérieux. Pas parce qu'il était noir, bien que cela accentue l'écart. Mais tout chez lui était éloigné d'elle : sa vie, sa langue, jusqu'à ses intérêts. Parfois, elle entrait dans le placard qu'il avait transformé en bureau et le regardait griffonner des équations qu'elle ne comprendrait jamais. Il y avait mille manières de se sentir étrangers, beaucoup moins d'être véritablement connecté à l'autre.

Stella n'aimait pas Frantz. Elle le trouvait prétentieux.

« Et pas pour la raison que tu crois », ajouta-t-elle. Elles étaient assises dans un café, près de la vitrine, et regardaient les gens passer. Sa mère était venue lui rendre visite pour Thanksgiving. Kennedy avait prétexté des auditions et du travail pour ne pas rentrer à la maison mais, en réalité, elle voulait lui montrer sa vie new-yorkaise. Elle y prenait un plaisir pervers, comme une gamine devant le mur du salon qu'elle avait barbouillé. Regarde la bêtise que j'ai faite ! Sa mère s'était appliquée à ne pas réagir. Elle avait gardé les lèvres serrées pendant le tour du propriétaire de son sous-sol, avait hoché la tête lorsqu'elle l'avait amenée au 8 Ball. Mais Frantz était la goutte d'eau, l'élément que Stella ne pouvait pas faire semblant d'ignorer.

« Et qu'est-ce que je crois ? demanda Kennedy.

— Tu sais bien. » Il y avait deux femmes noires à côté d'elles qui mangeaient des croissants. Sa mère ne le dirait jamais à haute voix. « Ce n'est pas ça. Je n'aime pas les gens qui ont cette attitude, c'est tout…

— C'est-à-dire ?

— Comme si sa tu-sais-quoi ne sentait pas mauvais. »

Elle devait être la seule mère de tout Brooklyn à être trop polie pour prononcer le mot *merde* en public.

« Je ne comprends pas pourquoi tu ne l'aimes pas. Il a été très poli avec toi.

— Je ne prétends pas le contraire. Mais il fait comme s'il était la personne la plus intelligente dans la pièce.

— Sans doute parce qu'il l'est. Il a un doctorat de Darmouth, mine de rien. Je me sens idiote à côté de lui.

— Cela me dépasse. Ce n'est pas du tout ton genre d'homme. »

Au lycée, elle s'amourachait toujours de garçons en blouson noir clouté avec les cheveux longs et gras qui se prenaient pour les Ramones. Son premier copain était pour ainsi dire aveugle à moins d'écarter les mèches qui lui tombaient dans les yeux. Elle trouvait ça craquant. Pas son père, qui était au bord de l'apoplexie. Comme tous les pères, il l'imaginait avec des jeunes gens qui lui rappelaient celui qu'il était à leur âge : cheveux ras, élégants, ambitieux. Pas les idiots avachis qu'elle ramenait à la maison, toujours un peu défoncés, toujours à la limite de l'insolence. Ses petits copains jouaient dans des groupes tellement mauvais que c'était vraiment un acte d'amour de les écouter. À la fac, elle était sortie avec un lutteur qui passait des heures à faire des tours de stade emmailloté de sacs-poubelle pour perdre du poids. Après la rupture, elle avait décidé qu'elle ne voulait pas d'un homme qui attachait autant d'importance à quoi que ce soit. Et voilà qu'elle se retrouvait avec Frantz qui griffonnait des équations sur le miroir de la salle de bains de peur de les oublier.

« Il n'y a que les imbéciles qui ne changent pas. »

Sa phase mauvais garçons était terminée. Sa mère aurait dû être soulagée. Mais elle avait seulement l'air soucieuse.

« Ce n'est pas encore à cause de cette fille, dis-moi ? »

Elles n'avaient pas évoqué Jude depuis deux ans. Pourtant, elles ne l'avaient oubliée ni l'une ni l'autre. Kennedy sut immédiatement de qui elle parlait.

« Qu'est-ce que tu racontes ?

— C'est juste que tu n'as jamais aimé quelqu'un comme lui avant. Cette folle t'a embrouillé les idées. J'espère que tu n'essaies pas de prouver quelque chose. »

Elle triturait l'anse de sa tasse d'un air tellement perturbé que Kennedy dut détourner les yeux. Si sortir avec Frantz était un genre d'expérience, alors elle avait lamentablement échoué. Aimer un Noir n'avait réussi qu'à la faire se sentir encore plus blanche.

« Mais non. Allez, viens, on va au musée. »

L'hiver où elle revit Jude Winston, Kennedy tenait le rôle principal dans *La Rivière silencieuse*, une comédie musicale à tout petit budget. Elle interprétait Cora, la fille rebelle du shérif qui rêve de s'enfuir avec un rude ouvrier agricole. Pendant des mois, elle vécut encore plus que d'habitude dans la crainte de tomber malade. Elle but tellement de thé au citron qu'en février elle n'en supportait plus l'odeur et devait se pincer le nez pour l'avaler. Elle gobait des comprimés de zinc crayeux et s'emmitouflait de trois tours d'écharpe avant de poser un pied dehors. Elle se savonnait énergiquement les mains dès sa sortie du métro. Elle n'avait pas une constitution adaptée aux hivers new-yorkais en temps ordinaire, et là il s'agissait clairement de circonstances extraordinaires. C'était son rôle le plus important depuis son arrivée. Le jour où elle avait reçu l'appel, Frantz l'avait invitée au restaurant. Elle était euphorique. Il était soulagé.

« Je commençais à me demander... » Il n'avait pas achevé sa phrase. Il avait cinq ans de plus qu'elle et, l'âge mis à part, c'était un homme sérieux qui croyait aux ambitions sérieuses. Il lui paraissait de plus en plus évident que sa carrière d'actrice ne décollerait jamais. Au début, il trouvait ça charmant. Il l'appelait ma rêveuse californienne. Il la faisait répéter dans le salon et la retrouvait à la sortie des auditions pour débriefer dans le métro. Au restaurant, elle s'était rendu compte qu'il était moins heureux que surpris, comme un parent découvrant que le père Noël existait vraiment. Bien sûr, il avait écrit les lettres, mangé les biscuits et déposé les cadeaux sous l'arbre, mais il ne s'attendait pas à voir un bonhomme ventripotent descendre par la cheminée.

Jamais elle n'avait travaillé aussi dur. Elle collait des tracts colorés du spectacle sur les vitrines et les lampadaires. Elle subissait en silence les regards furibonds des voisins lorsqu'elle chantait dans l'escalier, où l'acoustique était meilleure. Le matin, elle faisait son numéro de claquettes pieds nus sur le carrelage de la salle de bains en se brossant les dents. Quand elle ne répétait pas, elle reposait sa voix. Ceux qui la connaissaient auraient eu du mal à le croire, mais pendant des semaines elle ouvrit à peine la bouche. Elle avait quitté le 8 Ball pour travailler dans un coffee-shop appelé Gulp, à deux pas du théâtre. Même si ses soirées n'avaient pas été consacrées au spectacle, une bonne barmaid se devait d'être causante. Pour servir du café, on n'était pas obligé de faire la conversation. Pendant ses pauses, elle buvait du thé et ne parlait à personne. À la maison, Frantz lui donnait une petite ardoise blanche sur laquelle elle lui passait des messages. *Dîner ? Je file. Ta mère a téléphoné.* Il avait un peu l'impression de participer à une performance artistique et se prêtait au jeu de bonne grâce.

La ville lui paraissait assourdissante depuis qu'elle avait décidé de se taire. Elle devenait nerveuse et s'effrayait aussi aisément qu'un cheval. Le vrombissement soudain du moulin à café la faisait sursauter. Pourtant, lorsque Jude poussa la porte, elle n'entendit rien, ni la sonnerie, ni les bruits de la rue qui s'engouffrèrent avec le froid. Depuis trois ans, Kennedy se demandait ce qu'elle lui dirait si elle la revoyait. Et elle était là, de l'autre côté du comptoir. Mais quand elle ouvrit la bouche, aucun son n'en sortit. Même pas un murmure.

« Il me semblait bien que c'était toi », lança Jude.

Elle était toujours longue et musclée, emmitouflée dans un manteau blanc qui tranchait sur sa peau noire. Et elle lui faisait un grand sourire. Un putain de sourire comme si elles étaient de vieilles copines.

« J'ai vu un flyer avec ton nom. On passait et j'ai vu le flyer dans la vitrine et… incroyable, c'est vraiment toi ! »

Kennedy aperçut l'ami de Jude sur le trottoir. Ses cheveux bouclés étaient plus longs, sa barbe plus fournie, mais c'était bien lui. Il attendait dehors, soufflant dans ses mains pour les réchauffer, les épaules mouchetées de neige. Elle ne pouvait pas s'empêcher d'être surprise. Elle en avait vu des garçons dans son genre, d'une beauté presque surnaturelle, et ils ne tombaient pas amoureux de filles comme Jude. D'accord, elle avait quelque chose, mais les beaux gosses étaient attirés par un charme plus classique. Et pourtant, ils étaient là, à New York, toujours ensemble. Qu'est-ce qu'ils fabriquaient ici, à l'autre bout du pays ?

« Alors, quoi de neuf ? » demanda Jude.

Elle voulait lui faire croire que leur rencontre était fortuite, mais rien dans leur amitié n'avait jamais été dû au hasard. Elle ne croyait pas à la magie des coïncidences quand il s'agissait de Jude Winston. Un Blanc en manteau gris entra et Kennedy l'invita à avancer. À Los Angeles, elle l'aurait sans doute insultée. Ici, bien au chaud dans son silence volontaire, elle préférait l'ignorer. Déstabilisée, Jude s'écarta pour laisser passer l'homme.

Il paya son café et sortit. Jude posa un bout de papier sur le comptoir. « Notre adresse et notre téléphone. Au cas où tu aurais envie de parler. »

Elle appela. Bien sûr qu'elle appela.

Elle savait qu'elle le ferait avant même de le ranger dans sa poche. Elle ne le jeta pas : c'était le premier signe. Ensuite, elle y pensa toute la journée. Un vulgaire bout de papier qui aurait aussi bien pu être un rasoir, tant elle sentait son arête contre sa hanche. C'était idiot de se laisser perturber par un truc pareil et, à deux reprises, elle se dit qu'elle allait le déchirer en mille morceaux. Elle le sortait, contemplait l'écriture fine et appliquée de Jude, puis le remettait dans sa poche. Hôtel Castor, chambre 403, et un téléphone. La troisième fois, il était trop tard. Elle avait mémorisé le numéro.

Sa journée terminée, elle fonça dans la cabine en face du café. Personne ne répondit. Tant pis, elle réessaierait de l'appartement. Dans le métro elle se ravisa. Elle ne voulait pas que Frantz l'entende. Que lui dirait-elle ? Qu'une fille noire qui prétendait être sa cousine avait réapparu sans crier gare à New York ? Il penserait encore à une plaisanterie. Elle rappela le lendemain matin juste avant le travail. Cette fois, Jude décrocha.

« Je ne devrais pas te parler. »

Elle ne répondit pas tout de suite, et pendant une fraction de seconde Kennedy pensa qu'elle n'avait pas reconnu sa voix.

« Pourquoi ? demanda-t-elle enfin.

— Parce que je joue dans une comédie musicale.

— OK, et alors ?

— Je ne suis pas censée parler. Je repose ma voix.

— Ah.

— Donc si tu as quelque chose à me dire, fais vite. Je n'ai pas de temps à perdre en bavardages.

— Je ne suis pas venue pour toi.

— Qu'est-ce que tu fabriques ici, alors ?

— Reese doit se faire opérer. »

Elle avait imaginé tout ce que Jude pouvait vouloir. Se venger de la rosserie qu'elle lui avait lancée à la figure le soir de la dernière. De l'argent, comme l'avait suggéré sa mère. Dans ce cas, bonne chance. Il suffisait d'un regard à sa vie pour se rendre compte qu'elle n'en avait pas. Elle avait à peine de quoi payer son loyer. Elle s'était imaginé le dire à Jude – un peu honteuse, un peu fière – et voilà qu'elle apprenait que sa visite n'avait rien à voir avec elle. Son copain était malade, peut-être mourant, et pour changer Kennedy ramenait tout à elle. « Tu sais ce que c'est, ton problème ? lui avait lancé un metteur en scène. Tu te trouves fascinante. » Bien sûr, et après ? Est-ce qu'on n'avait pas tous l'impression d'être le personnage principal de notre propre pièce, avec autour nos faire-valoir, nos ennemis et nos amants potentiels ? Elle ignorait quel rôle Jude jouait dans sa vie, mais elle réalisa soudain qu'elle-même n'en avait pas dans celle de Jude.

« C'est grave ? Je veux dire, ça va aller ?

— Il n'est pas en train de mourir, si c'est le sens de ta question. Mais oui, je pense qu'on peut dire que c'est grave.

— Dans ce cas, qu'est-ce que vous faites ici ? Ce ne sont pas les chirurgiens qui manquent à Los Angeles. »

Jude ne répondit pas tout de suite. « On n'habite plus là-bas. Et c'est une opération particulière. Il faut un certain type de docteur. »

Elle était vague, ce qui bien sûr ne fit qu'attiser la curiosité de Kennedy. Mais elle ne pouvait pas l'interroger de but en blanc. Ce n'étaient pas ses affaires.

« Vous vivez où, alors ?

— À Minneapolis.

— Qu'est-ce que vous faites là-bas ?

— Je suis en fac de médecine. »

Malgré elle, Kennedy se sentit fière pour Jude. Elle menait la vie à laquelle elle aspirait quand elles étaient à Los Angeles. Toujours aimée par le même homme, en bonne voie pour devenir médecin. Et Kennedy, de quoi pouvait-elle se vanter ? Un appartement en sous-sol qu'elle partageait avec quelqu'un qu'elle ne connaissait pas réellement, pas de diplôme, un job alimentaire dans un café pour pouvoir s'époumoner dans un théâtre à moitié vide chaque soir.

« Je suis contente que tu aies appelé. Je ne pensais pas que tu le ferais.

— Franchement, tu peux comprendre pourquoi, non ?

— Je sais que les choses se sont terminées un peu bizarrement, la dernière fois... »

Kennedy éclata de rire.

« C'est rien de le dire.

— Si tu acceptes de me voir dix minutes, j'aimerais te montrer un truc. »

Sa mère avait traité Jude de folle. Elle l'était peut-être. Il n'empêche, Kennedy était ferrée. Elle aurait pu raccrocher. Elle aurait pu raccrocher à cet instant et ne plus jamais lui parler. Elle aurait pu se forcer à l'oublier. Mais Jude lui faisait miroiter une clé pour comprendre sa mère.

Comment aurait-elle pu refuser ?

« Je suis au boulot.

— Après, alors.

— Je joue.

— Où ? Reese et moi, on peut venir te voir. Ce n'est pas complet ? »

Ils n'avaient pas joué une seule fois à guichets fermés depuis le début des représentations, mais Kennedy marqua une pause, comme si elle réfléchissait.

« Peut-être pas. En général, il reste quelques places.

— Parfait. On viendra, alors. Ça tombe bien, on voulait profiter de ce qu'on était à New York pour voir un vrai spectacle. »

Elle était d'une innocence attendrissante, très différente de la fille dure et réservée de Los Angeles. Kennedy était presque sous le charme, mais surtout elle avait le sentiment d'avoir retrouvé son assurance. Elle lui donna le nom de la salle et lui dit qu'elle devait raccrocher.

« D'accord. À plus. Et, Kennedy ?

— Sérieux, il faut que j'y aille…

— Bien sûr, désolée. Je voulais juste… Je suis contente de te voir. De te revoir sur scène. J'ai beaucoup aimé ton spectacle à Los Angeles. »

Cette remarque n'aurait pas dû lui faire autant plaisir. Furieuse contre elle-même, Kennedy raccrocha sans dire au revoir.

Quinze

Dans *Pacific Cove*, Charity Harris était l'incarnation même de la fille d'à côté : une gentille fille toute simple, ce qui signifiait que la moitié des fans de la série l'adoraient et que les autres la trouvaient insipide. Lorsqu'elle disparaîtrait au cours d'une croisière en mer, elle recevrait des lettres de spectateurs se réjouissant de son malheur. Cela ne ferait ni chaud ni froid à Kennedy. L'important, c'était d'attirer l'attention. Jusque-là, aucun de ses personnages n'avait inspiré de sentiments assez forts pour qu'on prenne la peine de lui écrire. Malgré tout, en quittant le parking du studio, elle espérait que ce ne serait pas l'ultime scène de Charity.

« C'est la télé, lui avait dit le réalisateur. Rien n'est définitif, tant que la série n'est pas annulée. »

Charity méritait une meilleure fin, dirait-elle à des amis d'une voix empâtée par l'alcool à quarante ans passés, alors qu'elle avait largement dépassé l'âge de s'en soucier encore. Même si elle ne pouvait pas espérer le retour miraculeux de Charity – un destin dont rêvent tous les acteurs tués dans une série –, elle voulait juste que son histoire ait une conclusion digne de ce nom, ne serait-ce qu'un bandeau disant qu'elle avait quitté Pacific Cove pour aller élever des lamas au Pérou.

« Mais disparaître comme ça ? Dans l'océan ? Et puis rien ? C'est nul, merde. »

Elle méritait mieux que ça.

« Mériter, ça ne veut rien dire, lui rétorquerait son petit ami prof de yoga. Aucun de nous ne mérite quoi que ce soit. On fait avec ce qu'on a, point. »

Elle avait peut-être le sentiment que Charity avait été injustement traitée parce qu'elle était une fille sympa. Certainement beaucoup plus sympa que Kennedy qui n'avait pas toujours été exemplaire. Elle avait couché avec deux réalisateurs mariés, fauché de l'argent à ses parents plutôt que de leur en emprunter encore, menti à des amies au sujet de l'horaire d'auditions pour avoir un avantage sur elles. Charity, elle, avait le cœur sur la main. Elle avait rencontré l'amour en la personne de Lance Harrison, le bellâtre de la série, après s'être jetée à l'eau pour sauver un chien de la noyade. Excusez du peu ! Pourtant, à peine une demi-saison après sa disparition, Lance faisait de l'œil à la fille boudeuse d'un policier et, cinq ans plus tard, ils se mariaient en grande pompe, battant tous les records d'audience de *Pacific Cove* : vingt millions de téléspectateurs, selon *TV Guide* qui rangeait l'épisode parmi les cinquante plus grands moments feuilletonesques de tous les temps. Il avait même été nominé pour un Emmy ! Et dans la pléthore de critiques dithyrambiques, pas une n'avait mentionné Charity ni rappelé que les tourtereaux ne se seraient jamais rencontrés si elle n'était pas montée à bord de ce paquebot de croisière, agitant gaiement la main du pont, en partance pour le paradis des soaps.

Plus que le rôle perdu, ce qui l'agaçait, c'était peut-être de ne jamais avoir été la vedette d'un grand mariage télévisé. Elle en souffrait plus que de ne s'être jamais mariée en vrai.

« Moi, je ne joue jamais la fille d'à côté, lui avait dit une fois une *guest-star* noire sur le tournage. Il faut croire que personne n'a envie d'habiter à côté de moi. »

Pam Reed lui avait souri d'un air narquois avant de gober une tomate cerise, alors qu'elles déjeunaient entre deux prises. C'était une vraie actrice, avait entendu Kennedy, surprenant un échange entre des machinistes. Dans les années 1970, Pam avait interprété une policière dans une série de films d'action, avant d'être tuée par le méchant dans le troisième volet. Puis elle avait été juge dans un feuilleton télévisé. Elle jouerait les juges jusqu'à la fin de sa carrière. Quand elle zappait, Kennedy tombait parfois sur Pam Reed qui siégeait au tribunal, se penchant en avant d'un air sévère, la main sous le menton.

« La télé adore les femmes noires juges, poursuivit Pam. C'est marrant... Tu imagines à quoi ressemblerait ce monde si c'était vraiment nous qui décidions de ce qui était juste ? »

Même entre les scènes, elle était intimidante dans sa longue robe de magistrate. C'est sans doute pour cette raison que Kennedy, tendant la main vers une grappe de raisin, dit la première phrase idiote qui lui passa par la tête.

« Quand j'étais petite, j'habitais à côté d'une famille noire. En face, plus exactement. La fille s'appelait Cindy. Elle a été ma première amie, en fait. »

Elle ne précisa pas que leur amitié avait pris fin le jour où, dans un accès de fureur enfantine, elle avait jeté une injure raciste à la tête de Cindy. Elle avait toujours le cœur qui se serrait quand elle revoyait la petite éclater en sanglots. Bêtement, elle s'était mise à pleurer aussi et sa mère l'avait giflée. La première et dernière fois qu'elle avait levé la main sur elle. Mais la gifle l'avait moins perturbée que les baisers qui avaient suivi, ce brutal télescopage de la colère et de l'amour maternels. À l'époque, elle avait cru que c'était un vilain mot comme un autre et que Stella aurait réagi avec autant de violence si elle avait crié merde dans l'impasse. Puis, après Jude, Kennedy avait repensé à l'expression de sa mère lorsqu'elle l'avait traînée à l'intérieur de la maison. Elle était fâchée, oui, mais pire encore, elle semblait terrifiée. Effrayée par sa propre émotion, ou, plus perturbant, par la laideur qu'elle découvrait chez sa fille.

Elle n'avait plus jamais prononcé le mot, même en passant, même en répétant une blague. Puis un jour Frantz lui avait demandé de le dire au lit. C'était un jeu, lui avait-il assuré tout en caressant son dos : il savait qu'elle ne le pensait pas. Elle ignorait pourquoi elle songeait à cette histoire maintenant. Lui dire ça, ce n'était pas comme de le dire à Cindy. Non ?

Pam Reed laissa échapper un petit rire et s'essuya la bouche avec une serviette en papier.

« Elle en avait de la chance. »

Le soir où Jude Winston assista à son spectacle, Kennedy quitta son corps sur scène.

Cela arrivait à tous les acteurs, de meilleures actrices qu'elle en avaient fait l'expérience plus tôt dans leur carrière, elle en était sûre. Mais, ce soir-là, elle comprit pour la première fois ce que c'était de sortir de soi. Chanter était aussi naturel que respirer, danser aussi évident que marcher. Lorsqu'elle interpréta son duo avec Randy, l'ouvrier agricole – un grand dadais qui étudiait le théâtre à NYU –, elle se crut presque amoureuse. Après le rappel, les autres acteurs la félicitèrent. Une part d'elle sentait qu'elle avait donné le meilleur et que plus jamais elle ne jouerait comme ça. Elle avait atteint cet état, uniquement parce qu'elle savait que, quelque part dans la salle obscure, Jude la regardait.

Dans la loge, elle se changea lentement, laissant la magie de la scène s'évaporer. Frantz devait être dans le hall. Le jeudi soir, il venait directement après la fac. Il lui dirait qu'elle avait été bonne, merveilleuse même. Il remarquerait une différence chez elle, se demanderait peut-être ce qui l'avait causée. Et dans le hall, il y aurait aussi Reese et Jude. Mais elle ne s'attendait certainement pas à les trouver tous les trois en grande conversation.

« Tu ne m'avais pas dit que tu avais des amis de passage. Viens, on va prendre un verre.

— Tout le monde doit être fatigué, répondit-elle.

— Ne dis pas de bêtises. Ils sont venus exprès pour te voir. Juste un verre. »

Elle les emmena au 8 Ball dans un état second. Elle se sentait engourdie. Elle avait choisi ce bar parce qu'elle savait que Jude y serait mal à l'aise. Et comme prévu, dès qu'ils pénétrèrent dans la salle sombre où hurlait de la musique punk, celle-ci regarda autour d'elle d'un air circonspect. Ses yeux s'attardèrent sur les obscénités gribouillées au feutre sur les tables et sur les motards. De toute évidence, elle avait envie de partir en courant. Tant mieux. Personne ne serait tenté de traîner. Elle n'avait jamais eu l'intention de faire se rencontrer ces deux pôles de sa vie. Elle pensait voir Jude une minute après la représentation. Elle lui montrerait ce qu'elle avait à lui montrer et on n'en parlerait plus. Elle n'avait pas imaginé que Jude et Frantz entameraient la conversation et découvriraient qu'ils la connaissaient tous les deux. Une copine de fac, avait-elle dû lui dire, car Frantz lui demandait à quoi ressemblait Kennedy quand elle était étudiante.

« Chéri, arrête de les harceler. On ne peut pas boire tranquillement ?

— Je ne harcèle personne. Je te harcèle ? dit Frantz, se tournant vers Jude.

— Non, répondit-elle en souriant. C'est juste l'endroit, on est un peu sonnés.

— Les grandes villes, ce n'est pas trop notre truc », renchérit Reese.

C'était tellement mignon que Kennedy avait envie de vomir.

« Ça n'était pas le mien non plus, dit Frantz. Je suis arrivé ici quand j'étais enfant. Mais New York me fait encore cet effet, vous savez. Vous restez combien de temps ? Je suis sûr que Ken adorerait vous faire visiter...

— Si on commandait avant de prévoir des visites guidées ? lança-t-elle.

— OK, j'y vais », fit Frantz, amusé. Il se leva et adressa un petit signe de tête à Reese. « Tu me donnes un coup de main ? »

Les deux hommes se dirigèrent vers le comptoir et Kennedy se retrouva seule face à Jude. Jamais elle n'avait eu autant envie d'un verre.

« Ton copain est sympa.

— Écoute, je suis désolée pour ce que j'ai dit la dernière fois. À propos de toi et Reese. J'étais soûle. Je ne le pensais pas.

— Tu le pensais. Et tu étais soûle. L'un n'empêche pas l'autre.

— Très bien, mais est-ce que c'est pour ça que tu es là ? C'est pour ça que tu me prends la tête ? Je suis fatiguée de tout ça.

— Tout quoi ?

— Je ne sais pas, ce que tu fais. Ce petit jeu. »

Jude la dévisagea un moment avant d'ouvrir son sac.

« J'avais le pressentiment qu'on se recroiserait.

— Super, tu as des dons de voyance. » Apercevant les hommes en train de commander, Kennedy réalisa qu'elle n'avait même pas dit à Frantz ce qu'elle prendrait. Un signe d'intimité modeste, mais remarquable : Frantz pouvait deviner ce qu'elle désirait sans qu'elle ait besoin de le formuler.

« Je ne voulais pas t'en parler. La dernière fois. Je me doutais bien que ce n'était pas le genre de chose que tu avais envie d'entendre. Je l'ai dit parce que j'étais en colère. Tu m'avais blessée et je me suis vengée. Je n'aurais pas dû. » Elle sortit quelque chose de son sac. « On ne devrait pas dire la vérité aux gens pour leur faire du mal, mais parce qu'ils veulent savoir. Et je pense que maintenant tu veux savoir. »

Elle tendit à Kennedy une photographie à l'envers. Elle devina qu'il s'agissait de sa mère.

« Désolé, c'était super long, dit Frantz, se glissant dans le box avec les verres. Hé, c'est quoi ?

— Rien. Bouge-toi, il faut que j'aille pisser.

— Oh, Ken, je viens de m'asseoir », grogna-t-il. Il se poussa néanmoins et elle se leva, la photo à la main. Elle alla bien aux toilettes, mais seulement pour avoir plus de lumière. Jude aurait pu lui donner le portrait de n'importe qui, après tout. Elle resta un instant devant le miroir, serrant le cliché contre son ventre. Rien ne l'obligeait à le regarder.

Elle pouvait le déchirer. Après ce soir, Jude disparaîtrait de sa vie. Reese se ferait opérer et ils partiraient. Elle n'avait pas besoin de savoir. Elle avait le droit, non ?

Bien sûr, vous devinez la suite. Elle savait aussi, avant même de retourner la photo. La mémoire fonctionne ainsi : comme si on voyait à la fois devant et derrière soi. À cet instant, elle se projetait dans les deux directions. Petite fille exigeante et irritante, elle grimpait sur sa mère qui s'efforçait de la tenir à distance. Une mère qu'elle ne connaissait pas réellement. Puis elle se vit en train de lui montrer la preuve de son mensonge. Lorsque Kennedy examina la photo, elle distingua les silhouettes de deux jumelles en robes noires, une femme entre elles. L'image était vieille, grise et fanée, malgré tout, sous la lampe fluorescente, elle était capable de dire laquelle des deux était sa mère. Elle avait l'air mal à l'aise, prête à s'échapper du cadre.

Sa mère avait toujours détesté les photos. Elle ne supportait pas de se sentir clouée quelque part.

« Tes amis sont sympas », dit Frantz un peu plus tard, alors qu'il la rejoignait au lit.

Elle n'avait pas desserré les dents pendant le trajet en métro. Elle était patraque, avait-elle dit à tout le monde après un verre. Elle préférait rentrer. Dans les toilettes du bar, elle avait glissé la photo dans sa ceinture. Comme autrefois, quand elle chapardait des friandises dans la cuisine. Sauf qu'au lieu d'une barre chocolatée qui fondait sous son pull, elle sentait les coins rigides piquer sa peau. Une part d'elle voulait que Jude croie qu'elle s'en était débarrassée. Qu'elle l'avait jetée dans les toilettes. Elle avait eu l'air déçue lorsqu'ils s'étaient dit au revoir. Tant mieux. Qu'elle soit déçue. Pour qui se prenait-elle ? Bouleverser sa vie une seconde fois, d'autant plus que c'était peut-être un mensonge. Jude ne ressemblait pas du tout aux filles de la photo, ni à la femme derrière elles, le teint plus mat, mais pas noire non plus, une main sur l'épaule de chaque jumelle. Toutes les trois formaient un groupe assorti, elles semblaient à leur place. Pas Jude. Et Kennedy ? Où était sa place ?

« On n'est pas amis. Pas vraiment. C'est juste des gens que je connaissais à Los Angeles.

— Ah bon. » Il l'embrassa dans le cou. Elle se dégagea vivement.

« Mais arrête.

— Quoi ?

— Comment, quoi ? Je t'ai déjà dit que je n'étais pas bien.

— Ça va, pas la peine de mordre. »

Dépité, il lui tourna le dos et éteignit la lumière.

« Je savais que ce n'étaient pas tes amis, de toute façon.

— Pourquoi ?

— Tu n'as pas d'amis noirs. Tu n'aimes aucun Noir, à part moi, et encore, on peut pas dire qu'on soit amis. »

Le lendemain matin, elle appela l'hôtel Castor. Personne ne répondit.

Seule dans son lit, elle examina la photographie pâlie jusqu'à l'heure de partir au travail. Les jumelles côte à côte dans leurs vêtements austères. Sa mère et celle qui n'était pas sa mère, sa grand-mère derrière elles. Toute une famille, là où selon Stella il n'y avait personne. Et Jude qui était au courant. Pour ses treize ans, sa mère l'avait emmenée au centre commercial. Elle voulait lui offrir une robe. Kennedy, qui commençait à revendiquer son indépendance, aurait préféré aller chez Bloomingdale's avec ses copines. Mais sa mère ne lui prêtait pas vraiment attention. Elle s'était arrêtée au milieu d'un rayon et caressait les manches ornées de dentelle d'une robe noire.

« J'adore faire du shopping, dit-elle, presque pour elle-même. C'est comme d'essayer toutes les personnes qu'on pourrait être. »

Pendant sa pause déjeuner, elle rappela la chambre de l'hôtel. Sans plus de succès. Puis elle composa le numéro de la réception.

« La jeune femme a dit qu'ils passeraient la journée à l'hôpital, si on cherchait à les joindre.

— Quel hôpital ?

— Je regrette, elle n'a pas précisé. »

Bien sûr, que pouvait-elle attendre d'une provinciale qui venait à New York pour la première fois ? Elle n'avait pas songé au nombre d'hôpitaux qu'il y avait rien qu'à Manhattan. Le nom, pour quoi faire ? Agacée, elle chercha l'établissement le plus proche de l'hôtel dans l'annuaire. On lui répondit qu'on ne pouvait pas révéler l'identité des patients. Lorsqu'elle raccrocha, Kennedy réalisa que, de toute façon, elle ignorait le nom de famille de Reese. Malgré tout, elle partit un peu plus tôt du travail et prit le bus jusqu'à l'hôpital. À l'accueil, elle demanda à une petite infirmière rousse s'il était possible d'appeler Jude Winston. Elle attendit cinq minutes, la page de l'annuaire froissée dans sa poche. Elle espérait qu'elle n'aurait pas à écumer tous les établissements de la ville pour les trouver. Puis la porte de l'ascenseur s'ouvrit et Jude sortit, l'air épuisée. Elle parut soulagée de voir que ce n'était que Kennedy.

« Tu n'avais pas laissé le nom de l'hôpital. C'est malin, j'aurais pu passer la journée à te chercher.

— Sauf que tu n'as pas eu à le faire.

— OK, mais j'aurais pu. » Pitié, elles se chamaillaient déjà comme des sœurs. « C'est une grande ville, tu sais.

— Je sais, mais j'ai la tête en vrac, en ce moment. »

C'était exactement le genre de réflexion qu'aurait fait sa mère : sournoise, pour la faire culpabiliser.

« Désolée. Il va bien ? »

Jude se mordit la lèvre.

« J'espère. Il n'est pas encore réveillé. On ne m'a pas laissée le voir. Étant donné que je ne suis pas de la famille ni rien. »

Kennedy songea soudain que si elle avait une crise cardiaque dans le hall de l'hôpital, Jude serait sa parente la plus proche. Cousines. Elles étaient cousines. Mais si Jude le disait à une infirmière pour avoir le droit de lui rendre visite, qui la croirait ?

« C'est absurde. Tu es la seule personne qu'il ait ici.

— C'est comme ça.

— Il devrait t'épouser. Ce serait plus simple. Depuis le temps que vous êtes ensemble. Ça vous éviterait de vous prendre la tête avec ce genre de conneries. »

Jude la dévisagea et Kennedy crut qu'elle allait lui dire d'aller se faire voir. Elle le méritait, sans doute. Mais l'autre fille se contenta de soupirer.

« On croirait entendre ma mère. »

La photographie avait été prise à un enterrement, lui expliqua Jude. Elles étaient assises face à face à une longue table métallique, le cliché entre elles. Un enterrement, elle s'en doutait, à cause des robes noires. Elle regarda de nouveau les jumelles. Mêmes rubans dans les cheveux, mêmes collants. Pour la première fois, elle remarqua que l'une d'elles agrippait la robe de l'autre, comme pour l'obliger à se tenir tranquille. Elle toucha la photo, se répétant que c'était bien réel. Elle avait besoin de se raccrocher à quelque chose de concret.

« Qui est-ce qu'on enterrait ?

— Leur père. Il a été tué.

— Par qui ?

— Des hommes blancs », répondit Jude en haussant les épaules.

Kennedy ne savait pas ce qui était le plus choquant, la révélation ou sa désinvolture.

« Comment ça, tué ? Pourquoi ?

— Il faut une raison ?

— Quand on tue quelqu'un ? En général, oui.

— Eh bien là, il n'y en a pas. C'est arrivé, c'est tout. Sous les yeux de ses filles. »

Elle s'efforça d'imaginer sa mère enfant, témoin d'une telle horreur, mais tout ce qu'elle voyait, c'était Stella huit ans plus tôt, au bout d'un couloir sombre, armée d'une batte de base-ball. Kennedy était rentrée d'une fête un peu ivre, bien après l'heure prévue, et elle s'attendait à se faire disputer. Au lieu de quoi, sa mère était restée plantée là, la main devant la bouche. Puis la batte était tombée bruyamment sur le sol et avait roulé vers ses pieds nus.

« Elle ne parle jamais de lui, dit enfin Kennedy.

— La mienne non plus. »

Au bout de la table, un vieux monsieur juif toussa dans la manche de son pull. Jude tourna brièvement les yeux vers lui, triturant un emballage de bonbon.

« Elle est comment, ta mère ? demanda Kennedy.

— Butée, comme toi.

— Je ne suis pas butée.

— Si tu le dis.

— Et quoi d'autre ? Elle n'est pas seulement butée, j'imagine.

— Je ne sais pas. Elle travaille dans un *diner*. Elle prétend qu'elle déteste ça, mais elle ne partira jamais. Elle n'abandonnera jamais grand-maman.

— C'est comme ça que tu appelles ta grand-mère ? » Kennedy n'arrivait pas à dire *notre*.

Jude opina.

« On habitait chez elle. Elle vieillit. Elle perd la mémoire. Elle réclame encore ta mère de temps en temps. »

Les haut-parleurs diffusèrent un message grésillant. Kennedy versa un autre sachet de sucre dans le café qu'elle ne finirait pas.

« C'est vraiment étrange pour moi. Tu ne peux pas imaginer.

— Je comprends.

— Non, tu ne peux pas comprendre. Personne ne le peut.

— Très bien, je ne comprends pas. » Jude se leva et jeta son gobelet à la poubelle. Kennedy lui courut après, craignant soudain qu'elle la plante là. Si à force de se sentir rejetée elle décidait de ne pas lui en dire plus ? Savoir un peu était pire que ne rien savoir du tout. Elle la suivit jusqu'à l'ascenseur et monta avec elle au cinquième sans un mot. Elles s'assirent dans la salle d'attente à côté d'une plante assoiffée.

« Tu n'es pas obligée de rester.

— Je sais », répondit Kennedy. Mais elle ne bougea pas.

Reese sortit de l'hôpital le soir même, dans un fauteuil roulant poussé par Jude. Kennedy ne réalisa qu'elle y avait passé l'après-midi qu'une fois dehors, lorsqu'elle leva les yeux, étonnée de découvrir un ciel déjà drapé de bleu marine. Elle était restée là des heures, à feuilleter des magazines, à aller chercher du café ou simplement à regarder fixement la photo. Elle avait appelé le théâtre pour expliquer qu'elle était malade, que la grippe avait finalement eu le dernier mot. Elle avait toutes les raisons du monde de partir, pourtant, elle avait attendu dans cette salle silencieuse jusqu'à ce qu'une infirmière leur dise avec brusquerie qu'elles pouvaient emmener Reese. Elle aurait dû prévenir Frantz. Il téléphonait toujours au théâtre avant la représentation.

Il allait s'inquiéter s'il tombait sur sa doublure. Mais elle héla un taxi et aida Jude à asseoir Reese sur la banquette. Il était encore un peu dans le cirage à cause de l'anesthésie et il ne cessait de piquer du nez, sa tête roulant sur l'épaule de Jude. Elle posa la main sur sa cuisse et Kennedy détourna les yeux.

Elle ne pouvait imaginer avoir besoin de quelqu'un de manière aussi flagrante.

Elle aurait pu leur dire au revoir devant l'hôtel mais elle descendit avec eux. Jude et elle n'échangèrent pas un mot. Elles passèrent chacune un bras autour de la taille de Reese et le portèrent à l'intérieur. Il était plus lourd qu'il n'en avait l'air. Arrivée à l'ascenseur, elle avait les épaules en feu. Elle serra les dents jusqu'à la chambre et elles le déposèrent avec délicatesse sur le lit. Jude s'assit au bord du matelas et écarta ses boucles brunes.

« Merci, dit-elle doucement, sans le quitter des yeux, la tendresse dans sa voix uniquement destinée à Reese.

— Bon. » Kennedy aurait dû partir. Elle s'attarda. Ils allaient rester quelques jours à New York, le temps qu'il récupère. Elle pourrait peut-être passer à l'hôtel demain ? Jude n'allait quand même pas rester enfermée dans cette chambre miteuse à le regarder dormir. Elles pourraient sortir prendre un café, déjeuner. Elle lui ferait visiter la ville si elle voulait. Qu'elle puisse dire qu'elle ne s'était pas contentée d'aller voir une comédie musicale de seconde zone et de traîner dans une salle d'attente d'hôpital pendant son séjour à New York. Jude la raccompagna à la réception et Kennedy enroula lentement son écharpe autour de son cou.

« Ça ressemble à quoi, Mallard ? »

Elle imaginait une bourgade comme Mayberry dans *The Andy Griffith Show* : bucolique et accueillante, des femmes qui laissaient des tartes refroidir sur le rebord des fenêtres. Une ville si petite que tout le monde se connaissait. Dans une autre vie, Kennedy aurait passé ses vacances d'été là-bas. Elles auraient joué devant la maison de leur grand-mère. Mais Jude éclata de rire.

« Atroce. Ils n'aiment que les Nègres blancs. Tu te sentirais chez toi. »

Elle avait parlé d'un ton si dégagé que Kennedy faillit ne pas réagir.

« Je ne suis pas noire. »

Jude rit encore, cette fois plus mal à l'aise.

« Ta mère l'est.

— Et après ?

— Donc toi aussi.

— Pas du tout. Mon père est blanc, tu sais. Et tu n'as pas le droit de te pointer et de me dire qui je suis. »

Ce n'était pas une question de race. Elle ne supportait pas qu'on l'assigne à une place. Elle était comme sa mère, sur ce point. Si elle était noire, pas de problème. Mais ce n'était pas le cas, et Jude n'avait pas à lui dire qu'elle était quelqu'un qu'elle n'était pas. Rien n'avait changé dans le fond. Elle avait appris quelque chose au sujet de sa mère, et après ? Qu'est-ce que ça signifiait à l'échelle de sa vie ? Un détail écarté et remplacé. Échanger une brique ne transformait pas une maison en caserne de pompiers. Elle était toujours elle-même. Rien n'avait changé.

Rien n'avait changé du tout.

Ce soir-là, Frantz lui demanda où elle avait été.

« À l'hôpital, dit-elle trop épuisée pour mentir.

— À l'hôpital ? Qu'est-ce qui s'est passé ?

— Rien, tout va bien. J'étais avec Jude. Reese s'est fait opérer.

— De quoi ? Il va mieux ?

— Aucune idée. » Elle n'avait pas demandé. « Un truc aux poumons, apparemment. Il est encore un peu dans les vapes, mais ça va, maintenant.

— Tu aurais dû me prévenir. Je t'attendais. »

Elle allait le quitter. Elle savait quand le moment de partir était venu, l'avait toujours su. Appelez ça intuition ou bougeotte, appelez ça comme vous voulez. Elle n'était pas du genre à imposer sa présence. Elle avait su quand il était temps de quitter Los Angeles, et, un an plus tard, elle saurait qu'il serait temps de quitter New York. Elle savait si elle devait rester avec un homme six semaines ou six ans. Partir était facile. Rester, c'était ce qu'elle n'avait jamais totalement maîtrisé. Ce soir-là, donc, elle regarda Frantz dans le lit, sa peau brune chatoyante sur les draps gris, consciente qu'elle devrait bientôt le laisser.

En attendant, elle s'assit au bord du matelas et lui ôta ses lunettes. Aussitôt, elle devint floue.

« Est-ce que tu m'aimerais encore, si je n'étais pas blanche ?

— Non, dit-il, la tirant vers lui. Parce que tu ne serais pas toi. »

Après Frantz, elle partit voyager pendant un an sans prévenir personne. Sa comédie musicale était terminée et elle en avait assez du théâtre, même si elle travaillait encore avec des troupes d'improvisation et continuait d'auditionner pour des pièces expérimentales. Jouer était apparemment la seule chose qu'elle avait du mal à quitter. Avant de prendre la fuite, elle alla voir sa mère. Elles burent du chardonnay dans le jardin, assises au bord de la piscine. C'était une journée d'hiver anormalement ensoleillée. Elle était sidérée par la chaleur, sidérée qu'un mois de février aussi chaud ait pu lui paraître banal à une époque. Elle ferma les yeux, ses jambes offertes aux rayons brûlants, sans une pensée pour le pauvre Frantz, blotti contre leur radiateur cliquetant.

« Je passais du temps ici le matin, dit sa mère. Quand tu étais à l'école. Je n'avais rien à faire, alors, je flottais sur l'eau et je réfléchissais. »

C'était une belle journée. Kennedy y repenserait plus tard : elle aurait pu se taire, aurait pu rester là au soleil éternellement. Mais elle avait tendu la photographie à sa mère.

« Qu'est-ce que c'est ? demanda-t-elle, tournant la tête pour la regarder.

— C'était à l'enterrement de ton père. Tu ne t'en souviens pas ? »

Le visage de Stella n'exprimait rien. Elle regardait fixement la photo.

« D'où est-ce que tu sors ça ?

— À ton avis ? Elle m'a retrouvée. Elle en sait plus sur toi que moi ! »

Elle n'avait pas prévu de crier. Elle s'attendait à ce que sa mère affiche une émotion. Elle lui montrerait une photo de son enfance et Stella éclaterait en sanglots. Puis elle essuierait ses larmes et lui raconterait enfin la vérité sur sa vie. C'était la moindre des choses, non ? Un moment de sincérité. Mais elle se contenta de repousser la photo.

« Je ne sais pas pourquoi tu fais ça. Je ne sais pas ce que tu veux que je te dise…

— Je veux que tu me dises qui tu es !

— Tu sais qui je suis ! » Stella pointa le doigt vers les jumelles. « Ce n'est pas moi. Regarde ! Elle ne me ressemble pas du tout. »

Kennedy ignorait qui elle désignait, sa sœur ou elle-même.

Jude avait laissé son numéro derrière la photo. Pendant des années, Kennedy n'appela pas.

Elle la garda, pourtant. Elle l'emporta partout avec elle : à Istanbul, à Rome, à Berlin, où elle vécut trois mois, dans un appartement qu'elle partageait avec deux Suédois. Un soir, ils prirent une cuite et elle leur montra le cliché. Les garçons blonds lui sourirent d'un air interrogateur et le lui rendirent. Cette photo n'avait du sens que pour elle, et c'était l'une des raisons pour lesquelles elle ne se résoudrait jamais à la jeter. C'était la seule partie authentique de sa vie. Elle ne savait pas quoi faire du reste. Toutes les histoires qu'elle connaissait n'étaient que fiction, alors, elle en inventa d'autres. Elle était la fille d'un docteur, d'un acteur, d'un joueur de base-ball. Elle était en fac de médecine et avait pris une année sabbatique. Chez elle, elle avait un petit copain nommé Reese. Elle était blanche, elle était noire. Elle était une nouvelle personne chaque fois qu'elle franchissait une frontière. Elle inventait constamment sa vie.

Au début des années 1990, les rôles se tariraient pour de bon. Les réalisateurs n'avaient que faire d'une blonde de plus de trente ans qui n'avait pas encore percé. Elle jouerait quelques sœurs aînées dans des séries, une prof ou deux, puis son agent cesserait définitivement de l'appeler. Elle se sentait trop jeune pour être finie, mais elle avait eu une chance incroyable jusque-là. Sa vie entière avait été une succession d'aubaines. Elle était blanche. Blonde, mignonne, mince, un père riche. Elle n'avait qu'à pleurer pour qu'on annule ses amendes, qu'à battre des cils pour qu'on lui donne encore et encore une seconde chance. Une pluie de cadeaux non mérités.

Elle fut monitrice de vélo en salle pendant deux ans. Le club mettait des photos de Charity Harris sur le prospectus pour attirer les clients. Mais elle se lassa de la transpiration, des crampes et des jambes qui tremblaient et, en 1996, elle décida de retourner à l'école. Pas vraiment à l'école, disait-elle à tout le monde, riant à cette simple pensée, juste une formation d'agent immobilier. Elle avait fait des publicités pour des produits débiles à la télévision pendant des années, pourquoi ne vendrait-elle pas des maisons ? Le premier jour, elle s'assit derrière un bureau minuscule, mal à l'aise, et regarda le document que le professeur distribuait dans chaque rangée.

Ce que les clients apprécient chez un agent immobilier

— L'honnêteté
— La connaissance du marché immobilier
— La capacité de négociation

Elle pouvait tout apprendre, sauf le premier point. Elle avait joué la comédie toute sa vie, ce qui signifiait qu'elle était la meilleure menteuse qu'elle connaissait. Enfin, presque.

Au cours de sa première année à San Fernando Valley Real Estate, Kennedy vendit sept propriétés.

Son patron Robert prétendait qu'elle avait la main de Midas, mais, en privé, elle appelait ça l'effet Charity Harris. Elle avait ce genre de visage dont les gens se souvenaient vaguement, même s'ils n'avaient pas vu *Pacific Cove.* Sa tête leur disait quelque chose. Et les fans continuaient à se présenter aux visites portes ouvertes, bien après que la série se fut achevée.

« J'ai toujours pensé que ce qui vous était arrivé était injuste », lui murmura une femme dans une villa témoin du quartier de Tarzana. Elle sourit poliment et invita la cliente potentielle à la suivre dans le couloir. Elle pouvait être Charity Harris si c'était ce qu'ils désiraient. Elle pouvait être n'importe qui, en réalité.

À chaque visite, elle avait l'impression de remonter sur les planches. Avant le lever du rideau, elle modifiait quelques détails, changeait les photos issues de banques de données. Une famille noire devenait blanche, un pouf en forme de ballon de football était remplacé par un ballon de basket, une corne d'abondance exposée dans une vitrine se transformait en menora. La maison n'était qu'un décor, la visite une représentation qu'elle mettait en scène. Avant l'arrivée du public, elle se tenait dans l'entrée, la tête baissée, aussi nerveuse que la première fois qu'elle avait joué, sa mère assise dans la salle. Puis elle affichait son plus beau sourire Charity Harris et ouvrait grand la porte. Elle disparaissait à l'intérieur d'elle-même, dans ces maisons vides où personne ne vivait réellement. Tandis que la villa se remplissait d'inconnus, elle trouvait rapidement ses marques, montrait la cuisine à un couple, insistait sur les luminaires, la crédence, les hauts plafonds.

« Imaginez votre vie ici. Imaginez qui vous pourriez être. »

Sixième partie

LIEUX

1986

Seize

Depuis 1981, Mallard n'existait plus, ou du moins ne s'appelait plus Mallard.

La ville n'en avait jamais été une. L'État considérait que c'était une localité ; l'Institut d'études géologiques des États-Unis parlait simplement de zone habitée. Les habitants avaient peut-être créé leurs propres tracés, mais une zone habitée n'avait pas de limites légales. Après le recensement de 1980, le comté redessina la circonscription et les habitants découvrirent un beau matin qu'ils avaient été intégrés à Palmetto. En 1986, Mallard ne figurait plus sur aucune carte routière de la région. Pour la plupart des gens, cela ne signifiait rien. Mallard avait toujours été une idée plus qu'un lieu, de toute façon, et aucun redécoupage administratif n'y changerait rien. En revanche, cela déconcerta Stella Vignes, qui passa dix minutes à étudier le plan dans la gare d'Opelousas, avant de faire signe à un jeune porteur noir pour lui demander comment se rendre à Mallard. Il éclata de rire.

« Oh, ça, c'était dans le vieux temps. Y a une paye que ça s'appelle plus comme ça. »

Elle rougit.

« Et ça s'appelle comment, alors ?

— Un tas de choses. Lebeau, Port Barre. Officiellement, c'est Palmetto, mais y en a encore beaucoup pour dire Mallard. Ils sont têtus, les gens.

— Je vois. Cela faisait longtemps que je n'étais pas venue. »

Il lui sourit et elle détourna les yeux. Elle avait voyagé aussi simplement que possible, peu désireuse d'attirer l'attention. Un sac sans chichi, le diamant de son alliance côté paume. Elle portait son pantalon le moins cher et avait attaché comme autrefois ses cheveux noirs parsemés de fils gris. Elle avait fait un rinçage, honteuse de sa propre vanité. Mais si Desiree teignait les siens ? Il n'était pas question qu'elle soit la vieille jumelle. Cette pensée la terrifiait : regarder le visage de sa sœur et ne pas s'y reconnaître.

Revenir et partir avaient au moins un point commun. Le plus dur, c'était de prendre la décision. Pendant des mois, elle avait cherché une autre solution, en vain. Elle n'en pouvait plus. Elle n'avait pas de nouvelles de sa fille depuis qu'elle était venue la voir avec une photographie, la mettant face à son passé. Elle ne se rappelait pas ce portrait pris à l'enterrement de son père, mais, pour être honnête, elle n'avait guère de souvenirs de cette journée. La dentelle noire qui lui grattait les jambes. Un petit morceau de quatre-quarts spongieux et sucré. Un cercueil fermé. Desiree serrée contre elle. Sa sœur qui savait mieux qu'elle ce qu'elle voulait dire.

Au bord de la piscine, lorsque Kennedy avait sorti la photographie, elle était restée sans voix, comme autrefois. Et quand elle avait trouvé les mots, elle avait menti, parce que c'était ce qu'elle avait toujours fait. Sauf que cette fois sa fille ne l'avait pas crue.

« Tu es incapable de dire la vérité. Tu ne sais que mentir. »

Pendant des mois, Kennedy avait refusé de prendre ses appels. Stella laissait des suppliques sur le répondeur, que Frantz devait écouter avec son petit air satisfait. Elle lui avait même parlé à une ou deux occasions. Il avait promis de transmettre le message, mais elle était consciente que c'était seulement pour l'amadouer et libérer la ligne. Puis, six mois plus tôt, il lui avait annoncé que sa fille l'avait quitté. « Elle est partie et j'ignore où elle est. Elle a disparu un beau matin sans laisser d'adresse. J'ai encore des cartons avec ses affaires dans mon bureau et je ne sais pas où les envoyer. » Il semblait plus ennuyé par le désordre que par la rupture. Stella avait paniqué, bien sûr, puis, quelques jours plus tard, Blake avait reçu une carte postale de Rome, griffonnée à la hâte.

Partie me trouver, écrivait Kennedy. *Je vais bien. Ne vous inquiétez pas pour moi.*

Le choix des mots avait agacé Stella. On ne se trouvait pas comme ça : une identité, ça se construisait. Il fallait inventer la personne qu'on voulait être. Et n'était-ce pas ce que Kennedy faisait à New York ? C'était encore de la faute de cette Noire, qui l'avait pistée à Los Angeles puis l'avait retrouvée à l'autre bout du pays. Elle ne renoncerait jamais. À moins que. Stella, qui faisait les cent pas dans son bureau, s'arrêta net.

Elle savait ce qu'elle avait à faire : Desiree devait parler à sa fille. Et pour cela Stella devait retourner à Mallard.

Profitant d'un voyage d'affaires de Blake à Boston, elle acheta un billet pour La Nouvelle-Orléans. Lorsque l'avion entama sa descente, elle contempla l'étendue plate brune au-dessous d'elle avec appréhension. Elle pouvait encore faire demi-tour. Rentrer à Los Angeles par le prochain vol, oublier cette idée ridicule. Puis elle songea à la fille qui continuerait à les harceler et elle agrippa l'accoudoir, tandis que l'appareil se posait en douceur sur la piste. À la gare, elle regarda le porteur souriant d'un air suspicieux. Il savait qu'elle revenait après avoir cru qu'elle ne le pourrait jamais, elle en était sûre. Il lui montra l'arrêt de bus.

« Ça vous laissera juste avant Mallard. Après, y a pas le choix. Faut marcher. »

Elle n'avait pas pris le bus depuis des années. Il lui indiqua une cabine téléphonique.

« Vous avez qu'à appeler votre famille. Demander à ce qu'y viennent vous chercher. »

Mais elle n'était pas sûre qu'elle avait encore une famille.

« Ça me fera du bien de me dégourdir les jambes. »

Puisque Mallard n'était plus Mallard, certains disaient qu'il fallait aussi rebaptiser le *diner*. Depuis longtemps, on ne disait plus que « chez Desiree ». « Nous autres à cette heure on va chez Desiree » était devenu un refrain si commun dans les années 1980 que la plupart des enfants ignoraient qu'il s'était un jour appelé autrement. Tout le monde semblait avoir oublié la tasse de café délavée sur le toit qui portait toujours le nom de Lou. Ça ne lui faisait pas très plaisir, mais il était vieux et il se reposait sur elle. À la fois serveuse et gérante, elle embauchait et renvoyait les cuisiniers, changeait le menu quand l'envie lui en prenait. Elle était devenue le visage de l'établissement, encadré depuis des années entre ses fenêtres noir et blanc. Lou lui laisserait le *diner* à sa mort, aimait-il à dire, en dépit des protestations de la principale concernée.

« J'ai une vie. Je compte pas rester coincée dans ce trou jusqu'à la fin des temps. »

Mais quelle vie, au juste ? Elle ne le savait pas elle-même parfois. Early qui continuait à aller et venir. La mémoire de sa mère qui s'effilochait. Sa fille qui vivait loin d'ici. Elle lui avait rendu visite à Minneapolis, l'hiver précédent. Bras dessus bras dessous, elles avaient pataugé dans la neige molle sur les trottoirs, se méfiant des plaques de verglas cachées en dessous. Elle n'avait pas vu de vraie neige comme ça depuis près de trente ans. À un carrefour, elle avait fermé les yeux. De gros flocons tombaient sur ses cils. Elle songeait à son premier hiver à Washington avec Sam, qui l'emmenait à la patinoire au centre-ville et riait quand elle chancelait. Une multitude de jeunes gens de couleur pareils à eux glissaient sur la glace en se tenant la main, les plus doués tourbillonnant et filant à vive allure. Même le père Noël qui faisait tinter sa cloche sur le trottoir était noir. Elle n'avait jamais vu de père Noël de couleur et le dévisageait avec une telle insistance qu'elle avait failli perdre l'équilibre.

« Il est censé neiger toute la semaine. Je suis désolée, maman, lui avait dit Jude.

— Tu n'as pas à être désolée. Tu n'es pas responsable du temps.

— Je sais. C'est juste que je voulais que ce soit bien pour toi.

— C'est très bien, avait-elle répondu en époussetant les flocons dans les cheveux de sa fille. Viens. »

Dans le supermarché aux lumières vives, Jude poussait le chariot derrière elle en traînant des pieds. Desiree prit une botte de céleri branche. Elle avait proposé de préparer le repas, avait insisté en réalité, lorsqu'elle avait vu le triste état des placards. Rien que des flocons de céréales et des boîtes de conserve.

« J'aurais dû t'apprendre à cuisiner.

— Mais je cuisine.

— Trop de filles intelligentes savent plus tenir une maison.

— Moi si. Et Reese aussi.

— Ah oui. Vous autres, vous êtes… comment on dit ?

— Modernes.

— Modernes. Il m'a l'air d'un brave garçon.

— Mais ?

— Mais rien. C'est juste que je comprends pas pourquoi il veut pas t'épouser. Qu'est-ce qu'il attend ? La Faucheuse ?

— Tu peux parler !

— Pardon ?

— Early et toi. »

Desiree prit un poivron, surprise de la bouffée de tendresse qu'elle avait ressentie à la seule mention de son nom. Il lui manquait. Incroyable. À son âge, il lui manquait encore. Elle l'avait appelé après avoir atterri dans le Minnesota. Elle n'était jamais montée à bord d'un avion et n'aurait pas été plus fière si elle avait foulé la surface de la Lune. Elle aurait aimé qu'il vienne, mais il avait proposé de s'occuper d'Adele. Desiree commençait à réaliser qu'on ne pouvait plus la laisser livrée à elle-même.

« C'est pas pareil.

— Ah bon ?

— Vous êtes jeunes, vous autres. Vous voulez pas faire votre vie ensemble ? Passe-moi cet oignon.

— On fait notre vie ensemble. Pas besoin d'être mariés pour ça.

— Je sais, je veux juste… J'ai peur que tu sois méfiante. À cause de ce qui m'est arrivé. »

Desiree examinait une tomate meurtrie pour éviter de la regarder. Penser à ce que sa fille avait dû voir, à cet exemple d'amour violent, lui était insupportable. Jude l'enlaça.

« Je ne le suis pas. Promis. »

Au dîner, Desiree prépara des crevettes à la créole et du riz dans leur minuscule cuisine. Tout en remuant la casserole, elle regardait autour d'elle les chaises dépareillées, le fauteuil orange, les photographies encadrées de Reese au mur. Il travaillait en free-lance pour le *Minnesota Daily Star*. Des reportages mineurs, des matchs scolaires, des ouvertures de magasin. Quand il n'avait rien d'autre, il faisait les bar-mitsva, les mariages et les bals de fin d'année. Parfois, il restait dehors jusqu'à avoir les doigts engourdis pour prendre les tentacules de glace à la surface d'un lac, un sans-abri blotti sous un porche, une moufle rouge prisonnière d'une congère en partie fondue. Il prétendait détester le froid, mais il n'avait jamais été aussi productif. Il avait vendu un cliché deux cents dollars. Il voulait économiser pour acheter une maison.

« Faut que vous sachiez, je suis sérieux, dit-il à Adele. Au sujet de votre fille. »

Pour être sérieux, il était sérieux, assis au bord du canapé, se tordant les mains. Si sérieux qu'elle avait envie de rire. Elle lui serra le bras.

« Je sais, mon grand. »

Après Sam, lorsqu'elle était revenue à Mallard, jamais elle n'aurait imaginé se retrouver un jour dans le Minnesota, assise sur un canapé élimé à côté d'un homme qui aimait sa fille. Toute la semaine, elle accompagna Jude sur le campus. Elle dévorait du regard les étudiants qui piétinaient la neige, emmitouflés jusqu'aux yeux. Elle avait peine à croire que Jude avait trouvé sa place ici. Son bébé s'était aventuré dans le monde. Elle aussi l'avait fait autrefois et une part d'elle espérait qu'il n'était pas trop tard pour réessayer.

« C'est ridicule, avait-elle confié à Early au téléphone. À mon âge. Je vais pas recommencer à zéro. Mais je sais pas. Je me demande, parfois, ce qui se passe ailleurs.

— C'est pas ridicule du tout. Qu'est-ce que t'aurais envie de faire ? »

Elle n'en avait aucune idée. En réalité, elle était gênée d'admettre que la seule image qui se présentait à son esprit quand elle imaginait partir, c'étaient eux deux dans sa voiture, sur une longue route menant vers nulle part. Une chimère, bien sûr.

Elle ne pouvait pas quitter Mallard, pas maintenant, pas tant que sa mère avait besoin d'elle.

Son dernier soir à Minneapolis, de gros flocons s'écrasaient sur le toit et Desiree entrouvrit les stores. Elle tenait une tasse de café que Reese avait arrosé de whisky pendant que Jude faisait la vaisselle. Il avait étalé ses photos sur la table, des clichés de leur vie à Los Angeles. Jude posa la main sur sa nuque, tandis que, penché, il expliquait à Desiree les différents quartiers. Le ponton de Manhattan Beach, le bâtiment de Capitol Records qui avait la forme d'une tour de disques, une baleine à bosse qu'ils avaient vue à Santa Barbara. Les gens qu'ils avaient rencontrés, les amis qu'ils avaient laissés. À travers leurs yeux, elle découvrait une ville qu'elle ne connaissait jusque-là que par la télé.

« Qui c'est ? » demanda-t-elle.

Elle désignait une photo prise dans un bar bondé. Elle n'y aurait pas prêté attention sans la blonde à l'arrière-plan qui semblait rire à une blague par-dessus l'épaule de Jude. Celle-ci la glissa sous les autres.

« Personne. Juste une fille qu'on connaissait. »

Après, dans le lit à côté de Jude, Reese ayant galamment offert de dormir sur le canapé bosselé, un peu gêné alors qu'il transportait son oreiller et une couverture – comme si Desiree ignorait ce qu'ils faisaient en son absence, comme si elle ignorait ce qu'ils feraient sans doute à l'instant où elle aurait franchi la porte, ce que feraient deux jeunes amoureux, soulagés d'être débarrassés de la vieille casse-pieds qui les harcelait pour qu'ils se marient –, elle pensa encore à la Blanche sur la photographie. Elle se demandait pourquoi elle avait attiré son attention. Peut-être parce que cette fille ressemblait à la Californie, ou du moins à l'idée qu'elle s'en faisait : mince, bronzée, blonde et heureuse. Elle aurait appelé Early s'il n'avait pas été aussi tard, si elle n'avait pas été consciente qu'elle le retrouverait le lendemain, si elle n'avait pas eu honte d'avoir envie de lui parler malgré tout. Est-ce que tu savais que Jude avait des amies blanches ? lui aurait-elle demandé. Le monde a changé, pas vrai ? Est-ce que tu savais que le monde avait autant changé ?

1986 fut également l'année de la mort de Big Ceel. Early Jones l'apprit en lisant le journal dans le cabinet du Dr Brenner. Il attendait sa belle-mère, ou du moins la femme à laquelle il pensait désormais en ces termes, lorsqu'il vit la photo dans les pages faits divers du *Times-Picayune*, sous le titre ASSASSINAT D'UN GARANT JUDICIAIRE. Poignardé à la suite d'une partie de cartes qui avait mal tourné. Il y avait sans doute là une forme de justice. Il avait vécu par l'argent et périssait par l'argent. En même temps, mourir pour une somme aussi dérisoire avait quelque chose d'indigne. Quarante dollars, d'après l'article. Quarante dollars, merde. Pourtant, Early savait que les hommes étaient prêts à mourir et à tuer pour une misère. Il avait vu pire, des gens prendre des risques pour moins. Malgré tout, apprendre la fin de Ceel ainsi le surprit presque autant que de découvrir que son véritable nom était Clifton Lewis.

Bien sûr, songea-t-il. C. L. Ceel. Le docteur appela Adele et il referma le journal. D'une certaine manière, c'était son plus vieil ami.

Cela faisait trois mois qu'il n'avait pas travaillé pour lui. « Je devrais t'organiser une petite fête pour ta retraite, lui avait dit celui-ci la dernière fois qu'ils s'étaient parlé au téléphone. T'es plus le jeunot d'antan. T'as perdu ton instinct de tueur. » Early avait raccroché, conscient que c'était de la provocation. Il savait que Ceel avait toujours besoin de lui. Il lui avait dit à plusieurs reprises qu'il était son meilleur chasseur de primes. Autrefois, les insultes auraient pu avoir l'effet escompté. Mais Early n'était plus un jeune homme. Il avait des responsabilités. Une femme qu'il aimait. La mère de Desiree, qu'il aimait aussi, avait failli réduire la maison en cendres. Elle avait mis de l'eau à chauffer pour le café puis était retournée se coucher, oubliant la casserole sur le feu. Ce jour-là, il était allé acheter une cafetière électrique chez Fontenot's et lui avait montré comment s'en servir. Mais elle ne s'était plus risquée à faire de café. Quand Desiree partait ouvrir l'Egg House, il se levait et lui en préparait une tasse. S'il courait après un fugitif, qui s'en chargerait ?

Pour la première fois de sa vie, il prit un travail, un vrai, à la raffinerie de pétrole. Désormais, il pointait tous les jours – comme un homme qui se respecte, aurait dit Adele – en combinaison grise, son nom cousu à l'endroit du cœur. Early-mieux-vaut-tard, le surnommait le contremaître, car il était le plus vieux de l'équipe. Il était du matin quand Desiree faisait la fermeture, de l'après-midi quand elle ouvrait le restaurant. Ils s'organisaient pour ne jamais laisser seule Adele.

Un jour, il l'emmena pêcher à la rivière. Des hirondelles descendaient en piqué et bruissaient à travers les pins. Adele se frotta les bras. Elle portait ses cheveux en deux longues tresses. Desiree la coiffait au lever, ou, si elle devait être chez Lou, Early s'en chargeait. Elle lui avait montré un après-midi, avec des bouts de laine. Il s'était entraîné patiemment, émerveillé de découvrir ses doigts capables d'une telle délicatesse. Il prenait plaisir à cette tâche. La vieille dame le laissait faire uniquement parce qu'elle oubliait qui il était. Et, dans ces moments-là, lui aussi oubliait qu'elle n'était pas sa mère.

« Vous avez assez chaud, mademoiselle Adele ? »

Elle hocha la tête, se blottissant dans son pull.

« Desiree, elle m'a dit que vous aimiez bien ça, pêcher. C'est vrai ?

— Elle a dit ça, Desiree ?

— Oui et même que je lui ai promis du poisson frit pour ce soir. C'est pas une bonne idée ? »

Adele regarda les arbres.

« Faut que j'aille travailler.

— Mais non. Vous avez congé aujourd'hui.

— Toute la journée ? »

Devant son air étonné et ravi, il n'eut pas le cœur de lui rappeler qu'elle ne travaillait plus depuis neuf mois. Les Blancs dont elle tenait la maison avaient été les premiers à constater ses absences. La vaisselle rangée dans le mauvais tiroir, le linge plié avant d'être sec, les boîtes de haricots au réfrigérateur tandis que le poulet pourrissait sur une étagère du garde-manger.

« Oh, je suis vieille, leur avait-elle dit. Vous savez ce que c'est. On oublie des choses. »

Selon le Dr Brenner, c'était la maladie d'Alzheimer. Et ce n'était que le début. Desiree avait pleuré au téléphone lorsqu'elle l'avait annoncé à Early. Il avait interrompu une mission à Lawrence pour la rejoindre. Ça va aller, lui avait-il dit en la prenant dans ses bras, même s'il ne pouvait rien imaginer de plus terrifiant que de regarder le visage de Desiree et de ne voir qu'une inconnue.

« T'es mon garçon ? » lui demanda Adele.

Il prit sa canne à pêche et lui sourit.

« Non, m'dame.

— Non, répéta-t-elle. J'ai jamais eu de gars. »

Elle se tourna vers les arbres, satisfaite, comme s'il venait de l'aider à résoudre une énigme qui la préoccupait. Puis elle le regarda de nouveau, presque timide.

« T'es quand même pas mon mari ?

— Non.

— J'en ai pas non plus.

— Je suis votre Early. C'est tout.

— Early ? C'est un drôle de nom.

— Peut-être mais c'est mon drôle de nom.

— Oh, je sais qui t'es. T'es le petit gars de la ferme qui tourne autour de Desiree. »

Il effleura le bout de sa tresse grise.

« C'est ça. C'est exactement ça. »

À leur retour, une Blanche était assise devant la maison.

Early avait attrapé deux truites tachetées, pour le plus grand plaisir d'Adele, qui les avait regardées se débattre au bout de la ligne. Elle marchait à côté de lui, son bras glissé dans le sien. À la vue de la femme au bout de la clairière, il lui prit la main. Une fois, une employée du comté était passée faire une visite de contrôle. Desiree s'était sentie humiliée par cette inconnue blanche qui allait de pièce en pièce pour s'assurer que sa mère vivait dans des conditions convenables.

« Faut croire que ça lui convient puisque ça fait soixante ans qu'elle habite là ! » avait-elle dit à Early.

Il n'avait pas très envie de voir une assistante sociale fouiner chez eux. Comme si Desiree et lui n'étaient pas capables de s'occuper d'une vieille dame qui perdait la mémoire. Mais l'allocation dépendait de ces visites et ils avaient besoin d'argent pour les médicaments, le docteur et les factures. La perspective de rencontrer cette femme l'emballait d'autant moins qu'il savait d'avance ce qu'elle penserait de lui.

Il tapota la main d'Adele.

« Si la dame pose une question, vous dites que je suis votre gendre.

— Quelle dame ?

— La Blanche sur la véranda. La dame du comté. Ça sera plus simple. »

Elle s'écarta.

« Arrête tes sornettes. C'est pas une Blanche. C'est Stella. »

Pendant toutes les années où il l'avait cherchée, imaginée, rêvée, elle avait pris de l'ampleur dans son esprit. Elle était plus intelligente que lui. Elle était assez maligne pour lui échapper chaque fois qu'il se rapprochait. Mais cette femme, cette fausse Blanche, cette Stella Vignes, elle était tellement ordinaire qu'il en resta interloqué. Rien à voir avec Desiree. Jamais il ne les aurait confondues, se dit-il en la regardant se lever. Elle portait un pantalon bleu marine et des bottines en cuir, une queue-de-cheval. Ses cheveux très noirs, comme si le temps n'avait pas de prise sur elle, alors que les tempes de Desiree s'entremêlaient d'argent. Et il n'y avait pas que ses vêtements. Son attitude aussi était différente. Elle était tendue, prête à se rompre, comme une corde de guitare vrillée. Elle avait peur, mais de quoi ? De lui ? Ma foi, elle avait peut-être raison. Il avait envie de lui hurler dessus pour toutes les nuits où Desiree s'était endormie en pensant à elle et non à lui.

En fait, ce n'était pas lui que Stella regardait, la bouche entrouverte. C'était sa mère. Adele lui jeta un bref coup d'œil.

« Viens donc nous aider à vider ces poissons, ma fille. Et va chercher ta sœur. »

Sa mère n'avait plus toute sa tête.

La vérité s'imposa lentement à elle, alors qu'elle la suivait dans l'étroit couloir jusqu'à la cuisine, où un inconnu sortait des poissons d'une glacière. Toutes ces années, elle s'était demandé ce que dirait sa mère si elle rentrait à la maison. Elle serait fâchée, la giflerait peut-être – mais j'avais elle n'avait imaginé ça : Adele s'affairant, l'ombre d'elle-même, uniquement préoccupée du repas. Indifférente à sa présence, comme si elle s'était absentée vingt-cinq minutes et non des années. L'homme la suivait, rangeait le couteau qu'elle avait posé, s'efforçait de la tenir éloignée de la cuisinière et finit par la convaincre de s'asseoir pendant qu'il lui préparait du café.

« Vous êtes le mari de Desiree ? »

Il rit bruyamment. « Si on veut.

— Dans ce cas, qui êtes-vous ? Et que faites-vous avec ma mère ?

— Qu'est-ce qui te prend, Stella ? demanda Adele en lui tendant une cuillère. Tu reconnais donc pas ton frère ? »

Il ne pouvait pas être le père de la fille qui suivait Kennedy. Il était loin d'être aussi noir qu'elle, même si cette brute grisonnante avait l'air tout à fait capable de brutaliser une femme.

« Elle est comme ça depuis longtemps ?

— Un an, peut-être.

— Mon Dieu !

— Ma fille, on ne prononce pas le nom du Seigneur en vain. Je t'ai mieux élevée que ça.

— Pardonne-moi, maman. Je suis désolée d'avoir…

— Je sais pas de quoi tu parles. Et c'est peut-être pas plus mal. Occupe-toi donc de ces truites. »

Son père lui avait appris à les vider. Souvent, elle l'accompagnait à la rivière. Elle filait à côté de lui, de l'eau jusqu'aux genoux. Desiree marchait devant, le pas si lourd qu'il disait qu'elle allait faire peur aux poissons. Elles étaient ses petits lutins jumeaux qui le suivaient dans les bois. Desiree trouvait la pêche ennuyeuse. Elle ne tardait pas à les abandonner pour s'allonger dans l'herbe et tresser des colliers de marguerites. Stella, elle, pouvait rester assise avec lui pendant des heures, immobile, imaginant qu'elle distinguait dans l'eau boueuse toutes les créatures qui tournaient autour de ses orteils. Après, il leur montrait comment nettoyer le poisson qu'il avait attrapé. Le poser bien à plat, insérer la lame dans le ventre, et puis quoi ? Elle était incapable de s'en souvenir. Elle avait envie de pleurer.

« Je ne sais pas faire.

— C'est juste que t'aimes pas te salir les mains. Desiree !

— Elle est au travail, mademoiselle Adele, dit l'homme.

— Au travail ?

— Au village.

— Eh ben, faut aller la chercher. Elle va rater le souper.

— Stella y va. Je reste avec vous. »

Il passa un bras autour de ses épaules pour la protéger. Pour la protéger de sa propre fille, réalisa Stella. Elle reposa le couteau délicatement. Sur le seuil, elle regarda le bois et prit le chemin de terre, mais très vite elle se rendit compte qu'elle ne se souvenait plus de la route.

La première chose à savoir au sujet des Retrouvailles, ainsi qu'on les appellerait par la suite, c'est qu'elles n'eurent pas de véritable témoin. L'Egg House était désert entre le déjeuner et le dîner, et Jude en profitait souvent pour téléphoner à sa mère du bureau du syndicat étudiant. Desiree adorait ces conversations animées, même si sa fille était toujours pressée, toujours en retard pour un cours ou une séance de travaux pratiques. Cet après-midi, Jude avait essayé de la convaincre de leur rendre visite à Minneapolis.

« Tu sais bien que je peux pas.

— Je sais. Mais tu me manques. Et je me fais du souci pour toi. »

Desiree avala sa salive avec difficulté. « Tu devrais pas. Vis ta vie. C'est tout que je veux pour toi. T'inquiète donc pas pour ta maman. Je vais très bien. »

Elle venait de raccrocher lorsqu'elle entendit la porte. Bizarre. Il n'y avait personne quand elle s'était éclipsée à l'arrière pour répondre au téléphone, hormis Marvin Landry qu'on ne voyait jamais sobre passé midi. La faute à la guerre. Cet après-midi, il était avachi dans un box au fond de la salle, une bouteille de whisky à l'intérieur de son blouson. Il n'avait pas touché le sandwich à la dinde que Desiree avait posé devant lui. Il n'ouvrit même pas un œil à l'entrée de Stella. Il ne la vit pas hésiter sur le seuil, regarder le lino qui se décollait, le cuir déchiré des tabourets, le clochard qui ronflait dans un coin. N'entendit pas Desiree crier : « J'arrive ! »

Et il ne la vit certainement pas émerger de la cuisine à reculons en attachant son tablier. Quant à Desiree, elle ne prêta aucune attention à son seul client, car elle était tombée en arrêt devant sa sœur.

« Oh. » C'est tout ce qu'elle trouva à dire. Oh. Moins un mot qu'un son. Elle lâcha les lanières de son tablier inutile qui battait sur ses jambes. De l'autre côté du comptoir, Stella souriait, les yeux humides. Elle fit un pas, mais Desiree leva la main.

« Non », dit-elle, refoulant sa colère, s'étouffant avec. Comment Stella osait-elle paraître devant elle sans prévenir, sans s'excuser, revenir quand elle avait enfin renoncé à tout espoir ? Elle portait un chemisier dont Desiree dirait parfois qu'il était crème, parfois couleur os, et qui semblait n'avoir jamais été taché ni fripé. De minuscules boutons de nacre. Un bracelet d'argent. Pas d'alliance. Les poings fermés. Avant, il lui arrivait de les fermer comme ça, quand elle était nerveuse. Et là, elle était nerveuse, c'est sûr. Ça devait bien être la première fois que Stella avait peur d'elle. Tant mieux, c'était la moindre des choses. Après toutes ces années, elle ne manquait pas d'air. Est-ce qu'elle s'imaginait vraiment qu'elle serait la bienvenue ? Ces pensées défilaient à toute allure dans la tête de Desiree, lui donnant le tournis. Le sourire de Stella s'effaça, mais elle fit un autre pas.

« Je suis sérieuse, dit Desiree, d'une voix sourde menaçante.

— Je te demande pardon. Pardon, pardon. »

Elle fit le tour du comptoir, continuant de s'excuser. Desiree tenta de la repousser, Stella refusa de lâcher et elles luttèrent, jusqu'à finalement se retrouver enlacées. Desiree en larmes et épuisée, Stella implorant son pardon dans ses cheveux. Quand il se réveilla enfin, Marvin Landry découvrit cette scène étonnante. Devant lui, un sandwich de dinde dans une assiette et une bouteille de Coca embuée ; derrière le comptoir, Desiree Vignes dédoublée, s'étreignant elle-même.

Elle a changé.

Les deux jumelles pensèrent la même chose. Desiree lorsqu'elle remarqua la façon dont Stella tenait son couteau et sa fourchette, la main à peine serrée sur le manche. Stella devant l'assurance de Desiree dans la cuisine. Desiree regardant Stella se frotter la nuque, un geste empreint d'une lassitude qui la surprit. Stella entendant Desiree parler à leur mère d'une voix douce et apaisante. Et pourtant, aux yeux d'Adele Vignes, les jumelles étaient les mêmes. Le temps se compressait et se dilatait ; les jumelles étaient différentes et semblables. Il aurait pu y en avoir cinquante à la table, une chaise pour chacune des personnes qu'elles avaient été depuis leur dernière rencontre : une femme battue et une ménagère désœuvrée, une serveuse et une professeure, chacune assise à côté d'une inconnue.

Mais il n'y avait qu'elles deux, Early entre elles. Lorsqu'il regardait Stella découper son poisson avec des gestes raffinés, il se disait que, dans le fond, il ne connaissait pas Desiree, qu'il était impossible d'en connaître vraiment une sans connaître l'autre. Après dîner, il débarrassa la table pendant qu'elles s'installaient dehors sur les marches, avec une bouteille de gin poussiéreuse que Desiree avait trouvé au fond de la réserve. Elle ne savait même pas si Stella aimait ça. Mais ses yeux se posèrent sur l'alcool avant de revenir sur Desiree, qui éprouva le frisson d'une conversation silencieuse. Elle sortit discrètement le gin et sa sœur la suivit.

« Veillez pas jusqu'à point d'heure, vous autres. Y a école demain. »

Elles se passaient paresseusement la bouteille, grimaçant à chaque gorgée. C'était un cadeau de mariage de Marie Vignes qui à l'époque avait choqué les Decuir – on n'a pas idée d'offrir ça à son gendre –, l'objet litigieux oublié pendant toutes ces années trouvant enfin un emploi. Les jumelles buvaient chacune leur tour, lentement mais sûrement.

« Tu parles pas pareil.

— Comment cela ? demanda Stella.

— Exactement : *comment celââââ*. T'as appris ça où ? »

Stella marqua une pause puis sourit.

« En regardant la télévision. Je passais des heures devant. Juste pour pouvoir parler comme eux.

— J'arrive toujours pas à croire que t'as réussi.

— Ce n'est pas si difficile. Tu aurais pu le faire.

— Tu n'as pas voulu que je vienne avec toi. Tu m'as abandonnée. » Desiree détestait sa voix geignarde. Après toutes ces années, pleurnicher comme une gamine esseulée dans la cour de récréation !

« C'était compliqué. J'ai rencontré quelqu'un.

— Tout ça pour un homme ?

— Pas pour lui. Mais j'aimais la personne que j'étais avec lui.

— Blanche.

— Non. Libre.

— C'est pareil, ma poule », répliqua Desiree, amusée. Elle prit une autre lampée de gin. « Alors, c'était qui ? »

Stella hésita.

« M. Sanders. »

Desiree ne put s'empêcher de rire. Elle n'avait pas ri ainsi depuis des semaines, des années peut-être. Elle rit tant que Stella, hilare elle aussi, lui prit la bouteille des mains de peur qu'elle ne la renverse.

« M. Sanders ? Ton ancien patron ? Tu t'es enfuie avec lui ? Farrah disait…

— Farrah Thibodeaux ! Je n'ai pas pensé à elle depuis des années.

— Elle disait t'avoir vue avec un homme…

— Qu'est-ce qu'elle est devenue ?

— J'en sais rien. Elle s'est mariée avec un conseiller municipal, je crois, mais ça fait un bout.

— Femme de politicien !

— C'est fou, hein ? »

Les deux sœurs continuèrent de boire, riant et se coupant la parole. Desiree jetait des coups d'œil vers la maison pour s'assurer que sa mère ne risquait pas de les voir, comme du temps où, adolescentes, elles fumaient en cachette. Elle était un peu ivre. Elle ne savait même pas l'heure qu'il était.

« Comment t'as fait ? Toutes ces années…

— Je n'avais pas le choix. Tu ne peux pas revenir en arrière quand tu as une famille. Quand tu as des gens qui dépendent de toi.

— Tu avais une famille !

— Ce n'est pas ce que je voulais dire, répondit Stella, détournant les yeux. C'est différent avec un enfant. Tu le sais bien. »

Mais qu'est-ce qui était différent au juste ? se demanda Desiree. Une sœur plus facile à oublier qu'une fille, une mère qu'un mari ? Pourquoi Stella avait-elle eu si peu de mal à renoncer à elle ? Elle ne lui posa pas la question, évidemment. Elle aurait encore plus eu l'impression d'être une gamine, déjà qu'elle n'arrêtait pas de se retourner de peur que leur mère ne les surprenne en train de boire.

« Donc, c'est toi, M. Sanders...

— Blake.

— Toi, Blake et...

— Nous avons une fille. Kennedy. »

Desiree essaya de se la représenter. Mais elle voyait seulement une petite Blanche bien élevée, assise sur un banc de piano, les mains sur les genoux.

« Et elle est comment ? Ta fille ?

— Têtue. Charmeuse. Elle est actrice.

— Actrice !

— Des petits spectacles à New York. Pas à Broadway ni rien.

— Quand même. Actrice. Tu pourras peut-être nous l'amener, la prochaine fois. »

Desiree comprit qu'elle avait dit une bêtise quand sa sœur détourna le regard. Ce fut très bref, mais elle était encore capable de lire en elle. Lorsque leurs yeux se croisèrent de nouveau, ceux de Stella étaient pleins de larmes.

« Tu sais bien que je ne peux pas.

— Pourquoi ?

— Ta fille...

— Quoi ?

— Elle m'a retrouvée, Desiree. À Los Angeles. C'est pour ça que je suis ici. »

N'importe quoi ! Jude aurait rencontré Stella ? Elle serait tombée sur elle dans une métropole de la taille de Los Angeles ? Et même si ça avait été le cas, elle le lui aurait dit. Elle ne lui aurait jamais caché une chose pareille.

« Elle ne t'en a pas parlé. Je la comprends. J'ai été horrible. Je ne voulais pas, mais j'ai eu peur. Cette fille sortie de nulle part qui prétendait me connaître. Elle ne te ressemble pas du tout ! Qu'est-ce que j'étais censée penser ? Et elle a aussi été voir Kennedy. Elle lui a tout raconté sur moi, sur Mallard. Et maintenant, elle a ressurgi à New York... »

Desiree se leva. Il fallait qu'elle appelle Jude. Peu importe l'heure. Peu importe l'alcool et la présence miraculeuse de Stella à côté d'elle. Celle-ci l'attrapa par le poignet.

« Desiree, s'il te plaît. Écoute-moi. Sois raisonnable...

— C'est moi qui suis pas raisonnable ?

— Elle ne s'arrêtera jamais ! Ta fille veut dire la vérité à la mienne, mais il est trop tard. Tu ne comprends pas ?

— Oh si, bien sûr, c'est la fin du monde. Si ta fille apprend qu'elle est pas blanche comme le lys...

— Que je lui ai menti. Elle ne me le pardonnera jamais. Tu ne comprends pas, Desiree. Tu es une bonne mère, ça se voit. Ta fille t'aime. C'est pour ça qu'elle ne t'a rien dit. Moi, je n'ai pas été une bonne mère. Je joue la comédie depuis si longtemps...

— Parce que tu l'as choisi ! Tu l'as voulu !

— Je sais. Je sais, mais s'il te plaît. S'il te plaît, Desiree. Ne me la prends pas. »

Pliée en deux, elle pleurait dans ses mains. Stella retourna s'asseoir à côté d'elle. Elle l'enlaça et regarda sa nuque, faisant semblant de ne pas voir les fils plus clairs entre ses cheveux noirs. Elle s'était toujours sentie plus âgée, même si c'était seulement de quelques minutes. Qui sait ce qui s'était passé pendant ces sept minutes où elles avaient été séparées ? Peut-être avaient-elles vécu une vie entière qui les avait placées chacune sur une voie différente. Qui leur avait révélé qui elles pouvaient être.

Au début, Early Jones avait du mal à trouver le sommeil dans cette maison. Le confort le perturbait. Il avait l'habitude de dormir à la belle étoile, recroquevillé dans sa voiture ou sur une banquette dure en cellule. Enfant, il devait se contenter d'une paillasse garnie de mousse espagnole, serré entre huit frères et sœurs dont il avait oublié les noms, sans parler des visages. Tout cela était nouveau pour lui : le bon lit avec sa couverture matelassée, la tête de lit sculptée par un homme dont on ne parlait pas mais qui avait laissé sa patte sur chaque meuble. Allongé à côté de Desiree, Early appelait en vain le sommeil sous ce toit qui ne fuyait pas. Parfois, n'y tenant plus, il sortait fumer à trois heures du matin avec le sentiment que même la maison le rejetait. Ou bien il s'assoupissait sur la galerie et se réveillait quand Desiree lui trébuchait dessus le lendemain.

« Pire qu'un chien sauvage, avait-il entendu dire Adele. Tu lui donnes un bon lit et il préfère dormir par terre. »

Elle n'avait pas tort. Il était un chasseur, après tout. Les couvertures moelleuses et les fauteuils rembourrés, ce n'était pas pour lui. Il ne se sentait à l'aise que le nez collé à la piste. Aussi, lorsqu'il entendit Stella sortir en douce le lendemain matin, il se leva et la suivit dehors.

« Un peu tôt pour le train. »

Surprise et honteuse, elle faillit laisser tomber son petit sac.

« Il faut que je rentre chez moi.

— Ça se fait pas de partir comme une voleuse. Sans dire au revoir.

— Si j'attends, je ne partirai jamais. Et je dois y aller. J'ai une vie ailleurs. »

Il comprenait. Malgré lui. C'était peut-être pour ça que ses parents l'avaient abandonné sans se retourner. S'ils lui avaient dit au revoir, il aurait hurlé et se serait agrippé à leurs jambes. Il ne les aurait jamais lâchés.

« Je vous dépose ? » demanda-t-il.

Elle jeta un coup d'œil vers les bois sombres et acquiesça. Il lui indiqua sa voiture. Ce n'était pas par bonté, mais uniquement parce que Desiree aimait Stella. L'amour était ainsi, non ? Il était contagieux si on s'approchait trop près. Il dépassa l'arrêt de bus pour la conduire jusqu'à la gare, assise à l'avant de sa bagnole déglinguée, les deux mains agrippées à son sac.

« Je ne voulais pas que ça se passe comme ça », dit-elle.

Il grogna. Lorsqu'elle descendit de la voiture, il refusa de la regarder. Il ne souhaitait pas être le seul à lui dire adieu. Il savait qu'il mentirait à Desiree à son retour. Il prétendrait ne pas l'avoir entendue marcher sur la pointe des pieds dans le couloir. Et quand Stella glissa son alliance dans sa main, il décida qu'il ne lui en parlerait pas non plus.

« Vendez-la, dit-elle sans le regarder. Prenez soin de maman. »

Il tenta de lui rendre la bague, mais déjà Stella s'éloignait, entrait dans la gare, disparaissait par les portes vitrées. Le diamant était froid dans sa paume. Il n'avait aucune idée de sa valeur. Quand il la ferait évaluer quelques semaines plus tard, le Blanc chauve l'examinerait à la loupe, avant de dévisager Early avec méfiance et de lui demander comment cette bague se trouvait en sa possession. Un héritage familial, dirait-il. Sa réponse sonnerait un peu faux, comme souvent la vérité.

À son réveil, ce matin-là, Desiree tâta le matelas à côté d'elle. Elle ne fut pas surprise de le sentir vide, mais elle poussa quand même un cri. La veille elle s'était endormie contre sa sœur, deux femmes serrées dans un lit trop petit. Stella du côté où elle dormait autrefois, Desiree du côté qui était resté le sien toutes ces années. Elles avaient chuchoté dans le noir jusqu'à ce que leur vision se brouille. Aucune des deux ne voulait être celle qui fermerait les yeux la première.

Un mois après la visite de Stella à Mallard, Kennedy appela enfin ses parents pour leur annoncer qu'elle rentrait en Californie. Son truc avec Frantz – n'était-ce pas typique, cette manière de qualifier de « truc » une relation sérieuse ? – était arrivé à son terme, elle avait dépensé tout son argent en Europe, elle était lasse de la comédie musicale. Elle débita une série de prétextes, mais Stella, la gorge nouée, se moquait des raisons. Peu lui importait même que sa fille n'ait pas dit qu'elle avait envie d'être auprès d'eux, qu'ils lui manquaient. Stella était rentrée à la maison, et maintenant c'était au tour de sa fille. Elle avait beau savoir que les deux événements n'étaient pas liés, elle les associa dans son esprit, comme si son retour avait déclenché celui de Kennedy. Elle annula son cours de l'après-midi pour aller la chercher à l'aéroport. Elle la repéra de loin, traversant le terminal avec une valise bourrée à craquer.

Elle avait maigri et s'était coupé les cheveux. Ses ondulations blondes lui arrivaient à mi-cou.

« Ça va ? lui demanda Kennedy. Tu as l'air différente.

— Différente comment ?

— Je n'en sais rien. Fatiguée. »

Depuis qu'elle était rentrée de Mallard, elle dormait mal. Dès qu'elle fermait les yeux, elle voyait Desiree.

« Je vais très bien, décréta-t-elle, prenant sa main. Je suis heureuse que tu sois ici.

— Où est passée ton alliance ? »

Elle faillit mentir. C'était devenu une seconde nature chez elle. Elle aurait pu raconter à Kennedy la même histoire qu'à Blake à son retour de Mallard, l'annulaire nu pour la première fois en plus de vingt ans. Elle avait ôté l'alliance pour se laver les mains dans les toilettes des professeurs et l'avait laissé dans le porte-savon. Après, elle avait interrogé tout le monde, sans succès. Devant son désarroi, c'était lui qui avait fini par la réconforter.

« Ce n'est pas grave, Stel. Il était grand temps que je t'en offre une plus belle, de toute façon. »

Il en avait commandé une personnalisée chez le bijoutier préféré de sa femme. Un mensonge lui avait valu sa première bague, un autre lui procurait la seconde. Elle ne pourrait jamais être totalement honnête avec son mari. Mais à l'aéroport, elle se sentit incapable de mentir encore à sa fille. Peut-être était-ce l'épuisement, ou le soulagement de la revoir enfin. Ou bien, songea-t-elle en s'emparant du lourd bagage, c'était parce qu'elle savait que Kennedy avait elle aussi cet instinct en elle qui la poussait à partir. Si Stella ne lui disait rien, sa fille passerait sa vie à fuir sans comprendre pourquoi. Sa fille, qui resterait la seule personne à la connaître vraiment.

Elle serra plus fort la poignée de la valise, les yeux fixés sur la moquette usée.

« Je l'ai donnée à ma sœur. Elle en avait plus besoin que moi. »

Kennedy s'arrêta net. « Ta sœur ? Tu es retournée là-bas ?

— Viens, ma chérie, on parlera dans la voiture. »

L'embouteillage serait cauchemardesque. Elle le savait avant même de rejoindre l'Interstate 405. Pare-chocs contre pare-chocs, des feux stop aussi loin que portait le regard. À son arrivée à Los Angeles, elle était fascinée par le nombre de véhicules. Tous ces gens qui allaient quelque part. La circulation l'effrayait au début, puis elle s'y était habituée. Souvent, elle prenait la voiture en pleine journée et roulait droit devant elle. Elle aimait observer le ciel sans nuages, les montagnes bleu pâle devant elle. Son bébé attaché dans son siège à l'arrière gazouillait avec la radio.

« Tu peux me demander tout ce que tu veux, dit-elle, les mains crispées sur le volant. Par contre, une fois à la maison…

— OK, bien reçu. Je ne dirai rien.

— C'est douloureux d'en parler. Tu comprends ? Mais je veux que tu saches qui je suis. »

Kennedy se tourna vers la vitre. Elles n'allaient pas très loin, mais c'était Los Angeles. On pouvait couvrir une vie entière en vingt kilomètres.

Dix-sept

Ils appelaient le mort Freddy.

Il avait vingt et un ans, faisait 1,89 mètre, pesait 81 kilogrammes. Il souffrait d'hypertrophie cardiaque. Si l'ambiance était à l'humour macabre, c'était « Fred la Viande froide ». À l'Université du Minnesota, tous les étudiants en médecine baptisaient leurs cadavres. C'était une façon de les personnaliser, disaient les professeurs, de rendre sa dignité au processus indigne de la mort. Au processus indigne de la science. C'étaient ce que les gens imaginaient quand ils envisageaient de léguer leur corps à la recherche : des carabins gouailleurs en blouse blanche de vingt ans, se creusant les méninges pour trouver des noms, avec chaque année au moins un groupe assez paresseux pour appeler son macchabée Yorick[1] avant de le charcuter. Jude, elle, estimait que cette coutume créait une distance

1. Dans *Hamlet*, le crâne de Yorick, bouffon du roi, est en quelque sorte un symbole de la mort.

avec le corps sur la table. Ce n'était pas son vrai nom. C'était quelqu'un d'autre qui avait vécu et qui était mort, un homme dont ils ne sauraient jamais rien de plus que ce qui figurait dans son dossier médical. Il avait à peine vécu, en réalité, et il connaîtrait peut-être un destin plus intéressant dans leur laboratoire au sous-sol.

Une fois habituée à l'odeur, Jude avait découvert qu'elle aimait ça. Elle n'avait pas besoin de plaisanter pour dissimuler son malaise ; elle n'avait jamais la nausée à la vue d'un cadavre. Les cours magistraux l'ennuyaient, en revanche, les travaux pratiques la passionnaient. Elle était toujours la première à s'emparer du scalpel lorsque le professeur demandait des volontaires. Les gens vivaient dans des corps qui leur restaient en grande partie étrangers. Il y avait des choses qu'on ne pouvait jamais apprendre sur soi, des choses que nul ne pouvait apprendre sur qui que ce soit avant sa mort. Le mystère et la complexité des dissections la fascinaient. Il fallait repérer des nerfs minuscules. Un vrai de jeu de piste.

« C'est dégueulasse », disait Reese. Il avait toujours une grimace de dégoût quand elle sentait le formol. Il ne se laissait pas embrasser avant qu'elle ne soit douchée. Il n'était pas question qu'on le touche après un mort. Il était plus sensible qu'elle, c'était du moins ce qu'elle pensait, jusqu'au jour où Desiree l'appela pour lui annoncer le décès d'Adele. Elle se tenait dans une pièce sans fenêtre, le combiné contre sa joue. Elle était l'assistante de l'un de ses professeurs ce semestre et on lui avait attribué un bureau qu'elle utilisait rarement. Personne n'avait le numéro de téléphone, hormis Reese et sa mère, en cas d'urgence. Elle avait été si surprise d'entendre la voix de cette dernière qu'elle n'avait pas réalisé que son appel ne pouvait avoir qu'une raison.

« Tu savais qu'elle était malade, dit Desiree, s'efforçant de la réconforter ou simplement d'atténuer le choc.

— Oui. Mais quand même.

— Elle n'a pas souffert. Elle m'a souri et m'a parlé jusqu'à la fin.

— Et toi, ça va, maman ?

— Oh, tu me connais.

— Justement. »

Desiree rit doucement. « Je vais bien. Quoi qu'il en soit, on l'enterre vendredi. Pour que tu saches. Je me rends compte que t'as beaucoup à faire…

— Vendredi ? Je serai là…

— Attends. C'est loin, tu n'es pas obligée de…

— Ma grand-mère est morte. Je rentre. »

Desiree ne tenta pas de l'en dissuader et Jude lui en fut reconnaissante. Elle s'était presque excusée, comme si la mort d'Adele était un simple désagrément. Est-ce que Desiree imaginait réellement que sa fille ne pouvait pas interrompre sa vie pour quelque chose d'aussi important ? Jude raccrocha et sortit dans le couloir. Des étudiants allaient et venaient d'un pas pressé. Un ami du département de biologie leva son café en guise de salut avant de s'engouffrer dans la salle de repos. Une fille aux cheveux orange punaisait une affiche verte au sujet d'une manifestation sur le tableau d'information. C'était une caractéristique de la mort. Elle faisait mal en particulier, mais, pour le reste du monde, ce n'était qu'un bruit de fond. Jude se laissa envahir par le silence.

West Hollywood était un cimetière, lui avait dit Barry la dernière fois qu'il avait appelé. Chaque jour amenait sa nouvelle litanie de mourants.

Il y en avait qu'il connaissait de vue, comme Jared, le barman blond du Mirage qui ne lésinait pas sur les doses et lui adressait toujours un clin d'œil complice avant d'incliner la bouteille de gin au-dessus de son verre, bien qu'il fasse bénéficier tout le monde de la même largesse. Il était enterré à Eagle Rock. Il y avait des ex de Barry, et aussi des rivaux, comme Ricardo, qui se faisait appeler Yessica, une drag-queen qui avait battu Barry à plus de bals qu'il ne voulait l'admettre. Il avait demandé à être incinéré et Barry avait dispersé ses cendres dans l'océan, à Manhattan Beach. Et il y avait ceux qu'il aimait. Luis venait d'être hospitalisé au Good Samaritan Hospital. Une infirmière lui avait dit que c'était là que Bobby Kennedy était mort, raconta-t-il à Jude au téléphone.

« C'est dingue, non ? Un président est mort ici. »

Elle n'eut pas le cœur de rappeler à Luis que Bobby Kennedy n'avait jamais été président. Ce n'était qu'un jeune candidat plein de promesses.

« Pas si jeune, répliqua Barry, lorsqu'elle lui rapporta leur échange. Il avait la quarantaine.

— Ce n'est pas jeune ? »

Il ne répondit pas et elle regretta ses mots.

Le week-end, elle se rendait à des meetings passionnés organisés par des militants qui lançaient des pétitions, des campagnes de rédaction de lettres, des manifestations pour mettre le gouvernement face à son indifférence et le forcer à agir. Elle avait rejoint un groupe de bénévoles qui distribuaient des préservatifs et des seringues propres dans les quartiers du centre-ville. Elle rendait visite à des malades qui n'avaient pas de famille, leur apportait des magazines et des cartes à jouer. Elle pensait constamment à la mort. Mais l'après-midi où elle apprit le décès de sa grand-mère, elle se trouva incapable de toucher son cadavre. C'était idiot, mais elle ne pouvait même pas le regarder. Elle imaginait Adele sans vie sur une table de dissection quelque part. Sa grand-mère n'aurait pourtant jamais fait don de son corps à la science. Il n'était pas question que des inconnus la tripotent et, en plus, elle était catholique. Elle pensait que l'incinération était un péché. Il fallait qu'elle garde son corps intact pour qu'il soit ressuscité au Jugement dernier.

« Enterrez-moi au fond du jardin dans une boîte en pin », avait-elle l'habitude de dire. C'était il y a des années, lorsqu'elle avait réalisé que sa santé se dégradait. Que ses souvenirs affluaient et refluaient avec la constance d'une marée.

Jude avait lu tout ce qu'elle avait trouvé sur Alzheimer. Elle avait étudié la maladie avec acharnement, comme si la connaître pouvait changer quelque chose. Cela n'avait servi à rien, bien entendu. Elle n'était encore qu'en première année, à ce moment-là, et de toute façon elle voulait être cardiologue. Le cœur, voilà un muscle qu'elle comprenait. Le cerveau la déconcertait. Elle empruntait quand même des livres à la bibliothèque médicale et continuait de dévorer tout ce qui lui tombait sous la main. Dans le cerveau de sa grand-mère, des fragments de protéine se durcissaient pour former des plaques entre les neurones. Le cortex se recroquevillait. On assistait à une dégénérescence des cellules de l'hippocampe. Lorsque la maladie atteindrait son dernier stade, Adele serait incapable d'accomplir les tâches les plus quotidiennes. Elle perdrait ses facultés de discernement, le contrôle de ses émotions, la parole. Elle ne pourrait pas se nourrir seule, reconnaître ses proches, ne maîtriserait plus ses fonctions physiologiques.

« Je vous interdis de gaspiller de l'argent pour mon enterrement, avait-elle dit. Je serai plus là pour en profiter. »

Peu lui importait les vêtements dans lesquels on l'inhumerait, les citations bibliques gravées sur sa tombe, les fleurs dont on l'ornerait. Mais pas d'incinération, surtout pas. C'était le seul point sur lequel elle était intraitable. Jude n'avait jamais insisté, bien que dubitative. Si Dieu pouvait ressusciter un corps décomposé, pourquoi pas des cendres ? De toute manière, elle n'avait pas non plus envie d'imaginer sa grand-mère brûlée, réduite à une poussière d'os et de peau dans une urne. Elle quitta la salle de dissection plus tôt que d'habitude.

À l'appartement, Reese tournait la soupe devant la cuisinière, le torse et les pieds nus, simplement vêtu d'un jean. Il était toujours torse nu. À croire qu'ils vivaient dans une paillote à Miami au lieu de se geler dans le Nord.

« Tu vas choper la pneumonie. »

Il sourit. « Je sors de la douche. »

Il avait encore les cheveux mouillés et de minuscules perles d'eau sur ses épaules. Elle passa les bras autour de sa taille et embrassa son dos humide.

« Ma grand-mère est morte.

— Merde. Désolé.

— C'est bon. Elle était malade depuis…

— C'est pas une raison. Ça va, toi ? Et ta maman ?

— Elle va bien. Tout le monde va bien. L'enterrement est vendredi. Je vais y aller.

— Bien sûr. Tu as raison. Pourquoi tu ne m'as pas appelé ?

— J'en sais rien. Je n'étais pas dans mon état normal. Je n'ai même pas pu regarder le cadavre au labo. C'est débile, non ? Il était mort avant. Pourquoi ça devrait être différent aujourd'hui ?

— Mais c'est différent aujourd'hui !

— On n'était pas si proches.

— C'est pas la question, dit-il en la prenant dans ses bras. La famille, c'est la famille. »

Cet après-midi-là, dans une caravane de maquillage à Burbank, le téléphone avait sonné sept fois avant que le coiffeur ne décroche et le fourre dans les mains de la blonde assise dans son fauteuil. « Je ne suis pas ton secrétaire », chuchota-t-il bruyamment en lui tendant l'appareil. Il ne savait pas pourquoi le jeune talent – ce qu'elle était, quoi qu'il en pense – ne respectait pas ses horaires, pourquoi elle était toujours en retard, pourquoi elle ne demandait pas à son copain harceleur de la laisser travailler. Elle dit qu'elle n'attendait pas d'appel, mais se leva néanmoins pour répondre, à moitié coiffée, si bien que, des décennies plus tard, elle serait mortifiée à la vue de sa chevelure en découvrant des images granuleuses de *Pacific Cove* sur Internet.

« Allô ?

— C'est Jude. Ta grand-mère est morte. »

Bêtement, Kennedy songea d'abord à la mère de son père, disparue quand elle était encore enfant, son premier enterrement. C'était parce que Jude avait dit *ta*, pas *notre* grand-mère. Sa grand-mère, celle qu'elle n'avait jamais connue. Ne connaîtrait jamais. Morte. Elle s'adossa à la table et passa la main devant ses yeux.

« Non. »

Sentant la tragédie à l'autre bout du fil, le coiffeur s'éclipsa. Enfin seule, Kennedy prit un paquet de cigarettes. Elle essayait de s'arrêter. Depuis qu'elle-même y était parvenue, sa mère la harcelait avec ça. Parfois, elle se disait qu'elle allait se sevrer d'un coup. Elle jetait toutes ses cigarettes. Mais elle finissait toujours par en retrouver quelques-unes cachées dans un tiroir ou au fond de la boîte à gants, pour les situations de crise. Elle avait l'impression d'être une camée, vraiment. Elle ne se rendait compte de sa dépendance que quand elle essayait d'arrêter. Tant pis, ce n'était pas le moment. Sa grand-mère était morte. Elle méritait bien une cigarette, non ?

« En tant que futur médecin, tu devrais apprendre à faire preuve d'un peu plus de délicatesse. »

Elle sentit Jude sourire au bout du fil.

« Excuse-moi. Je ne savais pas comment t'annoncer ça.

— Comment va ta mère ?

— Ça va, je crois.

— Toutes mes condoléances, je ne trouve pas les mots.

— Tu n'as pas besoin de dire quoi que ce soit. C'était ta grand-mère aussi.

— Ce n'est pas pareil. Je ne la connaissais pas comme toi.

— Je pensais que ce serait bien que tu saches.

— OK. Je sais, maintenant.

— Tu vas le dire à ta mère ?

— Depuis quand je lui dis quoi que ce soit ? » répliqua Kennedy en riant.

Elle ne lui avait jamais avoué, par exemple, qu'elle parlait encore à Jude. Pas souvent, mais assez régulièrement. De temps en temps, Kennedy l'appelait et laissait un message sur son répondeur. Hey Jude, disait-elle, parce qu'elle savait que ça l'énervait. Ou alors c'était Jude qui téléphonait. Leurs conversations ressemblaient généralement à celle-ci : entrecoupées, un peu agressives, familières. Elles ne parlaient jamais longtemps, ne se promettaient pas de se voir et, parfois, on avait l'impression qu'elles voulaient juste vérifier que tout allait bien. Comme un doigt qu'on pose sur le poignet de quelqu'un pour prendre son pouls. Elles laissaient leur doigt quelques minutes puis s'écartaient.

Elles n'en avaient rien dit à leurs mères. Et elles se tairaient jusqu'au décès des jumelles, qui continueraient à vivre chacune de leur côté.

« Elle préférerait peut-être être au courant.

— Certainement pas. Tu peux me faire confiance. Tu ne la connais pas comme moi. »

Le secret était la seule langue qu'elles parlaient. Stella ne savait aimer qu'en mentant et sa fille l'imitait. Elle n'avait plus mentionné la photographie, mais elle conservait précieusement le portrait fané des jumelles, et, ce soir-là, elle l'étudierait encore en cachette.

« Je ne la connais pas du tout », rétorqua Jude.

Plus tard, alors qu'ils étaient couchés, Jude demanda à Reese de l'accompagner à Mallard.

Elle passa le doigt sur ses épais sourcils, sur la barbe qu'il n'avait pas taillée depuis si longtemps qu'elle le traitait de bûcheron. Il changeait constamment. Sa mâchoire était plus affirmée, ses muscles plus fermes, ses bras si velus qu'elle avait du mal à s'y habituer. Même son odeur était différente. Elle remarquait les moindres changements chez lui depuis qu'ils avaient failli rompre, juste avant son départ pour le Minnesota. Il ne voulait pas quitter Los Angeles. Il ne voulait pas la suivre dans le Midwest, être un poids mort. Il lui disait qu'un jour, elle se réveillerait et réaliserait qu'elle pourrait trouver beaucoup mieux que lui.

Ce printemps-là, ils s'étaient séparés lentement, petit à petit. Ils se disputaient pour des bêtises, se réconciliaient, faisaient l'amour et recommençaient. À deux reprises, elle avait failli s'installer chez Barry, trancher dans le vif plutôt que retarder l'inévitable. Mais tous les soirs, elle était dans le lit à côté de Reese. Elle ne pouvait pas s'endormir ailleurs.

À la rentrée suivante, elle était à Minneapolis, seule. Elle ne s'attendait pas à ce qu'il neige si tôt. Le jour d'Halloween, dans le bâtiment des sciences médicales, elle s'était approchée de la fenêtre pour regarder tomber les minuscules flocons sur les étudiants de premier cycle qui se hâtaient dans leurs déguisements. Elle avait pensé à son cow-boy assis sur un canapé à cette fête bondée et, une fois de plus, elle avait dû se retenir pour ne pas pleurer.

Et puis, un peu plus tard dans la soirée, elle l'avait trouvé devant la porte de son appartement, son bonnet de laine noir moucheté de neige, un sac en toile sur l'épaule.

« Merde, je suis trop con, des fois, tu sais ? » lui avait-il dit.

À l'université, elle avait fait la connaissance d'une endocrinologue noire qui avait accepté de faire une ordonnance de testostérone à Reese. Même s'ils devaient se serrer la ceinture chaque mois pour payer les médicaments, c'était mieux ainsi. Les produits qu'il achetait jusque-là sous le manteau finiraient par lui bousiller le foie, affirmait le Dr Shayla. C'était une femme abrupte mais bienveillante qui, tout en rédigeant son ordonnance, lui avait dit qu'il lui rappelait son fils.

Le soir de la mort de sa grand-mère, dans leur lit, Jude embrassa les paupières de Reese.

« Alors, qu'est-ce que tu en penses ?

— Tu veux vraiment que je vienne ?

— Je ne crois pas pouvoir y aller sans toi. »

Elle avait dix-huit ans quand elle était tombée amoureuse de lui. Ils ne s'étaient quasiment pas quittés depuis. Dans une chambre d'hôtel miteuse à New York, elle avait lentement déroulé les bandages autour de son torse, retenant son souffle alors que l'air frais caressait sa peau lisse.

La maladie d'Alzheimer était héréditaire, si bien que Desiree redouterait toujours d'en être atteinte à son tour. Elle se mettrait aux mots croisés, parce qu'elle avait lu dans un magazine féminin que les jeux d'esprit pouvaient retarder la perte de mémoire.

« Il faut exercer son cerveau, disait-elle à Jude. Comme n'importe quel muscle. »

Celle-ci n'avait pas le courage de lui dire que le cerveau n'était pas un muscle. Elle s'efforçait de l'aider avec les définitions, imaginant quelque part Stella qui commençait à oublier elle aussi.

La ville où Jude Winston avait grandi, et qui n'avait jamais vraiment été une ville, n'existait plus. Et pourtant elle n'avait pas changé, se disait-elle, regardant par la vitre de la camionnette d'Early. Elle avait été étonnée de ne pas voir l'El Camino, lorsqu'il était venu les chercher à Lafayette. « Cette bagnole était plus vieille que toi, avait-il plaisanté. J'ai dû la mettre à la casse. » Autre surprise, il portait la combinaison de la raffinerie. Early en uniforme, c'était nouveau. Il serra vigoureusement la main de Reese et la prit dans ses bras, l'embrassant sur le front. Sa barbe piquait toujours autant.

« Une vraie jeune femme. J'en reviens pas. »

Il avait l'air solide, en dépit de ses cheveux grisonnants, et des fils d'argent qui envahissaient ses favoris et sa barbe. Elle se moqua de lui et il rit en se touchant le menton. « Je vais raser tout ça. Je préfère encore me trimballer avec un visage de bébé plutôt que de ressembler au père Noël.

— Comment va maman ? »

Il poussa en arrière sa casquette de base-ball et s'essuya le front.

« Oh, elle fait aller. Tu la connais. C'est une dure à cuire.

— J'aurais voulu être là », dit-elle sans conviction. Elle n'avait jamais trop su quoi dire en présence de sa grand-mère. Mais elle aurait aimé être présente au moins pour soutenir sa mère, qui n'aurait jamais dû avoir à surmonter cette épreuve seule. Elles auraient dû être deux à s'occuper d'Adele à la fin, une de chaque côté du lit, lui tenant chacune une main.

« T'aurais rien pu faire de plus. On est contents que tu sois là maintenant. »

Elle posa la main sur la cuisse de Reese et il l'imita. Il regardait dehors, les lèvres entrouvertes. Elle savait que c'était ça qui lui manquait : moins les plages tachetées de soleil et les trottoirs verglacés que la plaine brune et les longues étendues boisées. La maison blanche apparut enfin, pareille à son souvenir. Il ne manquait qu'Adele sur la galerie. Sa mort lui revenait par vagues. Pas une marée qui engloutissait tout, mais un clapotis qui venait lécher ses chevilles.

On pouvait se noyer dans cinq centimètres d'eau. Peut-être en allait-il de même pour le chagrin.

Elle passa le reste de l'après-midi à aider sa mère à préparer le repas. Early réquisitionna Reese pour aller régler les derniers détails au salon funéraire. De la fenêtre de la cuisine, elle les regarda grimper dans la camionnette, se demandant ce que ces deux-là trouveraient à se dire.

« Toujours heureuse ? Il te traite comme il faut ? » Penchée sur le four, sa mère sortait le plat de patates douces.

« Il m'aime.

— C'est pas ce que j'ai demandé. C'est deux choses différentes. Tu penses qu'on peut pas faire de mal à quelqu'un qu'on aime ? »

Jude continua de couper le céleri pour la salade de pommes de terre, mais un sentiment de culpabilité familier l'avait envahie. Pendant quatre ans, elle avait su pour Stella et elle s'était tue. Elle ne s'attendait pas à ce que celle-ci resurgisse sans crier gare, et qu'un après-midi Desiree l'appelle au bord des larmes pour la mettre face à ses mensonges. Jude s'était excusée comme elle avait pu et sa mère lui avait assuré qu'elle lui pardonnait ; néanmoins, quelque chose avait changé entre elles. Desiree s'était rendu compte qu'elle avait grandi. Elle n'était plus sa fille, mais une femme distincte, avec ses propres secrets.

« Tu penses que… » Elle s'interrompit et versa le céleri dans un bol. « Tu penses que papa t'aimait ?

— Je pense que tous ceux qui m'ont fait du mal m'aimaient.

— Et moi, tu crois qu'il m'aimait ? »

Sa mère effleura sa joue. « Oui. Mais je ne pouvais pas prendre le risque d'attendre pour en être sûre. »

Le matin de l'enterrement, Jude se réveilla dans le lit de sa grand-mère, car Desiree avait décrété que deux personnes non mariées ne pouvaient pas dormir ensemble sous son toit. Elle continuait de leur faire des appels du pied, même si dans ce cas l'allusion était plus qu'explicite. Elle ignorait qu'ils avaient déjà évoqué une ou deux fois la question. C'était impossible, à moins que Reese obtienne un nouvel acte de naissance, mais ils en parlaient quand même, comme les enfants parlent de mariage. Pour eux, c'était un rêve lointain et inaccessible. Sa mère les prenait pour des intellectuels modernes qui se moquaient des traditions. Ce qui n'était sans doute pas plus mal. Elle aurait été surprise si elle avait su à quel point ils étaient romantiques.

Jude porta des draps propres dans son ancienne chambre et aida Reese à faire le lit. Elle n'avait pas fait remarquer à sa mère qu'Early et elle n'étaient pas mariés non plus, ni devant la loi ni devant l'Église. Elle ne parvint à trouver le sommeil qu'au petit matin. Bêtement, elle se disait qu'elle sentirait peut-être la présence de sa grand-mère. En fait, elle n'avait rien senti du tout, ce qui était encore pire.

Dans l'entrée, elle souleva ses cheveux pour permettre à Reese de remonter la fermeture Éclair de sa robe noire.

« Je n'ai pas pu fermer l'œil sans toi. »

Il posa un baiser sur sa nuque. Il avait mis son plus beau costume noir. Desiree lui avait demandé d'aider à porter le cercueil. Jude les avait entendus parler dans la cuisine pendant qu'elle se brossait les dents. Mariés ou non, avait-elle dit, elle le considérait comme un fils. Elle espérait seulement être grand-mère.

« Je dis pas qu'il faut que ça soit là tout de suite. Je sais bien que vous autres êtes très occupés. Un jour, c'est tout ce que je dis. Avant que je sois toute grise et incapable de marcher. Tu ferais un bon papa, tu crois pas ? »

Il avait hésité un instant. « J'espère. »

À la fin de sa vie, Adele Vignes racontait à Desiree des anecdotes si précises sur sa jeunesse qu'elle se demandait parfois si sa mère ne confondait pas avec son feuilleton préféré. Une fille qu'elle détestait à l'école et qui avait essayé de la pousser dans un puits. Ses frères habillés tout en noir pour voler du charbon. Un garçon sans le sou qui lui avait offert un petit bouquet d'œillets pour le bal du lycée. Elle parlait assise devant la télévision, où elle regardait ses soap operas tous les après-midi. C'était la forme idéale pour elle. L'intrigue progressait un peu chaque jour, cependant, à la fin de la semaine, le monde avait à peine changé, et les personnages étaient exactement les mêmes. La première fois que sa mère l'avait appelée Stella, Desiree venait de l'aider à s'installer dans son fauteuil. Elle cherchait la télécommande entre les coussins du canapé. Elle s'était interrompue brutalement. Elle était tellement désemparée que les mots étaient sortis tout seuls.

« Quoi ? Comment t'as dit ? C'est moi, maman, Desiree !

— Bien sûr. C'est ce que je voulais dire. »

Elle semblait gênée de les avoir confondues, comme si c'était juste un manque de tact de sa part. Le Dr Brenner leur avait conseillé de ne pas rectifier ses erreurs. Elle disait ce qu'elle croyait être vrai. La corriger ne réussirait qu'à la perturber davantage. Et d'habitude Desiree se taisait. Quand sa mère appelait Early Leon ou qu'elle oubliait le nom des objets les plus ordinaires : casserole, stylo, chaise. Mais comment pouvait-elle l'oublier elle ? Celle de ses filles qui vivait avec elle depuis plus de vingt ans ? Celle qui préparait ses repas, l'aidait à entrer dans la baignoire, lui donnait patiemment ses médicaments. Selon le Dr Brenner, c'était un effet de la maladie.

« Ils ne se rappellent que les choses les plus anciennes. Personne ne sait pourquoi. Ils repartent en arrière, si on veut. »

Le présent d'Adele et sa monotonie s'estompaient : les visites du médecin, le défilé sans fin des pilules, l'inconnu qui braquait une lampe dans ses yeux, les émissions télévisées qu'elle n'arrivait pas à suivre, la fille qui la regardait avec inquiétude et se levait dès qu'elle faisait mine de bouger de son fauteuil, dès qu'elle voulait aller quelque part. Elle se retrouvait dans des endroits déroutants. Elle sortait se promener et s'endormait dans un champ pour être réveillée par une fille en larmes qui l'enveloppait dans une couverture et la ramenait chez elle. Peut-être était-elle un bébé. Et cette fille était sa mère, ou sa sœur. Son visage se modifiait chaque fois qu'Adele la regardait. Avant, il y en avait deux. Ou peut-être que c'était toujours le cas. Peut-être qu'une nouvelle fille apparaissait chaque fois qu'elle fermait les yeux. Elle se souvenait d'un seul nom. Stella. La lumière d'une étoile, brillante et lointaine.

« Où t'étais Stella ? » avait-elle demandé une fois.

C'était vers la fin, ou plutôt le début. Elle attendait que Leon rentre des courses. Il lui avait promis des jonquilles. Assise à son chevet, Stella s'enduisait les mains d'une lotion poudreuse.

« Nulle part, maman, avait-elle répondu, incapable de la regarder. Je ne suis jamais partie.

— Si. T'es allée quelque part… »

Mais où, elle l'ignorait. Stella s'était allongée dans le lit à côté d'elle et l'avait enlacée.

« Non. Je ne suis jamais partie. »

Desiree Vignes avait quitté Mallard sans crier gare, diraient les gens, comme si son départ avait été abrupt. Quand elle était revenue, personne ne croyait qu'elle tiendrait plus d'un an ; elle y avait passé près de deux décennies. Sa mère décédée, elle décida que c'était fini. Peut-être ne pouvait-elle pas continuer à vivre dans la maison où elle avait grandi après avoir perdu ses deux parents, même si leurs derniers moments n'auraient pu être plus différents. Son père était mort à l'hôpital, face à ses meurtriers.

Sa mère s'était endormie et ne s'était pas réveillée. Peut-être rêvait-elle encore.

Pourtant, ce n'était pas seulement le passé qui l'avait chassée. C'était aussi qu'elle pensait à l'avenir. Pour une fois dans sa vie, elle regardait devant elle. Après avoir enterré sa mère, elle vendit la maison et s'installa à Houston avec Early. Il trouva un emploi à la raffinerie Conoco et elle dans un centre d'appels. Elle n'avait pas travaillé dans un bureau depuis trente ans. Le premier matin, dans la pièce climatisée, elle tendit la main vers le téléphone avec un frisson, s'efforçant de récapituler son texte. Après, sa responsable, une blonde d'une trentaine d'années, lui assura qu'elle s'en était très bien sortie. Gênée par le compliment, elle fixa son poste de travail.

« Je ne sais pas, expliqua-t-elle à Jude. J'avais l'impression qu'il était temps de passer à autre chose.

— Mais ça te plaît, là-bas ?

— C'est différent. La circulation. Le bruit. La foule. Ça faisait longtemps que je m'étais pas retrouvée avec autant de monde autour de moi.

— Je sais maman. Mais ça te plaît ?

— Parfois, je pense que j'aurais dû partir avant. Pour toi autant que pour moi. On aurait pu aller n'importe où. J'aurais pu faire comme Stella, mener la grande vie.

— Je suis contente que tu ne sois pas comme elle. Je suis contente d'être tombée sur toi. »

Au centre d'appels, tous les matins, elle s'asseyait devant une liste de numéros. Ce n'est pas facile, l'avait prévenue sa cheffe. Il faut accepter le rejet, les gens qui vous raccrochent au nez ou vous insultent.

— Ça peut pas être pire que ce tout ce qu'on m'a déjà dit en face », avait-elle répondu. Sa responsable avait ri. Elle aimait bien Desiree. Toutes ses jeunes collègues l'aimaient bien. Elles la surnommaient Mama D.

Au bout d'une semaine, elle connaissait son texte par cœur à force de le répéter en attendant qu'Early vienne la chercher, assise sur le banc devant le bureau. Bonjour, NOM DE L'INTERLOCUTEUR – on était censé personnaliser –, je m'appelle Desiree Vignes, de Royal Travel à Houston. Nous vous offrons une promotion cette saison, trois jours et deux nuits à un prix défiant toute concurrence dans un hôtel de la région métropolitaine Dallas-Fort Worth-Arlington. Là, je suis sûre que vous vous demandez où est le piège, non ? Elle faisait généralement une pause à cet endroit, riait un peu. Soit la personne au bout du fil était conquise, soit elle en profitait pour raccrocher. Le nombre de ceux qui restaient la surprenait toujours.

« C'est parce que tu as une voix adorable », lui dit un jour Early avec un grand sourire, alors qu'ils prenaient le frais devant chez eux.

Le plus probable, c'était que les gens se sentaient seuls. Parfois, elle imaginait appeler Stella. Reconnaîtrait-elle sa voix ? Ressemblerait-elle à la sienne ? Ou serait-ce celle d'une femme solitaire qui voulait qu'elle continue à parler, juste pour entendre quelqu'un au bout du fil ?

Adele Vignes fut enterrée au cimetière Saint-Paul, du côté autrefois réservé aux gens de couleur. Tout le monde trouvait ça normal. Il en avait toujours été ainsi, les Blancs au nord, les Noirs au sud. Personne ne s'en était jamais plaint, jusqu'au jour où l'église qui possédait le cimetière avait décidé de nettoyer les tombes pour la Toussaint, mais seulement au nord. Devant les protestations de Mallard, le diacre soucieux d'éviter toute dispute avait envoyé deux enfants de chœur maussades avec des seaux d'eau pour frotter les pierres au sud. Jude faillit éclater de rire lorsque sa mère lui relata l'incident : c'était la solution, laver toutes les tombes plutôt que de mettre un terme à la ségrégation. Un ouragan pouvait inonder le cimetière, les vieux cercueils s'ouvrir et se remplir de boue. Le pilleur chanceux, qui fouillerait la fange à la recherche de montres en or et de bagues de diamant, piétinerait tous les os sans faire de différence.

Le jour de l'enterrement de sa grand-mère, Jude regarda Reese soulever le cercueil, Early en face de lui, quatre autres porteurs derrière eux. Au bord de la fosse, le prêtre bénit la défunte. Il dessina le signe de croix en l'air avant qu'on la descende en terre. Jude frotta le dos de sa mère. Elle espérait que celle-ci ne se retournerait pas. Elle ne supporterait pas de voir son visage, pas tout de suite. Pendant la messe, alors qu'elle lui tenait la main, elle avait imaginé une autre femme sur le banc, Stella, serrant un chapelet, assise aux côtés de sa sœur pour partager son chagrin silencieux.

Au repas des funérailles, la ville se réunit chez Adele Vignes, dans l'espoir d'entrapercevoir la fille de Desiree. Elle était en faculté de médecine, maintenant, à en croire sa mère. La moitié d'entre eux s'attendait à la voir arriver en blouse blanche ; l'autre moitié était incrédule, persuadée qu'elle exagérait. Comment une fille aussi noire aurait-elle pu accomplir tout ça ?

Mais ils ne la trouvèrent pas parmi les morts. Elle s'était glissée dehors par la porte de derrière en compagnie du garçon qu'elle aimait, et ils couraient main dans la main à travers bois, en direction de la rivière. Sous le ciel orange du crépuscule, Reese ôta sa chemise. Les rayons du soleil réchauffèrent sa poitrine, plus pâle que le reste de son corps. Au fil du temps, les cicatrices s'estomperaient, la peau brunirait. Elle le regarderait et oublierait qu'il s'était un jour caché d'elle.

Il l'aida à défaire sa robe noire et la plia avec soin avant de la poser sur un rocher, puis ils pénétrèrent dans le courant glacé avec des petits cris, avançant dans l'eau jusqu'aux cuisses. Cette rivière, comme toutes les rivières, se souvenait de son cours. Eux flottaient sous la voûte feuillue des arbres, priant pour oublier.

Remerciements

Je remercie infiniment : mon agente, Julia Kardon, qui a toujours cru en moi ; mon éditrice, Sarah McGrath, qui m'a aidée à débrouiller ce livre touffu, et dont l'exigence littéraire m'a permis de grandir ; tout le monde à Riverhead, et plus particulièrement la « Team Brit » d'hier et d'aujourd'hui : Jynne Dilling Martin, Claire McGinnis, Delia Taylor, Lindsay Means, Carla Bruce-Eddings et Liz Hohenadel Scott.

À tous les amis qui m'ont écoutée me plaindre qu'écrire un deuxième roman était impossible, et surtout Brian Wanyoike, Ashley Buckner et Derrick Austin, qui m'ont empêchée de devenir folle. À mes premiers lecteurs Chris McCormick, Mairead Small Staid et Cassius Adair, dont les retours perspicaces et généreux m'ont encouragée et guidée. À tous les bibliothécaires, les libraires et les lecteurs qui ont défendu *Le Cœur battant de nos mères*. Enfin, à ma famille. Merci pour votre amour.

Imprimé en France par CPI
en juillet 2020

Composition et mise en pages
Nord Compo à Villeneuve-d'Ascq

Dépôt légal : août 2020
N° d'édition : L.69ELFN000435.A002
N° d'impression : 159418